材料帝国

齐　橙/著

图书在版编目（CIP）数据

材料帝国 / 齐橙著 . -- 南昌 : 二十一世纪出版社集团，2015.5

ISBN 978-7-5568-0786-4

Ⅰ . ①材… Ⅱ . ①齐… Ⅲ . ①长篇小说－中国－当代 Ⅳ . ① I247.5

中国版本图书馆 CIP 数据核字 (2015) 第 101702 号

材料帝国　　齐　橙 / 著

责任编辑　刘　刚
出版发行　二十一世纪出版社集团
（江西省南昌市子安路 75 号　330009）
www.21cccc.com　cc21@163.net
出 版 人　张秋林
经　　销　新华书店
印　　刷　北京建泰印刷有限公司
版　　次　2015 年 8 月第 1 版　2015 年 8 月第 1 次印刷
开　　本　710mm × 1000mm　1/16
印　　张　23.25
字　　数　340 千
书　　号　ISBN 978-7-5568-0786-4
定　　价　40.00 元

赣版权登字—04—2015—324

如发现印装质量问题，请寄本社图书发行公司调换 0791-86524997

目 录

楔子 / 1

第一章 青锋厂来了个技校生 / 1

如果一个人突然掌握了超越时代40年的知识，如果一个人可以准确把握未来的走向，如果一个人突然从一个再普通不过的刚从技校毕业的小青工，摇身变成了拥有改变自己命运甚至改变历史轨迹能力的鬼才科学家，他的生活，他的命运，以及他周遭的一切，将发生怎样翻天覆地的变化？

第二章 一个关于挣钱的理想 / 37

初到青锋厂，秦海便因为与他年龄不相符的技术能力被技术科长冷玉明和生产科长项纪勇盯上了，经过一番测试，冷、项二人才发现一不留神捡到个宝，或许，秦海这个令人惊喜的小青工能够帮助他们解决困扰青锋厂许久的旋耕刀片问题。而秦海则有着自己的打算，他和宁默等人一起，利用闲暇时间，开始追寻起一个关于挣钱的理想。

第三章　农用刀片与军用匕首 / 72

在秦海逆天技术的帮助下，青锋厂旋耕刀片的改进顺利完成，改良的样品通过了厂里的检测，被销售科长萧东平送去了省农资公司进行二次检测。就在一切看似将要得到圆满解决的时候，厂长韦宝林却拒绝了刀片改造项目，执意立刻上马洗衣机项目，青锋厂的未来一下子变得阴云密布。至于秦海自己的事业，反倒是发展得十分顺利，不走寻常路的秦海，竟然将生意做到了军队那里。

第四章　小狐狸碰上了老狐狸 / 107

秦海帮忙改进刀片和不看好生产洗衣机的事情还是传到了韦宝林的耳朵里。韦宝林认定秦海背后有人指使，而这个幕后黑手，除了老厂长宁中英再不会有别人。韦宝林的心腹翟志国去敲打秦海，结果却被秦海狠狠修理了一番。而韦宝林自己，也在试探宁中英的时候吃亏受气。而正是因为韦宝林的错误判断，反倒使得秦海这只小狐狸，结识了宁中英这只老狐狸。

第五章　青工搞起了导弹科研 / 143

青锋厂内部正暗潮涌动，秦海却突然被一纸公函调去了安河省军区协助工作。原来，葛东岩带回部队的匕首和工兵锹所使用的钢材引起了导弹研发专家的注意，使得秦海进而参与到了导弹科研。好不容易摆脱了小狐狸秦海，韦宝林却又遭遇了老狐狸宁中英，不问世事的宁中英，突然出现，并且出人意料地动用了自己身为调研室主任的否决权。

第六章　把工兵锹推销到中东 / 179

导弹尾翼材料的科研攻关顺利完成，离开省军区前，秦海和安河省军区司令岳国阳做起了一笔看似不可能的生意，打算和军方合作，将秦海自己设计的工兵锹，卖到中东去。更不可思议的是，秦海居然请求岳国阳帮自己推销工兵锹。青锋厂这边，宁中英重新出山，他带着从军区归来的秦海，来到北溪市，找上了副市长柴培德。

第七章　老宁重新掌舵青锋厂 / 215

在柴培德的亲自过问之下，平苑县政府果然按照秦海的建议，将韦宝林调离青锋厂，专心去搞他心仪已久的洗衣机项目。老厂长宁中英重新上台，掌舵青锋厂。旋耕刀片的改造工作顺利展开，然而青锋厂并没有因此突破困局，刀片的销售又成了新问题。为了拓展市场，宁中英带着秦海四处推销刀片，而一向不走寻常路的秦海，竟然又有出人意料的收获。

第八章　有利可图为什么不干 / 251

浦江之行，秦海意外联系上了日本福冈会社，一番你来我往，秦海成功让福冈会社对购买青锋厂的旋耕刀片产生了极大的兴趣，将刀片送回日本进行检测。一旦刀片通过检测，仅凭这一单生意就能让青锋厂立刻转亏为盈。然而秦海的神奇还不止如此，浦江汽车国产化项目涉及的配件加工任务，又成了秦海的新目标。

第九章　挣了钱先建个实验室 / 288

凭着陈贺千的力荐，从浦江汽车国产化项目那里拿到了三十多个配件订单的青锋厂，任务一下子变得艰巨了起来。秦海建议花巨资、请众贤，搭建一个研发实验室，宁中英爽快地答应了秦海的要求。回到青锋厂，秦海首先遇到了已经等候他多日的葛东岩。原来与军方合作的生意进展顺利，钢铁厂和设备都已经安排妥当。万事俱备，秦海终于要开始自己的一番事业了。

第十章　终于有了自己的工厂 / 325

秦海办妥了一切手续，终于拥有了属于自己的工厂。长袖善舞的秦海用两壶美酒和自己的诚意寻得了冶金专家李林广的帮助，自己承包下来的钢铁厂，算是终于可以正式开工了。同样长袖善舞的宁中英也使尽浑身解数，争取来了足够的银行贷款，青锋厂的实验室，也可以开工建设了。原本死气沉沉的青锋厂，短短一月的时间里，一下子变得生机勃勃了起来。而这一切的“始作俑者”秦海，自然进入了北溪市政府的视线之中。

楔　子

公元 2025 年某日，北京，国家电子对撞机实验室。

控制台上，无数的红灯、绿灯、蓝灯在闪烁着，一阵阵微不可闻的电流声透着无尽的诡异。占据着整整一面墙的大屏幕上各种图形、数据在不断地跳动着，揭示着只有专家们才能够看懂的信息。在各个工作位上，一群身穿天蓝色工作服的实验员在紧张地敲打着键盘，把一条条指令发向各个位置上的处理单元。

在实验员们的身后，站着一位看上去不过二十七八岁的年轻人，他身材高挑，面目俊朗，眼神中流露着睿智的光芒。他叫秦海，是这次高能粒子轰击纳米金属晶体材料实验的负责人，他是国家科学院材料所最年轻的博士后，也是全球材料学界公认的“鬼才”。

材料科学博大精深、门类繁多，材料领域中的专家一般只擅长某一个方面，或者是研究高分子，或者是研究无机非金属，或者是研究超导，或者是研究性能。唯有这个秦海，是行业中唯一可以被称为全才的人物。没人知道为什么他的精力会那样充沛，他 15 岁就考上了大学，直博毕业的时候也不过才 23 岁。进入科学院的博士后流动站之后，他每年都能在世界顶尖的材料期刊上发表七八篇论文，而且最让人抓狂的是，他发表的每篇论文居然都不在同一个领域。每次他的论文一发表，都会在某个材料学领域里引发一场学术大讨论，论文被引用的次数之高，让全球的同行们都嫉妒得两眼发红。

“秦博，44 号靶标数据有些异常，能量值明显高于正常水平。”一名实验员扭回头来，用恭敬的语气向秦海报告道。

“能分析出原因吗？”秦海走过去，看着对方面前小屏幕上的数据，皱着眉头问道。

“暂时看不出来，会不会是实验装置出了什么问题？”实验员猜测道。

“我去现场看看吧。”秦海说道。

在一名设备工程师的陪同下，秦海来到了位于地下深处的对撞机隧道，开始巡视所有的实验装置。在走到 44 号靶标装置跟前时，秦海俯下身子，仔细察看着装置上附带的各种仪表。就在这个时候，他突然觉得眼前一花，似乎有一个极其微小的高速物体迎面飞来，又悄无声息地穿过了他的前额，让他出现了短暂的失神。

“怎么了，秦博？”设备工程师诧异地问道。

“没什么，可能是眼睛花了。”秦海晃了晃脑袋，回答道，他分明觉得有什么异样，却又说不出来。

没有人知道，44 号靶标出现的问题，是实验装置中一次粒子偶然碰撞带来的能量异常聚积事件。这种事件发生的概率只有 10 的负几百次方，甚至连物理理论都无暇去顾及这样的小概率事件。就在秦海凑近实验装置的时候，外部能量场的变化致使一枚高能粒子挣脱装置的束缚，逃逸出来，并穿过了秦海的大脑。

“秦博，中控室报告，异常现象已经消失了，我们回去吧。”设备工程师说道。

“嗯，我也没发现什么异常情况，走吧。”秦海应道。

快要离开实验机房的时候，秦海像是受到了什么心灵感应一般，忍不住回头看去，不过却什么也没看见。

此时，那颗拥有超高能量的粒子，正携带着从秦海大脑中复制的所有电波信号，以超光速冲进了时间隧道，奔向已经远去的时空……

第一章　青锋厂来了个技校生

如果一个人突然掌握了超越时代40年的知识，如果一个人可以准确把握未来的走向，如果一个人突然从一个再普通不过的刚从技校毕业的小青工，摇身变成了拥有改变自己命运甚至改变历史轨迹能力的鬼才科学家，他的生活，他的命运，以及他周遭的一切，将发生怎样翻天覆地的变化？

1985年，安河省北溪市平苑县。

这是一个夏日的正午，太阳热辣辣地灼烤着大地，知了在泡桐树上争先恐后地鸣叫着。平苑县那狭窄的大街上，满是贩卖各种廉价工业品和农副产品的小摊。街边店的门外贴着色彩斑斓、印刷粗糙的明星海报，四喇叭大录音机里，苏芮正在声嘶力竭地吼叫着：

“没有天哪有地！
没有地哪有家！
没有家哪有你！
没有你哪有我……”

汽车站门外，一个身材颀长、眉目清秀的年轻人肩上背着一个行李卷，胸前斜挎着一个军绿色的挎包，身边放着一个装了日用品和少许几本书的大帆布袋，正站在一棵大樟树下，看着眼前陌生的景象，脸上露出一丝无奈的苦笑。

年轻人名叫秦海，在他挎包里装着一份报到证，上面写着：

> 秦海，男，1967年生，原籍安河省姜山县，安河省农业机械化学校铸造专业1985届学员，成绩合格，准予毕业，现派遣往安河省平苑县青锋农机厂工作……

报到证中规中矩，一个技校生分配到县农机厂工作，也不是什么奇怪的事情。但没有人知道，在这个平平常常的技校生身上，已经发生了一些不平常的事情。一枚来自于21世纪的高能粒子携带着一位未来材料学家的全部思想，进入了他的大脑，并且占据了他的思维。

秦海现在自己都分不清，控制着这个身体的，到底是20世纪末的这位技校生秦海，还是21世纪的科学怪才秦海。凭借着残余的记忆，他能够想起这一切的变化都发生在毕业离校前的那个晚上。他独自坐在学校的小草坪上，突然感觉到从遥远的星际飞来一个不知名的微小物体，撞进了他的大脑。在随后的几个小时时间里，他完全丧失了自主意识，只觉得一波又一波绵绵不绝的信息在不断地注入他的脑海：超导、复合陶瓷、电性功能材料、非线性光学材料、刺激响应型高聚物、互联网、微信、一带一路、实验室里的漂亮女生……

等到他完全清醒过来的时候，满身的露水告诉他，他已经在草坪上呆坐了整整一夜，他的思想已经完全被高能电波刷新了一遍。望着学校主楼玻璃窗映过来的朝霞，他萌生了一个奇怪的想法：究竟是自己梦见了蝴蝶，还是蝴蝶化成了自己……

身为技校生的秦海不知道未来的秦海现在正在干什么，他只知道现在的自己需要带着报到证去那个从未听说过的青锋农机厂上班。他长吁短叹地给自己找着心理安慰，如今的自己与未来的那个秦海相比，毕竟年轻了许多，这也算是时空隧道送给自己的福利吧。还有，据说80年代的空气也比未来的要清新，自己是不是应该纵情地享受一下这没有PM2.5的美好生活呢？

想到此，秦海使劲地深吸了一口气，结果没等憋足一秒钟，就又全喷了出去。

这是什么味道！炼焦厂排出来的二氧化硫、农药厂的乐果农药、化肥厂的氨气、电石厂的乙炔……谁说这个年代没有污染的！

秦海“呸呸”了两声，拎起帆布包，向前走去，一边走一边向路人打听着：“劳驾，青锋农机厂怎么走……”

“往前，顺着这条马路一直走，过了县中再走 800 米，到农药厂门口左拐，再往前 300 米，有个大红铁门的，就是青锋厂。”路边一位戴着眼镜的文化人不厌其详地指点着。

“多谢了。”秦海道了声谢，继续前行。

再走了十几步，背后有急促的脚步声追赶上来，秦海回头看去，正是刚才那个指路的热心文化人。

“小伙子，等等，等等。”

“怎么？”秦海站住脚，诧异道。

文化人跑到秦海面前，呼哧呼哧喘了几口粗气，这才说道：“小伙子，我刚才不小心说错了，你过了县中以后，要走 900 米才是农药厂，如果只走 800 米就左拐，你就会掉到鱼塘里去了。”

“呃……”秦海无语了，心想我看起来像那么弱智的人吗？他认真看了那热心人一番，确定对方并不是开玩笑，只得讷讷地再次道谢：“多谢师傅……好险，我水性不太好……”

热心人放心地回去了，秦海擦了擦头上的汗，正准备继续赶路，却又被不远处路边的一场争执吸引住了。

“就是他们一伙，把他们拦住！”

“让他们退钱！”

“骗子！把他们抓到公安局去！”

5 名农民打扮的中年汉子手里拿着各式农具，围着一个路边摊，大声地叫嚷着，语气里充满了愤怒。接着，被他们围住的那个摊子上站起来一个年龄与秦海相仿，腰围足有秦海两倍的胖子，瓮声瓮气地反驳道：

“你们说什么呢，我们每个礼拜天都在这里卖东西，怎么可能是骗子！”

“对，我们如果是骗子，怎么不跑呢？”又有两个年轻人站了起来，一高一矮，附和着胖子的话。看起来，他们3个人应当是一起的，都是这个摊子的摊主。

“你们说自己不是骗子，你看看我这把锹，从你们这里买的，才用了一个礼拜，就卷刃了，你们这锹是拿纸糊的！”农民中一个领头的汉子把手里的铁锹一直杵到胖子的鼻尖前面，厉声质问道。

那胖子退后半步,以便让自己的目光能够聚焦到锹头上。看过一眼之后，他的语气明显软了三分，不过还有些肉烂嘴不烂地狡辩着：“谁……谁知道你拿这铁锹干什么去了，我们的锹都是用最好的钢材打出来的，质量是绝对没问题的……”

“我拿铁锹还能干什么，当然是铲地了！我这么大年纪，用过几十把铁锹，没有一把像你们的铁锹这么差劲的！你说你们的铁锹是用好钢打的，你这摊子上不是还有吗，我们拿一把来试试！”那领头的农民怒道。

胖子道：“你凭什么拿我们摊子上的铁锹来试？试坏了算谁的？”

“你的铁锹一试就坏，你还敢说质量没问题！”农民们鼓噪起来。

“你们农民种的菜，我能先吃再给钱吗？”几个年轻人反驳道。

“当然可以，不好吃不要钱！”

“……那你们养的猪呢，能先杀来看看吗？”

“杀就杀，没有肥油我白送……”

“……”

双方你一言我一语，空气里已经充满了火药味。那3个年轻人显然也对自己卖的东西信心不足，死活不同意对方拿自己摊子上的农具去试验，同时又一口咬定对方买去的农具是因为使用不当而损坏的。至于那5个农民，买了伪劣商品，本来已经是一肚子火了，再加上对方如此无赖，更是怒不可遏。

“各位消消火，怎么回事，能让我这个过路人来评评理吗？”秦海拎着行李凑上前去，笑呵呵地对冲突双方说道。他本不是一个爱管闲事的人，但见双方对峙得如此激烈，手上又都带着家伙，生怕他们一言不合就锹镐齐动、胳膊腿乱飞，于是赶紧上前去劝架。

“你是谁呀？少管闲事。”胖子斜了秦海一眼，不满地问道。他知道自己的商品有毛病，路人随便一看也知道理亏的一方是他们，所以不愿意别人插手。

“我是个过路人，来劝劝架。”秦海依然笑着说道，见那3个年轻人不愿意与他配合，他便把头转向了那5个农民，说道：“几位大叔，你们在争执什么，能跟我说说吗？”

几个农民都是老实巴交之人，而且也都过了喜欢争强好胜的年纪，与3个小年轻争执，原本也并非出于他们的本意。见到有人上前来帮忙评理，几个农民都非常高兴，那领头的农民指着手里的铁锹对秦海说道：

“你来评评这个理。这是我上礼拜在他们这里买的铁锹，也怪我贪便宜，看他们的铁锹卖得比张老三铁匠铺里便宜5毛钱，就在他们这里买了。结果买回去用了不到一个礼拜，这刃口就卷了，你说，什么样的铁锹会这么劣质！”

秦海从那农民手里接过铁锹，看了看刃口，又用手指甲敲了敲，听了听金属的声音，说了声：“倒的确是一块好钢，如果我没弄错的话，这应当是65号锰钢，寻常还真没人舍得用这么好的钢来做铁锹。”

“听见没有，听见没有！”那3个年轻人听到秦海居然在帮他们说话，转怒为喜，连声附和起来。那胖子更是伸出厚实的熊掌在秦海肩膀上拍了拍，说道：“哥们儿，行家啊！连钢号都能看出来。”

“你们先别高兴。”秦海回过头，脸上依然带着笑意，“我话还没说完呢。钢的确是好钢，可惜被你们糟蹋了。我问问你们，你们把这把锹打出来以后，是不是没有淬过火？”

胖子的笑容一下子凝结在脸上，好半晌才结结巴巴地问道：“你说什么，什么叫战火啊……”

所谓淬火，是金属材料加工时的一道工艺。简单说就是把金属工件加热到某一适当温度并保持一段时间，随后浸入淬冷介质中快速冷却。民间铁匠铺锻制各种铁器之后，要把发红的铁器迅速浸入水中进行冷却，这就是淬火的一种方式。

淬火和回火、退火、正火等加工工艺，统称为热处理工艺，是用于提高材料性能的重要手段。通过精确控制热处理工艺中的介质、温度、时间等因素，能够使材料的韧性、强度、硬度、耐磨性、疲劳强度等达到指定的要求，这其中的学问可谓是深不可测。

作为一名材料专家，秦海对于热处理工艺有着深入的了解。他只是看了一眼胖子他们做的农具，就知道这是没有经过淬火处理的。65号锰钢是韧性和耐磨性都极佳的钢材，但如果加工之后不进行正确的淬火，钢质就会偏软，从而出现现在这种卷刃的现象。

胖子他们几个都是半担水的学徒工，对于加工工艺方面的知识一知半解，甚至秦海说的“淬火”这个词，他们都一下子反应不过来。淬火的“淬”字按字典上的解释，应当发“脆”这个音，但在热处理专业中，人们习惯于念成“战”这个音，这是从北方民间传统上说的“蘸火”这个词引申过来的。

“你说的……是‘脆’火吧？”3个年轻人中的那个矮个子试探着问道。

“嗯，也可以这样念吧。”秦海妥协了，现在也不是普及术语的时候，只要对方明白自己的意思就行。

“我们当时……找不到水。”矮个子用微不可闻的声音回答道。作为一名学徒工，没吃过猪肉也见过猪跑，淬火这个流程他好歹是见过的，只是不知道有什么作用。在制作这些农具的时候，也许正如他说的那样，因为旁边没有方便的冷却水，于是就把这道工序给跳过去了。

“什么？你们的铁器连淬火都没有做就拿出来卖了，这还不算是伪劣商品！”几个农民算是擒着理了，一起叫起来。他们虽然不懂工业，但起码看过铁匠打铁，知道淬火这么一回事，也知道没淬过火的铁器不好用。

“退货！”

“退钱！”

“让他们赔钱！”

几个农民理直气壮地喊着，等着秦海替他们伸张正义。

“怎么样，你们几位觉得如何？”秦海看着3个年轻人，问道。

胖子语气有点软，嘟囔着说道：“他们就是想讹诈我们，我们用的都是好钢……就算没有淬火，钢总是好钢吧。这么好的钢，还比铁匠铺便宜5

毛钱……”

他自说自话，流露出来的意思却是非常明确的，那就是不愿意退钱。5个农民从他们这里买的农具有七八件，价值十几块钱，如果全部退货的话，估计他们还真拿不出来。

秦海看出了胖子的为难，他又转回头，对那几个农民说道：“各位大叔，我提一个方案好不好？”

“你说吧。”几个农民道。

秦海道：“各位既然买了这几位兄弟的农具，想必是家里用得上的。这些农具用的钢材的确都是好钢材，只是加工的时候少了一道工序而已。各位如果愿意，我让这几位兄弟把这些农具重新回回炉，补上淬火工序。我保证修复完了之后，这些农具的品质比你们过去用过的都好，你们看如何？”

“喂喂，你懂什么是淬火吗？我们可不懂这个。”胖子在背后拉了秦海的衣襟一下，生怕秦海这番话把他们都坑了。

秦海用恨铁不成钢的目光瞪了胖子一眼，说道：“我既然敢答应，自然有把握……不过，你们得帮我找到一个铁匠铺，还有一些淬火介质，我一会跟你们说。”

这会儿工夫，那几个农民已经简单地交换过了意见，大概是觉得与胖子等人纠缠下去也没什么结果，而自己也的确需要这些农具，因此点点头，对秦海说道：“看在你这个小年轻的面子上，只要他们能够把这些农具修理好，保证不卷刃，我们就不退货了。”

“谁敢保证不卷刃！”高个的年轻人不合时宜地来了一句，“你们拿铁锹当瓦刀去劈砖头，也不会卷刃？”

“淬火做得好的话，的确可以不卷刃。”秦海笑着答了一句。

“好，就冲你这个年轻人的话，如果你说淬火以后这把铁锹劈砖头都不会卷刃，我把这摊子上的农具都买了！”先前那个领头的农民来了一个激将法，在他心里，也觉得秦海的话有些夸张了，但这个时候他挺一挺秦海，就能把那3个年轻人逼得无路可退，这样的事情，他当然是乐见的。

“你自己说的？好，哥们儿，你说吧，咱们怎么做淬火？”胖子的热血被那个农民给激起来了，他突然生出了一种希望，那就是秦海真的能够把这些农具处理到劈砖头而不卷刃的地步。这样一来，就能够用那个农民的话逼着他把余下的农具都买走，这可不仅仅是能挣多少钱的事情，而是能够把刚刚丢的面子都挣回来。

秦海看看双方，无奈地摇摇头，然后对那 3 个年轻人说道："要做淬火，首先要有个炉子……你们都是工厂的吧？是回你们厂里，还是找个铁匠铺，你们说呢？"

"找个铁匠铺吧。"矮个子说道。出来卖农具挣钱，是他们干的私活，这种事情还是尽量不要扯到厂里去为好。

"那边不远就是张老三的铁匠铺，我跟他熟，可以带你们去。"领头那农民指了一个方向，说道。

"那好。"秦海点点头，又对年轻人们说道："还有一样东西，需要你们去找找。我需要配一些淬火溶液，要用到几种化学药品，这些药品可能只有到中学的实验室里才能找到，你们谁有关系？"

"我吧……"矮个子举起手答道，"我舅舅是县中的。"

"好，我把需要的药品名称和数量给你写下来，你马上去找你舅舅，把这些药品弄到，送到张老三的铁匠铺去。"秦海从挎包里取出纸笔，写了几个名字，递给那矮个子。

事到如今，几个年轻人也只能唯命是从了，他们也希望秦海能够为他们创造一个奇迹，扭转一下被动局面。那矮个子接过秦海递来的纸条，撒开两条小短腿，便向县中的方向跑去。

打发走了矮个子，秦海招呼一声，余下的人抱着摊子上的农具，在那领头农民的带领下，来到了位于一片平房之中的一个铁匠铺。在铁匠铺的门外，挂了一块牌子，上面真的写着"张老三"的字样。

"老三，我有事来打搅你了。"领头那农民喊道。

"蛮牯啊，又来买什么？……嗯，怎么这么多人？"张老三从屋里迎出来，见到门外站着这么多人，而且每人手里还抱着一些农具，不由得愣了一下。

那个叫蛮牯的农民上前去，三言两语把事情的经过说了一遍。张老三接过蛮牯手里那卷了刃的铁锹，看了看刃口，说道："唔，的确是块好钢，可惜了……不过，就算再淬一道火，能用来劈砖也是吹牛吧。"

“张师傅，是不是吹牛，能不能让我先试试。这么好的钢，如果淬火淬得好，劈一般的红砖应当是没什么问题的。”秦海上前说道。

张老三上下打量了秦海一眼，说道：“你就是那个懂淬火的后生？你在哪学的？”

秦海道：“我是省农机技校毕业的，在学校学过一点淬火。”

“哈哈。”张老三笑了起来，“学校学的，好啊好啊，初生牛犊不怕虎，我这里炉子、铁砧、水都是齐全的，你就露一手让我这个老铁匠开开眼吧。”

他的话里充满了不屑，不过态度倒还算是热情。淬火这种事情，说难不难，说易也不易。容易之处，在于其不外乎就是加热，然后浸水。说它难，在于加热的火候有些门道，淬火效果的好坏，也就体现在操作者对于火候的判断上。

在张老三看来，秦海估计是个不知天高地厚的学生，在学校里学了一点皮毛，就想出来显摆。他相信，秦海肯定会做淬火，但淬火的效果与他这个老铁匠相比，估计就要差出一大截了。他自己都做不到把这些农具处理到能够劈砖的程度，秦海要达到这个效果，只不过是一个笑话而已。

秦海知道自己的年龄是硬伤，要指望别人看得起自己，只能拿出过硬的成绩来。他向张老三道了谢，然后拿着拆下来的铁锹头走进了铁匠铺。

铁匠铺里盘着一个煤火炉，火势正旺。显然张老三刚才也在打铁，听到他们的声音才放下了手中的活计出来的。

未来的秦海是个兴趣爱好广泛的人，为了挖掘传统民间材料加工工艺，他曾经到铁匠铺去当过几天的学徒，所以对铁匠铺里的工具、规矩等多少有些了解。他从地上拣起一把火钳，夹着那片需要修复的铁锹头放入火中，开始进行焙烧。

“哥们儿，你真的会淬火？”胖子不知什么时候也钻了进来，小声地对秦海问道。

此时正是盛夏的天气，铁匠铺里的温度比外面又高出了七八度，简直与蒸笼相仿。秦海待在这屋里已经觉得难以忍受了，胖子这种最怕热的人，居然也钻进来，全然不顾身上的热汗像雨水般流淌，可见其对这件事是如何重视了。

“会打铁吗，兄弟？”秦海没有回应胖子的话题，而是反问了一个问题。

“我就是锻工。”胖子答道，“这些农具都是我打出来的。”

“那可太好了。”秦海道，“铁锹卷刃了，需要重新锻打一下，这件事就交给你了。”

“好吧。”胖子讷讷地点了点头，人家能帮忙淬火已经是很大的人情了，总不能还让人家去抡大锤吧？

秦海把铁锹头加热到一定的温度，用火钳夹出来，搁在铁砧上。胖子这个锻工倒也有几把刷子，举重若轻地拎起旁边一把大铁锤，便在铁锹头上锻打起来。因为只是修复卷曲的刃口，锻打的工作量不大，胖子举着铁锤砸了几下，秦海就叫他停下了。

“好了，可以淬火了吧？”胖子指着旁边的一盆水，对秦海说道。

“不忙。”秦海摆摆手，把刚刚锻打过的铁锹头又送回火炉里，重新加热。他的眼睛透过炉火，紧紧地盯着铁锹头的颜色，等待着其加热到预想的温度。

“你在等什么呢？”胖子见秦海神情严肃，心里不由得也肃穆起来，低声问道。

“热处理不是那么简单的，要先把金属加热到Ac3，也就是让自由铁素体完全转变成奥氏体的温度，产生固溶强化，然后取出来在空气中缓慢冷却，使晶粒细化和碳化物分布均匀化……”秦海低声地向胖子介绍着热处理的入门知识。

“这个……太麻烦了。”胖子直接拒绝了科学院博士后的言传身教，什么奥氏体、晶粒之类的东西，离他实在太遥远了。他只关心一点，什么时候能够看到淬火后的结果。

在铁匠铺外面，张老三一边与蛮牯他们聊天，一边偷眼看着屋子里的动静。看到秦海不紧不慢地加热着工件，他脸上的调笑神情微微有些收敛。

“怎么啦，老三？”蛮牯感觉到了张老三态度的变化，小声问道。

张老三道：“这个小年轻，倒是有几分章法……”

“比你呢？”蛮牯笑道，他知道张老三一向以手艺高超而自居，没事还喜欢自吹自擂，现在听他说一个小年轻有些章法，就忍不住要借机贬损一下他了。

张老三言不由衷地说道：“跟我比，他还得等 20 年呢……不过，他这样做是什么意思，我有点看不懂了……”

正在此时，去找化学药品的矮个子年轻人呼哧呼哧地喘着气回来了，手里拎着一个布袋，里面装了几个药瓶子。

“哎，那个过路的呢？”矮个子对候在门外的高个子问道，秦海没有向他们通报过自己的名字，所以他只能用“过路的”来指代秦海。

高个子用嘴对着屋里努了努，说道：“在里面呢，刚才已经打过铁了。”

“我回来晚了？”矮个子有些郁闷。

“不晚，时间正好。”秦海在屋里答道，“东西弄到没有。”

“都弄到了。”矮个子高兴地回答道，在这大热天跑了这么远路去找东西，如果找回来用不上，那才难受呢。

秦海此时已经把加热好的铁锹头拿出来了，但却没有直接投入水中，而是扔在旁边一堆炉灰里，让它保持温度。这种做法称为回火，也是热处理的几大工艺之一。刚才秦海说要对这些农具进行淬火处理，其实只是一个通俗的说法，他要做的，是综合正火、回火、淬火等各种工艺，实现对工件的全面热处理。

趁着铁锹头正在保温的时候，秦海接过矮个子找来的药品，开始往旁边的淬火盆里倒。精确的重量控制显然是不可能做到了，秦海只能凭着经验，估出一个药品的合适分量，然后倒进水里进行搅拌混合。

“后生，你这是做什么？”张老三不知什么时候已经进了铁匠铺，看着秦海这一通忙碌，好奇心顿生。

秦海回头对张老三笑笑，说道：“我在配淬火溶液呢，这种 65 号锰钢，需要用三硝水溶液来淬火，效果最好。”

“这我倒是第一次听说。”张老三诧异道，“淬火不就是用水吗？”

“张师傅听说过油淬吗？”秦海反问道。

“油淬……倒是听说过。”张老三道，所谓油淬，就是用植物油代替水来作为淬火介质，其淬火的效果与用水是不一样的。张老三知道有些铁器用油淬的效果更好，但由于成本偏高，所以在实践中使用并不多。

秦海道：“我这个道理，和油淬差不多。不同的材料以及不同的用途，需要不同的淬火工艺,其中就涉及使用不同的介质。我用的这种三硝水溶液，对于这种钢材最为合适。”

“三硝……”张老三完全被秦海唬住了。要说秦海不对吧，他又说得头头是道；可是要说他对吧，像三硝水这种东西，张老三可是从来没有听说过的，莫非这个年轻人懂的东西，比自己这个老铁匠还要多？

“你一会儿看效果吧。”秦海笑笑，不再解释这些问题，材料热处理的科学原理，真不是一个民间铁匠能够听得懂的。当然，这不妨碍这些民间铁匠凭着本能与多年的实践，能够找出令材料专家都叹服的热处理方法。

秦海把已经冷却的铁锹头从炉灰上取下，再次送入炉内加热，待其微微发红之后，便取出来直接塞进了配制好的三硝水溶液之中。

“嗞！”

一声清脆的水响，一股水汽从淬火盆中升腾起来，屋里所有的人都闻到了一股酸不酸、咸不咸的怪味。秦海把铁锹头在水里泡了一两分钟，然后夹出来，往地上一扔，对胖子说道：“好了，你拿出去让那几位大叔试试刃口吧。”

“真的好了？”胖子喜出望外，也顾不上铁锹头上还有些余热，用手拎着便出了屋。

“好了，你们试试吧。”胖子对几个农民喊道。

“好了？”叫蛮牯的那个农民问道，他接过铁锹头，认真看了看，点点头道：“唔，看起来颜色是对了。就是不知道结实不结实……”

“这个铁锹真的能劈砖头？”旁边一个农民问道，这就是在赌刚才的气了。

“这个……”胖子有些底气不足，他不知道劈砖头这种说法，是不是秦海的夸张。好不容易淬好火的农具，如果一砖头下去又卷刃了，那可就没面子了。

“没事，劈吧。”秦海也从屋里出来了，抱着手呵呵笑着说道。

蛮牯听秦海说得这么自信，也产生了好奇心，想看看这把铁锹是否真的如秦海说的那样结实耐用。他把铁锹头装在木柄上，然后从旁边找来半截红砖，用铁锹轻轻敲了一下，对秦海道："后生，你这铁锹真的能够砍砖头？"

"砍吧。"秦海自信满满。65号锰钢是应用非常广泛的一种材料，未来对于这种钢材的热处理工艺有过广泛的研究，做这样一种热处理如果还摆乌龙的话，秦海可以直接抹脖子了。

蛮牯还是不敢下手，他拿铁锹在砖头上来回砸了几下，又举起来看看刃口，见到刃口完好无损，这才发了狠，使劲地抡起铁锹在砖头劈了一下。

"砰！"

砖头应声碎成了几块，听着铁锹砸在砖头上发出的脆响，除秦海之外，所有的人都忍不住咧了一下嘴，心里想着，这锹头无论如何也得有个小缺口了。蛮牯急忙地把铁锹举起来，用手抹去锹头上残留下来的砖屑，定睛看去，不禁哈哈大笑起来："哈哈，真的一点儿事都没有！"

"让我看看！"

"我看看！"

其他几个农民和张老三都争先恐后地凑上前去，验看铁锹的刃口。只见在砸过砖块的那个地方，只有一丝淡淡的摩擦痕迹，看不出任何的破损或者卷曲。蛮牯刚才那一下用的力量大家都是可以感受到的，在这样的冲击之下毫发无损，足见这铁锹刃口的品质之优良。

"来来，小师傅，帮我把这把柴刀也淬一下火！"

"我这把锄头……"

几个农民都围上了秦海，对秦海的称呼也从"后生"变成了"小师傅"。面子是靠自己挣来的，秦海露的这一手，镇住了全场，大家对他的尊敬也就油然而生了。

"小师傅，你刚才那些办法，难不难学啊？"张老三怯生生地走上前，带着几分忸怩之色说道。作为一位工匠，见到如此出神入化的技艺，岂有不眼馋之理。他心里不确定的是秦海愿不愿意把这套技术教给他，毕竟技术这种东西是很值钱的。

"怎么，张师傅想学吗？"秦海笑着问道。

张老三更窘了，他支吾着说道：“这个……我也不知道是不是合适，再说，我也没什么文化，就读过高小，也不知道能不能学会……”

“如果张师傅想学，我教你就是了。”秦海爽快地回答道，“有些理论方面的知识你不一定能够理解，不过凭着你的丰富经验，你肯定能够领悟出来的。”

“嗯嗯，我只要学到些经验就行了。”张老三连声说道，全然不顾自己的话与秦海的话对不上榫，说罢，他又想起一件事，于是小声问道：“小师傅，你看……我请你教我这些，要不要安排个谢师礼什么的。”

秦海连连摆手：“岂敢岂敢，我只是懂一点皮毛，哪敢在张师傅面前自称老师，我们就一起切磋一下好了。要不这样吧，张师傅，这里还有其他一些农具，你帮我搭把手，咱们把这些农具的淬火都做一下。”

“可以可以，求之不得。”张老三激动万分，对于他来说，干点活根本不会觉得累，通过干这些活能够学到秦海的技术，那可就赚得太多了。

胖子刚才在屋子里待了半天，此时已经全身都被汗水浸透了，正坐在树下咕咚咕咚地喝着凉开水。另外那一高一矮的两个年轻人对于秦海的技术只是佩服，却没有想学一学的愿望，因此秦海便与张老三一起进了铁匠铺，开始一件一件地修复那些农具。

张老三的打铁经验，比胖子自然是高出了许多，所以锻打铁器这些事情，基本不用秦海上手。到了做热处理的阶段，张老三也是让秦海以解说为主，自己照着秦海所说的按部就班地进行操作，并在此过程中领悟秦海这一套热处理工艺的精髓。

“嗯，这个温度就是900度是吧，我记住这个颜色了……”

“好，在炉灰里保温，炉灰要有一定的温度……”

“这个水叫做三硝水溶液，可以用来淬这种钢……”

张老三如饥似渴地汲取着秦海提供的技术，有些地方甚至还能够举一反三，提出一些改进意见，让秦海也不禁啧啧连声，暗叹真正的高手其实还是在民间。

“太好了，太过瘾了！”

等到一件农具在张老三手里完成了所有的热处理工序，泛着幽幽的蓝光从淬火溶液中取出来的时候，张老三兴奋得几乎要忘形了。

“老三，恭喜恭喜啊。”蛮牯乐呵呵地向张老三表示着祝贺，像张老三这样的手艺人，学到一门新技术是一件可喜可贺的事情。

“这都完全是因为小师傅教得好，我先前真是看走眼了，小师傅年纪轻轻就身怀绝技，实在是了不起的人才啊。”张老三都不知道该怎么夸奖秦海才好了，在此之前，他可是对秦海表示过不屑的，现在想起来，实在是可笑之极，幸好秦海并不是一个爱计较的人。

“喂喂，这位师傅，我记得刚才你说过，如果我们这位兄弟淬过火以后的铁锹能够劈砖头，你就把我们的农具都买下的，现在不会反悔吧？”胖子终于喝够了水，又活过来了，他迈着气吞山河的步伐走过来，牛哄哄地对蛮牯说道。

“当然不反悔！”蛮牯梗着脖子道，“只要张老三和这位小师傅把这些农具都处理一遍，我就全要了。”

“全要了？我们可要提价了。”胖子说道。

“提什么价，不是说好了一把铁锹两块五的吗？”几个农民赶紧上前说理。这么好的农具，即使不提此前的赌约，他们也是打算要买的，但胖子坐地抬价的行为，可就让他们不乐意了。

胖子道：“两块五是先前的价钱，我们兄弟学艺不精，做出来的东西不合意，只好卖便宜点。现在有这位……对了，哥们儿，你叫什么名字？”

最后这句话，胖子是对着秦海问的，人家帮了自己那么大的忙，自己连对方的名字都不知道，有点说不过去。此外，胖子还琢磨着要拉秦海入伙，日后一块做农具的买卖，所以秦海的名字是必须要问一句的。

“我叫秦海，几位兄弟怎么称呼？”秦海反问道。

“我叫宁默。”胖子答道，又用手指了那一高一矮两个伙伴：“这个叫喻海涛，那个叫苗磊。”

“失敬失敬。”秦海向他们仨拱了拱手，倒让这 3 个人手忙脚乱了一阵。那年月里古装戏少，这种拱手礼是大家所不熟悉的。

“对了，我没说完呢……”胖子宁默与秦海互相通报过姓名之后，又转回头对那几个农民说道：“你们看，我们用的钢是最好的，张老三这里的钢不如我们的钢好。我们这个淬火的技术，也是最好的。你们说，我们的铁锹能比张老三的卖得便宜吗？”

“几位大叔，宁默说的也有道理，这么好的铁锹，你们在农资公司花 3 块钱肯定是买不到的，对不对？如果宁默他们卖的价钱太低，就是扰乱市场了，恐怕张师傅也不乐意吧。”秦海上前帮着宁默解释道。

蛮牯他们其实心里早已经调整过预期价位了，秦海说得对，这样好的钢口，一把铁锹卖 3 块钱的确不贵，再低的话，像张老三他们这种铁匠铺就别活了。他们一开始咬着价格不放，是不想对宁默他们妥协，现在见秦海出来说话，于是就坡下驴，说道：“既然小秦师傅说话了，那我们没啥可说的。不过，你们几个小年轻也不能漫天要价，最多也不能超过张老三这里的价钱。”

“凭什么，我们用的钢比张老三的好。”高个子喻海涛嘀咕道。这几个小年轻不像秦海那样斯文，对于比自己年长一辈的张老三也是直呼其名的。

“好了，喻海涛，价钱差不多就行了。”

秦海又回过头来做这边的工作。宁默等人见秦海发了话，也就不坚持了，答应把这余下的七八件工具经过淬火之后，以张老三铁匠铺同类产品的价格卖给蛮牯他们。

接下来的事情，就是大家就着张老三的铁匠炉轮番上阵，给工具做热处理。一干人一直忙活到临近傍晚，才把活干完。蛮牯他们除了修理好上周买下的农具之外，还把宁默他们余下的八件农具一并买下。蛮牯数出了二十七块五毛钱递给宁默，然后与同伴们欢天喜地地回去了。

“发财了！”看着蛮牯他们走远，几个小年轻乐得心里开了花。这买卖做得太顺利了，而且每一件农具都加了价，等于凭空又多赚了几块钱。

“来来来，秦海，这是你那份。”宁默是 3 个年轻人里的头，做生意挣来的钱也是归他分配的。他从那些钱里抽出一张大团结，递到了秦海的面前。喻海涛和苗磊见这情形，不觉嘴角都抽动了一下。总共不到 30 块钱，宁默居然分了 10 块钱给秦海，这出手也未免太大方了一点吧？

不过，二人转念一想，今天这事，如果不是秦海出手相助，他们非但挣不到这二十七块五，甚至还可能要赔出多少钱去。秦海显出的这手本领，让他们佩服到了心坎里，以秦海的本事，拿 10 块钱走，似乎也并不为过。

宁默心里的想法与喻海涛、苗磊是一样的，他还多了一个心眼，那就是想着一会儿与秦海套套瓷，看看此君是哪个单位的，能不能拉过来与自己合伙。既然打定主意想拉对方入伙，他自然不会吝惜一些好处的。

秦海看了看眼前那张大团结，摆摆手道："我就不用了吧。你们搭进这么多材料，真正能挣到的钱也不多。我只是随便搭把手，不值得拿这些钱。不过，宁默，你们更应该感谢一下张师傅，严格地说，你们之间是竞争对手，可是张师傅非但给你们提供了炉子，还亲自动手帮你们干活。你们用了张师傅这么多煤火，总得意思一下吧？"

"不用不用。"张老三在旁边听到秦海的话，赶紧摇头。说实话，一开始他的确是不想帮宁默他们这个忙的，因为宁默他们卖农具，其实是抢了他的生意。但后来，他从秦海手里学到了这么好的淬火技术，与宁默他们的这点竞争就算不上什么了。要说起来，他还应该感谢宁默他们才对。

"老张，秦海说得对，我们用了你的煤火，理当谢你的。不过，我们兄弟挣的不多，这 3 块钱就当请老张你抽烟了。"宁默对待张老三可没有像对秦海那样大方，他抽出了一张两块和一张一块的钞票，递到了张老三的手上，算是把煤火的钱给付上了。

事情得到了圆满解决，秦海、宁默一行自然不会再在张老三的铺子里久待了。宁默硬把 3 块钱塞到了张老三手上，然后便拉着秦海扬长而去。张老三追出来，对着秦海说了不少感谢的话，又叫秦海有空的时候就到家里来吃饭，秦海对此自然给予了一个欣然接受的回答。

"秦海，你这一手是在哪学的？"离开铁匠铺之后，宁默等人把秦海簇拥在中间，边往前走边七嘴八舌地向他问着问题。

"这都是我在技校学的。"秦海简单地回答道。

"啧啧，读过技校真的不一样。唉，当初我家老头子想叫我去技校，我怎么就不肯去呢。"宁默用懊恼的口吻说道。

"胖子，你就算了吧，你连乘法都不会做的人，还能考得上技校？"喻海涛毫不客气地揭穿了宁默的自吹自擂。

“对了，你们几位都是工厂里的吧？是哪家厂子？”秦海对他们问道。

“我们都是青锋的。”矮个子的苗磊答道。

“青锋？”秦海一怔，“哪个青锋？”

“青锋农机厂啊，平苑县还有哪个青锋？”苗磊说道。

“天啊……”秦海只觉得啼笑皆非，闹了半天，原来这几位都是自己未来的同事。还好，他多管闲事没有把这几位给得罪了，否则以后在厂里就难混了。

“真是大水冲了龙王庙，原来你们都是青锋农机厂的，我的报到证就是开到青锋农机厂的，我们以后就是同事了。”秦海说道。

“你说的是真的？”宁默瞪大了眼睛，“太好了！你这么大本事的人，怎么到我们这么一个破厂来了。对了，喻姑娘，你还不赶紧帮秦海拿东西，还有磊子，你瞎了。”

“喻姑娘……”秦海看着喻海涛，怎么也无法把这个浓眉大眼的高个子小伙与“姑娘”二字联系起来。

宁默看出了秦海的疑惑，笑着说道：“‘喻姑娘’这个外号还是小学的时候我们给取的。他不是姓喻吗，我们那个时候听过一个故事，叫‘渔夫与金鱼’，里面那个老头动不动就到海边上去喊：鱼姑娘，鱼姑娘，然后大家就都看着喻海涛了。”

“原来是这么个典故。”秦海呵呵笑着。既然都是同事了，他也就不再矫情，大大方方地把手里的帆布提包和背上的行李卷都交给了喻海涛和苗磊。青锋农机厂离县城有几里路的距离，宁默他们都是骑了自行车来的，此时便正好载上秦海和他的行李，一同回厂里去了。

一路上，几个年轻人说说笑笑，很快就结成了莫逆之交。宁默他们三个都是没太多心眼的人，尤其是宁默，更是充分体现了一个胖子所特有的心宽与单纯，对秦海可谓无话不说。秦海在未来的世界虽然是个科学家，但他平日里接触的朋友也都是普通人，与宁默他们这样的普通青工并无二致，所以此时他混迹于宁默他们之中，并没有任何的不适应。

青锋农机厂位于平苑县城的东郊，周围是一片工厂区，各厂子之间穿插着一些农田，稻子已经临近收割的时节，金黄一片，看上去令人赏心悦目。

沿途经过的工厂有钢铁厂、炼焦厂、农药厂、化肥厂、磷肥厂，规模都不大，显然都是70年代“地方五小工业”建设的成果。

正如此前那位热心而严谨的文化人说过的那样，过了农药厂的门口，一行人折向左转，前面一条宽阔的道路通向一片颇有一些规模的厂区。

“秦海，你看，这就是我们青锋厂。”宁默用手指着那片厂区，对秦海说道。

秦海抬眼看去，扑入眼帘的是一片石灰斑驳的围墙，围墙顶上插着无数碎玻璃片，那是用来防范小偷越墙而入的。围墙内绿树掩映，树木间露出高高的烟囱和水塔，以及单层厂房的高屋顶。厂区的大门正对着马路，因为刚过建党节，所以大门上还插着国旗，看起来颇有一些喜庆之色。

“你要先报到，然后才能分到宿舍。今天是礼拜天，办公室不上班。不过没关系，我让苗磊去找小杜，小杜是负责新职工报到的。”宁默热心地为秦海张罗着。

“大礼拜天去找人，合适吗？”秦海言不由衷地说道。

宁默大大咧咧地摆摆手：“这有什么不合适的，小杜跟我们关系好着呢，你等着就是了。”

苗磊骑着车飞奔而去，不多时就载着一个身材窈窕的漂亮女孩来了。据宁默介绍说，这女孩就是小杜，大名叫杜欣欣，是办公室的打字员，兼管接待和一些人事工作。

“你是来报到的？”小杜上下打量着秦海，用脆生生的声音问道。

“是，我是农机技校毕业分配过来的，这是我的报到证。”秦海把报到证递到小杜手里，说道。

“嗯，跟我来办手续吧。”小杜接过报到证，转身走进厂办的小办公楼，秦海连忙跟上，宁默等人也跟在后面，一起进了厂行政办公室。

小杜显然是办惯了这种报到工作的，她拿出各式表格，指点着秦海填写。秦海拼命回忆着有关自己的各种信息，努力避免出现把自己的学历填成博士后这种乌龙之举。

“好了，照片准备了吧？交两张照片，贴工作证和履历表用。”小杜收好表格，向秦海伸出手去。

秦海在挎包里找了一下，翻出两张一寸照片。看到照片上那个与未来的秦海面目全非的形象，他微微愣了一下。

“怎么啦？”小杜奇怪地问道。

“呃……你看这是我的照片吧？”秦海傻傻地问道。

“当然是你的！”小杜没好气地劈手夺过照片,拜托,你要跟本姑娘搭讪，换个正常一点的理由好不好？连自己的照片都认不出来，谁相信啊？

原来我长成这个样子……秦海在心里暗暗嘀咕道，嘴里不自觉地说了出来：“这么清秀……”

言者无心，与秦海对面站着的小杜却一下子脸红了。他说我长得清秀耶……嗯，这个新来的技校生，长得也蛮标致的……

小姑娘犯了花痴，脸上的神情立马灿烂起来，她在一张照片背后刷上胶水，贴到秦海的工作证上，然后双手捧着递到了秦海手里：“这是你的工作证，收好了，遗失要交钱补办的哦。”

“多谢欣欣。”秦海微笑着说道。

“嘻嘻，多谢欣欣。”宁默怪腔怪调地学着秦海的话。那个年月里，人们都还比较保守，直接称呼女孩子的名字是很怪异的行为。秦海这样亲昵地称呼小杜，自然让宁默他们这些荷尔蒙过剩的小年轻大起八卦之心，一个个眼睛里都露出了调笑的神色。

“胖子你要死啊！”小杜被秦海一声“欣欣”叫得心花怒放，脸上却不敢表现出来，于是转向宁默，雌威大作：“谁让你在办公室里抽烟的，烟灰都落到地板上了，明天翟主任上班看到，又要骂我了！”

“哎哟，不要那么凶嘛，欣欣。”宁默哈哈笑着，赶紧把烟灰掸到一旁的垃圾筐里，同时说道：“翟建国敢骂你，你就说这烟灰是我掸的，让他有本事来找我！”

办完报到手续，宁默等人又带着秦海去家属区找到了老行政科长陈荣坤，请他分配宿舍。陈荣坤是个五十来岁的干瘦汉子，见了秦海，皮笑肉不笑地说了几句毫无营养的欢迎之辞，然后就从家里的不知道哪个抽屉里找出一把钥匙，递给秦海，说道：

“你就先在单身楼住下吧，明天再来行政科补办手续。这是208的钥匙，原来住在那里的小李调走了，房间里床和桌椅都有，不过可能要你们自己打扫一下。对了，胖子，你们几个都帮小秦收拾一下，好不好？”

宁默点头道：“老陈，你就放心吧，秦海是我哥们儿，我会照顾他的。”

“你这死胖子，叔叔都不知道叫一句，你不怕我明天跟你爸爸讲？”陈荣坤假装生气地训斥道。

“嘿嘿，我上班那天，我爸就说了，我已经能够自食其力了，以后叫他爸爸也行，叫他宁中英同志也行。”宁默得意地向陈荣坤说道。

陈荣坤笑道：“胖子，你如果敢当面叫你爸爸一句宁中英同志，以后你就可以叫我小陈，我绝对不生气。”

“呃……还是算了吧。”宁默一下子像瘪了的皮球一样，软了下来，“老头子退下来以后，脾气见长，尤其是看我哪都不顺眼。我现在连家都不敢回了，哪敢跟他乱开玩笑。”

“我就说嘛！”陈荣坤道，“好了，别扯淡了，你们快带小秦到单身楼住下吧。快到吃晚饭的时间了，今天行政科不上班，也买不了饭票，你们匀点饭票给小秦用，知道吗？”

“陈科长放心吧，我们不会让我们哥们儿饿着的。”宁默笑呵呵地向陈荣坤道了别，然后搂着秦海的肩膀，带他向单身楼走去。

从陈荣坤那里出来，秦海笑着对宁默问道：“怎么，宁默，你父亲也是这厂里的吗？”

宁默点点头，又用手指了指喻海涛和苗磊，说道：“我们三个都是农机厂的子弟。喻姑娘他爸是财务科的副科长，磊子他爸是铸造车间的主任。”

“你怎么不说你爸是厂长？”喻海涛忍不住揭了宁默的底。

“他现在是调研室主任好吧？”宁默反驳道，说罢，他又转过头对秦海解释道：“我家老头子原来是农机厂的厂长，前年退居二线了，现在是调研室的主任，其实就是靠边站了。”

“原来三位都是咱们厂的衙内啊，失敬了。”秦海笑道。一个小小的农机厂里的干部子弟，倒还不至于让秦海觉得有多神圣，不过能够借对方的身份开个玩笑，倒也无伤大雅。

“啥叫衙内？”热爱学习的苗磊好奇地问道。

秦海道："就是官员家里的少爷啊，像你们几位，如果搁在古代，那都是能够提笼架鸟，每天带着一帮狗腿子家丁，上街调戏良家妇女的。"

"哈哈哈哈！"宁默等人都被秦海逗乐了，这种未来的梗在当年的人听来，实在是幽默之极。宁默一边笑，一边挥着熊掌拼命拍着秦海的肩膀，只差把秦海拍成肉饼了。

笑过一阵之后，喻海涛说道："秦海，你刚到青锋厂，不了解情况。我们算什么衙内啊，青锋厂这两年连续亏损，都快揭不开锅了。厂里现在只能发基本工资，老职工的医药费都报销不了。我们哥们儿挣二十多块钱学徒工工资，全都要交给家里。想买包烟抽都要靠自己出去打点野鸡才能挣到。"

"打野鸡？"秦海寒了一个。

"就是自己做点小生意。"苗磊替喻海涛解释了，"像我们今天这样，从厂里弄点边角料，自己打几把铁锹、锄头什么的，卖给老表，挣点零花钱。"

"哦，是这个意思。"秦海释然了。他知道苗磊说的"老表"是城里人对农民的统称，虽然不带什么褒贬之意，但能够体现出说话人在身份上的优越感。

说话间，几个人已经来到了单身楼前，这是一幢两层的筒子楼，看起来已经有一些年头了，墙面和窗户看起来都灰扑扑的。走进单身楼，一股热气扑面而来，伴随着炒菜的香味、人们身上的汗味、盥洗室里的水腥味。楼道里每个房间门口都搁着煤球炉子，男男女女们正在忙碌地做着晚饭，同时还在大声地交流着各种八卦信息。

陈荣坤分配给秦海的宿舍，是在单身楼的二楼。几个人顺着木质的楼梯往上走，苗磊走在前头，边走边向秦海提醒着："秦海，小心脚下，那一截木头朽了，没踩好就会摔下去。"

"多谢磊子。"秦海应道。

众人上了楼，对着房间号来到 208 的门口，秦海正掏钥匙开门之时，对面的房门打开了，一个姑娘的头探了出来。

"胖子，你们找谁呀？"那姑娘认出了宁默，对他问道。

这已经是秦海第三次听人这样称呼宁默了，看来，宁默这个胖子的绰号在青锋厂是家喻户晓的。考虑到宁默的父亲是前任厂长，儿子受到如此关注倒也不意外。

“王晓晨，原来是你住在对面啊。”宁默倒也认识那姑娘，他用手指了指秦海，说道：“这是秦海，我哥们儿。他是农机技校毕业的，分到咱们厂里工作，以后就和你住对门了。”

“哦？”姑娘饶有兴趣地看了看秦海，笑着说道：“好小哦，跟我弟弟差不多大。”

“呵呵，那我就先认个姐姐了。”秦海是个随和的人，听对方这样说，便顺着她的话说道，“远亲不如近邻，近邻不如对门，以后小弟就全仗晓晨姐罩着了。”

“哈哈哈哈……”王晓晨笑得花枝乱颤，“不愧是读过书的，说话好幽默哦。对了，你是叫秦海是吧？我 20 岁，你多大了？”

“我 18 岁。”秦海答道。

“比我弟弟大一岁。”王晓晨认真地点点头，修正着自己此前的说法，然后热情地问道：“你吃饭没有？今天是礼拜天，食堂开饭早，现在已经没饭了。我煮了红薯稀饭，你要不要吃点？”

“不用了，王晓晨。”宁默替秦海拒绝了，“等会我们请秦海出去吃饭，我们现在先帮他收拾一下房间。”

“嗯，胖子什么时候这么大方了。”王晓晨道，“那你们收拾吧，需要什么东西就到我这里拿。”

“多谢晓晨。”秦海向王晓晨拱拱手，结果这个亲昵的称呼又把姑娘给说得红了脸。

王晓晨回自己房间去了。秦海用钥匙打开自己的房门，推门进去。屋里倒还算干净，地上扔着一些前任主人遗弃的杂物，都是没什么价值的东西。顺墙摆着一张铁架子单人床，床板微微有些塌陷，不过估计一时还不至于断掉。临窗的地方摆着一张很旧的写字台，是那种上面有两个抽屉，一旁有一个小柜子的“一头沉”，写字台边上有一把木头的靠背椅，这就是屋里所有的家具了。

房间靠床一侧的墙上，贴着一张过期的电影海报，海报上一个大美人露着整齐的牙齿在向秦海微笑。秦海认得，这正是年轻时候的刘晓庆。

“把行李放下，咱们就出去吃饭吧。”秦海说道，“这屋子也不脏，回来我自己收拾就行了。”

宁默马上表示赞同：“好，那咱们就快走吧。累了一下午，我早就饿了。”

几个人把行李卷扔在那单人床上，然后便拍拍手往外走。这几个虽然没有衙内的命，却也多少有点衙内好逸恶劳的品性，听秦海说自己能够收拾房间，他们也就乐得轻省了。

那个年代，有闲钱在外面吃饭的人不多，所以整个一片东郊工业区，也只能找到两三家饭馆。宁默他们骑着车载着秦海，走了一里多远，来到一家名叫“为民餐厅”的民营小饭馆，走了进去。

“孔老板，孔老板！”宁默一进门就大声吆喝着。

“来了来了。”一个比宁默体积小一号的中年胖子应声而来，见到宁默，嘿嘿笑道：“胖子，来吃饭了？”

“我来朋友了，10 块钱，你挑最好的菜上吧。”宁默把先前打算给秦海的 10 块钱递到孔老板的手里，又吩咐道：“上一瓶散酒。”

“哇，10 块钱啊！”孔老板眼睛一亮，除了公款吃喝之外，寻常人拿着 10 块钱出来吃饭可是一件稀罕事。孔老板对宁默他们几个颇为熟悉，这几个年轻人每隔半个多月就会来这里打一次牙祭，每次也不过就是可怜兮兮地凑出两三块钱，炒一个荤菜一个素菜。像这种一下子拍出 10 块钱的举动，在孔老板记忆中是从来没有出现过的。

“怎么，胖子，哪里来的朋友？”孔老板好奇地打听着。

“我哥们儿，农机技校毕业的，刚到我们青锋厂来上班的。”宁默是个直筒子，有问必答，这么会儿工夫已经把秦海介绍了好几次了。

这个介绍对孔老板来说没有任何价值，他向秦海点点头笑了笑，便屁颠屁颠地跑到后面开火做菜去了。他前脚刚走，后脚就有一个瘦瘦弱弱的半大姑娘跑出来，给宁默他们这一桌端来了一小碟葵花籽和一小碟炒黄豆，让他们边吃零食边等菜。

“让你们破费了。”秦海对于宁默的安排没有什么异议，只是轻描淡写地道了声谢。

“这其实是你的钱。”宁默说道，“秦海，我真的很佩服你，又有本事，又不在乎钱。如果换成单身楼里其他那些单身汉，别说 10 块钱，就是 1 块钱他们都会攥得死死的，哪会像你这样，看都不看一眼。”

“没错没错，秦海你真是大方！”喻海涛和苗磊也都赞道。

此前，宁默要给秦海付 10 块钱的报酬，喻海涛和苗磊还多少有些心疼。但后来秦海坚持不要，又让他们觉得秦海其人好生大气。宁默不愧是厂长家的公子，虽然囊中羞涩，却依然有视金钱如粪土的气魄，秦海拒绝了这 10 块钱，他就索性用这 10 块钱来请秦海吃饭，算是了却了一番心愿。

众人正在聊着，门外人影一闪，又进来了一个客人。这是一位穿着皱巴巴的西装的中年人，黑黝黝的脸色暴露了他的真实身份，让人知道他并不是什么高富帅。他径直走到一张桌子边坐下，把手里拎着的一个沉甸甸的蛇皮袋子往地上一扔，发出一阵金属撞击声。

“小芳！”那中年人对着后厨的方向喊道。

先前那个半大姑娘飞跑出来，站在中年人面前，等着对方吩咐。

“一份炒香干，一碟花生米，半斤散酒。”中年人用略带疲惫的声音说道。

“萧科长，到我们这桌来吧，大家一起吃。”宁默站了起来，对那中年人喊道。

“是胖子啊。”

那个被称为萧科长的中年人这才发现了宁默他们。他站起身来，走到宁默这一桌前，向苗磊和喻海涛都笑了笑，算是打过招呼。目光划过秦海脸上的时候，萧科长稍稍停了一下，也许是在回忆自己是否见过秦海。在确认自己并不认识此人之后，他便把目光转回到宁默的身上。

“胖子，你爸爸在家干什么呢？”

宁默一撇嘴：“他还能干什么，养花，下棋。对了，如果我在家的话，他就训我。”

“这个老家伙！”萧科长用亲昵的口吻骂了一声宁默的爹，然后说道：“怎么，胖子，又偷厂里的材料卖钱了吧？”

“萧科长，你怎么能这样说我们呢。”宁默委屈地说道。

“没偷材料，你们哪有钱出来大吃大喝？”萧科长道。

宁默道："我们是自食其力。我和海涛、磊子，我们拣了车间里不要的废钢，打了些锄头、铁锹，卖给老表，这才挣了点儿钱，请我们这哥们儿吃饭。"

说到此处，他用手指了指秦海："他叫秦海，是农机技校毕业的，已经到咱们厂报到了。"

秦海赶紧站起身，向萧科长说道："萧科长吧？抱歉，我刚才不认识你。我是今天刚到厂里报到的。食堂没饭吃了，宁默他们就请我出来吃了。"

萧科长向秦海点点头，主动伸出手去，秦海连忙伸手握住。两个人握过手之后，萧科长说道："我叫萧东平，是厂里的供销科副科长，跟他们几个的爸爸都很熟。"

"哦，萧科长，以后还请你多关照。"秦海客气地说道。

"萧科长，到我们这桌一起来吃吧。"宁默再次发出了邀请。

萧东平摆摆手道："你们年轻人吃饭，我跟你们凑什么热闹。我刚从红泽回来，在这里随便吃点饭，休息休息。"

红泽是安河省的省会，离平苑有六十来公里。萧东平是供销科副科长，到红泽去出差是司空见惯的事情。从时间上推算，他应当是刚刚下了从红泽开来的长途汽车，到为民餐厅来吃饭休息的。

"萧科长，你就坐下吧。"宁默与萧东平看起来关系的确不错，一把拉着萧东平的手，就让他坐下。

萧东平挣了两挣，没挣开宁默的熊掌，只得屈服道："好吧好吧，我去把东西拿过来。"

"我去帮你拿吧。"宁默站起身，把萧东平的那个蛇皮袋子拎过来了，扔在萧东平脚边，"这是什么东西，这么重？"

"旋耕刀片。"萧东平用懊恼的口吻说道。

"你的炒香干和花生米还要不要了？"那个叫小芳的服务员跟在萧东平身后问道。

"不要了，跟你爸爸说，给我们这桌多加半斤散酒。"宁默吩咐道，听他那意思，那个小芳应当就是孔老板的女儿了。

"哎……我和你们吃饭，怎么能让你们出钱呢？这顿饭算我请好了。"萧东平言不由衷地谦让着。

宁默嘿嘿笑道："萧科长，你就别死撑着了。我们几个虽然穷，可是挣点零花钱都是自己的。你一个月的工资都被萧师母管得死死的，你哪有钱请我们吃饭？你每次出来喝酒，就是拿一个香干子下酒，连个肉菜都舍不得炒，以为我们不知道？你如果拿钱请我们吃饭，回家就得跪搓衣板了。"

萧东平的老脸有些发红，显然是被宁默说中了。他酷爱喝酒，但却正如宁默说的那样，几个工资都被老婆管得死死的，没一点活钱。他这趟去省城办事，省下了几毛钱车费，这才有机会到餐厅来买点散酒，过过酒瘾。他每回自己偷偷喝酒也都是担着风险的，回到家之后，少不得要被老婆斥责一番。

"胖子，小秦刚到咱们厂工作，你在他面前说这些干什么。"萧东平低声埋怨着宁默，然后又笑着对秦海解释道："小秦，你别听小默乱讲，我老婆只是关心我的身体，她不让我喝太多酒……"

"嗯嗯，理解。"秦海心中暗笑，"萧师母真是贤惠，像萧科长这个岁数，是要注意点养生。不过，萧科长出差辛苦，一会儿稍微喝点酒舒舒筋骨也是必要的，这样回去可以睡个好觉。"

"就是嘛，就是嘛。"萧东平赶紧点头，想尽快把这个尴尬化解开去。

这时候，孔老板已经把菜陆续炒出来了，共有辣椒炒肉、炒猪肝、红烧鱼段、炒香干、炒空心菜、炒豆腐 6 个菜，摆了满满一桌子。

"怎么会有这么多菜？"萧东平瞪大了眼睛。

"给秦海接风，菜少了像什么样子？"宁默牛哄哄地说道。能够掏出 10 块钱来请客，让他颇有一些成就感，他一向是一个把面子看得比金钱更重的人。

萧东平把目光投向了秦海，心中暗自猜测着秦海的身份。在他看来，能够享受到如此高接待待遇的人，应当是很不寻常的。

秦海看出了萧东平的疑惑，他淡淡一笑，说道："宁默太客气了，其实我只是帮了他们一点小忙，他们就非要这么客气。不过，能够有萧科长赏光，我心里就踏实了。"

萧东平哈哈笑道："小秦真会说话，这么说，我今天是沾了你的光了。"

说到这儿的时候，孔老板拎着一只塑料壶过来了。壶盖一揭开，一股浓郁的酒香扑鼻而来，令人陶醉。秦海知道，这酒壶里装的，是当地民间制作的散装烧酒，有四五十度，纯粮食酿造，口感和后劲都不亚于未来那些能够在央视黄金档做广告的名酒。

闻到酒味，萧东平的兴趣就完全从秦海身上转移开了。他几乎是以抢夺的速度，从孔老板手里接过酒壶，然后就开始给众人倒酒了。

“我借小默的这第一杯酒，欢迎小秦加入我们青锋厂的行列。”

倒好酒之后，萧东平不等宁默这个主人说话，自己就先端起了酒杯，说起了祝酒词。

“多谢萧科长，多谢宁默，谢谢海涛、磊子。”秦海也端起酒杯，向众人致意。

萧东平仰脖喝干了杯中酒，眼睛眯了一下，似乎在享受着美酒的滋味，然后伸筷子夹起一片猪肝，送入嘴中，使劲地嚼着，脸上露出幸福的神色。

唉，你好歹也是个大叔耶，吃相不要这样难看好不好?

秦海在心里叹着气，不过，他很快就把对萧东平的鄙视扩展到了全桌，因为他发现宁默等 3 个年轻人也都如风卷残云一般地争抢着桌上的好菜。

“秦海，你怎么不吃啊？”宁默嘴里塞得满满的，用含糊不清的声音对着秦海说道。

“我正吃着呢。”秦海笑笑，也跟着大家一起狼吞虎咽起来。干了一下午的活，他的确也已经饿了，这一桌子菜虽然没什么山珍海味，贵在都是绿色纯天然的原料，秦海吃得满嘴流油，心情也愈发明朗起来。

众人狂吃了一阵，把菜扫荡下去一多半，这才放慢了速度。萧东平频频举杯，向一干年轻人敬酒，屡屡不等别人端起杯子，他的杯中酒已经喝干了。宁默等人喝下去的酒，加起来也没萧东平一个人多。

“小秦啊，你到青锋厂来，我表示欢迎。不过，说句实在话，你真是走错门了。”

萧东平酒喝爽了，舌头大了不少，开始进入胡言乱语的状态。他拍着坐在自己旁边的秦海的肩膀，用推心置腹般的口吻对他说道。

秦海喝酒不多，脑子还很清醒，他笑了笑，问道：“萧科长这话是什么意思，我不太明白。”

萧东平道：“我知道你不明白，你如果明白，你就不会到青锋厂来。我跟你讲，青锋厂在几年前，那是整个平苑县……不，是整个北溪地区顶呱呱的好单位。福利好，条件好，地位好！”

说到这，他眼神里放着光芒，像是又回到了那个顶呱呱的年代。

“嗯嗯，我相信。”秦海点头道。一家县里的农机厂，能够有近 200 人的规模，一两千亩占地，的确可以算是顶呱呱的企业了。仅仅从每间单身宿舍都配备一张写字台来看，就能够想象得出这家厂子当年是何等阔绰。

“那个时候，他家老头子是厂长。”萧东平指着宁默说道，“宁老头脾气大，爱骂人，训我跟训孙子似的……”

“萧科长……辈分不对了。”秦海好心好意地提醒着，宁老头的儿子就坐在旁边，萧东平自称被宁老头训得像孙子一样，这辈分可有些尴尬了。

“秦海，萧科长说的是真的，我家老头子训我就像训重孙子一样。”宁默郁闷地解释了一句，算是把辈分又给补齐了。

“呃……好吧。”秦海无奈地笑了，“萧科长，你继续……”

“我说到哪了？”秦海这一打岔的工夫，萧东平又下去了两杯酒，一时间却把刚才说的话给忘记了。

“你刚才说到老宁厂长脾气大，爱训人。”秦海道。

萧东平点点头：“对，宁老头喜欢训人，可是他有资格训人啊！宁老头懂经营，青锋厂在他手里的时候，年年盈利。而且宁老头钱攥得紧，县里要拿青锋厂的利润，宁老头坚决不给，挣多少钱都用来在厂里搞福利、盖房子。那个时候，厂里过年发 10 斤肉，10 斤散酒，端午节发一个职工发 5 斤鸡蛋。你看到胖子没有，他就是这样吃出来的。”

宁默无语了，谁让他是个胖子呢，中枪的面积也比别人要大得多。

“后来呢？”秦海忍着笑，对萧东平问道。

萧东平道：“可是，宁老头一下台，换了韦宝林这个有文化的明白人上来当家，青锋厂是一天不如一天。产品换了七八个，个个滞销，赔进去一大堆材料和设备，一分钱都没有挣到，反欠了银行一屁股债。省农资公司那帮家伙，原来见了老子多客气，回回请老子喝酒。可是现在，老子去了，别说请喝酒，我请他们喝酒都请不出来。”

“这是为什么呀？”秦海问道。

萧东平道：“很明白嘛，他们拒收我们的货，当然不敢见老子了。”

说到这里，萧东平恶狠狠地踹了脚边的那个蛇皮袋子一脚，蛇皮袋子里发出一阵金属撞击声。

“拒收，什么意思？”秦海又问道。

萧东平道：“这蛇皮袋子里，是咱们厂转产新开发的旋耕刀片。韦宝林去日本考察的时候看到人家做这个东西，说是高科技，回来叫我们也学着做。其实这东西技术上也没多难，而且我们国家也有旋耕机，也要用刀片。我们给省农资公司送了两次，一开始还好，后来他们就说我们的产品质量不行，不肯收了。”

旋耕机是一种由拖拉机牵引的农业机械，能够进行大田的犁耕作业。旋耕刀片就是旋耕机上的犁头，是一种消耗品，根据磨损程度的不同，一般每耕作几百亩或者一千余亩就要更换。在当年，日本这种农机装备比率比较高的国家，一年需要消耗的旋耕刀片达到1000万片，中国的农业机械化水平低，但也有一年200万片左右的市场。

国内旋耕刀片的销售价格一般是每片2–3元，而其成本却只有一半左右，属于高利润的产品。接替宁中英担任青锋厂厂长的韦宝林偶然发现了这种产品，便责令青锋厂的技术和生产部门进行研制，并投放市场。谁料想，产品研发出来了，推向市场的进程却并不顺利。省农资公司在接受了青锋厂的两批产品之后，就坚决不再接受了，理由是青锋厂生产的旋耕刀片质量不过关，平均使用寿命只有国内同行水平的2/3。

“农资公司说，人家的刀片能耕700亩，我们连500亩都达不到。人家小日本的刀片，能耕1200亩。他冷玉明搞出来的刀片质量这么差劲，害得我天天拿热脸去贴农资公司的冷屁股。”萧东平嘴里骂骂咧咧。

一旁的苗磊小声向秦海解释着萧东平的话，萧东平说的那位冷玉明，是青锋厂的技术科长，60年代初的正牌大学生，颇有几把刷子的。这一次开发旋耕刀片，就是由冷玉明和生产科长项纪勇负责。

“我倒想起来了，萧科长，你说咱们的刀片质量不行，是不是加工完了没有淬火啊？”宁默自作聪明地猜测道，他从自己的悲惨境遇中体会到了淬火的重要性，于是便在此向萧东平卖弄开了，“萧科长，要不让秦海看看这些刀片，他会做淬火，技术可高呢。”

萧东平不屑地说了句：“胖子，你不懂就不要乱说，不淬火的刀片我们会拿出去卖吗？冷玉明再混蛋，这点常识还没有啊？”

秦海见宁默把话头引到了他的身上，想了想，说道：“萧科长，如果不介意的话，我能不能看看咱们的刀片？我在技校的时候，也接触过旋耕刀片的一些知识，说不定愚者千虑，必有一得呢。”

萧东平也是读过点书的，多少有点文化底子，听秦海说了句挺生僻的成语，而且态度上也颇为低调，心中倒起了几分欣赏之意。他弯腰解开蛇皮袋子上的绳扣，对秦海说道：“刀片都在里面，你想看就看吧。”

秦海伸手从袋子里拿起一把刀片，就着灯光仔细端详了一会，又拿过另一把刀片，互相敲打着听了听金属的声音，然后说道：“萧科长，咱们这个刀片用的钢材，品质可真有些不过关呢。”

“哦？”萧东平抬起因喝多了酒而变得通红的眼睛盯着秦海，问道：“怎么不过关了，你说说看。”

秦海道：“我没做过检测，说不准。不过从这钢的颜色和声音来判断，应当是含硫和含磷的比例偏高了，材料的韧性达不到标准。”

“不错啊！”萧东平脸上现出惊讶之色，“冷玉明也是这样跟我讲的，他说不是我们加工有问题，是北溪钢铁厂提供的钢材质量不过关，所以我们的刀片跟国内其他企业的没法比。小秦真是不错，竟然一眼就能够看出问题来。来来来，我敬你一杯酒，像你这样精通技术的年轻人，咱们青锋厂连一个都没有！”

萧东平一句话，就把在座的宁默、喻海涛和苗磊全给骂了，不过这三位倒也不生气，因为他们的确不懂技术，而且也不以为耻。

秦海端着酒杯和萧东平碰了，把酒喝下去，然后说道：“不过，萧科长，我觉得冷科长的话也有些偏颇，材料不好，这不是我们能够改变的。但我们可以在工艺上进行弥补。如果工艺选择得当，用这样的钢材达到国内先进企业的产品质量，也是完全可以做到的。”

"你说的是真的？"萧东平放下酒杯，神情变得严肃起来，"小秦，你是说，咱们的产品还有救？"

秦海道："这得取决于厂里想不想救。如果想救，自然有办法。"

"当然想救！"萧东平道，"我们仓库里整整堆了一万片刀片，如果农资公司不接受，一万多块钱的成本就打了水漂了。如果有办法让这些刀片的质量提高到国内先进水平……不，只要达到国内平均水平，我就逼着农资公司接收。他们敢不接受，老子把刀片扎到他们脸上去！"

"萧科长，咱们还是要以德服人嘛……"秦海讷讷地劝道，这位萧大叔的脾气实在是太爆了，是不是经常在家里遭受老婆的家庭暴力，导致心理上出现扭曲了呢？嗯，这是一个值得研究的社会学课题。

"小秦，你刚才说咱们的产品有救，是你自己会这些技术，还是在什么地方看到过这些技术？"萧东平的酒似乎醒了一些，他认真地对秦海问道。

"当然是在书上看到的……"秦海说道。

"哦……"萧东平有些失望。

谁知，秦海紧接着又来了一句："看过之后，我自己就会了。"

"真的？"萧东平眼睛亮了，"你从书上看到，自己就会了？"

"完全肯定。不信，你问他们。"秦海用手指了指宁默等人。

"没问题的，秦海说的话，萧科长你完全可以放心。"宁默把胸脯拍得山响，简直比秦海自己还有自信。

苗磊知道萧东平不会凭着他们这么一句话就相信秦海，于是把秦海给农具做淬火的事情一五一十向萧东平做了一个介绍。苗磊的父亲苗福南是铸造车间的车间主任，苗磊对于淬火之类的事情多少有些了解，因此也能够看出秦海的技术比青锋厂的技术更高一筹。最起码，像三硝水溶液这样的东西，在青锋厂就没人提起过，而秦海却能够配制出来。

萧东平听完，好一阵子沉默不语。苗磊说的事情，有鼻子有眼，不像是编造出来的，能够把 65 号锰钢制作的农具处理到砍砖头而毫发无损的程度，这在青锋厂也是无人能够做到的。更加上刚才秦海对旋耕刀片只是看了几眼，就能够道出钢材的缺陷，这都说明秦海其人的确是有两下子的，说不定他说的能够提高旋耕刀片质量的承诺，真有几分可信。

可是这件事情未免太过离谱了，以宁默他们这样几个小混混，居然能够结识一位如此有本事的人，而且这个人又不过是一个刚毕业的技校生，这事说给谁听都不会相信的。把厂里一项重要产品的希望寄托在这样一个人身上，是不是有些太儿戏了。

还是先观察一下再说吧，以免闹了笑话，萧东平在心里这样想到。

“哎呀，酒喝得太多了，头晕。”萧东平晃晃悠悠地站了起来，对众人说道：“你们继续喝吧。胖子，你要陪好小秦。小秦，我先回去睡觉了，回头我再向你请教这个刀片的事情。”

“萧科长喝成这样，要不，我们送你回去吧。”秦海站起身来，说道。

“不用不用，你们继续，你们继续。”萧东平伸出双手拦住秦海，语气坚决地说道。说完，他拎起地上的蛇皮袋子，跌跌撞撞地出门去了。

“他不要紧吧？”

看着萧东平离开，秦海担心地对宁默他们说道。

“没关系，老萧酒量大得很呢。”宁默不以为然地说道，“搞供销的，成天就是酒桌上打转的人。过去我爸在任的时候，厂子里业务多，老萧哪个礼拜不要喝醉两三回？我只担心他回到家，萧师母看到他一身酒气，估计又要罚他了。”

“哈哈哈哈。”喻海涛和苗磊都幸灾乐祸地笑起来，显然萧东平的惧内在厂子里是一个公认的笑料了。

“对了，宁默，咱们厂到底是怎么回事，你们几个给我说说吧。”秦海说道，经过与萧东平的这一番谈话，他发现青锋厂的情况不容乐观，内部关系也颇为复杂，于是起了先了解一下情况的念头。

不提宁默等人如何向秦海介绍厂里的人情世故，只说萧东平离开为民餐厅之后，深一脚浅一脚地回了家。一进门，妻子何玉梅闻到他身上浓烈的酒味，一双丹凤眼便竖了起来：“你又上哪喝酒了！”

“在为民餐厅。”萧东平把手里的东西扔在一边，往藤椅上一坐，说道：“玉梅，给我冲杯茶来。”

“又去喝酒！你是不是在红泽又舍不得坐公共汽车，省下钱回来偷偷买酒喝了？”何玉梅一边拿热水瓶帮萧东平冲茶，一边气冲冲地质问着他。她是典型的刀子嘴、豆腐心，既恼火丈夫偷偷喝酒的行为，又心疼他平常馋酒的样子。闻到萧东平一身酒气，满脸疲倦，她自然舍不得对他不管不顾。

萧东平摆摆手道：“我是省了5毛钱下来，不过没有拿去买酒喝。今天这酒，是宁厂长家那个胖子请我喝的，他在为民餐厅摆酒请一个刚来咱们厂报到的技校生，我算是沾了光。好家伙，六个菜，三荤三素，胖子真是舍得下本钱。”

“什么技校生啊，值得胖子花这么多钱请他吃饭？”何玉梅的好奇心被萧东平勾起来了，听说丈夫省下了钱却没有用于买酒，她的心里对丈夫的怨气又少了几分。

“搞不清楚他的来路，不过，这小年轻真有两下子。不行，我得到老冷家里去一下，跟他说说旋耕刀片的事情……”萧东平说着，就打算起身出门。

何玉梅一把把他拦住了：“你这样一身酒气，深更半夜跑到人家去干什么？”

“也是。”萧东平又一屁股坐了下来，扭头向里间屋喊道：“小军！”

儿子萧小军应声而出，萧东平吩咐道：“你到冷叔叔和项叔叔家里去，叫他们到我这里来，说我有事情要和他们商量。”

“什么着急的事情啊，明天上班再商量不行啊？”何玉梅问道。

萧东平道：“火烧眉毛的事情，这种事上班了就没法商量了。小军，还不快去。”

萧小军看了母亲一眼，见母亲没有表示出反对的意思，便一溜烟地跑出去找人去了。

过了好大一会工夫，技术科长冷玉明和生产科长项纪勇一前一后来到了萧东平家，两个人一看萧东平的脸色，便一齐笑骂了起来：“你个老萧，不会又是喝醉了酒要拉我们聊天吧？喝醉了就去睡觉，是不是怕小何骂你，拉我们来说情啊？”

萧东平、冷玉明和项纪勇三人年龄相仿，当年是老厂长宁中英手下的三员大将，在工作上配合甚多，私交也非常不错。冷、项二人都知道萧东平嗜酒的毛病，也知道他喝了酒就会被老婆训斥，因此也就拿此事开起玩笑来了。

何玉梅对于这种玩笑也已是见怪不怪，她给冷玉明和项纪勇倒上了水，招呼他们坐下，然后说道："老萧今天喝的可是宁厂长家里那个胖子请的酒，听说还有一个什么技校生，你们问他吧。"

"小默请你喝酒？"项纪勇有些诧异，"是怎么回事啊？"

萧东平把刚才喝酒的事情向冷玉明和项纪勇说了一遍，尤其突出了秦海的不同凡响之处。冷玉明和项纪勇二人面面相觑，都有些不敢相信。

"不会吧，一个技校生……老龙的学生什么时候有这么大的本事了？"项纪勇小声地嘀咕道。他自己就是农机技校毕业的，当然那是60年代的事情了。现任的农机技校校长龙长生是项纪勇当年的同学，对于农机技校培养出来的学生有多大本事，项纪勇是再了解不过了。

"老萧，那个秦海说他有能力把咱们的旋耕刀片质量提高到行业平均水平以上，他说了用什么样的工艺吗？"冷玉明关心的是具体的技术问题。

萧东平摇摇头，说道："我又不是搞技术的，他说什么工艺，我哪听得懂？所以我也没问他。我和老项的看法有点相似，我觉得一个技校生，应该没这么大本事吧？"

"可是你分明说他用的淬火工艺能够把65号锰钢的农具处理得砍砖头都不卷刃，这一点我都做不到。"冷玉明说道。

萧东平道："这是苗磊说的，我可没有亲眼见到。"

项纪勇道："苗磊这个孩子我了解，他不太会说谎的。再说，小默他们花这么多钱请秦海吃饭，肯定是因为秦海帮他们解决了问题，这也能说明这件事是真的。"

"你说他已经报到了，他住什么地方？我现在就去找他。"冷玉明有些技痒难耐，打算马上去和秦海谈谈，看看他有什么高招能够提高旋耕刀片的质量。

萧东平摇摇头道："我觉得还是先观察一下为好，他随便一说，我们就这样重视，弄不好就搞出笑话了。我的想法是，你们两位明天是不是找个机会去考一考他，看看他是真有本事还是吹牛。如果是真有本事，我们再听他讲如何提高刀片质量，不是更好？"

项纪勇指着萧东平的鼻子，笑道："老萧，你搞供销搞得自己都疑神疑鬼了，这么点事情也要先试探一下。不过，你说得对，他一个刚来的技校生，我们如果表现得太着急了，说不定会有反作用。我看你没喝醉酒嘛，思路蛮清晰的。"

萧东平笑道："我老萧一向是酒醉心明，要不做生意的时候不是要被人家坑了。"

秦海和宁默等人在为民餐厅喝酒一直喝到晚上 9 点钟，把每个菜盘子都舔得干干净净的，这才拍着鼓鼓囊囊的肚子满意地返回农机厂。到了家属区，宁默等人各回各家，秦海则凭着白天的记忆摸索着回到了单身楼。

"你们才吃完饭啊？"

听到秦海开门的动静，对面的王晓晨又打开门探了个头出来，对秦海问道。闻到秦海身上散发出的酒气，她微微皱了一下眉头，说道："小秦，你刚毕业，别学着胖子他们那样花天酒地的，要不你的工资都不够花的。"

"谢谢晓晨。"秦海感激地回答道。尽管王晓晨的提醒对于秦海而言属于多此一举，但那份关心之意是真诚的，其实秦海与王晓晨不过就是下午打了一个照面，却不料王晓晨就如此对他推心置腹。

"你应该也是乡下出来的吧？我也是乡下出来的，我们乡下人，不能跟他们城里人比，他们家里就是青锋厂的，吃喝都靠父母呢。"王晓晨认真地对秦海说道。

"多谢晓晨指点，今天实在是初来乍到，宁默他们这样热情，我拒绝也不合适。以后我不跟他们去大吃大喝了。"秦海表着决心。

王晓晨满意地点点头，又说道："你大老远从红泽来，出了那么多汗，快去水房洗洗吧。晚上水有点凉，我热水瓶里有点开水，你可以提去用。"

"不必了，我习惯洗凉水澡。"秦海说道，说罢，他又笑着补充了一句："看来我不叫你姐都不成了，你真把我当弟弟照顾了。"

王晓晨嫣然一笑，道："不是你自己说的，远亲不如近邻，近邻不如对门吗？你刚来，缺什么就尽管找我，有什么不知道的事情也可以来问我，不要客气。"

第二章　一个关于挣钱的理想

初到青锋厂，秦海便因为与他年龄不相符的技术能力被技术科长冷玉明和生产科长项纪勇盯上了，经过一番测试，冷、项二人才发现一不留神捡到个宝，或许，秦海这个令人惊喜的小青工能够帮助他们解决困扰青锋厂许久的旋耕刀片问题。而秦海则有着自己的打算，他和宁默等人一起，利用闲暇时间，开始追寻起一个关于挣钱的理想。

在青锋农机厂的单身宿舍里，秦海度过了他的第一个夜晚。青锋厂四周都是农田，此时正是盛夏时分，阵阵的蛙鸣如催眠曲一般，让秦海迅速地进入了梦乡。

未来的秦海是习惯于晚上熬夜工作，次日早上睡觉睡到自然醒的。但到了这个时代，他的作息时间只能纠正过来了。在没有电脑、电视的情况下，晚上想不早点睡也不成。而到了第二天清晨，刚到6点半钟，厂里的高音喇叭就毫无节操地响了起来。一段《歌唱祖国》的音乐放过之后，接着便是“新闻和报纸摘要”播音员那铿锵有力的播报声。

“唉，大梦谁先觉，平生我自知啊……”

秦海伸着懒腰从床上爬起来，吟着诸葛孔明当年在茅庐念过的诗句，走到窗边。他伸手拉开前一任房间主人留下的脏兮兮的窗帘，清晨的阳光顿时洒满了整个房间，让秦海的心情也莫名地明媚起来。

去盥洗室洗漱的时候，秦海又遇到了王晓晨。单身楼男男女女共用一个盥洗室，里面有十几个水龙头，用于单身汉们洗漱和洗衣服等。盥洗室的两侧分别是男女厕所，人们进进出出、习以为常，倒也不见什么尴尬。经常有男女职工分别从两边厕所出来，相互点头问好的情况，谁也不会觉得这其中有什么别扭。

秦海正是从男厕所出来的时候，遇到了王晓晨。王晓晨正在水龙头边洗脸，抬头看到秦海，便自然而然地打了个招呼："小秦，昨晚睡得好吗？"

"呃……"秦海适应了一下这个场景，然后点点头道："睡得挺好的。"

"我忘了跟你说了，我们这里的蚊子特别毒，蚊帐有一点没塞紧，蚊子就会钻进去，一咬就是一个大包。"王晓晨说道。

秦海道："我倒是听到蚊子叫了，不过还好，没被蚊子咬到……可能是因为我是外乡人，蚊子不太喜欢我的肉的味道吧。"

王晓晨格格地笑了起来："小秦你真幽默。对了，你昨天没买到饭票吧？一会你到我那里拿点饭票去买早饭吃，食堂早上有包子和油条，去晚了就只有馒头了。"

"这个……不必了吧，我出去找地方吃点就行了。"秦海说道。

王晓晨道："你上哪找地方吃去？我们外面要走到农药厂那边才有卖早点的，而且贵死了，天天这样吃哪成？你从我那拿点饭票，等你买了再还我就是了，又不是白送给你。"

"也行吧，多谢晓晨。"秦海道。

王晓晨笑道："小秦，我发现你这个人真是太客气了，一点小事也要说谢。我们厂过去也有技校生分配过来，还有大学生分配过来呢，他们都没你这么斯文。"

秦海也笑着说道："这么说，我是太斯文了，好吧，我一定得改掉这个坏毛病。"

王晓晨一边用毛巾擦着手，一边说道："这倒不必改，其实斯文点蛮好的。我弟弟在县中读书，我就希望他学得斯文一点。对了，小秦，什么时候我弟弟到我这里来的时候，你教教他好不好。"

"教他什么？"秦海奇怪地问道。

王晓晨道："我也不知道要教他什么，我看你蛮有文化的，看看能不能指点一下他的学习。我只读过初中，他现在在读高中，我也不知道他的成绩怎么样。”

“嗯嗯，这倒是可以。”秦海大包大揽地说道，“指导个高中生的学习，对我来说……呃，不是太困难吧。”

他原来想说得更牛气一点，转念一想，自己的身份是一个技校生，而技校生是初中毕业以后考的，其实也算是没念过高中。要说指导一个高中生是手到擒来，似乎有些过于夸大了。当然，这只是就秦海现在的身份而言的，秦海的真实本领却是足够在高校里带几个博士的了。

借了王晓晨的饭票，到食堂买了稀饭和包子吃完，秦海又来到了厂部办公楼，到劳资科等待给自己分配工作。

“你叫秦海？在技校是学什么工种的？”劳资科负责分配工作的干部是个半老徐娘，看秦海的眼神就像是在审视一个失足青年。

“我学铸造的，热处理也了解一些。”秦海答道。

“学铸造的，那不就是翻砂工吗？技校怎么又给我们分了个翻砂工。”半老徐娘不满地嘟囔了一声，“我们要那么多翻砂工干什么？”

秦海默然不语，他知道，对于这种处于更年期的妇女，最好的办法就是不要和她们去争执，否则只能惹得自己一身膻。这个半老徐娘估计也不是对他有什么意见，也许只是因为早上买菜多花了 5 分钱的冤枉钱，或者昨天孩子拿回家的成绩单上多了几个红叉叉，于是就把一肚子的气莫名地撒到他这个新人头上了。他能够做的，只能等待而已。

果然，徐娘嘟囔了一阵之后，心情逐渐好转，她抬头看了看秦海，说道：“安排你到铸造车间去当翻砂工，你有意见没有？”

“没有。”秦海毫不犹豫地回答道。

“真的没有？”徐娘对于秦海回答得如此痛快感到有些诧异，她记得去年分来的那个技校生可是吵着闹着不乐意干翻砂的。因为翻砂工在工厂里算是最累和最脏的工种，成天和炼铁炉子打交道，每天下班都是一身臭汗加上一身煤灰。尽管这个工种比别的工种每个月要多 3 块钱的津贴，但年轻人还真是没几个乐意干这活的。

“我是革命一块砖，东南西北任党搬嘛。”秦海笑着说了句早已有些过时的豪言壮语，算是回答了徐娘的疑问。

“嗯，现在有你这种思想的年轻人倒真是不多了。”徐娘心情大好，她拿出个本子，龙飞凤舞地给秦海开了张介绍信，然后撕下一联，递给秦海，说道：“你拿这个介绍信，到铸造车间去找苗福南主任，让他给你安排工作。好好干，只要你表现好，以后调你上来以工代干也是有可能的。”

所谓以工代干，就是以工人的身份做干部的工作，这是那个年代里一个工人最好的前途了。徐娘这样对秦海许诺，并不意味着她真的有把秦海调到机关里来的权力，只是随口说说，以表彰秦海的老实态度罢了。

秦海向徐娘道了谢，揣着介绍信离开了厂部，前往车间。这个时代的秦海在技校里的确是学铸造的，倒是练得有把子力气，所以他并不在意去车间当工人的这个安排。秦海并不担心自己去当工人会没有什么前途，他相信，只要自己愿意，改变生活境遇是轻而易举的事情。

“秦海，怎么，你分配到我们车间了？”

秦海刚走进铸造车间，迎面就碰上了宁默和苗磊二人。他们一见秦海进来，都喜出望外，拉着秦海便是一通寒暄。

“这么巧，你们二位也都是铸造车间的？”秦海笑着问道。

宁默道：“对啊，我是锻工，磊子是行车工。没办法，谁让他爸爸是车间主任呢，给他安排的是好工种，我就只有卖死力气这一条路了。”

所谓行车，就是架在车间顶梁上、能够来回移动的起重机。行车工是个技术工种，相对也比较轻省，所以算是好工种之一。听到宁默这样说，苗磊不满地说道：“胖子，你说啥呢？你爸是老厂长，他如果愿意给你说句话，你坐办公室都没问题，更别说开行车了。可是，你爸坚持让我爸安排你当锻工，我爸有什么办法？”

宁默假模假式地叹了口气，说道：“唉，我家老头子说我太毛躁，不够稳重，所以叫我干几年锻工，压压性子。不过，我也喜欢当锻工，过瘾，让我坐办公室和那些老头子老妈子待在一起，我闷也闷死了。”

“哈哈，就你们俩在铸造车间，那海涛呢？”秦海又问起了喻海涛。

苗磊道：“海涛在仓库当统计员，舒服着呢。对了，秦海，给你分的是什么工种？”

“翻砂工。”秦海把手里的介绍信摊开给二人看，然后说道：“劳资科那位大妈叫我找苗主任，磊子，苗主任就是你爸吧？”

“大妈？哈哈哈哈。”宁默哈哈地笑了起来，“秦海，我发现你说话真的太厉害了。你说的是劳资科的栾苏琴吧？她还真是个大妈，一天到晚看谁都不顺眼。我跟你说，整个青锋厂，我最怕她，其次才是怕我爸。”

“能让你胖子觉得害怕，这位栾大妈的人生也足够精彩了。”秦海笑着应了一句，然后对苗磊问道：“磊子，苗主任现在在哪呢？我先去找他报到，然后再来和你们聊。”

“生产科的项科长来了，我爸正在和他说话呢。你看，那不是他们走过来了吗？”苗磊用手指了指车间的另一头，只见有两个穿着蓝色工作服的中年汉子肩并着肩，向他们这个方向走过来了。

“左边这个就是苗磊的爸爸，右边那个是项科长，项纪勇。”宁默小声地向秦海介绍着走过来的两个人。

秦海点点头，迎上前去，对苗福南说道：“苗主任，我是今年刚分配来的技校生，我是学铸造的，劳资科让我到铸造车间来做翻砂工，这是我的介绍信。”

说着，秦海把劳资科开的介绍信递给了苗福南。苗福南接过介绍信，不动声色地与项纪勇交换了一个眼神，然后说道：“哦，你叫秦海，我来问问你，你在技校都学了些什么呢？”

秦海道：“我主修的是铸造，捎带也学了一些热处理。另外，我平常比较喜欢看书，所以对于涉及材料性能方面的东西，我多少了解一些。”

秦海这样说，是想给自己留一个口子。他昨天在萧东平面前露了一手，仅凭目测和辨声就能判断出钢材的品质，这样的本领是无法用技校的学习来解释的。说自己平常喜欢看书，所以学了一些额外的东西，这样就可以为自己拥有的各种知识找到一个借口了。

“哦？年轻人，岁数不大，口气可不小。”项纪勇不失时机地插了一句。他今天到铸造车间来，就是为了找机会试试秦海的本事的。现在秦海自己口出狂言，项纪勇正好抓住这个机会，以便不显山不露水地对秦海进行考校。

“项叔叔，爸，秦海可是真的有本事呢。”苗磊对项纪勇和苗福南二人说道，“他会做淬火，做得可好了。”

苗磊急于向父亲和项纪勇推荐秦海，却不料正中了项纪勇的下怀。他顺着苗磊的话对秦海问道：“是吗？你懂淬火？”

秦海觉得自己有点上了贼船的样子，苗磊多嘴多舌，倒把他给架到火上烤了。他不知道这个面无表情的生产科长到底在想什么，只得含糊其辞地说道：“项科长这话倒是把我问住了，淬火工艺博大精深，我哪敢说自己完全懂了。不过，常用型号钢材的常规热处理，我多少学过一些，只是不知道项科长问的是哪一项。”

项纪勇左右看看，然后用手一指旁边的一台设备，对秦海问道：“你知道这台设备是干什么用的吗？”

秦海看了一眼，马上回答道：“这个我在学校倒是见过，这是一台高频感应淬火炉，是用来做零件表面淬火的。”

“嗯，表面淬火是什么意思？”项纪勇又问道。

这样的问题当然难不住秦海，他一点磕巴都没打，流利地回答道：“表面淬火就是仅对工件的表面层进行淬火，不影响工件的心部。一般情况下，表面淬火的深度在 0.5–2 毫米之间，加工对象是中碳钢和中碳合金钢。”

“那么，为什么要做表面淬火呢？全面淬火不是更好吗？”项纪勇继续问道。

秦海道：“淬火的深度选择，取决于工件的用途。表面淬火主要用于在动载荷及摩擦条件下工作的零件，比如农机上使用的齿轮、曲轴等。这些零件的性能要求是表面具有较高的硬度和耐磨性，心部则保持足够的塑性和韧性。因此，淬火必须只局限于其表面，而不能进行全面淬火。”

“不错啊！”项纪勇的脸上露出了笑纹，作为一名生产科长，他对于常规的生产技术自然是有所了解的。不过，他只是知其然而不知其所以然。比如表面淬火这件事情，他知道是齿轮类零件加工所必需的一个工艺环节，但要让他说得如此准确，却是办不到的。他的工作只是让车间按技术科工艺工程师的设计进行操作，至于其中的原理，他就不会去深究了。

“怎么样，苗主任，项科长，秦海的本事不错吧？”宁默嘿嘿地笑了起来，秦海在项纪勇面前露了脸，让他觉得自己也脸上有光。不管怎么说，他是全厂最早认识秦海的，而且算是秦海的好哥们儿了。

项纪勇听到宁默说话，把头转向他，板着脸训道："胖子，小磊，你们认识秦海，得向人家学习，知道吗？别一天到晚就知道打牌、出去玩儿。人家和你们岁数一样大，懂得这么多东西，你们看看你们自己。"

"呃……我们其实也是昨天才认识秦海的，我们不正打算拜他为师嘛……"宁默对项纪勇多少有些怯意，因为这个生产科长抓劳动纪律颇有一些铁腕作风，宁默虽然贵为宁中英的公子，却也被项纪勇狠狠地扣过几回工资。

"你们两个先去工作，秦海，你跟我走一趟。"项纪勇训完宁默和苗磊，把他俩打发走，然后对秦海说道。

"项科长有什么吩咐？"秦海问道。

"你跟我走就是了，冷科长在苗主任的办公室等你呢。"项纪勇说道。

3 个人一起来到位于车间一角的主任办公室，技术科长冷玉明果然在屋里坐着呢。昨天与萧东平聊过之后，冷玉明就在琢磨改进旋耕刀片质量的问题，想了一宿，今天一上班就拉着项纪勇到铸造车间来与苗福南商量，想不到秦海也正好被分配到铸造车间，这才有了苗福南和项纪勇前去考校秦海的事情。

"这位就是咱们厂的技术科长冷玉明冷科长，他是 60 年代哈工大毕业的，正牌的大学生。"项纪勇首先给秦海做着介绍，希望拿冷玉明的来头把秦海唬住。

秦海对于 60 年代的大学生向来颇有几分敬意，何况是哈工大这种牛校出来的人。他向冷玉明点了点头，说道："冷科长是前辈了，我只是个小学生。"

冷玉明摆摆手，过滤掉了秦海的恭维之辞，从苗福南的办公桌上拿起一片旋耕刀片，说道："听老萧说，你昨天晚上和他一起喝酒的时候，说有办法提高咱们厂的旋耕刀片的质量？"

秦海也猜出项纪勇和冷玉明的来意必定与他对萧东平说的话有关，便点头道："是的，不过，昨天晚上我只是说有这样的可能性。"

"那现在呢？"项纪勇听出了秦海话里的玄机，忍不住逼问道。

秦海笑道："现在我基本上敢肯定了，完全能够做到。"

"为什么？"几个领导都被秦海的狂言给震住了，冷玉明都束手无策的事情，这个小年轻居然敢说完全能够做到。

秦海道："据我看过的资料，目前对于旋耕刀片这种磨损件，国外常用的加工工艺是对刀片刃口进行高频感应堆焊处理。昨天我还不确信咱们厂是不是有这样的设备，刚才项科长考我，我才发现咱们厂有高频感应炉，有了这种炉子，稍微改造一下就可以做高频感应堆焊，所以我才说完全能够做到了。"

"你懂高频感应堆焊？"冷玉明看着秦海的目光开始有些迷离了，捡到宝了，这个小伙子真是一个宝啊。

高频感应堆焊这项技术，冷玉明也曾经在杂志上看到过，对于其大致原理有所了解。但具体该怎么做，尤其是设备是什么样，他就一无所知了。在一个没有互联网的年代里，想找一点科技资料的难度甚于登天。秦海一说出这个词，他就知道秦海的思路是对的，如果能够用高频感应堆焊技术对刀片的刃口进行处理，刀片使用寿命提高一半是完全可能达到的。

现在唯一的问题，就是秦海到底对这项技术了解多少。

秦海看出了冷玉明的疑虑，他信手从桌上拉过一叠信笺纸，又抓起一支绘图铅笔，直接就在纸上给冷玉明画起了工艺示意图，一边画还一边做着解释：

"冷科长，你来看，高频感应堆焊的原理就是……这种方法需要的主要设备就是一台高频感应器，这也是高频感应淬火炉的核心部件。另外需要加装一个夹具，调整一下电流，花不了多少钱的事情。"

"哎呀！太好了！"冷玉明高兴得猛拍了一下桌子，"这个事情，我琢磨了好几个月，死活琢磨不透其中的技术细节，你这样一说，我就全明白了。对了，小秦，你这是从哪学来的？技校难道还教这个？"

"这个……主要是我自学的吧。"秦海答道，他可不敢说这是技校教的，否则冷玉明到技校一打听，他就穿帮了。

"我在技校的时候，对这些知识比较感兴趣，有时候会跑到省图书馆和工业大学的图书馆去看些杂书，这就是那时候看到的。"秦海掩饰着说道。

“是什么书？能不能再借出来看看？”冷玉明问道。

秦海摇摇头：“我这个人看书很杂，光顾着记原理了，没记住书名。不过，我敢保证这些原理应当是没错的。”

“当然没错，我一听就知道这原理没问题！”冷玉明肯定地说道，“我只是过去没接触过这种技术，杂志上看到这个名字，但也没说清楚。小秦你这样一解释，我就全明白了。老苗，这个小秦可是一个宝啊，放到你们车间太可惜了，我把他调到我们技术科去吧。”

“老冷，你不能这样啊，看到是个人才，你就抢走，我们车间就不需要人才了？”苗福南乐呵呵地和冷玉明开着玩笑。

冷玉明是个没有多少幽默细胞的人，听到苗福南的话就急眼了：“老苗，你们车间留着秦海干什么？让他当翻砂工，这不是大材小用吗？到我们技术科去，我让他搞工艺，弄不好，咱们厂的生死就指着他了呢。”

“呃……冷科长言重了，我可没有这么大的本事。”秦海赶紧谦虚，虽然他心里对冷玉明的断言是颇为认同的。

冷玉明转向秦海，认真地说道：“我当然不是说凭着你一个人就能够改变咱们的命运，但是你见识多，有想法，加上咱们技术科全体同志共同努力，就能够把咱们青锋厂的产品质量全面提升，那时候咱们厂的被动局面就能够改变了。”

“可是，劳资科是安排我到车间来的，去技术科，还得让劳资科重新安排吧？”秦海提醒道。

“嗯，这个的确是个麻烦。”冷玉明头脑冷静下来了，要调一个工人到技术科去工作，可不是他一个人说了就能算的。他当然能够说秦海是个人才，但如果哪个中层干部都能够以人才的名义把工人调到科室去，那厂子里的管理就全乱套了。

“关于这件事情，老冷回头向劳资科打个报告，看看能不能让小秦以工代干，到技术科去工作。在这之前嘛，这事就得老苗点头了。小秦是老苗的人，只要他同意派小秦到技术科去帮忙，谁能说什么？”项纪勇倒是知道这其中的规矩，替冷玉明出着主意。

苗福南哈哈一笑，说道："对啊，老冷，想让小秦到你那去帮忙，你得先过我这关。怎么样，今天晚上在为民餐厅请我吃一顿？"

"你他娘的，你叫我帮忙的时候怎么不说请我吃饭？"冷玉明骂道，"再说，我让小秦去技术科，又不是为了我的私事，凭什么让我请你吃饭？"

两个中年人你一言我一语地拌起嘴来，倒是把秦海的安排给落实下来了。项纪勇听他们吵了两句，笑了笑，对秦海说道："小秦，这样吧，你先到车间了解一下设备的情况，也考虑一下你说的那个什么高频焊的事情，我和苗主任、冷科长还有一些事要商量一下。"

"嗯，好。"秦海点点头，对苗福南说道："苗主任，我初来乍到，不熟悉情况，能不能找个师傅给我介绍一下车间的事情。"

"可以。"苗福南点头答应，随即对着办公室门外大喊："王晓晨，王晓晨！"

王晓晨应声而到，她走进门来，看到几位中层干部，连忙挨个打招呼，最后看到秦海的时候，她脸上绽出了笑容："秦海，你怎么也在这？"

"你们认识？"苗福南奇怪地问道。

秦海赶紧解释："巧了，我的宿舍和晓晨是对门，所以就认识了。"

"那就更好了。"苗福南道，"王晓晨是咱们车间的探伤工，对车间的情况也比较熟悉，就让她带你了解一下车间的情况吧，你想看什么，就让王晓晨带你去看好了。王晓晨，秦海现在分配到咱们车间工作，冷科长希望他能够做一些技术方面的事情，你现在手边也没什么事情吧？你就带小秦到车间里走走，认一认车间里的设备。"

"好的，苗主任。"王晓晨爽快地答应道。

秦海跟着王晓晨出了办公室，项纪勇探头看看他们俩走远，然后小心翼翼地掩上了办公室的门。

"老项，你搞什么鬼？"冷玉明皱着眉头问道。

项纪勇拉过一张椅子坐下，然后说道："老冷，你真的觉得这个秦海能救咱们厂？"

冷玉明道："这话是怎么说的，光靠这么一个小年轻，当然救不了咱们厂。不过，他眼界的确挺开阔的，好好培养一下，说不定是个好技术苗子。"

项纪勇道："这就是了。今天早上匆匆忙忙的，我还没跟你们说呢，韦宝林又有新想法了，咱们现在搞的这摊子东西，可能全部都要扔掉。"

"什么？全部扔掉！"苗福南和冷玉明显然都没有心理准备，被项纪勇这一句话给说得瞠目结舌。

"我是早上听翟建国说的。"项纪勇道，"厂办的通知估计一会就送到了。下午韦宝林主持厂务会，所有的中层干部都得参加，主要议题就是讨论咱们厂产品转型的问题。"

"娘的，又转什么型！"苗福南当即就恼了，脏话脱口而出。

这两年时间，青锋厂的干部职工听"转型"这个词听得实在是太频繁了。接替宁中英上台的新厂长韦宝林是个有文凭的"明白人"，上台伊始就抛出了一个三年翻番、五年翻两番的宏大经营目标，并得到了县里的大力支持。

"明白人"当家，是时下的大势。所谓明白人，就是指有学历、年龄较轻的干部，与其相应的就是像宁中英这样没有学历的工农干部。不得不说，在那个年代里，许多单位的老领导的确有些思想保守，跟不上技术和市场的要求，这也是拖累许多企业难以发展的重要原因之一。省里提出让老干部"让贤"，让"明白人"当家，这个政策方向倒是没错，关键在于，什么样的人才能算是"明白人"，仅仅拿文凭去评价，似乎有些太过草率了。

韦宝林就是这样的一个"明白人"，他原本是厂办的秘书，因为笔头子好，加上脑子活络，颇受宁中英的器重，被提拔为厂办主任。后来，他又在厂办主任这个位置上结识了县里的一些领导，成为县领导眼中的红人。在"明白人"当家的大浪潮中，宁中英被县里要求退居二线，韦宝林以出色的竞选演说，得到县长郭明的肯定，当上了青锋厂的新厂长。

为了实现翻番的目标，韦宝林和他的几个亲信四处考察，寻找高利润的产品，以替代农机厂传统上的低附加值产品。这两年，韦宝林为厂里找了若干个产品，旋耕刀片就是其中之一。按韦宝林最早的设想，青锋厂的旋耕刀片要一年占领国内市场，3 年占领亚洲市场。按日本一年使用旋耕刀片 1000 万片计算，如果能够占领日本市场的一半，一年就有一千多万美元的产值……

可惜的是，韦宝林的这些想法，屡屡被无情的现实打得落花流水。倒不是说韦宝林真的这样混蛋，找来的产品不好，而是他只考虑到产品如何高端、大气、上档次，而没有考虑青锋厂的实际条件能不能把这样的产品生产出来。

以旋耕刀片来说，产品的开发并不困难，冷玉明带着技术科的一干工程师、技术员努力了一个月，就把产品设计和工艺要求都完成了。但到具体生产的时候，就遇到了麻烦，那就是优质钢材的来源出了问题。北溪本地的钢铁厂生产出来的钢材无法达到设计要求，导致青锋厂的旋耕刀片质量受到连累，两万片刀片就这样积压在了仓库里。

萧东平、冷玉明、项纪勇以及苗福南等一干宁中英时代遗留下来的中层干部，对于韦宝林的这番折腾一向是腹诽颇多。一开始，大家好歹还抱着几分怀疑、几分希望的心态，等到折腾多了，大家的怀疑就远远超过了希望，所以一听到韦宝林又有新的想法，大家第一个反应就是恼火。

“老项，你知道韦宝林这次又想弄啥产品吗？”冷玉明对项纪勇问道。

项纪勇自嘲地一笑，说道：“韦宝林这一次想玩的东西，可大了，是洗衣机。”

“洗衣机！”苗福南两眼发直，好半晌才又骂了句脏话道：“娘的，他这是想把咱们全厂人的裤子都赔进去啊。”

“老项，你说的是真的？咱们是农机厂，和洗衣机有什么关系啊？生产洗衣机……好像咱们原来的设备就没几样能够用得上的，真的得全部扔掉了。”冷玉明站在一个技术科长的角度，首先想到的就是技术上的问题。

项纪勇冷笑道：“韦宝林具体是怎么想的，我也搞不清楚。不过，前几次他提出要转产新产品，哪次不是兴致一上来就大干快上的，浪费掉的设备、材料，不计其数了。这一次他既然敢这样想，肯定也是有准备的，下午开中层干部会，估计就要统一思想，然后就开始动工了。”

“统一思想，统一个屁！”冷玉明这个老实人也急眼了，“哪次不是韦宝林一个人说了算，加上翟建国这个狗腿子在旁边帮腔，我们说的话都成了屁话了。这个会我不想去参加，我宁可找小秦讨论高频感应堆焊去。”

冷玉明说得那么硬气，但当厂办主任翟建国让杜欣欣把会议通知发到他手上的时候，他还是屈服了，在指定的时间，嘟嘟囔囔地来到了厂办会议室，与一帮同龄的中层干部坐在一起，互相交换着无奈的眼神。

在宁中英时代，青锋厂开中层干部会的时候，都是由宁中英负责点名。老爷子往会议桌前一站，用鹰隼一般的眼神扫视一圈，就能够看出谁缺席了。这个时候，自然就会有人把缺席者的缺席理由报给宁中英听。如果理由合理，宁中英不会有二话；但如果理由不合理，宁中英就会叫来时任厂办主任的韦宝林，让他到广播室去用大喇叭通知缺席者马上到会，违者严惩不贷。

缺席宁中英的会议会受到什么惩罚，是大家一直都想知道的一件事情，但始终未能找到答案。原因很简单，那就是没有人敢挑战宁中英的权威，所以一直到宁中英退居二线，都没有一个人真正受到这样的惩罚。

韦宝林上台之后，依据现代管理学的要求，大力推行制度化、人性化、经济化的管理改革。他认为用大喇叭叫人是一种侵犯职工权利的行为，从此不再使用。同时，他又把经济手段引入了企业管理，规定开会缺席一次扣罚若干奖金，没有奖金的时候则扣罚工资。由于青锋厂经济效益一天差似一天，职工奖金、福利都早已没了影，谁也不敢拿手里的工资开玩笑，因此每次韦宝林通知开会的时候，中层干部们不管手里在忙活什么，都要赶紧扔下，乖乖地到场参会。

“现在开始点名。”翟建国拿出一本册子，开始逐个地点着中层干部的名字。每个被他叫到的人，都要应一声“到”，像极了学校里小学生听老师点名的样子。

“项纪勇！”

“到！”

“冷玉明！”

“到！”

“韦厂长，全厂厂领导和中层干部共 35 人，除生病请假及出差，应到 32 人，实到 31 人，现在可以开会了。”翟建国点完名，把册子合上，恭恭敬敬地对端坐在主位上的韦宝林说道。

“嗯。”韦宝林点了点头，实到人数比应到人数少一个，这是他上任以来每次厂务会的惯例了。缺少的这个人，就是现任调研室主任的老厂长宁中英。宁中英只是退居二线，并非退休，还算是在职的厂领导，照理说也是应当来参加厂务会议的。但宁中英从接到退居二线的通知那天起，就把一切私人物品都搬回了家，然后拒绝参加厂里的任何活动。对此，韦宝林是一点办法也没有，扣罚工资的规定，在宁中英这里不适用，借给韦宝林一个胆子，他也不敢去碰宁中英的老虎胡须。

“同志们，今天这个会议，对于我们青锋农机厂而言，是生死攸关的一次会议，希望大家认真听会，踊跃发言，献计献策……”韦宝林用一段严肃的话语作为自己的开场白，却全然忘了同样的话他已经说过好几次了，青锋厂也因此而“被”生死攸关了若干回。

“目前，咱们青锋农机厂的情况，大家都是有目共睹的，那就是产品落后，无法适应市场的新形势、新要求。实践表明，继续守着农机具这个夕阳产业，是没有出路的，我们必须顺应市场的需要，锐意进取，进军朝阳产业，这才能够摆脱目前的困境，走向全面发展的新天地。”

说到这里，他微微地停顿了一下，翟建国不失时机地应了一声：“韦厂长说得太好了！值得我们深思啊！”

在场的中层干部们都感觉到后背上起了大片大片的鸡皮疙瘩，这其中既包括像项纪勇那样对韦宝林颇为反感的干部，也包括一部分在韦宝林手上提拔起来的新干部。平日里，拍韦宝林马屁的中层干部不算少，但能够像翟建国这样拍得既及时又大义凛然的，还真找不出第二个来。

在电影电视里，那种溜须拍马之徒，一般都长得獐眉鼠目，一笑就是水波荡漾的。但翟建国却是一表人才，浓眉大眼，在称赞韦宝林的时候，他脸上的表情显得十分肃穆，怎么看都像是发自内心。

最开始的时候，大家还真以为翟建国就是韦宝林的脑残粉，对韦宝林的思想无上崇拜。待到发现翟建国连韦宝林咳嗽一声都能引申出光辉意义的时候，大家剩下的就只有无尽的恶心了。

也许是当局者迷吧，韦宝林对于翟建国的称赞一直都非常受用，他向翟建国点了点头，以示满意，然后继续说道：

“基于这样的考虑，我和小翟等几个人，在过去几个星期里北上南下，到了十几个城市，考察当地市场。我们发现，随着农村联产承包责任制的落实，以及城市改革的顺利推行，老百姓的腰包越来越鼓了，对于家用电器的需求与日俱增。

“在浦江市，我们看到商场里的洗衣机只要一上货就会被抢购一空，连试机时候出现故障的机子，都被人买走了。顾客告诉我们，坏的机子买回去之后可以修理好再用，而如果不买，等市场上货又要几个月的时间。

“由此，我们便发现了一个巨大的商机，那就是进军洗衣机市场，实现我们青锋农机厂有史以来最彻底的一次战略转型。”

韦宝林把手在空中用力地一挥，幻想着底下的参会人员将会长时间热烈地鼓掌，以庆祝青锋厂即将迎来新生。然而，他预想的情景并没有出现，除了翟建国和另外几名中层干部拍了几下掌之外，项纪勇等一大帮人都给予了冷漠的反应，似乎韦宝林说的是一件与大家毫不相干的事情。

“老项，你对厂部的这个方案有什么看法？”韦宝林只能点名了，他的第一个目标就指向了项纪勇这个生产科长。

项纪勇站起身来，说道：“韦厂长高瞻远瞩，运筹帷幄，选定的方向自然是非常正确的。我是生产科长，我关心的是，咱们厂能不能生产出洗衣机来。”

他的前一半话对韦宝林大加赞扬，但众人都听得出其中的反讽意味。到了后半句，则是直接将韦宝林的军了，洗衣机是一个好产品，但农机厂能造得出洗衣机吗？

对于项纪勇的这个疑问，韦宝林是早有准备的。他选项纪勇出来说话，也是为了引出自己的谋划。项纪勇在厂里颇有一些威望，大家都知道此人行事严谨，值得信赖。如果能够说服项纪勇，那么韦宝林推行转产洗衣机的方案，就能减少许多阻力。

“老项，我就知道你会问这个问题。”韦宝林得意地说道，他指了指翟建国，说道：“小翟，你把我们了解到的情况，向项科长介绍一下。项科长只要一听就能明白我们这不是纸上谈兵，更不是画饼充饥，而是经过了充分的科学论证的。”

“好。”翟建国站起身，摊开一个本子，开始向众人讲述起来：

“同志们，大家没有深入接触过洗衣机这个领域，对于洗衣机可能还存在着一些神秘感。事实上，洗衣机是一种非常简单的家用电器，其结构和技术要求，甚至远远低于我们过去生产过的水泵、插秧机等机械。

“为了了解洗衣机的生产技术问题，韦厂长带领我们调研小组专门到了珠三角地区，走访了一些生产洗衣机的乡镇企业。大家听清楚，是乡镇企业，而且是那种只有十几个人或者几十个人的小型乡镇企业。

“在那些企业里，我们亲眼看到了一台台洗衣机是如何从最简陋的生产线上被制造出来的。我们青锋厂的资金实力、技术水平和工人素质，都比这些乡镇企业要强出百倍，人家能够制造出来的产品，难道我们就造不出来吗？”

“可是，他们的产量能有多高？能达到规模生产的要求吗？”项纪勇也不是菜鸟，对于生产方面的事情还是了解一些的，他当即反问道。

翟建国道：“他们当然无法达到规模生产的要求，而这恰恰就是我们的长处。韦厂长的意思是，我们应当争取银行贷款，建设两条全自动的生产流水线，生产名牌洗衣机，占领市场，把那些乡镇小厂生产的产品从市场上挤出去。”

“银行贷款可不容易，现在我们找银行借钱发工资都要求爷爷告奶奶的，更何况是借钱来投资。”财务科副科长喻泳平提醒道。跑贷款这种事情，最终肯定是要落到财务科头上的，他必须先把丑话说在前头，否则日后万一贷不到款，韦宝林就要拿他们兴师问罪了。

韦宝林摆了摆手，神气十足地说道：“这件事，老喻你不用担心。今天开过会之后，厂里将会把大家的意见进行汇总，形成一个方案，提交给县里。县里的郭明县长对我们的方案非常支持，准备到市里去替我们争取。如果市里能够对我们提供支持，那么贷款就不是什么问题了。”

中层干部会议一直开到下班才散，从厂办大楼里走出来的这些中层干部，脸上带着各异的表情，有跃跃欲试的，有愁眉不展的，更多的是表情冷漠的。在许多干部的心里，都有相同的一个念头：他娘的，只要不短少老子的工资，爱怎么折腾就怎么折腾吧。早点把青锋厂折腾黄了，说不定老子还能去个好点的单位。

国营单位的好处，就在于旱涝保收，永远都不会让你饿着。没有人担心企业垮了会让自己失业，大家更关心的，只是今年的效益能不能好转一点，让大家见着久违的奖金。

像萧东平、项纪勇、冷玉明他们这样对厂子前途忧心忡忡的，属于中层干部中的另类。3 个人默契地走到一起，互相交换一个眼神，就都知道各自的想法了。

“看起来，韦宝林是铁了心要干了。”萧东平首先打破了沉默。

“不把青锋厂折腾黄了，他是不会甘心的。”项纪勇气呼呼地说道。

“生产洗衣机这件事，你们觉得有戏吗？”萧东平问道。

项纪勇反问道：“你说呢？你是供销科的，你觉得我们生产洗衣机，能卖出去吗？”

萧东平想了想，说道：“这个我没去琢磨过。不过，韦宝林说的情况倒是真的，现在市场上洗衣机卖得太火了，连我老婆都跟我念叨着说要存钱买台洗衣机呢。”

“我担心的是，我们能不能把洗衣机生产出来。”冷玉明说道，“翟建国说珠三角那些乡镇企业都能够生产洗衣机，我倒是听说过。不过他们的产品质量非常不稳定，完全就是手工作坊的方式。这样生产一两百台倒无所谓，真要大批量生产，没有质量控制手段，那是非常危险的。”

项纪勇道：“现在韦宝林的心思都扑到洗衣机上去了，谁说什么也没用。咱们的农机具市场也不景气，如果不转产洗衣机，恐怕也只能是坐以待毙的结果。”

说起农机具，萧东平插了一句，问道：“对了，你们今天见了那个秦海没有？他说的话，到底靠不靠谱啊？”

项纪勇一指冷玉明，说道：“老冷考过他了，说他的想法还真是挺不错的，如果照着做，完全能够把咱们的刀片质量提升起来。”

“那为什么不做呢？”萧东平道，“如果咱们能够把旋耕刀片的质量问题解决了，一年能出个十万八万片，不也能够解一解咱们厂的燃眉之急吗？这样一来，咱们就有理由跟韦宝林说暂时先不要上洗衣机的项目。说实在话，对于这个项目，我真是心里不踏实。”

项纪勇点点头道：“刚才在会上，我也在琢磨这件事。如果秦海的办法真的管用，咱们先把旋耕刀片的问题解决，打开销路，这样就有和韦宝林说道理的理由了。韦宝林说县里支持咱们厂转产洗衣机，说到底还是因为咱们厂已经没有退路了。如果县里知道咱们还能在农机具市场上做下去，也许就不会那么坚定地支持韦宝林了。”

冷玉明道：“既然是这样，那咱们还等什么？现在就去找秦海，一块商量一下呗。”

“现在？”项纪勇和萧东平都看着冷玉明，“老冷，也不急于这一时吧？”

冷玉明道：“我开会的时候一直都在想秦海说的高频感应堆焊的事情，有几个技术上的细节还要找他再核实一下。对于这项技术的效果如何、成本如何，咱们都没有深入讨论过，你们怎么知道行不行呢？现在已经下班了，我估计这小伙子现在正在宿舍呢，咱们就一块去会会他吧。”

“你知道他住哪个宿舍？”项纪勇哭笑不得，对于冷玉明这样的技术宅男，他还真是无可奈何。

冷玉明道：“单身楼就那么点大，问一句不就知道了。对了，他说他和王晓晨是对门，咱们问问王晓晨住哪个宿舍不就行了？”

面对冷玉明的执着，项纪勇和萧东平只好屈服了。其实他们下了班也没什么事情，做饭的事都有老婆负责，他们只要到时间回去吃饭即可。反正闲来无事，3 个人便结伴往单身楼去了。

找秦海的宿舍果然没有费什么力气，但当 3 个人来到 208 门口时，却发现门上是铁将军把门，秦海并不在屋里。

“项科长，萧科长、冷科长，你们找秦海啊？”王晓晨听到动静开门出来，对 3 位科长问道。

项纪勇道：“王晓晨，你知道秦海去哪了吗？”

王晓晨摇摇头道：“不知道，一下班他就被胖子和苗磊拉走了，估计去哪玩去了吧。”

“这个胖子！”项纪勇骂了一句，“自己成天不学好，还拉着秦海下水。回头我得跟秦海谈谈，让他别成天和胖子这些人混在一起，不务正业。”

“好了，秦海不在房间，老冷，你也就死心了吧？”萧东平伸着懒腰对冷玉明说道，“还是回去吃饭吧，有什么事，明天再说也来得及。”

“好吧，唉，这几个地方不想明白，我今天晚上估计都睡不好。”冷玉明愁眉苦脸地说道。

“3 位科长，等下秦海回来，要不要我跟他说什么？”王晓晨问道。

项纪勇想了想，摇摇头道：“不用了，你不用说我们来过，就告诉他明天准时到铸造车间上班就好了。”

“好的，3 位科长再见。”王晓晨向 3 个人挥挥手，看着他们下了楼梯。

再说秦海，此时正与宁默等 3 人一道，坐在钢铁厂门外的一个炒米粉摊子上，边吃牛肉炒粉，边聊着挣钱大计。

宁默认识秦海到现在，总共还不到 30 个小时，但在这段时间里，宁默已经想过了无数个与秦海一同挣钱的点子。他虽然是个死胖子，但从当厂长的父亲那里继承过来的基因并不少，从小就有挣大钱的理想。

在宁默看来，人生的最大意义，就是能够买两个大肥肘子，吃一个，留一个第二天再吃。要买肘子，就必须有钱。要每天都买得起一个肘子，就需要很多很多的钱。

为了挣钱，他可以在三伏天跑到街上去卖农具，也愿意钻进张老三的铁匠铺里去承受煤球炉的高温。但是，他迄今为止所有的努力，都不足以让他实现吃够肘子的理想，充其量只能让他和小伙伴们半个月下馆子打一回牙祭而已。

在发现秦海身怀一套出神入化的技术之后，宁默就在琢磨着如何能够最大限度地利用这个新结识的朋友，以实现自己挣钱的理想。

“秦海,你有没有兴趣和我们哥几个一起合伙,咱们把农具的生意做大。”宁默用殷切的目光看着秦海，让秦海有种菊花不保的危机感。

“怎么，胖子，你打算自己办个农机厂？”秦海笑着问道。

宁默摇摇头：“这怎么可能，我是说，咱们一块从车间弄点废铁，打点农具。我们 3 个人负责打铁，你负责热处理。如果咱们的农具都能像昨天那样过硬，那我们每个礼拜天都能卖出几十块钱的东西去。”

“从车间弄废铁，不算偷吗？”秦海好奇地问道。

“谁不是这样干的？”宁默不屑地说道，“韦宝林把厂子弄得乌烟瘴气，奖金都发不出去了，大家不弄点外快，怎么活得下去？”

“可是大家都弄废铁，车间有这么多废铁吗？”秦海道。

喻海涛点点头，说道：“你说得对，现在弄废铁越来越难了。也有些工人偷材料去卖的，我在仓库，对这个事情最了解了。”

“这种事情咱们就别做了。”秦海道，“我不了解厂里的情况，不过这种明目张胆撬厂里墙角的事情，总归是违法的。要想挣钱，办法很多，咱们没必要做这种违法的生意。”

“你有什么办法？”宁默瞪着眼睛看着秦海，问道。

秦海笑笑，说道：“俗话说得好，知识就是力量，知识就是金钱。现在这个年代，正是黄金满地的时候，怎么可能挣不到钱呢？不过，我刚到平苑，对平苑的情况还不了解，所以要让我马上说出一个挣钱的法子，还不那么容易……呃，也许机会已经来了。”

他说到最后一句话的时候，突然改了口，因为他发现有一个熟人手里拿着一个小布包，正急匆匆地朝这个方向走来。在看到秦海等人的时候，那熟人的脸上露出了欣喜的笑容。

“张师傅，你是找我们吗？”

秦海从炒粉摊上站起身来，向急匆匆而来的熟人喊道，原来此人正是头一天给他们提供了淬火工具的铁匠张老三。

“哎呀，小秦师傅，真是巧啊，在这里碰上了，我还担心找不到你们呢。我听人说你们是青锋厂的，正想去厂里打听呢。”张老三擦着头上的汗水，对秦海等人说道。

秦海拉过一个小马扎，招呼张老三坐下，问道：“张师傅，吃饭了吗，如果没吃的话，就坐下一块吃点吧。”

“嗯嗯，好，我正好还没吃饭呢。”张老三说着，从兜里掏了一张 10 元的钞票，对摊主喊道：“老板，给我炒一碗粉，多放辣椒，再拿一壶水酒、几个小菜，还有，他们几位的钱都算到我账上。”

“这可不行。”秦海赶紧上前拦阻，话还没说一句呢，就让张老三请客，这可有些太不好意思了。更何况，吃人的嘴短，看张老三这个架势，应当是有什么事情要找他们帮忙才是。

张老三是个老铁匠，臂力岂是秦海能比的。他用一只手把秦海拦在身后，然后用另一只手把钱塞到了摊主的手里。摊主才不管是谁付的钱，见着钱就乐得笑开了花，紧接着就把水酒和几个廉价的下酒菜端了上来。

宁默一直在笑嘻嘻地看着秦海与张老三客套，等摊主把小菜端上来，他毫不客气地信手拣了颗盐水煮花生扔进嘴里，悠悠地问着："张老三，你这是有事要求我哥们儿吧？你这酒，是单请我这哥们儿，还是连我们几个一块儿请啊？"

"当然是一块儿请，你们和小秦师傅都是一起的嘛。来来，都满上。"张老三殷勤地说道。

这就是小生意人的精明所在了，一壶水酒的事情，根本没必要分出远近亲疏。从昨天短短的接触中，张老三已经看出秦海是一个讲义气的人，如果他单对秦海热情，而对宁默等人冷淡，秦海肯定会不高兴的，甚至会拒绝帮他的忙。

喻海涛和苗磊都嘻嘻哈哈地端过水酒喝起来，这种水酒度数不高，在南方农村是当成寻常饮料来喝的，相当于未来的人们习惯喝的啤酒。张老三并不急于说自己的事情，而是端着酒挨个敬了一圈，最后又转回到秦海的身上。

"来来，小秦师傅，我们再喝一个。我这就算是谢师酒了，你昨天教了我淬火的法子，是我张老三的老师，我先干为敬。"张老三说道。

秦海与张老三碰了一下碗，把半碗酒喝掉，趁着张老三继续倒酒的当口，他问道："张师傅，你这趟往东郊来，是有事情找我们吗？"

张老三掩饰道："不急不急，先喝酒。"

秦海笑道："酒慢慢喝，张师傅如果有什么事情，就先说出来吧，也省得我心里惦记。"

"呵呵，这样也好。"张老三其实就等着秦海这句话了，他放下酒壶，有些腼腆地说道："这个事情吧，其实也不是我引出来的，而是那个蛮牯……蛮牯你记得是谁吧？"

"嗯，就是昨天那个叫我们加工锹头的师傅。"秦海点头表示知道。

"对对，就是他。"张老三道，"蛮牯这个人，嘴不牢靠，喜欢吹牛，我讲过他很多次了，他老改不了，他这么多年，吃亏就吃亏在那张嘴上了。”

“呃……性格直爽一点也不是坏事，改不改的，无所谓了。”秦海不知道张老三为什么会把话说到蛮牯身上去，见对方说得热闹，又不便泼凉水，只好敷衍着应了一句。

张老三道：“是啊是啊，我是蛮喜欢他那个直性子……哦，对了，我说那个蛮牯，他昨天拿了你淬过火的那些农具回去，到了村里就到处吹牛，还跟人家比试，要拿他的锹和人家的锹去磕，看谁的更结实。”

“这不是有病吗？”宁默坐在旁边听得乐不可支，“难怪他的名字叫蛮牯，还真是一个牛脾气。”

“就是啊，结果就惹出麻烦来了。”张老三说道。

“怎么，弄出人命了？”秦海紧张地问道，心想，这个蛮牯不会是拿着铁锹往人家脑袋上试了一下吧？

“这倒没有。”张老三道，“就是把他村子里一个远房侄子从外头带回来的一把刀给磕坏了。其实吧，这事也怪他那个侄子，他非说自己的刀是钢口最好的，肯定比蛮牯的铁锹钢口好。然后两个人就比试了一下，结果，蛮牯的铁锹砍了个小缺口，他侄子那把刀倒是破了个大缺口。”

“这不算什么麻烦事吧？愿赌服输，他那个侄子还能叫他赔刀不成？”秦海不以为然地说道。宁默他们做农具用的钢材本身就是好钢，加上秦海的热处理工艺与众不同，加工出来的铁锹钢口自然是极好的，把人家的刀磕出一个大口子，实在不是什么意外。对方既然是主动要与蛮牯比试的，总不能输了就赖账吧。

张老三道：“他侄子倒是没有叫他赔刀，但是看上了他的铁锹用的钢材，非要蛮牯找人用同样的钢材，帮他另做一把刀出来。”

“这不还是要赔吗？”秦海笑着说道。

张老三道：“不是赔，他那侄子愿意出钱的，说出多少钱都可以。”

听到钱字，宁默的眼睛就亮了，不等秦海说什么，他便来了一句：“这个容易啊，让他拿10块钱来，我再去弄块钢，帮他打一把刀。”

“等等，张师傅，蛮牯的侄子想做的刀，是什么样子？”秦海拦住了宁默，对张老三问道。世界上的东西，不是有钱就能做的，有些东西还是要问清楚为好。

张老三把刚才手里拎着的那个小布包拿起来，放在饭桌上，打开让秦海等人看。秦海只看了一眼，就大摇其头，说道：“不行不行，这样的刀我们哪能做，张师傅，你可别害得我们几个都进去喝茶呀。”

原来，张老三的布包里包着的，竟然是一把自制的军用匕首，两面都开着血槽，活脱脱就是一把管制刀具。

“是啊，张老三，你想害我们呢？做这样的刀，让公安局发现了，连我们一块抓走的。”苗磊也跟着喊起来。他们几个人虽然成天游手好闲，不算什么进步青年，但经历过两轮严打，他们对于哪些事情能做、哪些事情不能做，还是有一些了解的。这种山寨版的军用匕首一度在社会上很流行，是平苑街头小混混的必备装备。但在严打时期，因为携带这种匕首而被请去局子里喝茶的小伙伴实在是太多了，因此他们都知道这东西的厉害。

张老三一拍脑袋，像是想起了什么，赶紧说道：“哎呀，是我糊涂了。我没跟你们说清楚，蛮牯的这个侄子，人家是部队上的，他拿这种刀是没问题的。”

“部队上的？”

秦海这才放下心来，他从桌上拿起那把军用匕首，仔细端详了一番。只见这把匕首的刃口磨得发亮，显然其主人是经常使用它的。在一侧的刃口上，有一道刺眼的缺口，这应当就是张老三说的，与蛮牯的铁锹比试之后留下的伤痕。

从材料质地上看，这把匕首使用的钢材标号挺高，但冶炼工艺有些不过关，导致钢材的强度未能达到设计要求。加之后期的热处理显然也不到位，因此这样一把军中利器，竟然会折于一件乡间农具之下。

从张老三叙述的过程来看，匕首的主人对于这把匕首的质地应当是极其自信的，否则也不至于拿出来挑战蛮牯的铁锹。匕首被铁锹砍出一个缺口，显然大出匕首主人的意料，至于此人的反应是灰头土脸，还是恼羞成怒，秦海就不得而知了。在发现一把铁锹的钢口居然比自己引以为豪的匕首更好的时候，匕首主人就提出了希望蛮牯找人帮他重新制作一把匕首的要求。

“张师傅，这把刀，你是打算让我们来做，还是你自己来做？”秦海问道，做生意就是这样，这好歹算是张老三揽来的活，要看张老三是什么意思。

张老三在这个问题上倒是十分干脆，他说道：“我只是帮蛮牯联系，这把刀肯定是交给你们来做的。一来我没有这样好的钢材，二来我会那些淬火的本事都是小秦师傅教的，哪能跟小秦师傅抢生意。”

“嗯，如果是要做匕首，选用的钢材和热处理工艺肯定都不太一样，和昨天我们做的不同。”秦海说道。

“真的？”张老三又有些技痒了，“小秦师傅，那到时候能不能也教教我啊？”

秦海摇摇头道：“这些技术倒不算什么保密技术，不过有些冶炼金属的方法，仅凭你的铁匠炉是做不了的，所以这些东西你学了也没用。”

“嗯嗯，我知道了。”张老三倒也没有坚持，他知道秦海说的是事实。

秦海道：“张师傅，你刚才是不是说过，那个人想要一把好刀，而且出多少钱都愿意。”

张老三道：“是啊，蛮牯跟我讲，他那个侄子特别喜欢刀，他这把刀就是花了高价请人家帮他做的。所以如果你们能够给他弄出一把更好的刀，他是愿意出点钱的。”

“既然如此，如果我给他做出一把比昨天那几件农具要强出十倍的好刀，不知道他能出到什么价钱。”秦海笑着抛出了一个诱饵。

“这个……”张老三迟疑了，对方提出的要求，仅仅是与蛮牯的铁锹相当就可以了，而秦海却声称能够做得比那把铁锹还要强出十倍，那得是多么逆天的一件神器啊。而这样的神器，需要的花费肯定也少不了，这是蛮牯的侄子能够承担得起的吗？一时间，他开始有些后悔自己前面把话说得太满了。

“要不这样吧，张师傅，你让蛮牯师傅把他侄子带过来，我们当面聊聊。他能出多少钱，我们就能够出什么货，绝对不会让他吃亏就是了。”秦海最后这样表态道。

话说到这个地步也就够了，张老三答应明天就让人带话给蛮牯，看他那个当兵的侄子是否愿意到县城来一趟，与秦海他们当面沟通。聊完这件事，张老三又陪着秦海他们喝了一会儿酒，说了些闲话，然后便借口家里还有事情，匆匆离去了。

看到张老三走远，宁默急切地对秦海问道："秦海，你打算从那个当兵的身上挣钱？"

秦海道："是啊，这难道不是一个机会吗？"

喻海涛道："一个当兵的能有多少钱？再说，这把匕首应该是他们部队里配发的装备吧，他怎么可能自己出钱找人做呢？"

秦海摇摇头道："这把匕首不是制式装备，几种军用匕首我都见过，和他这一把不太一样。我琢磨着，这个人应当是个装备迷，不知道在哪找人帮自己做了这样一把匕首。像这样的人，见着好装备肯定是迈不开腿的，让他掏点钱不成问题。"

"可是，你一把匕首能跟人家要多少钱？20块还是50块？再说了，人家是当兵的，咱们这样宰人家也不太合适吧？"宁默说道，他对于军人一向颇有一些敬重，总觉得去黑一个军人有点不太好。

秦海笑道："你们记住一句话，叫作一切皆有可能。咱们既然想赚钱，就不能眼睛只盯着几把锄头，这能挣几个钱？我约那个当兵的见面，主要是想了解一下有没有什么渠道能够和部队联系上，如果能够给部队做些小装备，那可比做锄头、铁锹什么的利润高多了。你们放心，我不会去坑咱们部队的，这是一个双赢的结果。"

"秦海，你的脑子是怎么长的，怎么这么聪明？"宁默用崇拜的眼光看着秦海，"我就光想着叫他出10块钱，我们给他打一把匕首出来。你倒是把眼睛盯到部队去了。不过，部队的装备都是军工厂子造出来的，人家的技术比咱们青锋厂可强得太多了。"

秦海道："尺有所短，寸有所长，咱们也有咱们的长处，不见得样样都比他们差。你们放心吧，我总有办法让他们对咱们服气就是了。"

"那是自然的，你秦海一出手，哪有不行的道理。"宁默嘿嘿地笑起来，秦海的自信也是能够感染人的。

"吃饱了，上哪玩玩去？"苗磊放下手里的碗筷，对三个小伙伴问道。

"要不，打牌去吧？斗地主，秦海你喜欢吗？"喻海涛用讨好的口吻问道。

秦海摇摇头，说道：“我好久没打牌了，都想不起牌是怎么打的。对了，这边上不就是钢铁厂吗，趁现在天还没黑，咱们到钢铁厂去转转吧。”

“钢铁厂有什么好转的？都关门十几年了。”喻海涛随口说道。

宁默抬手便在喻海涛脑袋上敲了一下，说道：“你懂什么，秦海说想到钢铁厂转转，肯定是有打算的，你哪懂得？对吧，秦海？”

秦海道：“我现在还没什么具体的想法。不过，刚才听你们说起这钢铁厂的事情，倒是让我对它有几分兴趣，所以趁着天色还早，我想进去看看。”

“走，一块去看看。”宁默积极地给予了回应。

四个人一起站起身来，在宁默的带领下，向钢铁厂的大门走去，更确切地说，是向钢铁厂遗址的大门走去。

平苑钢铁厂建于某个力争上游的年代，是钢铁产量超英赶美的产物。在花费不少金钱建设起来之后，钢铁厂就面临着原材料短缺和技术落后的困扰，一直处于巨额亏损的经营状态。

炼钢铁所需要的主要原料是铁矿石、煤炭和石灰石。后两项在平苑本地都可以得到满足，但第一项就颇有一些难处了。当年，平苑县组织了一大批人员前往境内各山区搜寻，倒是找到了一些铁矿石，但其品位低得惊人，而且铁矿石中掺杂的其他元素十分复杂，在冶炼时难以进行剔除，严重影响了钢铁产品的质量。

在技术方面，平苑钢铁厂是典型的“土法上马”，各种设备都十分落后，导致生产成本居高不下，本地生产的铸铁和钢材价格居然比经过长途运输来的外省产品还高。

平苑县本着打肿脸充胖子的精神，硬生生地把这家企业撑到了70年代初，终于撑不下去了，只好宣布工厂下马，原来的工人和干部被转移到各个企业，只留下几个人看守着这一大片厂区和逐渐锈蚀的设备。

青锋农机厂早年也曾在县政府的高压之下，使用过平苑钢铁厂的产品，其结果是险些把青锋厂拖进了深渊。后来宁中英到县里大闹了一场，答应每年拿出5000块钱补贴给钢铁厂，条件是县里再也不要把伪劣产品硬塞给青锋厂。这样一直补贴了好几年，直到钢铁厂关门才作罢。

刚才宁默带着秦海到钢铁厂门口这个摊子上来吃炒粉的时候，就已经向秦海说过了钢铁厂的前世今生。当然，对于一些技术上的问题，宁默是知之不详的，秦海只能凭着自己的想象去进行补充。

在听完宁默的介绍之后，秦海就一直在琢磨着这家厂子。他想看看这样一家废弃工厂到底还有没有什么潜力可挖。

如果要评选对人类社会贡献最大的材料，钢铁毫无疑问应当排在第一位。也许是因为钢铁这种东西在人们生活中太过平常了，所以许多人都觉得它算不上什么值得关注的东西。但未来的秦海作为一个材料专家，对钢铁的研究最多，他的脑子里装着无数有关钢铁的智慧。别人找不出价值的东西，在他的眼里，没准就能够变成神奇。

“你们是哪里的！”

一行人刚走进钢铁厂的大门，从门房里便出来了一位看门老头，对他们喊道。老头穿着褪了色的旧军装，胳膊上戴着一个红袖箍，颇有几分老赤卫队员的风采，只可惜手上拿着的不是汉阳造，而是一把来不及放下的炒菜勺。

宁默大大咧咧地应道：“我们是青锋的！”

宁默等人是一下班就跑出来吃饭的，所以身上的工作服也没来得及换下，每人的工作服胸前都有“青锋农机厂”几个小字，这是假不了的。老头的目光在几个年轻人身上转了几圈，态度倒是稍稍和善了一点，问道：“你们要干嘛去啊？”

宁默颇为无厘头地答道：“我们进去转转，谈恋爱，行不行？”

“你们四个……谈恋爱？”老头有些凌乱了，这算个什么阵容啊。

宁默走上前去，从兜里掏出一支烟，不容分说地塞到了老头的嘴上，笑着说道：“好了，王老头，钢铁厂都关门这么久了，还能有什么东西被人偷的？你放心，我们就是吃饱了饭没地方去，到厂子里转转圈，散散步，不会偷东西的。”

老头被宁默的那支烟给打败了，他把烟从嘴上拿下来，看了看牌子，然后小心翼翼地夹到耳朵上，准备留着一会儿慢慢享用，嘴里则依然小声地嘟囔着：“这个破厂子，有什么好转的……你们真的不是来偷铁的？”

“我们傻啊？”宁默不屑地说道，“就你们厂剩下来这些铁疙瘩，白送给我，我都不要。你就赶紧炒菜去吧，我在这都能闻到你锅里的菜烧焦了。”

“你们随便走走就行了，别乱来啊！”老头显然也闻到了门卫室里传出来的焦味，匆匆忙忙叮嘱了一句，就奔回去继续炒菜去了。

其实看门老头的这番做作，也就是例行公事而已。钢铁厂形式上已经关门了，但在名义上却仍然存在，因为县里没有哪个领导愿意承担关掉一家企业的责任。在这样的情况下，钢铁厂就必须有人看守，结果包括王老头在内的几名老工人就被留下了，作为钢铁厂依然存在的象征。为了这个象征，县里每个月都要保证给他们付工资，一付就是十几年。

这几个老门卫拿着工资，自然要做点事情，对于像宁默他们这样进来闲逛的年轻人，他们必须上前盘问几句，以示认真负责。而事实上，钢铁厂四周的围墙已经坍塌了好几处，真有小偷进厂来偷东西，根本用不着从大门进出。

打发走了看门老头，秦海一行走进了钢铁厂，开始参观这片工业遗址。

这是一家占地一千余亩的工厂，建厂之时，由于强调“先生产后生活”，因此没有建立家属区。整个厂区除了车间之外，就只有一幢孤零零的两层办公楼。办公楼的所有门窗都已经被拆走，只留下黑漆漆的洞口。据宁默他们介绍，这幢办公楼的各个办公室里所有的家具也都已经被搬走了，现在其唯一的职能就是作为野猫野狗的栖息地，隔三差五就有嘴馋的人跑来看看能否打到一只野狗回去开开荤。

秦海对野狗不感兴趣，因此与宁默等人径直走过办公楼，走向后面的生产区。

生产区的核心是一座炼铁高炉，旁边的烟囱、热风炉、送料皮带车等一应俱全，构成了一个露天的高炉车间。由于多年的日晒雨淋，所有暴露在外的铁器上都长了厚厚的铁锈，砖头则被雨水侵蚀得坑坑洼洼。

秦海走到高炉前，抬头向上望了望，又用手敲了敲高炉边的热风管，叹了口气，说道：“唉，可惜了，这么一座高炉就这样报废了。”

“报废了才好呢。”宁默没心没肺地说道，“听我爸说，当年钢铁厂还生产的时候，全县到处是煤灰不说，县里还逼着所有的单位都要用钢铁厂的产品。他们生产出来的钢材，根本就没法锻造，拿锻机一砸就开裂，简直和生铁没啥区别。”

“这是技术问题了。”秦海说道，“其实如果改进一下工艺，至少不会弄成这个样子。当然了，这种低效率的小钢铁厂，关掉也是好事，留着只能污染空气。”

“原来咱们市差不多每个县都有钢铁厂，现在都关得差不多了，留下来的只有北溪市的钢铁厂，我们厂现在用的钢材，主要就是他们生产的。对了，秦海，昨天你不是说他们的钢材质量也不行吗？”苗磊说道。

“是啊，他们的生产工艺肯定也有问题，所以钢材的品质达不到标准，我们用这样的钢材来生产农具，质量肯定会受影响的。”秦海说道。

几个人边说边走，又来到了炼钢车间。炼钢车间的情况比高炉车间要好一些，也许是因为车间里还有一些值钱的设备，整个车间的所有门窗外面都焊上了铁栏杆，只剩下大门可以开启，但门上也用小孩胳膊一样粗的大铁链子锁上了，上面的锁头足有巴掌大，轻易是无法砸开的。

“这车间里还有炼钢炉吗？”秦海对宁默等人问道。这几个人都是在这片工厂区长大的，对于周围各厂子都有所了解，最起码，宁默连看门老头姓王都知道。

宁默道：“这个车间我没进去过，我上小学的时候，这家厂子就已经关门了，从那时候起，这个车间就是这样锁着的。不过，我听人说，好像里面还有一些设备，曾经有人想撬开锁到里面去偷电线之类的卖钱呢。”

秦海无语了。

再往后还有什么机修车间之类的，由于车间里还有机床设备，所以也都是铁将军把门，秦海等人只能趴在窗口向里面张望一下。那一台台设备上面涂了厚厚的黄油，倒还没有怎么生锈，但积年落下的尘土已经把设备的本色都给盖住了。

“前面就没什么了，只有这两座小山。”宁默用手指了指前头的两个大土堆，对秦海说道。

“这里怎么会有两座小山呢？”秦海奇怪地问道，那两座土堆颇有一些规模，的确可以用小山来形容了。土堆上长满了野草，还有几棵不算大的树。

苗磊解释道："这两个土堆是钢铁厂生产的时候留下的。这边这堆是铁矿石，都是过去从山里拉来的。那边那堆就是矿渣，十多年留下来的。因为堆的时间长了，就长满草了。"

"哦？"秦海心念一动，"我们去看看吧。"

秦海说想过去看，几个小伙伴自然没什么意见。其实他们每天下班之后也是游手好闲，到处转悠。当然，如果没有秦海在这里，他们可没兴趣去看那一大堆矿渣，那是他们小时候玩捉迷藏的地方，现在都这么大的人了，谁还会到这种地方来玩。

秦海快步走到那堆矿渣跟前，从地上拣起一块，仔细地端详起来。

高炉炼铁留下的矿渣，是一种多孔块状物，拿在手上还有些毛毛草草的，一不留神甚至可能会划伤手掌。秦海借着夕阳的余光认真地看了一会，若有所思地点点头，对宁默等人问道："这些矿渣在这里堆了很多年了吧？"

"可不是，从有钢铁厂就开始堆了，等钢铁厂关门了，这些矿渣就留在这里了。"宁默答道。

秦海又问道："这么多年，就没有人想着要把这些矿渣清理掉吗？"

苗磊道："谁乐意出钱来清理它们？我记得有一年好像有个单位说想拉这些矿渣去铺路，后来发现这些矿渣太硬了，没法砸碎，就不要了。反正现在钢铁厂也关门了，这些矿渣就这样扔着了。"

宁默倒是从秦海的神情中看出了一些什么，他试探着问道："怎么，秦海，你觉得这矿渣有用？"

秦海笑笑，说道："我现在还不能确信，不过，就咱们北溪市的矿产资源分布情况来说，铁矿不是咱们最主要的资源，反而是与铁矿伴生的那些稀有金属更值钱。平苑钢铁厂只炼铁，不提取稀有金属，所以那些伴生矿都应当留在这些矿渣里了。"

"你是说，这些矿渣能够提炼出你说的稀有金属？"宁默追问道，秦海说的"值钱"二字，把他给吸引住了。

秦海道："我说了，我现在还不能确信。如果我的判断没错，这些矿渣的价值，比钢铁厂炼出来的钢铁要值钱百倍。这件事你们千万不要说出去，另外，你们多留点心，如果有人要处理掉这些矿渣，你们千万要告诉我，我们想办法把它们留住。”

3 个小伙伴互相交换了一个眼神，都有了一种莫名的兴奋。宁默问道：“秦海，你是说，你有办法把这矿渣里值钱的东西提炼出来变成钱？”

秦海道：“现在还不行，要提炼这些稀有金属，需要有高炉，还要有大功率电炉，这差不多是一家中型冶炼企业的设备要求了，凭咱们四个，现在还做不到。”

“那有什么用？”宁默有些泄气了，他还以为秦海能够像做淬火那样，随便弄个小煤炉子就把稀有金属炼出来。如果需要一家中型企业才能办到，这与他们几个人有何相干呢？

秦海拍拍宁默的肩膀，说道：“胖子，不想当厂长的锻工不是好胖子，你难道就没有想过等挣了钱开一家厂子，自己当厂长吗？”

“我看是没希望。”宁默自暴自弃地说道，“不过，秦海，我倒是觉得你有可能当老板呢，你这么大的本事，而且还有经营头脑。对了，如果你当了老板，我们都到你的厂子里去当个中层干部好不好？”

“对，我们当个车间主任就够了。”苗磊和喻海涛也都凑趣地说道。

“相信我的话，一切皆有可能。”秦海说道，他看看天色渐渐转黑，再在这荒芜的厂子里转下去也没什么意思，便说道：“走吧，咱们回去吧。回去之后，咱们还有一些事情要做。”

从钢铁厂回到农机厂，秦海自己回了单身楼，宁默等人则直接到了车间，开始四处搜罗废钢废铁，甚至连机床加工出来的铁刨花和铁屑都不放过。

“胖子，你要这东西干什么？”

金工车间里上夜班的工人见宁默像拣宝贝似的扫着机床边上的铁屑，并小心翼翼用几个不同的盒子装起来，都感到十分诧异。厂子里拣废钢铁去做各种东西的事情并不罕见，这也算是靠山吃山。但这类铁屑从来都是作为垃圾清除掉的，没见过有人连这种东西都要拣。

宁默嘿嘿笑着不回答，反而对问话的人询问道：“你刚才加工的零件用的是什么钢？”

“什么钢？”对方莫名其妙，“20 号铬钢吧，领料单上写着呢。”

“嗯,20 号铬钢……”宁默认真地在装铁屑的纸盒子上写着对应的钢号，至于那个铬字写成了什么，就没人知道了。

别看青锋厂只是一家县级的农机厂，在过去二十多年时间里，倒也发展到了一定的规模，生产的产品类型多样，涉及的钢材牌号也是纷繁复杂。比如制造拖拉机上使用的小齿轮，用的是 20 号铬合金钢；而加工冷作模具，就要使用铬 12 钼钒钢。普通工人对于这些钢材的性能差异并不关心，他们只是按照工艺要求去仓库领取指定牌号的钢材，然后进行加工。

秦海打算给蛮牯的那个侄子做一把性能杰出的军用匕首，首先必须找到合适的钢材。要在韧性、强度、耐磨性等方面都十分出色，这种钢材必须是某种合金钢。秦海的脑子里有许多各种合金钢的配方资料，随便拿一种出来，也比现在市面上常见的钢材要好得多。要冶炼这种合金钢，需要用到铬、钼、钒、镍等多种金属材料，而以秦海现在的身份，要想弄到这些原材料，是非常困难的。

幸好秦海是个不拘一格的人，他想到了工厂里现在使用的各种合金钢里，就包含这些金属元素，如果能够将多种合金钢进行巧妙组合，熔炼在一处，得到的就是他所需要的那种超高强度钢了。

基于这样的想法，他给宁默等人安排了到车间搜集废钢、铁屑的任务，并要求他们把这些废旧钢铁的钢种型号记录清楚，以便进行配制。宁默和苗磊分别前往金工车间和铸造车间去寻找废钢，喻海涛是仓库统计员，便利用职务之便，搜罗仓库里回收的废旧车刀、齿轮等物，这些东西也都含有秦海所需要的稀有金属。

秦海没有与宁默他们一起去搜集废旧金属，这原本不是他所擅长，他也没必要把时间浪费在这上面。他一个人回了单身楼，进了自己房间，取出白纸，开始把他脑子里想出来的几种军械变成加工图纸。

“笃笃笃，笃笃笃。”有人在外面敲门，紧接着就是王晓晨的声音：“小秦，你回来了吗？”

秦海起身给王晓晨开了门，把她让进屋里，笑着问道：“有事吗，晓晨？”

王晓晨手里拎着一个热水瓶，说道：“我多打了一瓶开水，给你拿过来用。你一下班就和宁默他们走了，肯定没打开水吧？”

“多谢晓晨了。”秦海赶紧把热水瓶接过来，向王晓晨道着谢。

王晓晨道：“对了，还有一件事要通知你，今天下班以后，项科长、萧科长和冷科长 3 个人一起来找你了，不知道是什么事。项科长说，叫你明天要准时到铸造车间去上班。”

秦海道：“我本来也得去铸造车间上班，他这不是多此一举吗？不过，我知道他们来找我是什么事，肯定是今天我跟冷科长说的高频感应堆焊的事情。”

“他们没说。”王晓晨道，说罢，她把声音压低了几度，问道：“小秦，你听说了吗，咱们厂又要转产了。”

下午中层干部会议的内容，没等过夜就已经在青锋厂传得沸沸扬扬了。青锋厂总共才两百干部职工，其中倒有三十多人是属于中层干部的。每个中层干部都有三五个关系要好的职工朋友，开完会出来，自然要把会上的内容向自己的朋友透露一二。三十多个人同时向外透露的结果，自然就是把这个消息传得家喻户晓了。

“转产？转产什么？这和我有什么关系？”秦海纳闷地问道。他今天一下班就被宁默他们拉走了，这会才刚刚回来，自然是不知道中层干部会上的事情的。

此外，他是昨天才到青锋厂来报到的，青锋厂以往的那些恩恩怨怨，对于他来说也是颇为遥远的事情。在他看来，青锋厂愿意生产什么，那是厂长要琢磨的事情，与他何干？他的确有不少材料工艺方面的知识，但这也要取决于厂里需不需要。如果厂里不需要他的知识，那他就索性和宁默他们去干私活挣钱好了。

王晓晨显然是打算与秦海好好聊聊转产的事情，因为从她的角度出发，认为青锋厂的兴衰是直接与自己利益相关的，所以对此事一直忧心忡忡。她觉得秦海是个有文化的人，又没什么架子，愿意和她这个普通的探伤工交流，所以她很想听听秦海对此事的看法。

“小秦，你可不知道。”王晓晨在秦海的床上坐下来，说道：“咱们厂这次转产，转得可厉害了。韦厂长的意思是要彻底放弃农机的生产，转产洗衣机呢。”

“转产洗衣机？”秦海看到王晓晨坐下，知道她是打算与自己长谈了，于是也在椅子上坐下，耐心听王晓晨讲述。听到王晓晨说青锋厂打算转产洗衣机，秦海忍不住笑了起来：“韦宝林的脑袋被驴踢过了？这都什么时候了，还转产洗衣机，这不是自寻死路吗？”

“真的？”王晓晨瞪大眼睛看着秦海，不解地问道：“转产洗衣机不好吗？”

秦海道：“如果早 3 年时间，转产洗衣机倒是一个不错的选择，当然，前提是咱们厂能不能解决马达、塑料等原料的供应问题。时至今日，洗衣机生产已经如此火爆，在这个时候再转产洗衣机，那就是死路一条。你知道现在全国有多少个地市在建自己的洗衣机厂？”

“啊！”王晓晨被秦海的话给说呆了，“你是说，咱们厂如果转产洗衣机，肯定会失败，是吗？”

秦海道：“会不会失败，谁也说不准，不过这的确不是一个好决策。据我的印象，这两年全国各地都在大量上马各种家电企业，包括电视机、洗衣机、电冰箱等等，很快就会出现过剩的现象。咱们厂在这方面没有什么优势，如果市场过剩，最先垮掉的，自然就是像咱们这样的厂子了。”

“是这样啊？”王晓晨若有所思，“今天我们听到中层干部开完会回来说转产洗衣机的事情，大家说什么的都有。有的人觉得造洗衣机比造农机赚钱，也有的人觉得我们厂可能造不出洗衣机，可是没有一个人是像你这样想的。”

秦海微微一笑，也不做解释。在那个年代里，中国还是一个物资短缺的国家，人们脑子里想的只是能不能把东西造出来，从来不会考虑能不能把东西卖出去的问题。而到了后世，物资高度丰富的时候，卖东西就成为比造东西更重要的事情。

秦海能够未雨绸缪，想到洗衣机市场过剩的危机，完全因为他是一个时间旅行者。如果他没有这样的先知先觉，恐怕也会像青锋厂的干部职工那样，把思路仅仅局限在生产能力方面。

“秦海，你把你的这些想法，跟韦厂长说说吧，让他别搞洗衣机了。”王晓晨恳求道，她是真的对厂子的前途感到担忧。秦海的理由，她是能够听懂的，她觉得如果秦海把这些道理讲给韦宝林听，韦宝林肯定会认识到转产洗衣机的风险，从而改变这个错误的决策。

秦海心中暗道：王晓晨毕竟只是一个 20 岁的女孩子，想问题实在是太简单了。韦宝林他们未尝没有关注到生产洗衣机的风险，他们坚持提出这个想法，恐怕更多的是利令智昏，这不是别人随便说说就能够改变的。

想到此，秦海摇摇头说道："我人微言轻的，去找厂长说这种事，好像不太合适吧？项科长、萧科长他们都是有经验的人，他们难道想不到这一点吗？"

王晓晨道："我也不知道他们是不是想到了这一点，不过，我今天和几位师傅聊这件事，他们都没有提到这一点，只有小秦你想到了。哎呀，如果事情真的像小秦你说的那样，那咱们厂可就糟糕了。"

秦海道："肉食者谋吧，这种事情也不是我们这些小工人能够操心的。"

王晓晨也有些郁闷，她站起身向外走，说道："嗯，好吧……小秦你早点休息吧。"

"好的，晓晨慢走。"秦海说道。

第三章　农用刀片与军用匕首

在秦海逆天技术的帮助下，青锋厂旋耕刀片的改进顺利完成，改良的样品通过了厂里的检测，被销售科长萧东平送去了省农资公司进行二次检测。就在一切看似将要得到圆满解决的时候，厂长韦宝林却拒绝了刀片改造项目，执意立刻上马洗衣机项目，青锋厂的未来一下子变得阴云密布。至于秦海自己的事业，反倒是发展得十分顺利，不走寻常路的秦海，竟然将生意做到了军队那里。

送走王晓晨，秦海回到自己桌前。他没有继续刚才的工作，而是用手支着下巴，琢磨起了青锋厂的事情。

关于青锋厂以及韦宝林的事情，在过去两天里，秦海已经听宁默他们详细介绍过了。从宁默他们的讲述来看，韦宝林是个纸上谈兵的书生，志大才疏，而且私心还很重，任人唯亲，以至于把一个厂子搞得乌烟瘴气。

青锋农机厂的基础非常不错，金工、铸造、装配等几个车间的设备虽然说不上是国内顶尖，但也是应有尽有。像高频感应淬火炉这样的设备，在这种县一级的农机厂是不多见的，在青锋厂却能够见着。

除了设备条件之外，青锋厂的工人水平也不差。据宁默、王晓晨他们介绍，青锋厂有几位老工人的技术在整个系统内都是很有名的。在宁中英当厂长的十多年时间里，厂里学技术的风气很盛，所以一般的工人技术都比较过硬，这种学技术的传统甚至一直延续到了现在。

这样好的生产基础，如果有一个能干的当家人，再加上一些好的产品，在这样一个狂飙突进的年代里，很容易就能够发展起来，日后成为国内顶尖企业也不是什么大话。

可惜的是，青锋厂的领导却是韦宝林这样的急功近利之人，随便拍拍脑袋就上马一个新产品，而遇到一点挫折马上就全盘否定，连一点补救的努力都不去做。再好的企业，这样折腾几回，也得元气大伤，最后就如未来的许多中小型国企一样，黯然退出市场了。

命运让自己来到了这样一家企业，凭自己的能力，要挽救这家企业并不困难。困难的是，自己这些能耐能够有一个施展的平台吗？

现在看起来，项纪勇、冷玉明、萧东平这几个中层干部，应当是想救一救这家厂子的，而且他们也看好秦海的才华。但是，这几个人只是中层而已，而且据宁默他们说，因为这几个人都是宁中英手下的干将，平日里就看不惯韦宝林的做派，韦宝林对他们收编未遂，便把他们当成了另类。实在是因为国企干部的任免程序复杂，韦宝林抓不到他们的什么把柄，这才没能把他们从这几个重要的岗位上撸下去。

项纪勇他们几个开完会就到单身楼来找秦海，目的非常明显，那就是希望秦海帮着他们尽快解决旋耕刀片的质量问题。可是，韦宝林已经打算要转产洗衣机了，现在去解决旋耕刀片的问题，有什么意义呢？

唉，天要下雨，娘要嫁人，随他们去吧。自己还是先和宁默他们小打小闹，挣点起家的资本，未来如果青锋厂真的垮了，至少大家还不至于饿肚子吧。

秦海在心里想好了主意，这才把心思拉回到眼前，开始画起几件军械的设计图来。

第二天一早，秦海准时来到了铸造车间，见项纪勇等3位科长和车间主任苗福南都已经在办公室等着自己了，办公室里除了他们几位中层干部之外，还有几位中年工人。

“各位领导，抱歉，来晚了。”秦海不容分说先做自我检讨。

“你没来晚，还有5分钟才到上班时间呢。”萧东平看了看手表，对他说道。

“既然已经来了，咱们就说说这个高频感应堆焊的事情吧。”冷玉明没有那么多废话，直接就切入了主题。

苗福南一指旁边几位中年工人，说道："这都是咱们车间的热处理工，这是彭金根、刘建平、魏家立，都是老操作工了。"

"彭师傅、刘师傅、魏师傅。"秦海挨个向那几位工人点头致意，对方则都以微微点头表示回礼。不过，每个工人的心里都在嘀咕着一件事：就这么一个毛头小孩子，冷科长他们怎么会对他如此客气呢?

"好，咱们闲话少说，我给大家讲讲这高频感应堆焊的技术吧。"秦海没有在意别人心里想什么，要想让别人信服自己，只有拿出真材实料来，否则，就算你有一大把胡子加上一卡车的文凭，又有何用?

"高频感应堆焊的目的，是在工件的表面覆盖一层合金焊层，以提高工件的耐磨性能，延长耐磨工件的使用寿命。

"高频感应堆焊工艺包括三个方面，一是焊层的位置、形状和厚度的设计，这个冷科长他们有刀片的设计资料，完全可以解决；二是堆焊合金材料的配制，这是一种合金粉末，要求粒度均匀、熔点低、工艺性好，同时还要便宜；第三则是堆焊工艺规范，包括电流频率、功率、堆焊时间。

"后面两项，需要根据我们的实际情况来确定，包括我们现有刀片的材料性能、现有设备的能力，以及合金粉末的来源。在这方面，我可以提出一个大致的方向，但要找出最佳的合金配方以及规范参数，必须通过实验才能解决。"

秦海说到这里，从兜里取出几张写了字的纸，递给冷玉明，说道："冷科长，这是我昨天晚上回忆起来的一些配方资料和参数，可能需要麻烦彭师傅他们实际地实验一下，从中找出最优的配比。"

冷玉明接过那几张纸，认真看了看，对项纪勇和苗福南点点头，说道："小秦说的是对的，这些参数只能靠自己实验来确定，这事得你们二位下命令才行。"

苗福南一指项纪勇，说道："老冷别看我，老项是生产科长，生产科给我下任务单，我这个车间主任执行就是了。"

项纪勇皱了皱眉头，对冷玉明问道："老冷，你说的这些实验，要做多少次？你得让工艺员算一下消耗和工时。花费少了，我可以做主，花费如果多了，我就得找韦宝林报批了。"

冷玉明道："小秦列出来的配方，是高铬铸铁粉末，咱们自己就可以配制。不过其中铬的比重和助熔剂的比重需要实验，这样算下来，连材料带工时，我估计得花上几百块钱吧。"

"几百块钱……"项纪勇为难了。

秦海在一旁看不下去了："几位领导，实验一个新工艺，几百块钱真不算太多吧？我们……呃，我是说，国外有些大企业为了开发一种新的热处理工艺，都是以千万美元的规模往里砸钱的，咱们不会连几百块钱都舍不得花吧？"

要说整个工业领域里什么东西最花钱，毫无疑问就是材料。有人觉得那些国际名车的外形如何如何炫目，想象着开发一款这样的车型需要花费多少投入，而事实上，这些用在外观设计上的花费与用在材料配方和工艺上的花费相比，实在是小巫见大巫。

造一艘航母，大概需要几十亿美元。而开发航母甲板用的耐高温、耐磨、耐腐蚀的特种钢材，投入同样以十亿美元作为单位。

秦海作为一位来自未来的材料学专家，对于材料研究所需要的花费有着刻骨铭心的体会。别看他在理论上做得如何出色，有多少令世人惊艳的成果，但要把这些理论落实到实践，他还差得很远。原因只有一个，那就是没有谁能够承担得起这个过程所需要的巨额资金。

也许，这一次，自己应当把挣钱当成第一要务，如果自己能够成为一个亿万富翁，甚至十亿、百亿级别的超级富翁，那么自己在未来提出的那些理论设想，也就有了实现的机会了……

这一刹那，秦海突然找到了自己时间旅行的目标，那就是赚钱。

"小秦，你想什么呢？"众人都注意到了秦海短暂的失神。萧东平拍拍秦海的肩膀，把他从成为比尔盖茨的美梦中拉回到了现实。

"哦哦，我是说，这个堆焊工艺，是涉及我们厂一项主要产品质量的，花几百块钱，不算是很大的付出吧？"秦海连忙掩饰着说道。

项纪勇心中有苦处，但也没法向这个小年轻明说。他点点头，说道："这件事，我来解决吧。老苗，你先让彭师傅、刘师傅和魏师傅照小秦和老冷的安排去做实验，消耗和工时回头再报，我肯定不会让你自己掏腰包就是了。”

苗福南得了项纪勇的这个承诺，也不多问，回过头对那几位热处理工说道：“老彭，老刘，老魏，你们就照小秦和冷科长的安排去做，这件事情非常重要，涉及咱们厂的两万片刀片能不能起死回生。做得好了，我给你们报这个月的奖金。”

彭金根笑道：“苗主任，你真是说笑话了，过去两年的奖金都没有发下来呢，你报这个月的奖金有什么用？不过，如果小秦师傅的这个法子有用，能够让咱们厂的刀片卖出去，也是一件大好事了。到时候你能帮着到财务科去说一下，把我家小孩上半年出麻疹的医药费报掉，我就给你磕头了。”

“如果事情能成，这事包在我身上。”萧东平替苗福南拍了胸脯，答应了彭金根的条件。

一天时间在忙忙碌碌中度过。

冷玉明和秦海带着彭金根等几名热处理工，先把高频感应淬火炉做了改造，然后又从仓库领了材料配制了各种不同配方的焊料，接着就开始进行不同工艺的实验。用每种工艺加工出来的工件，都要经过后期的热处理，然后送到王晓晨那里去做探伤，还有硬度、耐磨等方面的检测，程序甚是复杂。

秦海做这些材料性能检测的工作是轻车熟路，甚至还能时不时地对探伤室的几名探伤工、化验员进行指导。冷玉明跟在秦海的身边，多数时候都不说话，只是让秦海去操持一切。不过，在他的心里，对于秦海的看法却越来越震惊。

这个小毛孩子对于材料性能检测以及原理的掌握实在是太惊人了，他通晓各种检测设备的使用，操作上比王晓晨等操作员还要熟练。在拿到检测结果之后，他能够在第一时间提出调整配方和堆焊参数的建议，冷玉明自己反而需要思考好一会儿时间才能意识到秦海的建议是正确的。

这样的基本功和理论水平，绝对不可能像秦海自己说的那样，是因为平时喜欢看书而获得的，那么一切就只能从秦海在技校的学习经历中去找答案了。农机技校与青锋厂是同一个系统的单位，相互之间都比较熟悉，冷玉明自己也曾去过农机技校。他知道，按照农机技校的教学方案，是绝对不可能培养出秦海这样一个怪胎的。

这个年轻人难道是从娘胎里就学过材料性能学吗？冷玉明开始怀疑起自己的唯物主义价值观了。

“冷科长，我看现在这个配方就差不多了。”秦海把冷玉明从遐想中拉回来，对他说道，“根据检测结果，按现在这个配方和相应参数，处理过的刀片达到了最高耐磨性和韧性的结合，可以作为以后的生产规范。”

“你说得很对，我完全同意。”冷玉明点头道，他也是一直跟着做实验的，能够看出随着配方的调整，刀片的处理结果越来越喜人，现在达到的性能参数，已经超过了萧东平带回来的国内同行的参数水平。

“彭师傅，刘师傅，你们按这个规范，再加工 40 把刀片出来，交给萧科长，让他拿到省农资公司去检测。”冷玉明对彭金根等人吩咐道。

“好咧！”彭金根愉快地回答道。与秦海在一起合作，实在是一件让人觉得很舒服的事情，秦海态度谦逊，思维敏捷，自己只需要照着秦海的指示去做事即可。原本以为需要花几天时间才能完成的工艺实验，只用短短一天时间就做好了。

彭金根等人都是专业的热处理操作工，对于工件的品质参数多少有所了解，从检测结果来看，经过堆焊处理的刀片，品质比此前有了明显的提升，这也让他们几个人有一种神圣的成就感。

“小秦不错，技术过硬得很呢。”彭金根拍着秦海的肩膀，由衷地夸奖道。

“彭师傅过奖了，其实这一天都是你们几位师傅在忙碌了，我就在旁边指手画脚，实在是不好意思。”秦海客套道。

彭金根笑道：“别人想指手画脚，我还不答应呢。你小秦指手画脚，指得对，指得好，我老彭服气你。”

“没错，小秦年纪轻轻的，手底下真有两下子，我看厂里除了冷科长，其他技术员都比不过你咧。”刘建平也跟着夸奖道。

“多谢各位师傅的夸奖，其实我还年轻，水平还差得远呢。”秦海连忙拱手对众人称谢道。

工艺要求一旦固定下来，单纯做堆焊的操作并不难，平均完成一个工件的时间不过是一分来钟。几个热处理工一齐上手，没过多久，就把40件处理好的旋耕刀片交给了冷玉明的手中。

冷玉明抱着装了40件刀片的纸盒子，来到供销科，牛气十足地把盒子往萧东平的办公桌上一放，盒子里的刀片发出呛啷啷的一阵声响。萧东平吓得连忙跳起来，俯下身子察看自己办公桌上的钢化玻璃板有没有被砸裂。在确认玻璃板无恙之后，他才怒气冲冲地对冷玉明骂道："你个老冷，搞什么名堂，没看到我这桌上的玻璃？"

"哈哈，砸坏了我赔你一块！"冷玉明豪爽地说道，"看看，我给你拿什么来了。"

"刀片加工好了？"萧东平眼睛一亮，连忙上前打开纸盒。看到里面新加工出来、还带着余温的40片刀片，他的脸上顿时笑成了一朵牡丹花。

"检测过没有，质量怎么样？"他对冷玉明问道。

"绝对超过国内同类产品的平均水平，有望跻身第一梯队！你看看，这是有关的性能参数。"冷玉明拍着胸脯说道，同时把一张检测报告纸拍到了萧东平的面前。

"太好了！"萧东平大喜，"我明天就去红泽，直接找薛兴发，把这个检测报告拿给他看，让他当面签字收下我们的刀片。他如果敢不收，老子就拿刀片把他废了！"

他这话其实就是吹牛皮了，薛兴发是省农资公司的一把手，县处级干部，萧东平根本没机会直接见到他。平常接待萧东平的，不过是农资公司门市部的经理，而且由于青锋厂的产品质量不断下降，连这个门市部经理都不太乐意亲自接待萧东平了。萧东平也实在是因为在农资公司看人家的冷脸看得太多了，迫不及待地希望有一个反手打脸的机会。

"秦海这个小年轻，看来还真有两下子嘛，我先前还以为他是吹牛呢。"萧东平感慨地说道。

听到萧东平的话，冷玉明情不自禁地摇了摇头，欲言又止。他实在不知道应当如何来形容秦海为好，仅仅用"有两下子"来表述，恐怕是太轻率了。

"怎么，这小伙子不行？"萧东平诧异道。

冷玉明又摇了摇头，想了想，说道："不是不行，而是太……老萧，你有没有听过一句古话，叫做‘事有反常必为妖’？”

“没有听过。”萧东平大摇其头，他的文化水平本来也不及冷玉明高，没有听说过这样的话也是正常，“你就直说吧，秦海什么地方反常了？”

冷玉明道：“我如果说秦海在材料方面的专业功底比我还强，你信不信？”

“当然不信！”萧东平毫不犹豫地答道。冷玉明在青锋厂那也算是一个神一般的存在，这么多年，厂里也曾分配来一些大学生，但没有一个大学生的水平能够与冷玉明相比。秦海不过是一个技校生，如果说哪方面的操作技能比冷玉明高一点，萧东平还敢相信，要说专业功底比冷玉明更强，打死他也不会相信。

冷玉明很严肃地点点头，说道：“可是，我要非常负责地告诉你，秦海在材料方面的专业水平，的确比我高。”

“这是真的？”萧东平的脸色也有些发白了，他开始理解什么叫做“事有反常必为妖”了。他知道，冷玉明是个严谨的人，轻易是不会乱开玩笑的，如果他说的话是真的，那这个秦海的确就是一个妖孽啊。

省农机技校是一个什么地方，青锋厂的人能不了解吗？这几年分来的技校生前后也有十几个，他们的本事也就那样，比本厂的学徒工强一点而已。现在从中间冒出一个秦海，居然能够让冷玉明都自叹不如，这不是妖孽又是什么呢？

“让老项抽个时间问问龙长生，看看这个秦海在技校期间到底有什么惊人的表现……不过，老冷，秦海的本事大，对咱们厂来说，是一件好事啊。莫非你还担心他抢了你这个技术科长的位子不成？”萧东平说道。

冷玉明摆摆手：“他如果真能代替我，我甘愿让贤。我对当官没什么兴趣，让我当技术科长，也就是赶鸭子上架而已。我只是挺可惜这个人才的，放在韦宝林手里，真是浪费了。”

说到韦宝林，萧东平一下子就蔫了，他气恼地一屁股坐回位子上，说道：“唉，别提他了。算了，我还是先想想明天怎么把刀片推销出去，好歹先解决一下这两万片刀片的销路，把积压的资金回收回来。至于其他的事情，就留给你们去操心吧。”

“你赶紧去吧，能够打开销路的话，没准能够让韦宝林回心转意。否则，咱们厂如果真的转产洗衣机，那可就麻烦了。”冷玉明忧心忡忡地说道。

冷玉明和萧东平在感慨秦海是个妖孽，而这个妖孽此时也正在铸造车间干着更妖孽的事情。

“40 号铬钢，500 克。”

“12 铬镍钢，300 克。”

“65 号锰钢，1200 克……”

秦海拿着张纸条，一项一项地报着数字，宁默、喻海涛、苗磊、王晓晨几个人便忙着在一大堆如垃圾一般的铁刨花、钢屑里查找着指定的型号，然后用天平进行称量，再倒入一个料斗里，准备进行熔炼。

这已经是下班以后了，车间里上白班的工人都走了，由于厂里生产任务不足，铸造车间上晚班的只有三四个工人，也都在各干各的活，没人关心这几个小年轻在忙活什么。

王晓晨是临时被秦海拉来帮忙的，因为称量这些金属需要用到化验室的天平，王晓晨作为探伤工，也属于化验室的操作人员，拥有使用天平的权力。此外，秦海也发现他那几个小伙伴干些粗活没问题，但要说精细称量这样的工作，还得让女孩子来干更为合适。

王晓晨不知道秦海他们到底想做什么，不过她本身是个单身女工，反正也没啥事，秦海叫她帮忙，她也就乐呵呵地留下了。看到秦海有板有眼地配制着这些废旧金属，她觉得挺有一些神秘感。

“好了，总算是配平了。”秦海放下手里的纸条，擦了一把头上的汗，如释重负地说道。

秦海想炼制的这种合金钢，是在 21 世纪初才开发出来的一种超高强度合金钢，在这个年代里，关于这种合金钢的理论甚至都还没有被提出来。通过精确控制合金钢里铬、锰、钒、钼、硅等各种元素的比重，再加上特殊的热处理工艺，这种合金钢的强度可以比一般的高强度钢还要高出三倍以上，在未来是用于制造飞机起落架等重要受力构件的。

仅仅依靠一些废钢作为原料，加上熔炼设备也比较简陋，秦海清楚，自己冶炼出来的合金钢肯定达不到其理论上的最好性能，但用来制作一把军用匕首，绝对可以算是大材小用了。他敢保证，蛮牯的那个军人侄子绝对不可能找到比这种钢材更好的材料。

要凭着从各处搜罗来的各种合金钢废料配出超高强度合金钢的配方，可费了秦海不少脑细胞。各种合金钢里含的金属元素不同，废料的数量也不同，这相当于解一个带有若干约束条件的线性规划问题。幸好秦海的数学功底还是颇为不错，这样一个复杂问题居然也让他解出来了。

“现在可以化钢水了吗？”苗磊跃跃欲试地问道。

“可以了。”秦海答道。

铸造车间有一台150千克容量的小型工频感应电炉，这是平时用来铸造一些小工件毛坯的，现在正好被秦海用来冶炼这种超高强度合金钢。在这一点上，秦海挺感激韦宝林的，如果不是韦宝林把厂子的管理制度改得一塌糊涂，秦海也没法这么自由地用车间的设备来干自己的私活。

电炉开动起来了，炉温一点点升高，炉膛里那些废钢开始发出轰隆轰隆的翻腾声。这种电炉带有电磁搅拌的功能，废钢化成钢水之后，会在炉膛里充分地混合，使各种元素在钢水中的分布变得均匀。

秦海的眼睛紧紧地盯着电炉上的测温计，不断地调节着电炉的功率，保证炉内的温度控制在指定的水平上，既不偏高，也不偏低。

熔炼过程持续了近半个小时，秦海向众人发出了警告：“好，大家靠后一点，要准备出钢了。”

众人都向后退去，只在现场留下了几个预先做好的砂模。这砂模是白天上班的时候宁默拿着秦海设计的图纸让人做出来的，这点小活在铸造车间是根本不值一提的。

未来的秦海没有亲自干过铸造的工作，但这个时代的他却是技校铸造专业的学员，所以对铸造的操作并不陌生。他按动电钮，操控着电炉翻转过来，把橙红色的钢水倒入砂模之中。钢水散发着灼热，在砂模的空腔里流动着，然后逐渐冷却凝结，变成了青蓝色的金属。

“你们在做什么呢？”有上晚班的工人见到热闹，凑过来问道。

“做点小东西。”宁默语焉不详地答道。

“哈哈，你们干私活，万一被苗主任逮着，可有你们好看的。”那工人笑嘻嘻地威胁着。

“陈师傅，你放心吧，我跟我爸爸说过的，他同意了。”苗磊半真半假地回答道。他其实还真的事先跟苗福南打过招呼，不过他说的理由是陪着秦海做点材料实验。苗福南知道儿子平日里会偷偷干点私活，既然全厂的工人都在这么干，他自己也就懒得去约束自己的儿子了。所以对于这样的事情，他一向是睁一只眼闭一只眼的。

工件在冷却之后，需要先进行机加工，也就是在车床、铣床等金属切削机床上进行钻孔、开刃等各种处理。秦海是一个思维缜密的人，他事先就考虑到了机加工设备的要求，所以他选择的这种钢材在热处理之前的强度并不高，能够用普通的机床进行切削加工。材料的超高强度要等机加工结束之后，再通过一系列的热处理来实现。

机加工这件事情，只能是到金工车间找上夜班的工人来做了，宁默包揽下了这件事，抱着一堆工件挨个找人帮忙。

不知道是不是因为宁中英的缘故，宁默在厂子里的人缘极好，几乎找到谁头上帮忙对方都会给面子。当然，宁默也不是没眼色的人，请人家帮了忙，在人家工具箱里扔包 8 毛钱的香烟以示感谢是最起码的礼节。

由于需要找人帮忙的地方不少，宁默一个晚上送出去了整整一条烟，把前天卖农具挣的那些钱全都搭进去了。不过，宁默对此一点也不心疼，秦海向他灌输的观念是：舍不得孩子套不着狼，要想挣大钱，这些该花的小钱就绝对不能省下。宁默原本也是一个大气的人，听了秦海的话，就更加不惜工本了。

几个人从下午下班时分一直忙到深夜，张老三想要的军用匕首和秦海另外设计的几件军械都做好了。秦海基于自己掌握的理论，对几件产品做了热处理，又测试了其各项力学性能，脸上绽出了满意的笑容。

“怎么样，秦海，成功了吗？”几个小伙伴都着急地问道。

秦海点点头道：“成功了，虽然没有达到最理想的状态，但这刀口比你们那几把锹绝对要硬得多。”

“能试试吗？”喻海涛问道。

“试坏了怎么办！”宁默拍了一下喻海涛的脑袋。花费了这么大力气做出来的东西，如果试坏了，那可就太悲剧了。

秦海笑道：“咱们已经测过力学性能了，就没必要再拿它去劈砖了吧？”

“不用试了，秦海做的东西还能有假？”宁默说道。他拿着这几件东西，看着刀子的钢口和色泽，心里乐滋滋的，怎么也看不够。

“胖子，别看了，你把这些东西都收好，回头联系一下张老三，看看蛮牯的侄子什么时候能到县城来。”秦海对宁默交代道。

宁默点点头，说道：“没问题，我明天就联系他。不过，他来不来倒无所谓了，这么漂亮的玩意儿，我们留着自己玩也好啊。”

秦海道：“你可别这样想，咱们费这么大劲，可不是为了给自己做个玩具的。这几样东西是咱们的发家之本，可不能卖得太便宜了。对了，到时候如果对方来了，你们都别乱说话，看我和他谈就好。”

“秦海，你放心吧，我们都听你的。”几个小伙伴都响亮地答应道，他们已经越来越迷信秦海的魅力了。

第二天一早，宁默就骑着自行车去了一趟张老三的铁匠铺，告诉他匕首已经做好了，让他通知蛮牯的那个侄子来验货。张老三爽快地答应了，与宁默约好晚饭时分两边的人在铁匠铺碰头。

也就在这个时候，因为兴奋而一宿都没有睡好的萧东平也背着装了40把旋耕刀片的帆布包，登上了开往省城红泽市的长途汽车。

也许是为了方便农民购买农具的需要，省农资公司的门市部设在红泽的市郊，旁边有两个大型的国有农场，都是农资公司的大客户。

这天早上，门市部刚刚开门，萧东平便风尘仆仆地赶到了。他把手里的帆布包往柜台上一拍，大大咧咧地对柜台里的营业员说道：

“林安宝在不在，你们跟他说，青锋农机厂的老萧来了，叫他出来接我。”

林安宝正是这家门市部的经理，以往与萧东平的关系也是非常不错的。这一两年，由于青锋农机厂的产品一月三变，而且每一回转型后的产品质量都不够稳定，所以农资公司的人对萧东平也就逐渐冷淡下来，生怕他利用双方的交情，逼着自己接受青锋厂那些劣质的产品。

听到上面那些话，又看到来人是青锋厂的萧东平，柜台里的几个营业员都皱起了眉头。一位中年女营业员一边埋头打着算盘，一边问道："是萧科长啊，你找我们林经理有什么事情吗？"

"当然有事情。"萧东平道，他用手拍了拍自己的帆布包，说道："我给他送产品样品来了，这一回，他如果再敢拒收我们青锋厂的产品，我就上他家吃饭去。"

女营业员停下手，抬头看了看萧东平放在柜台上的帆布包，说道："萧科长，不是我们农资公司非要和你们青锋厂为难，实在是你们厂的产品质量太不稳定了。我们收了你们的货，再卖给顾客，回头他们是要戳我们的脊梁骨的。"

"什么质量不稳定，我们厂有二十多年的历史，如果产品质量不稳定，这二十多年是怎么过来的？算了，这件事你做不了主，还是把林安宝给我叫出来吧。"萧东平故意不提感应堆焊的事情，想给对方留下一点悬念。

门市部并不大，萧东平在柜台上发难，在里间屋里上班的林安宝自然全都听见了。听萧东平说话越来越牛气，自己的几个手下都有些招架不住的意思，便推了推眼镜，从屋里走出来了。

"我说是谁呢，原来是萧科长啊，哪阵风把你吹来了？"林安宝装出无辜的样子对萧东平问道。

萧东平看着林安宝，半开玩笑半认真地说道："老林，我说你可不地道啊，我们是多少年的朋友了，过去物资短缺，你是哭着喊着巴结我老萧，让我们给你们供货。现在有乡镇企业给你撑腰，你腰杆子硬了，就不认我这个穷亲戚了是不是？我们国营企业财务制度严，我没法像那些乡镇企业的业务员一样给你老林送礼，所以你就拒收我们的产品了，是不是？"

"老萧你这是说哪里话！我……我什么时候收过谁的礼了？你这样说话，我是要告你的，叫什么什么……对了，叫诽谤罪。"林安宝也同样半是恼火半是调侃地反驳着。不过，他反驳的时候底气还是不太足，因为他和门市部的这些营业员一样，偶尔的确会收点乡镇企业送来的土特产。

"你说我诽谤你，那好，你说说看，为什么我们这种国有厂子的产品你们不收，只收那些乡镇企业的产品？"萧东平逼问道。

林安宝道：“老萧，你说这话就没意思了，你们的产品如果好，我什么时候说过不收了？可是你们的产品质量比人家的差得多，客户不愿意要，我们有什么办法？就比如说上次退还你们的旋耕刀片，人家的刀片能用 700 亩，你们的不到 500 亩，价钱一样，你说让我们怎么卖？”

萧东平前面那一番做作，就是为了引出林安宝的这句话。听林安宝说完，他装出一副恼火的样子，说道：“谁说我们的刀片只能用 500 亩？你肯定听错了。上次你拒收我们的货，我回去跟我们技术员说了，他们说，我们的刀片寿命绝对不止 500 亩，肯定是你们存心刁难，想看我们的难堪。”

林安宝脸色变得有些难看，他认定萧东平是来胡搅蛮缠的，便说道：“老萧，你这样搞就没有意思了。你说不止 500 亩，501 亩也是不止 500 亩，可是这有意思吗？大家又不是小孩子了。”

萧东平道：“什么 501 亩？我们技术员说，人家的刀片能用多少亩，我们就能用多少亩。你不是说人家是 700 亩吗，我这些刀片，少于 700 亩的话，一分钱都不要，全送给你了。”

“你们的刀片能用 700 亩？你是不是大早上就喝多了？”林安宝成功地被萧东平给忽悠了，脸上露出嘲讽的笑容，挖苦道。

自始至终，萧东平都没有说青锋厂已经对刀片进行过改进的事情，让林安宝觉得萧东平就是恼羞成怒，跑来无理取闹的。对于青锋厂旋耕刀片的质量，林安宝是非常清楚的，说 500 亩都是勉强，有些刀片用到四百多亩都全磨秃了，根本没法使用。

“什么喝多了，你闻闻，我嘴里有一点酒气没有？我说 700 亩就是 700 亩，你敢不敢跟我赌？”萧东平继续激着林安宝。

林安宝也不是什么善茬，哪受得了这样的激将法。他当即瞪起眼睛道：“我当然敢赌，你说吧，怎么赌？”

“我这里带了 40 片刀片来，你去永丰农场找老花，让他安排一台拖拉机试一试，看这些刀片能耕多少亩地。”萧东平用手指了指外面，对林安宝说道。

永丰农场是一家国营农场，位置就在门市部的旁边。萧东平说的老花是永丰农场的场长花国英，由于业务上的关系，与萧东平、林安宝关系都不错，3 个人过去还是醉得一块往桌子底下钻过的酒友。萧东平让林安宝找花国英来测试这些刀片，是因为相信花国英的人品，知道这个人做事是不会弄虚作假的。

“这还不容易。”林安宝被萧东平带进了坑里，他马上就抄起电话，准备跟花国英说这件事。拿起电话的时候，他忽然冒出了一个心眼，于是又放下电话，对萧东平说道：“试验归试验，咱们得设点赌注才行，要不，我不是吃亏了吗？”

萧东平忍着笑，问道：“什么赌注，你说吧，我应下就是。”

“第一，如果你的刀片用不到 500 亩，你不能找老花要刀片的钱。人家是帮你验货，不能被你骗着把你们的烂刀片给买了。”林安宝道。

“你放屁，我老萧是那种人吗？”萧东平恼道，“如果用不到 700 亩，我分文不要。不过，如果超过了 700 亩，他就必须付钱了。现在正是犁田的时候，他不用我的刀片，也要用其他刀片的。”

“如果超过了 700 亩，他当然得付钱。”林安宝道，“第二，如果不到……不到 700 亩，你得请我喝酒。”

林安宝原本是坚信青锋厂的刀片用不到 500 亩，所以想以 500 亩作为赌赛的标准。但听萧东平一口咬定 700 亩，索性就顺着萧东平一块说了。在他看来，700 亩这个标准是青锋厂的产品无论如何也达不到的，这个条件一开出来，萧东平肯定要认栽。

谁料想，萧东平认准了冷玉明对于这些刀片的鉴定，相信这批经过处理的刀片肯定能够使用 700 亩以上。他要做的，就是诱使林安宝与他打赌，然后用一记响亮的耳光，出一出这些天憋下的恶气。

“好，男子汉大丈夫，一口唾沫一口钉，我们就定下 700 亩这个标准。我们的刀片用不到 700 亩了，我请你喝酒；如果超过了 700 亩，你请我喝酒，怎么样？”萧东平问道。

林安宝一拍桌子，说道：“一言为定，我这就给老花打电话，到时候让他当个见证人。”

花国英的办公室离农资公司门市部没多远，接到林安宝的电话，他叫了个吉普车，几分钟就赶过来了。听过林安宝与萧东平的赌局，他微微一笑，说道："好啊，不管你们谁赢谁输，反正这酒我是喝定了。正好，我们农场这几天正在耕地，我就找台旋耕机，换上老萧他们的刀片试试好了。"

"等等……"林安宝临时又想到了一个问题，他说道："我倒有个建议，你们的旋耕机上，不要全用老萧他们的刀片，而是一半对一半。一半用他们的刀片，另一半用红星厂的刀片，这样对比不是更清楚吗？"

他说的红星厂是外省的一家大型农机厂，生产的旋耕刀片质量在国内也属于上乘。林安宝这样安排，算是又给自己加了一道保险。因为旋耕刀片的使用寿命与土地类型关系很大，如果花国英为了向萧东平放水，专门挑一些土质比较软的田地来进行试验，那么让刀片的使用寿命超过 700 亩也是有可能的。

但如果在同一台旋耕机上装了两种刀片，到时候即使青锋厂的刀片使用寿命超过了 700 亩，他也可以通过对比两种刀片的磨损情况，以证明青锋厂的刀片的确不如红星厂，这样也多了一个反击萧东平的手段。

"你个老林，心可太黑了！"萧东平也是聪明人，哪里看不透林安宝的这点花花肠子。他"呸"了一口，表示对林安宝的鄙视，然后说道："就依老林的安排，老花，这些刀片交给你，你抓紧时间去做试验吧。我告诉你，老林这顿酒，咱们喝定了。"

旋耕机的工作效率大约是一小时 8–10 亩，一天按 10 小时工作，耕 700 亩地也需要一个星期，所以萧东平不可能留在红泽等着看试验的结果。花国英答应，一旦有结果就会及时通知他和林安宝，至于最后是萧东平请客还是林安宝请客，就不是花国英关心的问题了，他只管到时候带着肚子去当见证人就是了。

萧东平诱骗林安宝与他赌赛的时候，心里存着几分得意。但当踏上长途汽车离开红泽的时候，他开始有些患得患失起来，不知道秦海的技术是不是过硬，冷玉明有没有看走眼。万一这场赌赛的结果是他输了，他又从哪找钱去请林安宝喝酒呢？

一回到平苑，萧东平就忙着去找冷玉明，想再向他确认一下刀片的质量，结果到了技术科，发现冷玉明正和项纪勇对面而坐，一人一支烟，沉默无语。

“你们俩怎么回事？”萧东平诧异地问道。

“老萧回来了，农资公司那边的事情怎么样？”项纪勇问道。

萧东平把情况简单说了一下，当然中间略去了有关打赌请酒的事情，只说农资公司答应测试一下刀片，如果刀片合格，自然就会全部接收。

“刀片的质量是没有问题的，你尽管放心。”冷玉明说道，“我今天又让化验室重新做了检测，各项性能指标都超过了国内同行的水平。”

“这我就放心了，呵呵，农资公司的林安宝这回可栽了，他得乖乖地请我喝酒了。”萧东平乐不可支地说道。

项纪勇却一点也感受不到萧东平的喜悦，他闷头说道：“技术问题是解决了，可是生产问题怎么办？两万片刀片，全部要做一次堆焊，必须上自动夹具，没有自动夹具，光靠几个热处理工，得干到猴年马月去。”

萧东平收起笑意，说道：“自动夹具的事情，我记得秦海也向老冷说起过吧，好像并不麻烦，咱们自己就能做。”

冷玉明道：“没错，这个自动夹具的设计非常简单，我马上就可以叫技术科出设计图。可是，韦宝林如果不点头，咱们怎么做？”

“韦宝林？”萧东平知道问题所在了，“怎么，你们今天找他了？”

项纪勇把手上的烟蒂用力地按到烟灰缸里，碾成一堆粉末，然后恨恨地说道：“妈的，老子今天跟他大干了一场。”

“怎么回事？”萧东平愕然道。

项纪勇道：“还不是为了昨天老冷他们做的那些实验，铸造车间报上来的材料消耗加工时消耗，合四百多块钱，我拿去找韦宝林签字，这个混蛋竟然不肯签。”

“为什么？”萧东平问道。

项纪勇道：“他说了，现在青锋厂的目标已经定下了，就是转产洗衣机，农具方面的事情要全部放下。我们在这个时候搞刀片堆焊技术的实验，是与厂里的大目标背道而驰，是不能允许的。”

“这算什么道理？如果这个实验成功了，我们把两万片刀片救活，全部卖出去，能够回笼四五万块钱，为此花几百块钱的实验费算什么？”萧东平恼道。

项纪勇道：“我看出来了，韦宝林是恼火我们没有跟他商量。他前天宣布转产洗衣机，我们昨天却去搞刀片的新工艺，他认为我们是存心拆他的台。”

“然后呢？”萧东平问道。

项纪勇道：“我跟他从厂长办公室一直吵到走廊上，后来他大概也是怕把事情闹大了，才给我签了字，还说是下不为例。我跟他说要搞自动夹具，他当即就表示反对，说这种没把握的事情，不能再进行投入。”

萧东平道：“怎么会没把握呢？等一个礼拜，等花国英那边把试验做完，农资公司就知道咱们的产品质量过硬了，那时候他们就会恢复接收我们的刀片。如果老冷的判断没错，那么这两万片刀片卖出去简直就是板上钉钉的事情嘛。”

“我的判断肯定没错的。”冷玉明赶紧声明道。

项纪勇道：“没见到结果之前，韦宝林是不会听我们解释的。现在只能等着老萧这边尽快把刀片的销路解决，到时候我豁出去把韦宝林得罪死，也要让他签字搞自动夹具。”

“这算个什么事啊！”萧东平长叹一声。

科长们的烦恼，宁默是体会不到的。他从早上开始，就在不停地看着太阳，计算着它还要多长时间才会下山。他自己没有手表，车间里只有一个机械闹钟，是放在苗福南的办公室里的，宁默自然不可能时时地跑去看时间，所以只能靠太阳来计时了。

“师傅，你说现在差不多有 11 点了吧？”宁默一边心不在焉地干着活，一边对自己的师傅问道。

宁默的师傅叫傅林生，是个老实的中年工人。听到宁默的问话，他不屑地答道：“胖子，你又饿了？现在最多也就刚到 9 点，你就想着要去吃中午饭了？”

“现在才刚到 9 点？”宁默伤心地说道，“今天的时间怎么过得这么慢啊。”

好不容易熬过了一个白天的时间，下班铃声一响，宁默就像是启动了发条的机械兔子一样，活蹦乱跳起来。

“秦海，秦海，快点！”他大声地对秦海喊叫着。

秦海正在跟彭金根等人讨论改进堆焊工艺的问题，听到宁默的叫喊，他回头笑笑，说道：“胖子，急啥呢，我这还有点事情和彭师傅他们商量呢。”

“咱们约好的事情，你没忘吧？”宁默对他挤眉弄眼地提示着，当着这么多人的面，他当然不能把具体的事情说出来。

秦海点点头道：“放心吧，我没忘。”

说到这，他又转头对彭金根等人说道：“彭师傅，刘师傅，咱们今天就先到这吧，你们也该下班了。今天咱们议出来的这些想法，回头我汇总一下，报告给冷科长就是，你们就不用惦记着了。”

“嗯嗯，小秦，那这些事就都拜托你了。”彭金根等人答应道，经过昨天的合作，这几个中年工人都对秦海服气了，说话的口气也客气了许多，俨然把秦海当成一个技术权威的样子。

看彭金根等人离开，宁默快步走到秦海面前，压低声音说道：“秦海，你可真沉得住气啊，咱们约了蛮牯的侄子，这会他肯定已经到了。”

秦海笑道：“到了就让他等一会儿吧，你急啥？”

宁默道：“秦海，人家可是出钱的主，你能让人家等着？”

秦海道：“胖子，这就是你不懂了。咱们越沉着，越显得咱们有底气，一会谈价钱的时候，就越主动。反之，如果咱们火急火燎的，对方就会知道咱们的底牌，到时候就会压咱们的价了。”

“你说得也有道理哦。”宁默拍拍脑袋，“是啊，我就没你想得这么周全。那依你的意思，咱们什么时候去呢？”

“现在去就成了，也不能让人家等太久。”秦海说道。

宁默表面上接受了秦海的劝告，但心里依然十分着急。见秦海答应走了，便赶紧拉着他去找喻海涛和苗磊。那俩人也都早就准备好了，与宁默、秦海会合之后，便 4 个人骑着 3 辆自行车，带着头一天加工出来的各种物件，杀向张老三的铁匠铺。

来到铁匠铺前，秦海等人发现张老三和蛮牯已经等在那里了，和他们一起的，还有一位穿着军装的年轻军人，站在一旁，脸上带着一股淡淡的傲气。

“你们来了，蛮牯和他侄子都等你们好一会了。”张老三迎着秦海等人走上前，笑呵呵地说道。

秦海从喻海涛的自行车后座上跳下来，满脸歉意地说道：“哎呀，实在不好意思。本来都已经下班了，结果我们车间主任又给我们开了个小会，就耽搁了一会时间。让各位久等，实在是抱歉。”

“你爸给你们开会了？”喻海涛小声地对苗磊求证道。

苗磊用更小的声音说道：“海涛，你记住，以后秦海说的话，你要打个对折才能相信。我算服了，这家伙说假话的时候连草稿都不用打的。”

“小秦师傅来了？你做的那些农具，实在是太好用了，我们村好多人都问我是在哪买的呢。”蛮牯也凑上前来，热情地向秦海打着招呼。

“蛮牯大叔，让你久等了。对了，这位兄弟，就是你侄子吗？”秦海用手指了指旁边那位年轻军人，对蛮牯问道。

蛮牯赶紧点头，说道：“没错没错，他是我堂哥家里的老大，叫葛东岩，在部队上当排长。他听我说小秦师傅你做淬火做得好，就想请你帮他做把好刀。”

秦海点点头，走到那个叫葛东岩的年轻军人面前，上下打量了他一番，然后说道：“是葛排长吧，听说你想要做把好刀？”

早在秦海他们骑着自行车出现的时候，葛东岩就在观察着这几个年轻工人。看到他们一个个脸上都带着些稚气，年龄看起来比自己要小好几岁，葛东岩就开始后悔自己的冲动了。这样几个人，能有什么技术做出一把好匕首来？

这也怪葛东岩过于痴迷军械了，他是那种为了弄一把好匕首不惜付出半年津贴的人。看到自己好不容易弄来的一把利器被堂叔的一把铁锹给砍得卷了刃，他先是心疼，既而是震惊，然后便死缠烂打地逼着蛮牯去联系秦海等人，要求对方帮自己做一把好刀。

今天上午，张老三托人捎过信来，说青锋厂的那几个工人把刀做出来了，葛东岩的期待感与宁默并无二致。刚过晌午，他就催着蛮牯从乡下出来，赶到张老三铁匠铺的时候。才 3 点来钟，离农机厂下班还差着一个多小时呢。

好不容易熬到了时间，可是前来送货的，却是这样 4 个不起眼的小青工，葛东岩有一种上了当的感觉，但这种话又如何能够说出来呢?

“你说过，你们能够造出一把好匕首?”葛东岩用犀利的目光盯着秦海，冷冷地问道。

秦海抬起头，让自己的目光与葛东岩正面对峙，然后笑着说道：“区区一把匕首算得上什么，给我一个支点，我能造出一根撬动地球的杠杆。”

“好大的口气。”葛东岩应道，他的心里暗暗嘀咕着：这个小年轻有两把刷子啊，自己这双眼睛是专门经过训练的，寻常人在自己的逼视之下，最正常的反应就是手足无措，绝对不敢与自己对视。可是这个看起来不到 20 岁的年轻工人，非但能够在与自己的对视中保持不败，而且还能轻描淡写地说出这些调侃的话语。

“你们的匕首带来没有，我验验货。”葛东岩收起了目光中的杀气，向秦海伸出手来，讨要他们制作的匕首。

秦海心里微微一笑，他知道在刚才这一场无声的交锋之中，面前这个傲气的军人已经被自己挫败了。其实目光对视这种游戏，比的是双方的底气。秦海在未来就是一个牛人，现在经历时间旅行，来到这个时代，思维比别人领先了那么多年，更是牛人中的牛人，怎么可能害怕一个普通的排长呢?心中既无怯意，那么四目相对的时候，他也就能够做到从容不迫了。

“这就是我们做的匕首，葛排长请过目。”秦海从宁默手里接过他们打造的匕首，递到了葛东岩的手上。

匕首是插在一个用硬纸板做成的简易刀鞘之中的，葛东岩接过来的时候，对这个丑不堪言的刀鞘皱了皱眉头。但是，当他握着匕首的刀柄把它从刀鞘中抽出来的时候，一股凛凛的寒气霎时就扑面而来，让他情不自禁地赞了一声：“好刀！”

经过特殊淬火处理的超强合金钢匕首表面看起来并没有什么耀眼的光芒，相反，倒显得有些黑沉沉的，让人觉得有些怪异的感觉。葛东岩是擅长玩刀的人，一看这刀的色泽，就知道是非凡之物，心里的轻视之意一下子消去了大半。

“葛排长果然识货。”秦海从葛东岩的脸色猜出了他的心理，他笑呵呵地说道：“葛排长不妨先试试这匕首，看看合意不合意。”

“怎么试？”葛东岩下意识地问了一声，然后环顾四周，想找个能够用来试刀的东西。

秦海用手指了指旁边一截木料，说道：“先拿这段木料试试吧。”

那木料其实是一截杂木的树干，木料的木质看起来十分致密，上面还有几个树结，看起来疙疙瘩瘩的，显然已经不能用于制作家具。像这种带结的木料，一般也就只能当成劈柴烧火用了。

葛东岩刚才也已经相中了这截木料，他征求了一下张老三的意见，便握着匕首走上前去，在木料上比比画画，寻找着下刀的地方。

“你可以试试看，能不能把这个树结削下来。”秦海走上前，好心好意地出着主意。

葛东岩瞟了秦海一眼，似乎对他多嘴多舌有些不满。想自己好歹也是一名精英部队里的排长，如何试刀难道还需要你这个小青工来教吗？

“让我们见识一下葛排长的臂力吧，看看能不能一刀把这个树结削掉。”秦海乐呵呵地用起了激将法。

“我的臂力不劳你操心，你还是操心一下你的刀会不会崩断吧。”葛东岩呛了秦海一声，然后攥紧刀柄，一刀向着一个杯口粗的树结砍去。

“扑！”

一声如踩中烂泥一般的闷响，葛东岩觉得手上并没有受到什么阻碍，刀子已经从树结中央轻巧地穿了过去。树结从树干上掉落下来，留下一个光滑的截面。

“太强了！”在旁边观看的张老三、蛮牯等人失声惊叫起来。众人都知道，树结是木料上最硬的部分，有些树结硬到连寻常的柴刀都劈不动，需要用大斧子才能一点一点地剁开。可是，就是这样的一个树结，居然被一把匕首轻松地削开了，从断面的光洁度可以看出匕首是何等锋利。

“不错不错！”葛东岩的脸上终于绽开了笑容，原来此君不但会笑，而且笑起来比别人都更加爽朗。此前他一直绷着脸，不过是装腔作势，以显示自己的威风而已。

第一刀砍得爽了，葛东岩来了兴致，挥着匕首咔嚓咔嚓地在那木料上砍剁起来。匕首所到之处，木屑纷飞，一片一片的木头片被削落在地。张老三在一旁看着，哈哈笑着对蛮牯说道：“葛排长这是在帮我劈木头呢，我一会该怎么谢他呀。”

就在这时，只听“叮”的一声脆响，众人心里都颤了一下，这分明是金属相碰发出的声音，与前面削木头的声响完全不同。葛东岩更是一阵紧张，他顾不上去看砍中了什么，而是先察看着手上匕首的刀口。

刀口上微微有一点擦痕，但刀刃毫发无损。葛东岩放心了，这才把目光转向了那块木料。

在他刚刚砍过的那个地方，赫然有一个小小的亮点。他定睛看去，发现那居然是一枚被拦腰削断的铁钉的断头。这铁钉也不知道是什么时候钉进去的，扎在木料中间，难怪葛东岩没有看到。

“太神了，这简直就是削铁如泥啊！”张老三大声地喝起彩来。

“好刀，好刀。”蛮牯也赞不绝口。

宁默等几个人眼神都有些发直了，他们对于这把匕首的性能有些期待，但却也没想到它居然能够把一枚铁钉轻松地削断。这样的强度，哪里还能算是匕首，简直就和一把车刀相仿了。

“好刀！”葛东岩过足了瘾，再也舍不得多用一会了。他把匕首插回那个简单的硬纸板刀鞘之中，然后攥在手上，对秦海说道：“你是姓秦吧？小秦师傅，这把刀我要了，多少钱，你开个价吧。”

秦海微微一笑，伸出一个巴掌，比画了一个“五”的手势。

才 5 块？蛮牯在一旁看着，好生觉得愕然。一把匕首用的钢材的确不如一把铁锹多，但这样的钢口，加上精细的做工，卖上 10 块钱也不过分啊，这位小秦师傅居然才要 5 块？

张老三也有些大惑不解，在他看来，这把匕首开价 20 块应当是比较合理的，因为钢材的质量实在是太好了，根本不能按照寻常铁器的标准来估价。这样好的匕首开价 5 块，莫不是这位小秦师傅算错了？

宁默等人心里也是咯噔一下，喻海涛当即就想上去问秦海是不是搞错了，因为光是给这把匕首做机加工，他们送出去的烟也不止 5 块钱了。不过，他身形刚刚动了一下，就忍住了。他发现宁默和苗磊虽然脸上肌肉不停地抽搐，却咬着牙没有吭声。出发之前，秦海已经交代过他们，说谈价的事情由他一人承担，让他们不要乱说话。联想到秦海此前的种种作为，喻海涛觉得秦海开这个价应当是有所考虑的。

“5？ 50？”唯一看懂了秦海手势的，是葛东岩。别人不了解一块好钢的价值，他是非常清楚的。他原来那把匕首是请修械厂的熟人用一块好钢打制的，连材料带事后请那熟人吃饭答谢的钱，他也花出去了四五十，而且他觉得一点都不冤。那把匕首与现在他手上的这把匕首相比，只能扔到垃圾堆里去，如果这把匕首开价 50 块，他算是捡着一个大便宜了。

“没错，50 块。”秦海道，“我这几个同事都非常崇拜军人，他们坚决要求按成本价把这把匕首转让给你，所以我也只能开一个最低价了。”

50 块还是成本价？

宁默等人心里全都乐开了花，暗暗佩服秦海够狠够黑，同时计算着如果这把匕首卖 50 块钱，自己能够挣到多少利润，是不是一会可以去买一盒中华烟了。

蛮牯则有一种暴走的冲动，他觉得这个小秦师傅在他心目中的光辉形象完全崩塌了，变成了一个吃人不吐骨头的奸商。他先让葛东岩试刀，等发现葛东岩对这把匕首爱不释手的时候，就开出一个天价，想狠狠地宰葛东岩一下。

“小秦师傅，你这个价钱也太不地道了吧？你们城里人挣钱多，一个月的工资也就是 5 块钱吧，你一把刀就敢向东岩要 50 块？”蛮牯忍不住抗议道。

秦海笑呵呵地一指葛东岩，说道：“葛大叔，你问问葛排长，我开 50 块是不地道还是厚道。”

葛东岩伸手拦住正欲反驳的蛮牯，说道：“细叔，你错怪小秦师傅了，这把刀卖 50 块钱，的确算是很厚道了。”

“什么？就这么一点好钢，卖 50 块还算厚道？”蛮牯不敢相信地看着自己的侄子，心里暗想，不会是这匕首里有什么蹊跷，自家的侄子被秦海给施了法术吧？

葛东岩道：“细叔，你不知道这钢和钢之间的区别，我们部队装备上用的钢，听那些工程师们说，一千克就值几千块呢。我原来那把被你磕坏的匕首，用的是一块修装备剩下的废钢材，就这我还给修械厂付了30块钱呢。小秦师傅这把匕首用的钢材，比我原来那块还好，加上做工，卖50块钱真的很厚道了。”

“这是真的？”蛮牯转头看着张老三，向他求证道。

张老三摇摇头，说道：“这个我还真不懂了，不过，我打铁这么多年，也的确没有见过这么好的钢。厂子里用的一些好钢，一斤卖几百块的，我也听说过，葛排长既然这样说，想必是有道理的。”

“那是当然，你们不知道，我们是把厂里的家底都拿出来炼这块钢了。”宁默听出了其中的端倪，赶紧上前替秦海大吹大擂。

“这钢是你们自己炼的？”葛东岩却一下子抓住了宁默话里的核心，对秦海问道。

秦海点点头，说道：“葛排长是懂行的人，你觉得这种好钢是我们一个农机厂本来就能有的吗？”

“炼这种钢，麻烦吗？”葛东岩又问道。

秦海道：“说难也难，因为原材料不好找，我们也是费了九牛二虎之力，才配齐了这些原料。但是，说易也易……”

“怎么讲？”葛东岩追问道。

秦海道：“如果有人能够给我们提供铬、钼、钨、钛这些原材料，我们出配方和工艺，要冶炼出比这更好一些的钢材也是可能的。”

“哈哈，小秦师傅真是聪明人。对了，大家都还没吃饭吧，张师傅，你这旁边有没有什么好一点的馆子，我请各位师傅吃饭。”葛东岩赞了秦海一句，然后便向众人发出了邀请。

“他为什么说秦海是聪明人？秦海说什么了？”喻海涛拉着苗磊，小声地打听道。

苗磊摇摇头：“我也没听出来，秦海好像只是说如果有人能够提供原材料之类的话，没有别的。”

宁默在他俩背上各拍了一掌，说道：“猜什么猜，听秦海的就没错。走吧，那个当兵的说请咱们大家吃饭，咱们狠狠地宰他一顿。”

在张老三的引导下，众人来到了离铁匠铺不太远的一家小餐馆。葛东岩对蛮牯交代了几句什么，蛮牯便拉着张老三去找餐馆老板安排饭菜去了。宁默等人围着桌子坐下，葛东岩自然是坐在了紧挨着秦海的地方。

“小秦师傅，你的意思我明白，不过，我们部队上的物资都是有数的，肯定不能提供给你们地方。我刚才的意思，只是想问问你能不能再打两把差不多的匕首，我想替我们连长和上头的作战参谋各要一把。你不知道，这两个人都是嗜刀如命的人，如果看到我有一把好匕首，他们没有，铁定要动手从我这里抢过去的。”葛东岩像个受气的小媳妇一样，对秦海诉说着。

秦海道：“葛排长，如果仅仅是一两把匕首，我们回去再搜罗一下厂里多余的原料，应当还是能够做出来的。不过，我这里还有一些好东西，不知道葛排长是不是感兴趣。”

“还有什么好东西？”葛东岩的好奇心被吊起来了。

秦海伸手从宁默手里接过纸包，放到了葛东岩的面前。葛东岩打开纸包一看，不由得抽了一口凉气，像是牙痛起来了一般。

原来，纸包里包着的，是一把造型古怪的铁锹。这铁锹带有一个可折叠的手柄，折起来的时候不过像一本书一样大小，但展开手柄就变成了一把使用方便的短锹。葛东岩对这种设计并不觉得有什么惊奇，让他觉得心疼难耐的是，造这铁锹的钢材，分明与他手上的那把匕首毫无二致。

“这么好的钢，你你你……你们竟然拿来做铁锹！”葛东岩几乎想拿起铁锹在秦海脑袋上拍几下了。啥叫暴殄天物，这就叫暴殄天物啊！这一把铁锹所用的钢材，能够打造出好几把匕首，亏刚才秦海还装腔作势说什么要搜集全厂的材料才能打造出一两把匕首来。

“葛排长，我们是农机厂，做铁锹是我们的本行啊。”秦海一本正经地对葛东岩说道。

“可是你们要做这么结实的铁锹干什么？难道拿来砍铁丝吗？”葛东岩质问道。

秦海点点头道：“没错，这铁锹的确是用来砍铁丝的。”

“什么意思？”葛东岩有些纳闷了。

秦海又向宁默伸出手去，宁默像只无所不能的机器猫一般，迅速地又递过来一小把废铁丝。秦海把铁丝放在地上，然后展开铁锹柄，抡起铁锹，对着那些废铁丝用力剁去。

铁丝的硬度根本无法与钉子相比，用这种超强合金钢制作的匕首能够削断铁钉，那这柄铁锹砍断铁丝就更是没什么悬念了。一锹下去，一小把铁丝整整齐齐地被砍成了两截，迸得满地都是。

“可是，这有什么用呢？”见识过刚才匕首削铁钉的神迹，再看这铁锹砍铁丝的表演，已经不能让葛东岩感到吃惊了，他依然是一副不解的神情，看着秦海问道。

“别急，等我向你介绍一下这把锹的功用。”秦海不慌不乱地说道。

“葛排长，你来看，这把锹的一侧是刀刃，可以用来砍木材，也可以用来切菜。这一侧是锯齿，可以锯木头，也能锯普通的钢材。铁锹的锹面是可以翻转过来的，这一头是一个镐头，可以用来开凿岩石，如果翻转成向前的方向，还可以当刺刀。这个地方有一个钳口，可以当钢丝钳使用，一般的铁丝网……你懂了吧？这里还有一组卡口，适合于各种规格的六角螺母……”秦海一边熟练地扳动着铁锹上的机窍，一边如数家珍地向葛东岩介绍道。

“哎，的确是不错。”葛东岩听出点味道来了，秦海说的这些功能，对于一名军人来说，实在是太有用了。铁锹可以用来挖战壕，钢丝钳正如秦海所说，可以用来破坏铁丝网，镐头、钢锯、菜刀、扳手、起瓶器，这绝对是一名特种兵必备之良器啊。相比之下，自己刚才爱不释手的军用匕首反而显得像件废物了。

匕首这种东西，是用来在战场上与敌人短兵相接的。但在和平环境下，这种需要白刃格斗的机会，几乎就没有出现过。葛东岩原来的那把匕首，更多的时候是用来掘地，连训练的时候都没法使用，因为一不留神就可能会误伤战友。

而一把多功能工兵锹就不同了，在兵营里可以用来切菜、起罐头、修理装备，在野外可以砍树、挖坑、对付野兽。匕首是短兵器，工兵锹是长兵器，如果在山野遇到一头野猪啥的，工兵锹的战斗力绝对比一把匕首要强得多。

“这也是你们造出来的？”葛东岩从秦海手里抢过工兵锹，学着秦海的样子玩耍着，眼睛里早已没有那种不屑的神气了。

“当然是我们造的。”秦海笑道，“怎么样，还入葛排长的法眼吧？”

“太好了，太好了，这简直就是为我们量身定做的。小秦，这把锹我要定了，你就开价吧，不管多少钱，我绝无二话！”葛东岩兴冲冲地承诺道。

“1 万块，你能出吗？”秦海问道。

“1 万块！”葛东岩嗤之以鼻，“小秦，我是认真的。”

秦海正色道：“小葛，我也是认真的。”

被称为小葛的葛东岩瞪起了眼睛：“你真不是开玩笑？”

“当然不是。”秦海说道。

葛东岩认真地看看秦海脸上的神情，从中的确看不出什么调侃的意味，不由地把工兵锹放回到桌上，也严肃地问道：“你是什么意思？你明明应该知道，这把锹值不了这么多钱的。莫非你是在耍我，这把锹你根本就不打算卖？”

“一把锹当然不值这么多钱。”秦海道，“如果是 100 把呢？”

“我要 100 把干什么？”葛东岩错愕地问道。

秦海道：“你刚才说过，你有个连长，还有个作战参谋，你排里有几十名士兵，你们连里有上百名士兵，他们不需要 100 把这样的工兵锹吗？”

葛东岩沉默了，他用手指轻轻敲打着桌子，开始思考起这件事情来了。这种锹的确是为军队量身定制的，如果每一名士兵的背囊里都有这样一把锹，野外训练的时候能够带来的便利可太多了。但是，这毕竟是非制式的装备，部队首长能够答应给每人都配备一把吗？

秦海道：“葛排长，我不想打听什么军事机密，不过，据我观察，你不是寻常部队里的排长，你的部队应当是担负一些特殊任务的。这种装备价值不菲，但与你们承担的任务相比，就非常廉价了。

“我们兄弟几个绞尽脑汁设计出这样一把工兵锹，可不是为了给葛排长你造一件玩具，要知道，光是开这把锹的模具，就费了我们多少气力。我们都是爱国青年，我们希望能够为子弟兵做一点力所能及的事情。这才是我们约葛排长到此来面谈的原因。”

“你说我不是寻常部队的，那我是什么部队的，你又是根据什么猜测的？”葛东岩用目光逼视着秦海，心里却是翻腾了起来。

葛东岩的确不是普通部队里的排长，他服役的部队是安河省军区的直属特务连，的确是担负一些特殊任务的队伍。80 年代中期，通过总结南疆自卫还击作战的经验教训，各军区都在组建自己的特种部队，葛东岩所属的特务连也被列入了改编的特种部队之列。

对于特种部队应当如何建设，军区的首长心里也没数，只是先从各部队抽调了一些军事素质良好的士兵，把建制建立起来。涉及作战方法、训练手段、装备之类的问题，由于缺乏可参照的经验，现在都还在摸索的阶段。

有关自己服役的情况以及部队的情况，葛东岩从来没有向家人透露过，所以作为其堂叔的蛮牯也不知道这些细节。葛东岩自忖刚才并没有说错什么话，那么秦海是根据什么猜测出他的身份的呢？

其实，秦海对于葛东岩的身份只是有所怀疑，谈不上什么准确的猜测。让秦海觉得疑点最大的，就是葛东岩的那把自制匕首，按照军队里的条令，士兵是不可能自己找人制造武器的，能够拥有这种特权的，只能是某些特殊部队的官兵。此外，刚才葛东岩在张老三那里试刀，那一通劈砍的动作颇有章法，力道也很足，明显是一个高手的做派。如果他真是普通部队里的一个排长，那我们部队的战斗力也未免太恐怖了。

对于葛东岩的逼问，秦海只是笑而不语。有些事说出来就不神秘了，而留一些神秘感，对于自己与葛东岩打交道，是颇有好处的。

“我知道了，你是在诈我。”葛东岩没有吓唬住秦海，只好悻悻然地给自己找了个台阶，他说道：“部队就是部队，哪有什么寻常不寻常的。不过，你说得对，这样好的工兵锹，能够极大地提高我们部队的战斗力，应当建议部队领导引进，装备我们的连队。

“可是小秦，你应当知道的，咱们国家现在是把工作重点转移到经济建设上去了，部队的经费非常紧张。让部队出 1 万块钱采购 100 把工兵锹，恐怕有些难度。”

在秦海与葛东岩对话的时候，宁默等人坐在一旁如看一场大戏一般，情绪起伏不定，3 颗脆弱的心灵被数以万计狂奔而过的羊驼踩得血肉模糊。

妈呀，秦海真敢玩啊，竟然真的跟部队谈起生意来了。他说葛东岩不是寻常部队的，看葛东岩脸上的表情，好像是被秦海说中了一般。这样的军事秘密，秦海又是如何得知的呢？为什么我们看葛东岩的样子与一般的傻大兵就没什么区别呢？

1万块钱100把工兵锹，如果葛东岩真的答应了，这得到机床上去扫多少钢屑才够啊？整个青锋农机厂一年也产生不了这么多合金钢废料吧？秦海打算怎么来做这些工兵锹呢？

回头来想，现在造出来的这把锹，算上造模具的钱、机加工的钱、电炉的电费等，成本也不会超过20块钱，如果一把卖100块，利润就是80块，100把就是8000块钱……天啊，8000块啊！抵得上我们10个、20个……反正好多个月的工资总和了……

“小葛啊，这件事情，我知道你也做不了主，你把东西拿回去，向部队首长请示一下。如果首长有意向要和我们合作，你就到青锋农机厂来找我们就是了。我叫秦海，他叫宁默，实在记不清楚名字，到青锋厂问一句胖子，谁都知道。”秦海笑呵呵地让宁默又中了一枪。

“你是说，这把工兵锹，我可以拿走了？”葛东岩让秦海忽悠得脑子有点懵，他晕晕乎乎地问道。

秦海扭头看了宁默等人一眼，3个小伙伴都用炽热的眼神对他表示了支持。他笑了笑，对葛东岩说道：“照理说，刚才那把匕首和现在这把工兵锹，都是样品，让你直接拿走也无妨。不过，我们都是穷工人，为了造这些东西，欠下不少债，所以还请葛排长付个工本费啥的。”

“这没问题。”葛东岩对于掏钱的问题非常爽快，他从兜里掏出一大把钱，一五一十地数了起来，数到最后，他有些尴尬地说道：“不好意思，我这趟回来探亲，把钱都留给家里了，现在兜里只有135块钱……要不，我找我堂叔再借点。”

他这个算法是根据秦海此前的报价而来的，秦海说一把匕首50块钱，一把铁锹是100块钱，加起来就应当是150了。他这趟来见秦海，本打算如果对方提供的匕首的确出色，他可以出到100块钱，现在一下子变成了买两件东西，他带的钱就有些捉襟见肘了。

秦海摆摆手，说道：“我说过了，这两件东西，我们只收工本费，你出100块钱就好了。不过，这个价钱可不是未来合作的价格，这一点你要记清楚哦。”

“合作的事情……我不敢打包票，所以，这两件，我还是按150块付好了。”葛东岩说道。

秦海道：“买卖不成人情在，不管最终部队首长是不是愿意与我们合作，这两件东西，我都只收你100块钱。如果葛排长不嫌弃的话，大家就交个朋友好了。”

“那还有什么可说的，大家本来就是朋友嘛。”葛东岩愉快地说道。

“酒菜来了！”

张老三和蛮牯从后厨回来了，手里各端着两个菜，蛮牯还用一个手指头勾着一个装酒的大塑料壶。

葛东岩从蛮牯手里接过酒壶，拧开盖子，第一杯先给秦海满上了，接着又分别给宁默等人倒酒。秦海对于葛东岩的殷勤只是还以一个微笑，而宁默等人则有些受宠若惊的惶恐。他们当然也知道，葛东岩所以对他们如此客气，全是看在秦海的面子上。

葛东岩又给张老三、蛮牯以及自己倒上了酒，然后端起酒杯，说道：“来来来，为感谢小秦师傅和这几位师傅炼出这么好的钢，为我们部队生产了这么好的装备，大家干了这杯。”

秦海也站起来，端起酒杯说道：“为了咱们军民合作，干杯！”

“好，干杯！”众人一齐喊道。

一顿饭吃得宾主皆欢。酒过三巡之后，宁默等人也都放开了，向葛东岩打听起当兵打仗的各种事情。葛东岩得了两件神器，心中欢喜，不知不觉便有些喝高了，对着一干比自己年轻几岁的青工吹起牛皮来，把自己的部队吹得神乎其神。不过，他毕竟是特务连的军官，虽然酒劲不小，该保密的地方还是注意了保密，有些话除了秦海，其他人也听不出什么内涵来。

酒足菜饱，葛东岩起身付了饭钱，然后向秦海等人告辞，称自己要搭晚上的一班火车回部队去。双方互相留下了通讯地址，然后就握手告别了。

“胖子，这 100 块钱怎么分，你定吧。”

送走葛东岩之后，秦海一行依然骑车回厂，秦海在路上对宁默说道。

宁默摆摆手，说道：“秦海，你说这话就没意思了，这钱主要是你挣的，你说怎么分就怎么分，我们绝无二话。”

“对，秦海，你本事最大，以后咱们一起出来挣钱，挣到的钱由你分配就行了。”喻海涛和苗磊跟着附和道。今天这一幕可把他们给震撼坏了，连葛东岩都拉着秦海的手一口一个“小秦师傅”地奉承着，他们几个在秦海面前还有什么可得瑟的？

秦海道：“你们可别这样说，大家都是兄弟，不分彼此的。我有一个想法，说出来大家一起商量商量吧。”

“你说吧！”三个人一起应道。

秦海道：“这 100 块钱，咱们每人分 5 块，够这些天买烟抽的就行了。余下 80 块钱，留着做咱们的发展基金。以后我们要把生意做大，没钱可不成。你们放心，这 80 块钱，我一定能够让它变成 800 块、8000 块。”

“我们当然相信。”宁默率先表态道，“我赞成秦海的想法，多出来这 80 块钱，就由秦海安排如何使用好了。”

秦海道：“管钱的事情，我不擅长。如果大家没意见，我建议让苗磊来管吧，他心细，不会出错。”

“我可没管过这么多钱！”苗磊赶紧声明，“这么多钱，我连见都没有见过。”

“老大让你管，你就管！”宁默瞪了苗磊一眼，说道。他想起了过去看过的港片，觉得里面“老大”这个称呼非常霸气，灵机一动，就用到了秦海的身上。

“对，以后秦海就是老大，他说什么，咱们就做什么。”喻海涛也被点醒了，觉得用老大这种称呼来指代秦海，实在是太贴切了。想想刚才秦海与葛东岩对峙的时候，那种泰山崩于前而不惊的神气，真有点像港片里的那些黑老大。

“我好像比你们都小吧？”秦海心中暗笑，想不到自己一个堂堂的科学院博士后，竟然跑到一个工厂里来当一群小混混的老大了。他嘴里客气着：

"我觉得宁默才是老大，我当个老……呃，反正当什么也无所谓了。"

秦海原本想谦虚一下说自己当个老二就好了，话到嘴边终于还是咽了下去，这个称呼包含的歧义太多了，对自己不利。

"老大，我跟你说，谁当老大，不是靠年龄来算的，而是看本事。我宁默在厂里谁都不服，连我家老头子训我我都不服，可是我就服你，你不当老大，谁当？"宁默没有听出秦海的潜台词，他只顾照着自己的想法对秦海劝说道。

喻海涛和苗磊也一起起哄，闹得两边的路人都在侧目而视。秦海只好连连点头，说道："好吧好吧，这件事就不讨论了，我当这个老大就是了。不过，大家注意一点，平时喊着玩玩也就罢了，在领导面前可千万别这样叫，要不，会给我拉仇恨的。"

"好，我们不当着领导的面这样叫就是了。"三个人答应道。

往前骑了一段，苗磊又想起一事来，说道："老大，我记得当领导都是要讲话的。像韦宝林当厂长的时候，就在全厂大会上发表了一个讲话，好像叫做施政演说。你现在当老大了，是不是也该发表一个演说啊？"

"对啊，老大发表一个演说吧。"喻海涛笑道，这种推举老大的事情，让他们几个都觉得很好玩，当然心中也都有了些期待感。这么大的孩子都希望自己有一个什么组织，原来他们几个虽然在一起玩，但整体归属感还不强，选了秦海当老大之后，他们突然觉得自己也是有组织的人了，这种感觉实在是很微妙。

秦海想了想，说道："好吧，我发表一个施政演说，我的演说就六个字：跟着我，有肉吃！"

宁默等人稍一错愕，紧接着就大声地附和道："对，跟着老大有肉吃！"

"有肉吃！"

喊出这句话，几个人都觉得神清气爽，精神抖擞，自行车箭一般地从平苑街头掠过，飞向东郊工业区。

几家欢喜几家愁，在宁默等人为找到了"老大"而欣喜的时候，青锋厂厂长韦宝林家的客厅里，却是一片肃穆，气氛极其压抑。韦宝林正在听取着金牌狗腿子翟建国关于厂里这几天各种消息的汇报。

“韦厂长，情况已经搞清楚了，有关洗衣机市场不好的传言，都来自于一个名叫秦海的小年轻。”翟建国说道。

这两天，有关青锋厂转产洗衣机的消息在厂里疯传，与此同时，一个唱反调的观点也悄然流传出来，那就是认为洗衣机市场即将出现饱和，青锋厂在这个时候进入这个市场，已经失去先机，最终必然导致鸡飞蛋打。

这个观点是建立在对经济全局的判断之上的，普通工人识别不出真假，但多多少少对于转产的决策产生了怀疑。翟建国经过深入调查，终于查出这个传言最早是从王晓晨那里说出来的，而王晓晨又是听秦海说的。

“秦海？”半躺着坐在藤制沙发上的韦宝林皱皱眉头，说道：“我怎么没听说过这个名字？”

“问题就在这了。”翟建国故弄玄虚地说道，“我已经查过了，这个秦海是这个星期天才到咱们厂报道的，是省农机技校毕业的一个技校生，到厂里总共也才 4 天时间。”

“一个技校生，而且才来了 4 天，他有什么资格评论厂里的决策？”韦宝林不满地评论道。

翟建国并不直接回答，而是继续说道：“还有一个情况，项纪勇和冷玉明这几天在车间里大搞技术革新，据说解决了旋耕机刀片表面堆焊的工艺问题，已经让萧东平带着改进后的刀片去找农资公司去了。”

“这件事我知道，项纪勇为了这事还跟我吵了一架。”韦宝林从鼻子里哼了一声。项纪勇和他吵架的事情，让他极其不痛快，但一时又找不到办法来给项纪勇穿小鞋。项纪勇在青锋厂的资历比他要长得多,他虽然是厂长，但也没法随心所欲地处置下面的干部。

翟建国道：“韦厂长，你只知道项纪勇他们搞了技术革新，你知道这个革新是谁提出来的吗？”

韦宝林诧异道:“不是冷玉明吗？”

翟建国微微一笑，说道:“不是冷玉明。”

“不是冷玉明，那是谁？”韦宝林问道，在他想来，能够搞技术革新的，除了冷玉明，应当就是技术科的另外几名工程师和技术员了，这也不算什么新鲜事，可是看翟建国的神情，好像是有什么蹊跷，所以他才有此一问。

翟建国卖足了关子，此时才揭开谜底："这个人，也是秦海。"

"你说什么？项纪勇他们搞的那个堆焊，也和秦海有关？"韦宝林坐直身子，看着翟建国。两件事情都和同一个人有关，这其中就有问题了。

翟建国非常满意自己给韦宝林带来的惊奇感觉，他说道："正是如此，我去了解过了，据铸造车间的彭金根说，带领他们做技术革新的，是冷玉明和秦海，而其中冷玉明大多数时候都没有说话，直接干活的是秦海。"

"你的意思是说，这项技术革新的关键人物是秦海，而不是冷玉明？"韦宝林问道。

翟建国道："至少从车间里反映上来的情况，的确如此。"

韦宝林皱着眉头："这个秦海，是个什么来头？"

翟建国道："我去劳资科查过了，这个秦海是姜山县人，家里是农村的，没有什么背景。他在学校的学习成绩也一般，并没有表现出什么过人的本领。"

"既然如此，他怎么可能代替冷玉明去做技术革新呢？"韦宝林问道。

翟建国道："这就是疑点了。韦厂长，你想想看，一个普通无奇的技校生，刚到厂里没几天，又是批评厂里转产洗衣机的决策，又是搞技术革新，据说是要救活仓库里积压的旋耕刀片，这不是很奇怪吗？一个技校生，水平比冷玉明还高，这种事说出去谁能相信？"

"你的判断是什么？"韦宝林道。

翟建国道："我的判断是，其实秦海的种种表现，并不是他自己的意思，他不过是被人利用来破坏厂里的决策的。利用他的人看中的是他的身份，因为他是一个新人，对厂里的情况不了解，只要给他许一些好处，他就会傻傻地给别人当枪使。他所说的和所做的，都是别人准备好了教给他的，他不过是一个傀儡而已。"

第四章 小狐狸碰上了老狐狸

秦海帮忙改进刀片和不看好生产洗衣机的事情还是传到了韦宝林的耳朵里。韦宝林认定秦海背后有人指使，而这个幕后黑手，除了老厂长宁中英再不会有别人。韦宝林的心腹翟志国去敲打秦海，结果却被秦海狠狠修理了一番。而韦宝林自己，也在试探宁中英的时候吃亏受气。而正是因为韦宝林的错误判断，反倒使得秦海这只小狐狸，结识了宁中英这只老狐狸。

如果秦海在场，恐怕真心要佩服翟建国的想象力了，有这份想象力不去当作家实在是可惜了。不过，翟建国和韦宝林都不知道世界上还有穿越这种更具想象力的事情，所以从他们的视角来看，说秦海是被人利用的傀儡，恐怕是最合情合理的一个解释了。

“那么，是谁在利用他呢？”韦宝林又问道。

翟建国道：“这就是我要向您汇报的第三个情况了。我问过杜欣欣了，秦海到青锋厂来报到那天，是宁默带他来的。事后，宁默又请秦海到为民餐厅去吃了晚饭，三荤三素，花了整整 10 块钱。”

“宁默！”韦宝林浑身一激灵，“你是说，这背后的黑手，是宁老头？”

“这个……”翟建国有些不敢说了，宁中英在青锋厂的淫威真不是随便说说的，即便是已经退居二线好几年，翟建国在提到宁中英的名字时，还有些怯意：“这个嘛，我也不敢确定，不过，从宁默和秦海的关系来看，宁厂长对这件事情，应当是知情的。”

“宁老头为什么要这样做呢？”韦宝林在沙发上坐不住了，他站起身来，在面积不大的客厅里来回遛着，嘴里念念有词地嘀咕着。他把翟建国前前后后说的这些信息串起来，得到的结论也是认为此事必定与宁中英有关。

宁默这个人的情况，韦宝林自认为是了解的，一次拿出10块钱来请一个陌生人吃饭，这种事情既不符合宁默的性格，也不符合宁默的经济条件，唯一的解释就是背后有人在指使宁默这样做。而在这个厂子里，能够让宁默乖乖做事的人，唯有宁中英而已。

“项纪勇、冷玉明，这都是宁老头的得力干将，如果秦海的背后是宁老头，那么就很好理解为什么项纪勇、冷玉明都要支持这个秦海了。不，秦海只是一个被人利用的傻瓜而已，宁老头亲手布了这个局，让秦海在前面当炮灰，项纪勇和冷玉明在秦海的掩护下向我发难……”韦宝林觉得自己把整件事情的脉络都想明白了。

“如果这事真的与宁厂长有关，那咱们该怎么办？”翟建国小心翼翼地问道。

韦宝林道：“宁老头已经下来了，再怎么蹦跶也没用。他推秦海出来搅局，目的应当是把他的人推上去，这个人没准就是项纪勇，要不就是萧东平，冷玉明这个书呆子是不可能的。当下之计，我们需要这样做……”

“您说！”翟建国坐在方凳上，脑袋随着韦宝林的走动而来回转动，听到韦宝林提出解决方案，他赶紧掏出笔记本来，开始记录。

“第一，转产洗衣机的事情必须坚定地推行下去，这是县里郭县长支持的项目，宁老头再有影响，能敌得过郭县长吗？要坚持转产洗衣机的决策，就必须打消项纪勇他们改进旋耕刀片的念头。别说他们的所谓革新只是一种尝试，就算是完全成功了，我们也不能允许他们去做。旋耕机刀片的革新，有可能会带来一些短期的利润，但更会影响到大家对于转产洗衣机的决心，所以这个苗头必须坚决地打下去。”韦宝林说道。

翟建国点头如啄米：“韦厂长说得对，这种时候不能有任何事情来动摇全厂干部职工的决心。”

“第二，那个秦海是宁老头的马前卒，不能让他继续乱说乱动。要去敲打敲打他，让他认清形势，不要再发表不负责任的言论。”

“这件事我去办，一个刚出学校的毛孩子，跟他声明利害，他就会明白该站在哪一边了。”

“第三，宁老头那边……”韦宝林说到这里，开始有些为难了。他甚至不知道宁中英为什么要对他发难，自然更谈不上如何应对了。

“要不……我找宁默问问？”翟建国试探着献计道。

韦宝林冷笑一声：“这个胖子，每天吃饱了睡、睡饱了吃，他能知道什么？”

“是的是的，他估计也搞不清楚自己的老子想干什么。”翟建国赶紧附和，其实他刚才说要找宁默，只是出于替领导分忧的考虑，他也知道宁默根本就不在乎他这个办公室主任，谁让人家的老子是前任厂长呢？如果他去找宁默问话，十有八九会被宁默一句话给噎死。

韦宝林道：“不入虎穴，焉得虎子，实在不行，我亲自去找宁老头谈谈，看看他到底是什么想法。他如果是对待遇不满，厂里可以考虑给他改善一下待遇。但如果他真要跟厂里来硬的，厂里也只好翻脸不认人了。”

“好吧……”翟建国垂下头去，不敢多说什么了。

宁中英在位的时候，韦宝林是办公室主任，与宁中英是能够说得上话的。而那时候翟建国不过是工会的一个干事，因为组织活动不得力，还曾被宁中英狠狠地训过，在年轻的心灵上留下了阴影。亲自上门去与宁中英谈判这种事情，翟建国是连想都不敢想的，而韦宝林则多少还能够做到。

主仆二人商定了对策，翟建国便起身告辞了。韦宝林目送着翟建国出了门，听到门锁啪嗒一声撞上，脸上那副装出来的自信神情便荡然无存了。他想了几分钟，对着在里屋看电视的妻子喊道：

“雅琴，上次人家送我的那包碧螺春你给放哪了？帮我找出来，我有用。”

第二天白天，所有的人都在按部就班的工作中度过，外人根本看不出青锋厂正在暗流涌动。

萧东平给花国英打了个电话，询问试验的情况，花国英告诉他现在才耕了一百多亩地，离能够出结果还差得远。萧东平知道自己性急了，与花国英闲扯了几句，就挂了电话。

项纪勇和冷玉明找到秦海，与他商量搞高频感应堆焊自动夹具的事情，从设计聊到工艺，一整天就混过去了。

宁默、喻海涛和苗磊心里只惦记着葛东岩那边的事情，但又知道这种事是没那么快的，于是一个个抓耳挠腮，像是害了相思病一般，在工作中闹出了不少失误，被各自的师傅臭骂了若干回。

好不容易又到了下午下班的时间，宁默看到项纪勇和冷玉明从铸造车间离开，赶紧上前去找秦海。

"老大，咱们晚上去哪吃饭？"宁默腆着脸问道。

秦海笑道："当然是各回各家，你还想上哪吃饭？"

"回家有什么意思……"宁默郁闷地说道，"我回家就是挨骂，我家老头子在家里闲着没事，就以骂我为乐。"

"可怜孩子。"秦海幸灾乐祸地笑着，"我到青锋厂好几天，还没正经在食堂吃过晚饭呢。天天在外面吃饭，还不得吃穷了？"

宁默搜肠刮肚地找着理由："我是想，咱们几个出去随便吃点炒粉也好，顺便商量一下葛排长那边的事情。葛排长说他的部队就在红泽，这会儿应该已经向他的领导汇报过了吧，要不，咱们到张老三那里去听听消息？"

秦海拍拍他的肩膀，说道："行了，胖子，别搞得自己那么紧张，这种事情哪有那么快，一两个月没有消息都是正常的。对了，你们几个人也别成天瞎混了，我昨天晚上把我在技校学的课本找了一些出来，你们拿回去好好学一学，有不懂的地方等上班的时候来问我，或者到我宿舍去问我也行。"

说着，秦海从自己的工具箱里翻出几本书，递到了宁默的手里。

宁默接过书，脸苦得像吃了黄连一般："老大，你不是说跟着你有肉吃吗，怎么还要读书啊？你不知道我见了书就脑袋瓜子疼吗？"

"疼也得读。"秦海摆出了老大的派头，"咱们要想挣钱，不能光靠卖苦力，得靠知识。我找的这几本书都是入门书，你们先看，等看完了我再给你们找更深入的书。没有知识，到时候让你们去给客户做点维护啥的，你们都做不了，咱们能挣什么钱？"

"有你懂就行了呗。"宁默涎皮赖脸地说道。

秦海道："我一身是铁，能打几根钉？一个好汉三个帮，你们如果没点基本的常识，怎么能帮我？不说别的，你连铬钢的'铬'字都写不准，关键时候岂不是要掉链子？我可警告你，这些书你们必须读，到时候我要测验，你们几个谁测验不过，我就不带他玩了。”

“我造了什么孽啊！”宁默仰天长叹，“我怎么会认识了你这样一个不讲道理的老大呢！”

“呵呵，现在后悔也晚了，回去读书去吧，我看好你哦。”秦海呵呵笑着，扬长而去。

除了宁默等人之外，秦海在平苑县并没有其他什么朋友，所以吃过晚饭之后，便待在房间里整理、记录着自己从未来带来的知识。他非常担心随着时间的推移，这些知识会逐渐被淡忘，那可就太可惜了。

“笃笃笃，笃笃笃！”

门被敲响了。秦海起身打开门，看到门外站着一位衣冠楚楚的男子，此人看起来也就是30岁左右的年龄，脸上带着一丝装出来的威严，那嘀溜溜乱转的眼珠子分明暴露了他内心的不安。

“你找哪位？”秦海诧异地问道。

“你是秦海吗？”

“我是。请问你是哪位？”秦海用手撑着门框，阻止着那人打算长驱直入的举动。

“我是青锋农机厂办公室主任翟建国。”来人牛哄哄地自我介绍道。

“哦，是翟主任。”秦海点点头，收回胳膊，用手指了一下房间，说道：“请里边坐吧。”

翟建国这个人的名字，秦海是听宁默等人讲起过的，而且也知道他是现任厂长韦宝林的心腹。秦海到青锋厂好几天，但一直都在车间里与冷玉明等人搞技术革新，并不曾接触过机关的这些干部，所以也就认不出翟建国了。他想不出翟建国亲自找到他门上来有什么用意，不过，对方既然已经报出身份，他自然不便将其拒之门外，毕竟人家也是厂里的中层干部嘛。

翟建国进了屋，用挑剔的眼光来回扫视着秦海的房间，甚至走到写字台前，探头看了一下秦海正在写的东西，当然，那满纸的公式、分子式之类的内容，是翟建国所看不懂的。翟建国这种旁若无人的举动，让秦海感觉到了一丝恼怒，不过他并不是一个冲动的人，还不至于为这么点事就对翟建国发难。

“翟主任，你请坐吧。抱歉，我这里没有开水了，所以也没法给你沏茶。”秦海把自己的椅子拉出来，示意翟建国坐下，然后自己先在床沿上坐了下来，等着翟建国说话。

如果翟建国不是带着这种盛气凌人的姿态进来，秦海也许会到王晓晨那边去借点开水来倒给他喝。一个办公室主任的头衔吓不住秦海，但毕竟是同一个厂的同事，秦海是不可能对来宾如此失礼的。

可是，翟建国从敲门到进门，始终把自己摆在一个高人一等的位置上，似乎秦海就该理所应当地害怕他、奉承他，这种态度可就让秦海不乐意了。既然你要充大，那我自然不会对你客气，至少水是不会请你喝的。老话说得好，不能强按牛头喝水嘛，秦海在心里暗暗地想道。

翟建国倒也没挑秦海这方面的理，在他想来，一个单身男工，就应当是极其邋遢散漫的，屋里没有开水想必也是实情。他今天来找秦海，并不是要与秦海联络什么感情，而是带着韦宝林的指示来敲打秦海，所以喝不喝水，并不在他关注的范围之内。

“你是叫秦海吗？”翟建国在椅子上坐下，再次确认着秦海的姓名。这个问题从他进门的时候就已经问过一次了，但这并不妨碍他再问一次。在他看来，要讯问一个人，总是从核对名字开始的。

“是。”秦海琢磨着翟建国的来意，面无表情地回答着对方的问题。

下一个问题应当是问对方的性别……翟建国话到嘴边，又咽了回去，他不想让秦海觉得他太傻帽了。

“你是农机技校毕业的？”

“是。”

“你是姜山县人？”

“是。”

“到青锋厂多长时间了？”

“4 天。”

“来了之后，和什么人接触过？”

“这个可就多了。”秦海呵呵地笑了起来。他看出来了，对方是想用这种方式来显示自己的威风，给秦海一个下马威。可是秦海岂是这么容易被吓着的？别说翟建国不过是一个智商和情商双残疾的傻书生，就算是面对葛东岩这样的特种兵，秦海又何尝胆怯过？

他装出一副认真的样子，一五一十地向翟建国汇报起来：“我接触的人啊，有办公室的杜欣欣，劳资科的栾苏琴，铸造车间的苗主任、彭金根师傅、刘建平师傅、魏家立师傅，食堂打饭的那位胖胖的女师傅，农药厂那边为民餐厅的孔老板，对了，还有孔老板家的闺女小芳……”

“够了！”翟建国一开始还听得挺认真，听到秦海连孔小芳这种小人物都报出来了，不禁恼火起来，“说重点，要说重点的人。”

“重点的人？那只有胖子了，也就是宁默哦。我没称过他有多重，目测怎么也得有 90 千克吧，这可不是重点，而是很重哦？”秦海乐此不疲地耍弄着翟建国，小样，当个办公室主任就得瑟了，还到我房间来耍威风来了。

“你和胖子……呃，也就是宁默，你们是怎么认识的？”翟建国不知道秦海是真傻还是装傻，有心纠正他对于“重点”一词的误解，想想又觉得太麻烦了，于是只能顺着秦海的话头，扯到了宁默的身上。

秦海聪明过人，从翟建国的问话中，感觉到了对方的用意似乎就在宁默身上，只是一时猜不出对方为什么要关心宁默。他不想把自己与宁默的关系说出来，于是装出一副恼火的样子，说道：

“别提了，这个死胖子，当初我只是想请他用自行车帮我搭一下行李，结果他非要敲诈我请客不行。结果没办法，我刚到青锋厂就请他和另外几个人吃了一顿饭，用掉了我一半的派遣费呢。对了，翟主任，我还想打听一下，如果我钱不够花了，能不能提前预支一点工资啊？”

“敲诈你请客？”翟建国觉得有些意外，他昨天专门到孔老板那里了解过秦海与宁默他们吃饭的细节，孔老板信誓旦旦地说请客的人是宁默。可是从秦海现在的陈述来看，似乎请客的人是秦海，宁默是敲诈秦海请客的。如果他们之间的关系是这样的话，那么说宁中英指使秦海破坏转产洗衣机大业的猜想就站不住脚了。

“我再问你，是不是你在厂里说青锋厂转产洗衣机是死路一条？”翟建国决定先搁置宁默的话题，转而追查秦海蛊惑人心的罪行。

秦海知道翟建国是有备而来，关于这些流言的出处自然是经过了查证的。他自认为自己说的这些话也不算犯法，不必担心翟建国追究，于是便坦承道："没错，这是我说的。"

"你为什么要这样说？"翟建国追问道。

秦海笑道："青锋兴亡，匹夫有责。我觉得厂里的决策有问题，自然就要发表自己的意见了，这也是爱厂如家的表现嘛。"

"你不过是一个技校生，你懂什么厂里的决策？"翟建国道。

秦海耸耸肩道："这么说，翟主任认为我说的不对？"

"当然不对。"翟建国道。

秦海道："哦，既然不对，那我收回这些话就是了。"

翟建国瞪圆了眼睛，逼问道："这不是收回这些话就行的，你必须老实承认，这些话是谁教你说的。"

"我自己啊，难道我连说话都需要别人教吗？"秦海反问道。

翟建国道："这不可能，你不过是一个技校生，不可能说出这样的话来。"

秦海笑道："翟主任，你这就不讲道理了。你刚才说过，我说的这些话都是错误的。我是一个技校生不假，关于厂里的决策，我说不出正确的话也就罢了，难道我连错误的话也不会说吗？"

"这……"翟建国的脑子哪有秦海的好使，秦海一套弯弯绕的歪理，顿时就把翟建国给说哑了。对啊，作为一个技校生，没有水平说正确的话，难道连犯错误的水平都没有？厂子里传的关于转产洗衣机有风险的那些话，其实并非没有道理，而是太过有道理了，以至于翟建国坚信这不是秦海能够说出来的。可是，他刚才为了批判秦海，又红口白牙地否认过这些话，现在让他如何再自圆其说呢？

"秦海，你不要认错了形势，厂里的决策是县政府的郭县长亲自过问过的，是任何人都无法推翻的。你只有老老实实承认，才有出路。"翟建国说理不过，只能转为威胁了。

秦海装作糊涂的样子，问道："翟主任让我老老实实承认什么呢？"

"承认你背后是什么人。"翟建国说道。

秦海是坐在床上的，背后就是墙壁，而墙壁上正好贴着一张刘大美女的巨幅剧照。他回过头看了一眼，然后扭回头笑着对翟建国说道：“我背后的人……不就是刘晓庆吗，怎么，翟主任这么大岁数也追星？”

“追你妹……”翟建国被秦海噎得差点一口老血喷出。

“秦海！你不要油嘴滑舌，和厂里作对是没有好下场的！”翟建国歇斯底里地吼叫起来。在他看来，秦海这厮实在是太可恶了，居然敢在他这个办公室主任面前耍嘴皮子，而且居然还能耍得比他更出彩。

听到翟建国的叫嚣，秦海“噗地”一声笑出来了：“翟主任，你没事吧？青锋厂是不是转产洗衣机，是你们领导说了算的事情，与我何干？我说转产洗衣机是死路一条，你说我的话是错的，那就错了呗。一句错话也能让你这么紧张吗？”

“你必须悬崖勒马，否则……否则……”翟建国脑子有点乱，想了半天也没想出能有什么办法来惩罚秦海。秦海已经报到，是实打实的国企职工，只要不犯什么大错，青锋厂是没权力开除他的，至于要扣罚工资之类的，都必须有明确的理由才行。

“唉，翟主任，看来我的确得给你倒点水了。”秦海叹了口气，拿起自己的水杯，撂下翟建国径自出了门。过了一会，他端着一杯水从外面进来了，把水杯往翟建国面前一放，说道：“翟主任，天太热了，你喝点水压压火。”

翟建国的确是让秦海气得有点上火了，见秦海递过杯子，他也没想太多，接过杯子咕咚咕咚就喝了个干净。秦海弄来的水十分清冽，翟建国只觉得浑身一阵清爽，但紧接着就想到了一个重要的问题：“秦海，你这水是从哪倒来的？”

“水房啊。”秦海无辜地看着翟建国说道。

“我呸！你说这是自来水？”翟建国眼睛瞪得滚圆，怒道。

像安河这种亚热带省份，人们在夏季是有喝凉水的习惯的。但在平苑县，人们对于喝自来水却有一些忌讳，原因据说是曾经有一年自来水公司的取水口被一头腐烂的死猪堵塞过，等维修人员到达现场的时候，发现死猪的肉已经有一半不见踪影了，想必是被抽进了蓄水池，又送到了千家万户。

虽然说自来水在出厂之前经历过无数道消毒、过滤的处理，纵然有什么死猪肉混进去，最终也会被过滤掉。但这个传闻出来之后，众人还是捕风捉影地说自己的确曾从自来水中喝出了腐肉的味道，更有神人绘声绘色地说自己还喝到了一截疑似猪腰子的东西……

自那之后，平苑县城里的人就不再敢直接喝自来水了。翟建国在盛怒之下被秦海骗着喝了一杯自来水，那份委屈实在是无处哭诉。

“翟主任,我可是好意,我看你火气太大,所以弄点凉水给你败败火……”秦海一本正经地解释道。

“你你你……你真是不可理喻！”翟建国“腾”地一下站了起来，用手指着秦海，说话都有些结巴了。想到关于猪腰子之类的传言，他连去医院洗胃的心都有了，哪还能坐得下去。

“你的问题，我一定会向厂长办公会议反映的！”

翟建国撂下一句狠话，便拂袖而去。秦海也是有恃无恐，把翟建国的威胁只当成了清风拂面。他笑吟吟地跟出门去，站在门口招呼道：“翟主任，慢走啊，楼梯有点坏，你小心……呃，好像说晚了……”

只听得楼梯上发出一声闷响，紧接着就是翟建国的一声惨叫以及重物滚下楼梯的轰隆声。单身楼里的住户都被惊动了，一个个从屋里跑出来，议论纷纷：

“哎呀，是谁从楼梯上滚下来了？”

“好像是翟主任……”

“他怎么到单身楼来了？”

“谁知道呢……”

“翟主任，你没事吧，你躺着别动，我去医务所给你叫医生……”

“翟主任，我拿自行车驮你去医务所吧……”

听到这一通喧哗，王晓晨也从屋里出来了。她一挑门帘，正好与秦海四目相对，她瞪着秀丽的大眼睛对秦海问道：“小秦，出什么事了？”

“翟主任从楼梯上滚下去了。”秦海笑着说道。

“他怎么会从楼梯上滚下去呢？”王晓晨有些不解。

秦海道：“可能是想下楼快点吧……”

听到这个无厘头的解释，王晓晨“扑哧"一声笑了出来，揉着肚子笑了好一会，才收起笑意，对秦海说道：“小秦，翟主任是刚从你这出去的吧，你是不是惹他生气了？你可小心一点，翟主任这个人，不太好说话的。”

秦海耸耸肩膀，说道：“他好不好说话，和我有什么相干。我好端端在屋里坐着，他跑来冲我吹胡子瞪眼，还指望我对他客气？我没亲自把他踹下楼梯，已经算是很有修养了。”

王晓晨问道：“翟主任为什么来找你吹胡子瞪眼啊？你做了什么让他不高兴的事情吗？”

秦海道：“我之前压根就没见过他，谁知道他是抽什么风了。”

翟建国来向秦海发难，起因在于听说秦海说了一些对洗衣机市场悲观的话，而这些话恰恰是从王晓晨那里传出去的。王晓晨也是出于对厂子前途的担忧，所以才把从秦海这里听到的消息告诉其他工友，直至最终传到翟建国的耳朵里去。秦海不想把这个前因后果告诉王晓晨，因为这样会让王晓晨有心理压力。

王晓晨道：“小秦，你还是小心一点吧，你刚到厂里，得罪了翟建国可不是一件小事，韦厂长最信任他了，得罪他就相当于得罪了韦厂长呢。”

秦海叹了口气：“我也不想惹他，可是他欺负到我头上来了，我岂能忍他？对了，晓晨，我昨天还忘了件事，咱们一块做的那把匕首，还有工兵锹，我和胖子他们给卖出去了。你也出了一份力，所以给你分了5块钱。”

秦海说着，把自己分到的5块钱取出来，递到了王晓晨的面前。

“我可不要！”王晓晨像是看到一块烧红的火炭一样，连忙退后两步，连连摆手，“我又没做什么事情，哪能拿你们的钱呢。”

“你就拿着吧。”秦海走上前，一把拉过王晓晨的手，把钱塞到了她的手心里。

王晓晨长这么大，还不曾被一个男人拉过手，一时间羞得满脸通红，连拒绝都忘了，痴呆呆地握着那5块钱，不知该说什么好。

秦海做出这个动作，实在是什么也没多想。在未来的社会，男男女女之间拉拉扯扯、肌肤相亲是再正常不过的事情了，秦海就不止一次被实验室的女硕士、女博士们挽着胳膊、搂着脖子照过相，那些腐女们一向是以戏弄比自己大的男老师为乐的。

“钱不多，你先收着吧，等以后我们再做其他的东西，你还来给我们帮忙，有钱大家一起挣。”秦海说道。

王晓晨好容易才让通红的脸颊恢复了正常的颜色，这个时候再想把钱退给秦海已经不太合适了，再说，她也没有勇气拉着秦海的手把钱塞回去。

“那……那就谢谢你了，小秦。”王晓晨用几不可闻的声音说道，声音里透着一种莫名的喜悦。她从来没有想过自己居然能够挣到一笔外快，5块钱对于她这样的女孩子来说，可算是一笔巨款了。

“不必谢，这也是你的劳动所得嘛。”秦海呵呵笑着说道。

给王晓晨发5块钱的报酬，是秦海早就打算好的。不过，在头一天与宁默他们分钱的时候，他把王晓晨给忘了，到今天看到王晓晨的时候才想起来。

秦海到青锋厂总共才四五天时间，王晓晨与他素昧平生，却处处照顾他，非但替他打过开水，有一回在水房遇到秦海洗衣服的时候，她还主动上前替秦海把洗不干净的衣领搓了一把，俨然就像是一个小姐姐一般，所以秦海一直惦记着要找机会回报一下王晓晨。

与王晓晨对门相处这几天，秦海发现王晓晨是个非常节俭的女孩子，她几乎不到食堂去吃饭，每天都是自己做饭，而下饭的菜则是简单之极，要么是一把空心菜，要么是几块酱腐乳，根本见不到一点荤腥。

秦海向其他人侧面地打听过，知道王晓晨是个从乡下招工上来的女孩子，每月发了工资之后，一大半都要拿回家里去，只剩下很少的一点维持自己的生活。作为一个20岁的女孩子，她甚至连一盒“万紫千红”的雪花膏都买不起，只能用两分钱一盒的蚌壳油来搽脸和手。

知道了这个情况之后，秦海便有心想帮王晓晨找点挣钱的机会。这一回做匕首的事情，因为要用到化验室的一些设备，所以他请了王晓晨帮忙，现在匕首卖出了一个高价，给王晓晨发点报酬也就是理所应当的事情。

“哎，对了，秦海，你没打开水吧？我这里有点多余的开水，你拿去用吧。”王晓晨挣了5块钱的外快，心中的欢喜与感激之情交织，一时都不知道该如何表示才好。愣了一会，她才想到可以给秦海送点开水，这也是这个节俭的姑娘能够找到的唯一的答谢方法了。

在翟建国去找秦海谈判的时候，韦宝林拎着一盒茶叶，敲响了老厂长宁中英的家门。

“谁啊！”

屋里传来一个中气十足的声音。

“老厂长，是我啊，小韦。”韦宝林用温柔的声音答道。

“小韦？”屋里的人嘀咕了一声，随后门便打开了，一个身高一米七几、腰板挺直、头发花白的老头出现在韦宝林的面前。

“老厂长，我来看看您。正好有人送了我一盒好茶叶，我想起老厂长最喜欢喝碧螺春，就给您拿来了。”韦宝林把那盒茶叶捧出来，递到老头宁中英的面前，笑吟吟地说道。

“哦，那就谢谢你了。”宁中英微微点点头，伸手接过茶叶，把韦宝林让进了客厅。

“老厂长，最近在忙什么呢？”宾主分别坐下之后，韦宝林用拉家常的腔调，问起了宁中英的生活起居。

在宁中英当厂长的时候，韦宝林是他的办公室主任，那时二人的关系是十分融洽的。韦宝林做事颇有一些机灵劲，对于宁中英的喜好、习惯等了如指掌，处理各种事务都非常合宁中英的心意，因此深得宁中英的赏识。

有关“明白人当家”的政策下达之后，宁中英作为一个年过五旬、而又没什么文凭的老干部，自然只能退居二线。在县经委让他推举接班人的时候，宁中英没有推荐韦宝林，而是推荐了另外一位副厂长。按宁中英的说法，韦宝林当个侍候人的办公室主任是很称职的，但要当一厂之长，就不合适了。

但韦宝林自己可不是这样认为的，他觉得自己有大学学历，又长袖善舞，属于开拓性的人才，凭什么就不能当个厂长呢？他利用搞接待的时候与县里一些官员结下的交情，展开各种游说活动，最终让县里否决了宁中英的推荐，转而任命自己当上了青锋厂的厂长。

县经委的主任亲自到青锋厂来宣布了韦宝林的任命决定，同时任命宁中英为青锋厂调研室主任，并且叮嘱宁中英要对年轻同志“扶上马、送一程”。在那次的会议上，宁中英一改往日的霸气，在整个会议过程中一言不发，甚至经委主任让他表态的时候，他也只是摆摆手，让经委主任吃了个瘪。

经委主任一行离开之后，韦宝林怯生生地来到宁中英面前，请老领导对他提出要求。宁中英似笑非笑地看看韦宝林，然后伸手指了指天，又指了指地，说了句“好自为之”，就扬长而去了。

跟在韦宝林身边的狗腿子翟建国没看懂宁中英打的哑谜，只顾咧着嘴傻笑。而跟随宁中英多年的韦宝林却脸色骤变，连骂街的心都有了。

用手指天指地，是那些年里家喻户晓的一个政治段子，说的是某老帅对某个“火箭式”干部的鄙薄。这个段子是真是假，已经无法考证，但这个动作的含义，韦宝林是非常清楚的，那就是在说他不知天高地厚。

从那时起到现在，已经两年时间过去了。韦宝林在青锋厂的执政并不顺利，青锋厂经营绩效每况愈下，引来不少对他的非议。出人意料的是，从一开始就不看好韦宝林的宁中英却从未对厂里的经营发表过意见，甚至于项纪勇、萧东平等老部下到他家里去发牢骚的时候，他也只是笑而不语，不肯发表议论。

韦宝林对宁中英采取了一种表面尊重、私下防备的策略，每隔两三个月，他就要亲自登门去问候一下宁中英，每次还必定会带上一些小礼品，与当年当办公室主任的时候一样。遇到宁中英要用车或者报销医药费等事情，韦宝林一概是给予最大的支持，要求行政科、财务科等绝对不能对宁中英有丝毫怠慢。

正因为韦宝林始终保持着谦恭，宁中英对他的态度也相对比较友善，至少是一种面和心不和的状态。韦宝林知道，宁中英一直认为他不适合当厂长，而他当上厂长之后，也的确印证了宁中英的预言，因此宁中英对他是极其不屑的。韦宝林没指望能够赢得宁中英的肯定，他只需要安抚住宁中英，让对方不要拆自己的台就行了。

听到韦宝林的问候，宁中英靠在沙发上微微一笑，说道：“我一个老头子能有什么事情忙，每天就是吃饭、等死，没有其他的事情。”

“哎，老厂长哪能这样说啊。”韦宝林装出责备的样子说道。他用眼睛扫了一下屋里的陈设，看到吃饭桌上搁了个围棋盘，上面摆着黑白二色棋子，便走过去，认真看了看，然后说道："老厂长在打谱呢？嗯，这好像是中日围棋擂台赛上江铸久与小林光一的那一局吧？江铸久真是可惜了。"

宁中英没有接韦宝林的话头，只是微笑不语。他知道，韦宝林越是这样做作，越是有重要的事情要说。韦宝林那点花花肠子，在县领导那里挺管用，在宁中英眼里就是一些小把戏而已，根本别指望能瞒得住他。

"对了，老厂长，我今天登门，一来看望一下老厂长，看看老厂长生活上有没有什么不方便的地方。二来呢，是想请老厂长对于青锋厂的经营提出一些宝贵意见，以便厂里进行决策的时候作为指南。"韦宝林终于把话头引回了正题。

"我的脾气你是知道的，不在其位，不谋其政。县里既然把青锋厂交给了你，那一切经营你就自己拿主意好了，我这个老头子胡言乱语做什么？"宁中英说道。

韦宝林道："话可不能这样说，老厂长毕竟是青锋厂的老领导，对青锋厂的情况最了解，而且也是最有感情的。厂里的经营决策哪能离得了您这样的老领导出谋划策呢？"

宁中英没有搭理韦宝林，从旁边茶几上的烟盒里取出一支烟，自顾自地点上，一声不吭。

韦宝林知道，这是宁中英允许他说话的表现，如果宁中英真的不想听厂里的经营问题，这个时候就会起身送客，而不是自己抽烟了。

"是这样的，由于国家计划任务越来越少，咱们青锋厂的传统业务持续萎缩，已经很难支撑我们这个大厂了。前一段时间，我们几个厂领导和中层干部到国内几个城市去调研了一番，最后给青锋厂找到了一个新的产品方向，想必老厂长也已经听说了吧？"韦宝林说道。

宁中英摇摇头道："我没有听说过什么。"

你就装吧！韦宝林在心里暗自嘀咕着。他既然认定秦海是受宁中英指使而诋毁洗衣机市场前景的，那么宁中英说自己不知道青锋厂的新业务方向，就必然是一句谎言了。转产洗衣机的事情，已经近乎全厂皆知，宁中英怎么可能不知道呢？

其实，韦宝林还真是冤枉宁中英了。转产洗衣机的事情，是星期一才在中层干部会议上透露出来的，今天是星期四，总共也就才过去了三天时间。宁中英退居二线之后，平常都是待在家里不出门，有关厂里的消息都是由一些来串门的干部工人转述的。这几天，恰好没人到宁中英家里来聊天，所以宁中英还真的不知道转产洗衣机这件事情。

要说起来，宁中英的宝贝儿子宁默是知道这件事的，但宁默见宁中英就像耗子见猫一样，躲都躲不及，哪会主动和父亲说起厂里的决策问题。再说，宁默这几天心里惦记的都是出去捞外快的事情，厂里是转产洗衣机还是转产航空母舰，与他有何相干？

宁中英否认自己知道青锋厂的新业务方向，韦宝林不管信不信，都只能先向他介绍一二了。听说韦宝林选择的新业务是生产洗衣机，宁中英的脸上分明掠过了一丝不屑。

"老厂长，你觉得我们这方向选得如何？"韦宝林问道。

宁中英把手里的香烟在烟灰缸上掸了掸，然后慢条斯理地说道："对于这个方向，我只有两个字评价。"

"哪两个字？"韦宝林问道。

"胡闹！"宁中英干脆利落地答道。

饶是韦宝林早有心理准备，听到这样直截了当的批评，他的脸色也变成了猪肝一般。

"老厂长，这个方向是我和小翟，还有另外几位中层干部一块选定的。"韦宝林委屈地说道。

宁中英道："是不是胡闹，和人多人少无关。你是一厂之长，该如何经营，你可以说了算。不过，你要征求我的意见，我就只有这一句：胡闹。"

"好吧……"韦宝林委曲求全地说道，"老厂长能不能说得明白一点，您为什么认为这个决策是胡闹呢？"

"农机和洗衣机，除了都有一个机字之外，其他的一点关系都没有。如果农机厂能够造洗衣机，是不是以后也可以造飞机了，也是有一个字相同嘛。"宁中英说道。

要论嘴不饶人，秦海与宁中英相比，堪称是小巫见大巫。宁中英那张嘴，是经过无数次的运动磨砺出来的，各种典故、俏皮话、无厘头调侃等等几乎是张嘴就来，几句话就能够把人噎到墙角上去。

韦宝林在给宁中英当下属的时候，就已经充分见识过宁中英的毒舌，就算他曾是安河大学中文系号称四大才子中的老九，他也不敢与宁中英斗嘴皮子。

“老厂长，话是这样说，术业有专攻。可是农机市场已经不如过去那样景气了，咱们青锋厂如果死抱着农机这个业务不放，最终必然是被市场淘汰，到那时候后悔就晚了。”韦宝林解释道。

宁中英道：“农机市场什么时候都不会不景气，关键是有没有适合市场的产品。洗衣机的确是一个好产品，但我们没有生产洗衣机的经验，我们的工人都是做农机出身的，一旦转产洗衣机，多出来的技术工人，你怎么解决？还有青锋厂原来的设备，你准备如何处置？”

宁中英是凭着自己的认识在说话，言者无心，听者却有意。韦宝林敏锐地抓住了宁中英话里的一个信息，反问道：“老厂长，你也认为洗衣机是个好产品？”

韦宝林到宁中英家里来，是为了求证秦海关于洗衣机没有市场的言论是否出自于宁中英的授意。在他看来，厂子里能够指使秦海去破坏决策的人，也只有宁中英一个了。可是，从宁中英刚才那句话中，却听不出宁中英对于洗衣机市场的悲观，相反，宁中英似乎还是挺看好洗衣机市场的。

难道秦海的言论，不是从宁中英这里出来的？

宁中英不知道这中间的种种猫腻，更没想到韦宝林会怀疑到自己的头上来。听到韦宝林的问话，他点点头道：“老宋这段时间也正想买个洗衣机，她说市场上洗衣机非常紧俏，生产洗衣机的确是一个有利可图的业务。”

宁中英说的老宋，是指他的夫人宋玉兰，是县里卫生局的一个干部。因为宁中英的家就在青锋厂的家属区，大家成天低头不见抬头见，所以韦宝林与宋玉兰也是非常熟悉的。

“可是，现在厂里有一种传言，说洗衣机市场上的紧俏只是暂时现象，过不了多久，市场就会饱和，然后洗衣机就销售不动了，所以青锋厂不应当转产洗衣机。老厂长，你觉得这个观点有参考价值吗？”韦宝林再次试探道。

宁中英愣了一下，随即反问道：“这个传言是谁最先说的，有根据吗？”

“了解过了，是一个叫秦海的小年轻，是农机技校毕业分配到厂里来工作的，刚报到不到5天。他的根据是说，现在全国各地都在建洗衣机厂，我们青锋厂这个时候搞洗衣机，已经来不及了。”韦宝林一边说着，一边偷眼观察着宁中英的脸色，看他在听到秦海这个名字的时候，有没有一点异样。

“秦海？没听说过。”宁中英摇了摇头，“他说的情况是否属实呢，你们有没有去查证过？现在全国有多少个地方在搞洗衣机，这个问题的确是需要问清楚的。”

“我们正在了解。”韦宝林答道。

在他的心里，涌上来一丝冷笑，宁老头啊宁老头，你可太会演戏了。可是，百密一疏，你也有演砸的时候。你如果说你认识秦海，但不知道秦海说过什么，我或许还会被你的镇定所迷惑，可是你红口白牙说自己没听说过秦海这个名字，那就是欲盖弥彰了。

青锋厂谁不知道，你家大儿子宁默现在天天和秦海摽在一起，你居然说自己没听说过这个名字？

自认为自己已经掌握了情况的韦宝林不想再待下去了，宁中英拒绝承认秦海与自己有关系，那他再说什么也是白搭。从今天晚上了解到的情况来看，宁中英至少还没有赤膊上阵，连找个代理人都要遮遮掩掩，这就意味着这个老头已经认命了，不会冲到前台来搅事了。

带着这样的想法，韦宝林和宁中英又扯了几句闲话，然后便以要回去监督孩子看书为由，起身告辞了。宁中英把他送到门口，互相说完再见之后，韦宝林像是想起什么似的，拍拍脑袋说道：“对了，老厂长，小默好像跟那个秦海关系不错，他们是一个车间的。”

“哦。”宁中英漠然地点点头，并没有多余的话。

送走韦宝林，宁中英关上门，回到客厅。他拿起韦宝林送来的那盒茶叶，看了看上面的产地、标牌等，嘴角露出了一抹微笑。

如果韦宝林临走时没有说出最后那句话，宁中英恐怕到现在还蒙在鼓里，不知道韦宝林为什么突然要来拜访自己，而且在自己面前提起一个名不见经传的小青工秦海。可是有了这最后一句话，韦宝林的所作所为，就昭然若揭了。

原来秦海是宁默的朋友，或者至少是互相认识吧。秦海在厂里乱说话，说出来的话对韦宝林不利，韦宝林就怀疑到了自己的头上，所以才会跑来试探自己。至于韦宝林的那最后一句话，其实是在向自己隔空喊话，表示自己对于宁中英与秦海之间的默契是了如指掌的，让宁中英不要搞什么阴谋诡计。

问题在于，宁中英从一开头就没有什么阴谋诡计，这一切都不过是韦宝林自己的想象而已。韦宝林这个人一向都喜欢耍小聪明，明明智商情商都不够用，还爱在人前显摆，这一点，宁中英实在是太了解了。

“小静，小静！”宁中英向着里间屋喊道。

里间屋的门开了，一个身材高挑、梳着马尾巴长辫、秀丽阳光的女孩子应声而出，她正是宁默的妹妹、宁中英的小女儿宁静。

“爸爸，什么事？”宁静问道。

“你哥呢？”宁中英问道。

“在外面玩吧？”宁静答道。

“他这些天跟谁在一起玩，你知道吗？”宁中英又问道。宁默在家里见了宁中英就躲，根本不敢多和宁中英说话，所以宁中英要了解宁默的情况，只能向女儿求证。宁中英总共就这两个孩子，兄妹俩性格迥异，但关系却是非常亲密的。

宁静摇摇头道：“没听他说，还不是和喻海涛、苗磊他们两个在一起？”

“他这几天没什么异常吗？”宁中英问道。

“异常？”宁静有些诧异，不知道父亲为什么要这样问，她稍稍想了片刻，旋即笑了出来：“你一说我想起来了，我哥这几天还真有点异常。”

“什么异常？”宁中英追问道。

宁静走上前，小声道：“爸，我告诉你，你可别说是我说的。”

无数家庭中子女向父母告密都是这样一套，把自己兄弟姐妹的事情告诉父母，却还要叮嘱父母不准说是自己说的。其实，这不过就是子女与父母之间的一种游戏而已，真有什么不能告诉父母的秘密，他们是不会随便透露的。

宁静长得漂亮，性格乖巧，学习成绩也不错，再加上是小女儿，所以在家里远比宁默更得父母的宠爱。她与宁默的关系非常好，宁默做什么事情都不会瞒她，而她则永远都守不住这些秘密，屡屡要向父母偷偷告状。

宁默每次因为宁静的告状而挨打或者挨训之后，都要警告妹妹以后不许再告自己的状，并且扬言从此之后再也不把自己的秘密告诉妹妹。不过，他的这种誓言从来都持续不了三天，三天之后，他又贱兮兮地在妹妹面前大谈自己的种种秘密了。

宁中英和宋玉兰也习惯了这对儿女之间的默契，遇到涉及宁默的事情，都要向宁静打听。

“你说吧，你哥这些天又怎么啦？”宁中英道。

宁静正色道：“爸，我跟你说，你可千万要挺住，别吓得摔跟头了。我告诉你，我哥昨天回来，说他新认了个老大！”

“老大？什么意思？”宁中英奇怪道。

宁静道：“爸，你没看过港片啊，老大就是那种特别有本事、特别厉害的人，就是就是……相当于我们说的流氓头子。”

“什么？他和流氓混到一起去了！”宁中英这一惊可非同小可。他那个儿子他是了解的，懒惰、贪嘴、不务正业，但与街上的流氓却绝对是毫无瓜葛。宁中英揍宁默、训宁默，但对宁默从来都很放心，相信宁默在道德方面是不会给他丢人的。现在听说宁默居然认了个什么“老大”，这可让宁中英吓出一身冷汗了。

宁静格格笑了起来：“爸，我就说你会吓着了吧？你放心，我问过我哥了，他认的那个老大，可不是真的流氓，而是一个技校毕业，刚到咱们厂工作的工人。听我哥说，那人可有本事了，说连冷叔叔都不如他有本事。”

“他说的这个人，是叫秦海吗？”宁中英惊魂稍定，但还是有些不踏实地问道。

“对啊对啊，他说的名字就是秦海！”宁静瞪着漂亮的大眼睛看着父亲，

"爸，原来你都知道啊！"

秦海！

这一刻，宁中英把这个名字牢牢地刻在了心里。

能够让宁默拜为老大的人，绝不会是什么寻常人物。宁中英对自己这个 19 岁的儿子很了解，知道他虽然读书不行，只能进厂当个出死力气的锻工，但眼界和心气是颇高的。一般的人不可能让他顶礼膜拜，更谈不是能够当上他的"老大"。这个秦海能够让韦宝林紧张到怀疑是宁中英的傀儡，又能够让宁默服气，这就值得引起宁中英的关注了。

宁中英自从退居二线之后，在各种场合都表现得极其超然，他不参加厂里的会议，不与干部工人谈论韦宝林各种决策的得失，但这并不意味着他不关心厂里的大事。他的超然仅仅是一个风光一世的老头给自己找的保护盖，他不想让别人说他丢了权还不情愿，这是他的自尊心所不能容忍的一种评价。

在表面的超脱之下，是宁中英对厂里各项事务的高度关注。如果韦宝林今天不上门来，最多再过两三天，宁中英恐怕也能够从其他人的议论中知道秦海以及转产洗衣机之类的事情。韦宝林的种种作为，宁中英洞若观火，心里早就憋着一股气了。

他不是没想过要跳出来劈头盖脸地训斥韦宝林一番，甚至还想过要到县里去找领导反映反映情况，但想到自己是被县里强行推到二线去的，他又有些气愤不过，不想再去听县政府或者县经委的官员说什么"要爱护年轻干部、要允许改革犯错误"之类的屁话。

一个才报到四五天的技校学生，能够让自己的儿子拜服，又能够让韦宝林紧张，这就是青锋厂出现的一个新变数了。对于这样的变数，宁中英是不能不去研究一下的。

"小静，你能找到你哥吗？"宁中英问道。

"现在啊？"宁静拖着长腔，不满地说道，"我在做一道难题，刚有点眉目……我哥现在不回来，到睡觉的时候肯定会回来的。"

现在正在放暑假的时候，宁静下学期上高二，这会正在抓紧时间巩固高一年级的功课。对于父亲打算让自己去找宁默的事情，她一肚子不乐意。

宁中英可不管这套，他说道："这件事我得找宁默问个清楚，你现在还没上高二，哪有那么紧张？你快去快回，找到你哥，叫他马上滚回来，对了，让他把那个秦海也叫过来，我要看看这个小年轻是怎么回事。"

听说父亲不但要叫宁默回来，还要让宁默把秦海也叫回来，宁静一下子来了劲头。这几天宁默天天在她面前絮叨秦海如何神奇，让她对这个家伙也产生了深厚的兴趣，只是不好意思跟着哥哥去见识一番而已。现在父亲要宣秦海来家里，她正好可以看看此人是不是真的长着三头六臂，要不怎么能够让一向牛哄哄的哥哥都五体投地。

"那我去了，不过，我可不敢保证能找到他。"宁静答应着，回房间换了条漂亮裙子，花枝招展地出门去了。

宁中英的家是在青锋厂的家属院里，宁默如果没有出厂去玩，一般也就是待在喻海涛、苗磊这两家，距离宁中英家并不远。虽然是晚上，但厂里的治安是绝对没有问题的，所以宁中英敢叫宁静出去找人。

宁静猜测得没错，宁默果然是待在喻海涛的家里，和他们一起的还有苗磊，正是传统的三剑客。不过，让宁静大跌眼镜的是，这三个人凑在一起，并未如过去一样在玩斗地主，而是一人捧着一本书，愁眉苦脸地读着。

"你们看什么书呢？怎么这么专心？"宁静冲三个人喊道。

"《钢材热处理》……"宁默把书的封面向宁静展示了一下，声音里带着几分委屈。

"不是武侠小说？"宁静有些吃惊，在她的记忆中，哥哥似乎从来没有看过这种技术书籍，甚至连他的中学课本都是崭新的，完全可以送回新华书店再卖一回。

"你们是要技工考试了吗？"宁静猜测道。

宁默摇了摇头，又点了点头，说道："也算是要考试吧，我们老大说了，我们连铬字都不会写，他不带我们混了，除非我们把这些书都读完。"

"是啊，哪有这样当老大的！"喻海涛和苗磊也一起抱怨起来。

他们这番抱怨，其实也是痛并快乐着。秦海让他们读书学习，他们其实是打心眼里都乐意的。看到秦海凭着自己的本事能够把白菜卖成玉石的价钱，他们心里充满了羡慕，也都幻想着如果自己有这样的能耐，是何等风光。

秦海承诺只要他们肯用功，他就会把自己的本事教给他们，这让这几个一向志大才疏的年轻人看到了希望，所以才会如此自觉自愿地凑在一起看书。当然，从小就没有看书习惯的他们，捧起书本来那份郁闷、烦躁都是无与伦比的，所以需要借机抱怨抱怨，古语说得好，何以解忧，唯有抱怨。

“对了，小静，你干嘛来了？”宁默这才想起要问妹妹来找他的原因，同时在心里拼命地回忆着自己这几天是否做过什么让老爸恼火的事情。妹妹到喻海涛家里来找他，十有八九就是老爸要传唤他，而每一次这样的传唤，都意味着要挨一顿暴风骤雨般的训斥。

“爸叫你回去，说有事要问你。”宁静说道。

“爸有没有说是什么事情？”宁默赶紧放下书，站起身来，小心翼翼地向妹妹求证着。他希望事先知道老爸找他的缘由，以便做好心理准备。

宁静摇摇头道：“不知道，不过，爸说了，让你叫上秦海一起去。”

“秦海？”三个小伙子一齐喊了出来。

苗磊看着宁静，问道：“小静，你爸怎么会知道秦海呢？”

宁静抿着嘴直笑，脑袋俨然摇成了拨浪鼓，一束马尾辫在脑后甩来甩去，煞是好看。只可惜喻海涛和苗磊都是从小就把她当成亲妹妹看待的，心里无论如何也产生不了“君子好逑”之类的感觉。

“海涛、磊子，你们在这待着，我去找秦海去。没准儿是咱们卖东西的事情让我爸知道了，他要找我们算账呢。唉，就是连累了秦海，太对不住他了。不过你们放心吧，我拼着被我爸打一顿，也不会出卖秦海的。”宁默叨咕着，匆匆忙忙出门奔单身楼去了，宁静则一步不离地紧随其后。

一路上，宁默拼命向宁静打听事情的前因后果，宁静因为刚才一直关着门在屋里做功课，也不知道韦宝林来向父亲说了什么，只能语焉不详地说韦宝林曾经来过，而之后父亲就向宁静追问宁默有何异常。

“难道是韦宝林告了状？”宁默自言自语地嘀咕着，说完，又自己摇了摇头。他和喻海涛、苗磊私造农具卖钱的事情，韦宝林是早就知道的，而且从未指责过。这种干私活的事情在青锋厂非常普遍，韦宝林一向讨好宁中英，所以是不可能专门跑去向宁中英告这种黑状的。

青锋厂家属区的面积不算大，宁默兄妹俩走了几分钟就来到了单身宿舍楼。他们来的时间晚了一点点，没有赶上翟建国滚下楼梯的精彩瞬间。宁默带着宁静上了楼，来到208门口，敲响了房门。

“秦海，秦海，开开门，我是胖子。”宁默喊道。

秦海打开门，第一眼看到了宁默，紧接着就看到了宁默身边那个俏丽的姑娘。二八年华的宁静浑身散发着青春的气息，粉红的双颊、灵动的眼眸，让秦海一下子感到了春光无限、美不胜收。

“这是我妹妹宁静，在上高中。”宁默向好朋友介绍着，他一向以自己拥有这样一个漂亮的妹妹而自豪，遇到合适的机会，总喜欢向人显摆显摆。

“哦，请进请进！”秦海经过短暂的失神，这时候已经恢复正常了。他赶紧把宁默兄妹俩让进屋子，同时不露声色地把一个泡了脏衣服的水桶用脚顶到床下。

“小静，我跟你介绍一下，这就是我跟你说过的我的老大，秦海。”宁默带着妹妹进了屋，又开始骄傲地向妹妹介绍起了秦海。在宁默心里，有秦海这样一个牛气的朋友，与有宁静这样一个漂亮妹妹一样，都是他的风光。

“你就是我哥的老大？ How old are you？”宁静偏着头上下打量着秦海，好奇地问道。至于她冒出来这句英语，可绝对没有任何刁难秦海的意思，只是觉得不好意思直接打听对方的年龄，因此换一种掩耳盗铃的问法罢了。

“How old are you？”秦海心中暗笑，面对着这样一个极品小萝莉，他的邪恶心思骤然萌发，故意皱着眉头说道：“嗯，你说‘怎么老是你’，难道我们过去见过吗？对了对了，佛曰，前世千百次的回眸，才换来今生的擦肩而过，我们上一辈子一定是互相见过的了。”

“你说什么呀，乱糟糟的……”

秦海这一番恶搞，把宁静彻底说晕了，她眉头微皱，回味了一下秦海的话，然后试探着问道：“你刚才听懂我问的问题了吗？”

“听懂了呀，你不是说‘怎么老是你’吗？”秦海装傻道。未来的秦海是三十刚出头的年龄，在16岁的宁静面前，算是一个大叔了。调戏小萝莉正是这种坏大叔永远乐此不疲的游戏。

“我哪有说这个呀。”宁静并不知道自己上当了，这个恶搞的段子是未来才有的，对于一个80年代中期的高中生来说，根本就想不到那上头去，“我说的是，How！ old！ are！ you！就算你是技校生，你总是上过初中的吧，这句英语初中就学过的。”

秦海认真道：“我知道呀，How就是怎么，old就是老，are就是是，you就是你，连在一起，不就是‘怎么老是你’，我说错了吗？”

“How old are you……”宁静在嘴里一字一顿地念了一遍，这才悟出秦海的意思，不禁笑得眼泪都出来了，嘴里不停地学着：“怎么老是你！怎么老是你！”

“秦海，你好像说错了吧？”宁默没有宁静那样的灵气，至今还没有听出秦海是在开玩笑，他彻底不懂英语，但也能猜得出妹妹肯定不是那个意思，他拉了拉秦海的衣角，说道：“你到底懂不懂英语啊？”

“You can you up啊！”秦海成功地把小姑娘逗乐了，精神抖擞，随口又来了一句。

“什么意思？”宁默愣了。

“你行你上啊！”秦海笑道。

“You can you up，你行你上啊……咯咯咯，太有趣了，秦海，还有没有，再说几个给我听听。”宁静现在已经完全明白了，眼前这个秦海绝对不是不懂英语的人，相反，他能把英语解读得有趣之极。她赶紧记下了这两句话，打算明天就去找自己最要好的闺蜜，把这两个笑话说给她们听。同时，她还拼命鼓励着秦海，让秦海给她说更多更好玩的英语笑话。

“怎么样，小静，我老大有本事吧？”宁默听不懂这两个小段子好笑在哪里，但看到妹妹乐不可支的样子，他还是非常得意，抓紧时间向妹妹得瑟着。

“哎哟，笑死我了……”宁静揉着肚子，好不容易才停住，斜了哥哥一眼，说道：“你老大的本事，又不是你的本事，you can you up啊！咯咯咯……”

秦海开了两个玩笑，见宁静被逗乐了，自己也挺开心。他扭头看着宁默，问道：“胖子，你怎么带着你妹妹到我这来了，是来串门儿的吗？”

“不是不是。”宁默这才想起了自己的大事，赶紧说道：“秦海，有件事我也不知道是什么地方出了纰漏，刚才韦宝林到我家去了，见了我家老头子，不知道说了什么。然后我家老头子就让我妹妹去找我，说让我带你去我家，老头子有话要问你。”

“韦宝林？”秦海稍愣了一秒钟，就反应过来了。翟建国刚刚从他这里走，与此同时韦宝林则出现在宁中英的家里，而且还提到了他的名字。把这两件事联系在一起，秦海不难猜出，韦宝林和翟建国两个人说的事情应当是相同的，那就是与转产洗衣机有关的问题。他不确定的，只是韦宝林为什么要向宁中英说起此事，而宁中英又为什么要传唤他去问话。

“秦海，我估计我爸是为了咱们卖农具的事情，说不定他们已经知道咱们和葛排长之间的事情了……这事是谁说出去的呢？不过，秦海，你放心，我宁默不是会出卖朋友的人，我宁可拼着被我爸打一顿，也会把这事揽到我自己头上的，绝对不会连累你。”宁默拍着胸脯说道。

同样的话，宁默已经对喻海涛和苗磊说过一遍了，现在又对秦海再次保证，可见他心里对于这个承诺是何等看重。这是宁默的优点所在，他本事不大，又因为长得肥胖而遭人歧视，但他一直觉得自己是一条好汉，当好汉就是要有担当的。

“不是这事。”秦海拍拍宁默的肩膀，对他说道，“胖子，宁厂长要找我，这事应当与你无关，你不用大包大揽，省得把一些不该透露的事情也透露出去了。咱们现在就去你家吧，到时候你不用说什么，我来回答宁厂长的问题就是了。”

“你们干了什么……犯法的事情吗？”宁静见这俩人都是一副宁死不屈、大义凛然的样子，心中不觉有些害怕。她虽然习惯于向父母泄露哥哥的秘密，但却不愿意看到哥哥真的出什么事情。这个秦海与她只是刚刚见了一面，但却用两个笑话赢得了她的好感，所以她也不希望看到秦海出什么事情。

“没事，丫头，你就放心吧。”秦海笑着对宁静说道，“你看我和你哥都是玉树临风、一表人才，我们这样的人怎么可能干犯法的事情呢？”

“玉树临风……”宁静看着宁默那水泥罐车一般的身材，真心替玉树临风这个词感到委屈。不过，当她把目光投到秦海身上的时候，不由得微微地点了点头。嗯，玉树临风这个词，用在秦海身上，还是挺贴切的。

因为是宁中英召唤，三个人不敢怠慢，匆匆离开单身楼，来到了宁家。宁静出门时是带了钥匙的，直接开门进屋，向父亲通报已经把人叫来了。

“爸……”宁默迈着沉重的脚步进了客厅，低着头喊了宁中英一句。

“宁厂长，我是秦海，是这星期才到青锋厂工作的。”跟在宁默身后进屋的秦海走上前，向宁中英微微躬了一下身，不卑不亢地做着自我介绍。

“你就是秦海？”宁中英用鹰一般的眼光扫视了秦海一番。秦海早就料到宁中英会来这一手，面对宁中英的逼视，他脸上微微含笑，一声不吭，等着宁中英出招。

“嗯，不错。”宁中英点了点头，他并不掩饰自己刚才逼视秦海的目的，他知道秦海也看出了他的企图，所以才会如此应对。聪明人之间的较量，不需要什么伪装，相比之下，韦宝林与他玩的那些心眼，显得太小家子气了。

“坐下谈。”宁中英用手指了指凳子，然后自己先在专属于他的单人沙发上坐下了。

秦海在凳子上坐下，宁默在父亲面前不敢造次，拉了个凳子，坐在离秦海一尺远的地方，既显得与秦海同进退，又避免给父亲造成一种自己想与秦海同仇敌忾的错觉。宁静想看看秦海如何与父亲过招，因此也搬了个小马扎坐在宁中英身边，面对面地观察着秦海，同时偷偷地向秦海扮着鬼脸。宁中英对于女儿一向宠爱，虽然知道宁静在捣鬼，也并不制止。

“你和宁默关系不错？”宁中英直截了当地开始了问话。

秦海点点头：“是的，我们是好朋友。”

“你和宁默是怎么认识的？”

“他和喻海涛、苗磊一起做了些农具，但却不会做淬火，因此和买农具的农民闹出了点纠纷。我帮他们做了淬火，就这样认识了。”秦海坦白地说道。

在从单身楼到宁家的路上，秦海简单地向宁默了解了一下宁中英的脾气以及其他一些情况，他意识到，与其藏头藏尾地编什么谎言，不如把真实情况告诉老头子。宁中英主政青锋厂二十多年，即便退下来也依然雄风犹在，这绝对是一条修炼千年的老狐狸。自己虽然智商颇高，但在宁中英面前，最多只能算一条小狐狸。小狐狸跟老狐狸玩心眼，是不会有好结果的，坦白从宽这条政策，在这个场合应当是更适用的。

“爸……好多人都这样做……”宁默讷讷地向父亲解释道，从厂里弄材料干私活，这是宁中英当厂长的时候所不允许的，他担心父亲会因此而责罚他。

宁中英一反常态地没有追问宁默干私活的问题，而是抓着淬火的事情训斥道：“人家能这样做，起码是有本事，做出来的农具过硬。你们三个小年轻，连淬火都不会，就敢去学人家做农具，没挨打就算幸运了。”

“爸，你不知道，我们是因祸得福啊！”宁默听父亲这样说，顿时一块石头落了地，只要老头子不追究干私活这事，他可就啥把柄都没有了。心情一舒畅，他又活转了过来，眉飞色舞地对父亲吹嘘道：“爸，就因为我们不会淬火，那些老表真的找上门来了。结果你猜怎么着，哈哈，让我们碰上了秦海！”

“你还好意思说！”宁中英瞪了儿子一眼，心里却是有些酸酸、暖暖的。

宁中英退居二线之后，心情不佳，每次看到儿子不争气，都要忍不住破口大骂一通。骂过之后，他多少有些后悔，觉得自己对儿子太过苛责了。但以他的脾气，后悔归后悔，却是绝对不会向儿子低头的。

一来二去，宁默见了宁中英就害怕，父子之间的关系也渐渐地疏远了。宁中英有时候也想和儿子谈一谈，修复一下关系。但每当他有这个念头的时候，宁默又必定要在外面闯下点什么祸，让宁中英不得不用更严厉的训斥来对待他。

像刚才这样手舞足蹈的快乐举动，宁中英已经有很多年不曾在儿子身上看到了。在宁中英的记忆中，那还是宁默 10 岁以前，宁中英让他骑在自己脖子上，在红泽动物园逗猴子玩的时候，宁默有过这样天性萌发的放肆。

“爸，你不知道吧，秦海的淬火技术，那是顶尖的牛气啊！”宁默没有宁中英那样多的感慨，他只是觉得今天父亲对他甚是宽容，虽然话里话外仍然是训斥，却是关心多于指责。他心思单纯，父亲给了他一点阳光，他就灿烂起来了。

“……那个铁匠张老三，一开始多牛啊，说秦海什么……初生牛犊不怕虎。结果秦海弄了个三硝水溶液，把铁锹头淬了火，拿来砍砖头，一点事都没有，把张老三都给看傻了，拉着秦海就要拜师呢……”宁默如数家珍地叙说着秦海霸气的表现。

“你这是从哪学的？”宁中英打断了儿子的话，转头向秦海问道。

秦海道：“有些是技校的课程，有些是我自己看书学来的。不过，纸上得来终觉浅，最终还是需要通过实践来检验的。”

“爸，秦海说了……”宁默谈兴正浓，又打算继续向父亲介绍秦海叫他们看书的事情，他觉得这件事情如果说出来，父亲对秦海的印象一定会非常好的。

“宁默，别打岔，听宁厂长说。”秦海在一旁提醒道。有关他的情况，宁默的叙述已经足够了，说得再多反而容易引起宁中英的反感。现在到了听宁中英有什么想法的时候了。

说来也怪，宁中英打断宁默的话，宁默没什么感觉。秦海这一提醒，宁默马上就乖乖地闭嘴了。短短几天时间，他居然就养成了对秦海言听计从的习惯。

宁中英也察觉到了这一点，他觉得自己更有必要深入了解一下秦海的虚实了。如果秦海的确是一个有为青年，宁默跟着他是能够学好的。反之，如果秦海是个大奸大邪之人，那么宁中英就得想办法把秦海打压下去，别让他带坏了自己的儿子。

“你到厂里工作好几天了，对于青锋农机厂有什么看法？”宁中英问道。

秦海知道宁中英是在绕着圈子地了解他，他原本也没什么劣迹，自然不用担心，所以便有问有答：“厂子实力不错，许多干部和工人能力都很强，也有一些很敬业的职工。”

“对于厂里的经营方向，你有什么看法？”

“有些混乱，不过如果调整及时，不会有什么大问题。”

“你听说过厂里打算转产洗衣机的事情吗？”

“听说过。”

“你对此如何评价？”

“胡闹！”秦海断然说道。

“胡闹？”宁中英哑然失笑，对眼前这个年轻人的兴趣顿时就提了好几个级别。他记得，当韦宝林向他征求有关转产洗衣机的意见时，他说的也是这两个字，而这两个字让韦宝林很是蛋疼了一番。通过韦宝林的介绍，他知道秦海也是反对转产洗衣机的，却万万没有想到，秦海对此事的评语竟然与自己不谋而合。

“你说说看，怎么就是胡闹了？”宁中英从烟盒里抽出一支烟，给自己点上。在把烟盒放回茶几的时候，他迟疑了一下，然后举着烟盒对秦海说道：“你会抽烟吗？”

“谢谢宁厂长，我不会。”秦海答道。

宁默很想说自己会抽，但他知道，如果他这样说，迎接他的必然不是一支烟，而是一顿呵斥。宁中英知道宁默抽烟的事情，但要让宁中英给宁默让烟，那可就得等着太阳从西边出来了。

“你说说吧，转产洗衣机怎么就是胡闹了？”宁中英深吸了一口烟，再次向秦海发问道。

秦海道：“随着老百姓生活水平的提高，轻工业品，尤其是家用电器，必然会迎来一个调整发展的时期，在这一点上，韦厂长他们并没有看错。”

“嗯。”宁中英点了点头。

“但是，能够看到这一点的，并不只有咱们厂。这两天我抽空到阅览室去看了一下旧报纸，仅在过去 3 个月内，报纸上披露的新上马的彩电厂就有 7 家，洗衣机厂有 12 家，还有数量不等的电冰箱、摩托车等企业。

“另外据了解，咱们省除了红泽原有的洗衣机厂之外，定城、岑州、梁关、屯流 4 个市都在酝酿建设洗衣机厂，有的已经从国外引进了生产线，很快就能投产。洗衣机的确是紧俏商品，但这么多企业同时进入这个市场，带来的冲击也必然是极大的。”

“我估计，最多一年时间，洗衣机市场就会出现供过于求的情况，小品牌、劣质品牌会被淘汰，知名品牌也不得不通过降低价格来争夺消费者。青锋农机厂在消费品市场上没有品牌知名度，也缺乏流水线生产的质量控制经验，在这个时候盲目卷入这样的竞争，必然是凶多吉少。”

秦海一口气把自己这两天考虑过的问题和盘托出，相比那天随口与王晓晨说的内容，又要完善了许多。

“这些都是你自己想的？”宁中英有些吃惊，秦海的这番分析，其中自然有些地方还值得商榷，但作为一个18岁的年轻工人，能够把事情考虑到这个程度，已经是十分不易了。至于说他谈吐的逻辑性、用词的精准，一时还不在宁中英的关注之列。

秦海道：“有些东西是我自己琢磨的，有些是看报纸上专家说的。从去年以来，各地的基建规模骤然加大，带来了钢铁、水泥等基建原材料的严重短缺。轻工业投资过旺，导致各种产品原料出现缺口。一些经济专家在报纸上呼吁，要求控制当前过高的投资，实行软着陆。

“以我的猜想，咱们厂要想转产洗衣机，光是基建方面的压力就难以克服。就算能够把生产线建立起来，各种原材料的采购也会把我们卡死的。”

“你考虑得很周全！”宁中英用肯定的语气说道。

“谢谢宁厂长的表扬。”秦海应道。

宁中英对秦海的表现很满意，一个年轻工人，有见识，有担当，得到表扬之后又没有得意忘形，这样水准的人才，自己已经有多年没有见到了。他扭头对宁静说道：“小静，你傻坐着干什么，也不知道给小秦倒杯水来。”

宁静站起身，把嘴凑到宁中英耳朵边，小声说道：“爸，我去切个西瓜给秦海吃好不好？”

“去吧去吧。”宁中英笑了起来，果然是有才的青年人见人爱，连自己这个小女儿都对这个小年轻有好感了，居然主动提出切西瓜来招待秦海。

平苑人夏天买西瓜都是一次性买十几二十个的，全部塞在床底下的阴凉处储存着，想吃的时候就滚一个出来切。宁静拉着宁默进了房间，少顷，宁默就抱着一个十几斤重的大西瓜出来了。他把西瓜拿到厨房用自来水洗过，然后宁静亲自操刀，把西瓜切开，用脸盆装着端到了客厅。

“来，秦海，这块给你。”宁静笑呵呵地挑了一块大西瓜，先递到秦海的手上，然后才给宁中英送去一块，接着又用盘子装了两块，到里屋给母亲宋玉兰送去。因为知道宁中英与秦海谈的是工作问题，宋玉兰此前只是出来与秦海打了个照面，就返回里屋看她一直追着的狗血电视剧去了。

秦海饶有兴趣地观察着宁静分发西瓜的顺序，脑子里无来由地想到了一个词，叫做“女生外向”……

呃，这丫头才16岁好吧，秦海在心里给自己扇了一巴掌。

见宁中英欣赏秦海，宁默心情十分愉快。他自己挑了一块西瓜，一边大口地啃着，一边对秦海说道：“秦海，大口吃啊，床底下还有，吃完了我再切一个。”

“我又不是牛肚……”秦海无语了，一个西瓜十多斤，岂是他们这样几个人就能够吃完的？

“小秦，你说青锋厂转产洗衣机是凶多吉少，可是现在农具市场也在萎缩，咱们厂的农具销售情况越来越差，照你的看法，青锋厂应当如何做，才能起死回生呢？”

宁中英一边吃着西瓜，一边信口对秦海问道。

“农具市场怎么可能萎缩呢？”秦海不以为然地反驳道。

“这可是你们厂长说的。”宁中英笑着说道，他对于农具市场萎缩的这个断言也是十分不屑的，这会儿用这样的腔调说出来，分明就是赞同秦海的观点了。

秦海听出了宁中英的潜台词，他说道：“农村联产承包之后，大集体解散了，大中型农机具的市场的确出现了一定程度的萎缩。但随着农民逐渐富裕起来，必然会出现机耕专业户，把农村的青壮劳力从农业生产中解放出来。”

“解放出来干什么？”宁中英问道。

“当农民工啊。”秦海想当然地答道，“在城里务工，一个月的收入抵得上在乡下一年的收入，他们凭什么不出来？”

“会有这种情况吗？”宁中英来了兴趣，秦海说的这个情况，是他没有考虑过的，听起来倒是挺有道理的一个观点。

秦海于是把后几十年农民工形成的过程以一种猜测的形式向宁中英讲了一遍，那时候的资讯不像未来这样发达，许多在沿海已经发生的事情，内地人还知之甚少。秦海绘声绘色地这样一说，把宁家老少三口人都听得入迷了。

“在发达国家，农业劳动力占全部劳动力的比重不足5%，而我国是70%以上，这种情况肯定是要得到改变的。要把农民从土地上解放出来，就必须依靠机械化，所以农机具市场未来非但不会萎缩，反而会得到长足的发展。”秦海用这样一段话结束了他的讲述。

“你不是学铸造的吗？怎么连这些事情也了解？”宁中英笑着对秦海问道，老头子严肃起来的时候能让宁默都战战兢兢、汗不敢出，而他和蔼的时候，却是人畜无害，像个慈眉善目的邻家大伯。秦海在与青锋厂的工人们聊天聊到宁中英时，大家对宁中英的评价还是非常高的，认为他是一个很可亲近的领导，当然，前提是你没犯什么事落到他的手里。

秦海道：“学技术的人也不能不了解社会发展大势嘛，否则如何能够把握技术发展的方向呢？我在农机技校读书，对于农业生产的事情多关心一点，也是正常的。”

“嗯，不错，年轻人就应当胸怀全局，钻研技术很重要，了解天下大事也很重要，在这点上，小秦你做得不错。”宁中英以一个长者的口吻肯定着秦海。

接下来，众人便是一通闲聊，宁中英问了秦海有关旋耕刀片堆焊的事情，又问起秦海在学校里所学的专业。宁默在一旁不停地插话，以强化父亲对于秦海的好感。宁静则对于一些八卦的事情更感兴趣，比如秦海是从什么地方学到那些古怪的英语句法的。

一直聊到宋玉兰看完狗血剧从里屋出来，秦海才意识到时间已经有点晚了，连忙起身告辞。宁默以秦海初来乍到、不认识路为由，自告奋勇地要求送秦海回宿舍，其实是想在路上与秦海交流一下今天晚上聊天的心得。

宁中英知道宁默的想法，并未阻止，他亲自把秦海和宁默送出家门，看着二人下楼梯的时候，宁中英叮嘱了一声：“宁默，小秦他们是单身汉，在食堂没啥东西吃。你有时间就叫小秦到家里来吃饭，让你妈给他做点好吃的，知道吗？”

“知道了，宁厂长！”宁默欢天喜地地和老爸调侃了一句，搂着秦海的肩膀下楼去了。

“爸，这个秦海真的很厉害吗？”送走秦海之后，宁静对宁中英问道。

宁中英点点头道："一个小年轻，能有这样的见识，的确是不错了。"

"我哥什么时候竟然交了一个这么棒的朋友，真看不出来。"宁静笑着说道。

宁中英想了想，说道："对了，小静，等你哥回来，你跟他说，让他明天见到项科长和冷科长的时候，让他们抽时间到家里来坐坐，我有事情要问他们。"

"嗯，知道了，宁厂长。"宁静也学着宁默的样子，和宁中英开起了玩笑。

宁中英心情不错，没有计较儿女对他的言语冒犯。他走到饭桌前，若有所思地端详着桌上还没有摆完的棋局，突然无声地笑了："这颗孤子实在是巧妙，从这个位置打入，还真让对方不好应付呢……"

再说翟建国，因为在秦海宿舍里气迷了心，出来时在单身楼的楼梯上一脚踩空，摔了个鼻青脸肿。第二天一早，他裹着满脸的纱布来到办公楼，没有去自己的办公室，而是直接到了韦宝林的房间。他一进门，倒把韦宝林给吓了一跳。

"小翟，你怎么这副样子？"韦宝林问道。

"别提了，都是秦海那个小混蛋！"翟建国怒道。

"他打你了？"韦宝林腾地站起身来，打人与造谣的性质可截然不同，尤其是把翟建国打成这样，直接抓起来送派出所也不算过分了。

翟建国摆摆手道："倒不是他直接打的，是我自己……唉，这种倒霉事不说也罢吧。对了，韦厂长，您昨天去宁厂长家里打探到的情况如何？"

韦宝林示意翟建国坐下，然后把昨晚去见宁中英的情况简单说了一下，尤其说到宁中英露出的破绽，表示自己能够据此推测出秦海就是宁中英布下的棋子。

"宁厂长不肯承认，这就说明他心中也有软肋，这一点对于我们很重要。韦厂长，我觉得我们现在要加快步伐，不能让宁厂长和项纪勇、萧东平他们成了气候。我觉得，我们要抓紧取得县里的支持，只要郭县长能够支持我们，我们就胜券在握了。"翟建国龇牙咧嘴地说道，他脸上的伤情实在不适合表现这样慷慨激昂的情绪。

韦宝林点点头道："我也是这样想的，旋耕刀片的事情，要尽快地解决掉，不能让项纪勇他们再折腾下去了。洗衣机那边，你赶紧把报告写出来，我拿去向郭县长汇报，争取早日上县里的办公会。至于这个秦海……”

“我觉得应当给他一个严重的处分。”翟建国抢着说道。

“什么名目呢？”韦宝林也是当办公室主任出身的，对于这其中的程序还是了解的。没有什么名目就处分一个工人，这是很难办到的。

“他……”翟建国有心举出秦海骗他喝凉水的事情，想了想又觉得好像也不算什么过错，犹豫片刻，他说道：“不管怎么样，他发表不负责任的言论，干扰厂领导的决策，最起码给个当面批评是可以的吧？”

“这事就由你去办吧。”韦宝林顺水推舟。

两个人正在聊着秦海，门敲响了，办公室秘书杜欣欣探头进来，报告道：“翟主任，秦海找你。”

“他找我干什么？”翟建国一愣，自己没去找秦海，他倒反而找上门来了，难道是有什么阴谋吗？

杜欣欣脸上露着古怪的神气，说道：“他不是一个人……”

“让他到这来吧。”韦宝林发话了，他可不管秦海是不是一个人，在这个厂里，他是老大，秦海带什么人来说情也是白搭。

少顷，杜欣欣带着秦海和陪同的人一起来到了韦宝林的办公室，韦宝林和翟建国抬眼一看，不由得都愣住了，与秦海一同到来的，居然是两位军人。

“你是韦厂长吧？”当头的一位军人走上前来，向韦宝林行了个军礼，然后递上一份证件，自我介绍道：“我叫朱崇武，是安河省军区作战处的处长，那位是我们军区特务连的葛东岩排长，我们今天冒昧来访，是有点事情想请韦厂长帮忙。”

“省军区……”韦宝林觉得脑子有点晕，实在想不出省军区和他这个农机厂能有什么瓜葛，此外，既然朱崇武是来请他帮忙的，秦海为什么又会出现在这里呢？他的英语不够好，否则他也打算向秦海大吼一声：How old are you！怎么老是你啊！

朱崇武微微一笑，说道：“是这样的，我们了解到贵厂的秦海同志在金属材料热处理方面有一些独特的专长，正好我们有一项国防任务涉及一个热处理方面的难题，所以军区首长让我和葛排长来请秦海同志去协助解决。这是我们的商请函，请韦厂长过目。”

说着，他从怀里掏出一份公函，递到了韦宝林的面前。

韦宝林接过公函，首先映入眼帘的是抬头的安河省军区的大红字样以及公函下方的大红图章。他晃了晃脑袋，让眼睛适应了一下，这才开始阅读公函的内容。

公函写得非常简单，内容是：“平苑县青锋农机厂，今有重大国防任务，需借用你厂工人秦海同志协助工作，请予配合为荷。秦海同志被借用期间，考勤请按公假处理。此致革命敬礼。”

公函里的措辞很客气，但态度却是不容置疑的。省军区的来头不是一个小小的县属农机厂能够扛得住的，人家打着国防任务需求的旗号，别说借一个秦海，就是把农机厂全部征用了，韦宝林又敢多说一句废话吗？

第五章　青工搞起了导弹科研

青锋厂内部正暗潮涌动，秦海却突然被一纸公函调去了安河省军区协助工作。原来，葛东岩带回部队的匕首和工兵锹所使用的钢材引起了导弹研发专家的注意，使得秦海进而参与到了导弹科研。好不容易摆脱了小狐狸秦海，韦宝林却又遭遇了老狐狸宁中英，不问世事的宁中英，突然出现，并且出人意料地动用了自己身为调研室主任的否决权。

看过公函，韦宝林脸上笑容绽放，他绕过办公桌，和朱崇武握了握手，说道："原来是朱处长，怠慢了，怠慢了。你们要调小秦同志去帮忙，我们大力支持，支援子弟兵，是我们应尽的职责嘛。"

朱崇武微微笑道："那我就感谢韦厂长了，我们请秦海同志过去，也花不了几天时间，任务一完成，我们就会马上送他回来。"

"没关系，去多长时间都可以。"韦宝林慷慨地说道，说罢，他又把头转向秦海，伸手拍了拍他的肩膀，说道："是小秦吧，你来厂里这么多天，我都没顾得上去宿舍看你。朱处长他们调你去，是做一项非常有意义的国防重点任务，你一定要好好干，为厂争光，知道吗？"

"谨遵韦厂长的教诲。"秦海乐呵呵地应道，俗话说，伸手不打笑脸人，韦宝林对他一副爱护有加的样子，他当然犯不着给韦宝林难堪了。

翟建国捂着一脸纱布，站在旁边咬牙切齿，却又无法上前对秦海发难。人家军方的人专门上门来请秦海，而且说是重点任务，他一个小小的农机厂办公室主任哪能龇牙？照常理来说，韦宝林都上前鼓励秦海了，他这个韦宝林的狗腿子岂能落后？可是，他现在这副尊容，又哪有脸去对秦海说什么热情洋溢的话呢？

秦海看到了翟建国的表情，不过当着朱崇武和葛东岩的面，他也不好把内部矛盾表现出来，这毕竟是家丑，让外人看去就不合适了。他向韦宝林说了几句表决心的话，然后便随着朱崇武和葛东岩离开韦宝林的办公室，下楼登上了一辆挂着军牌的吉普车。葛东岩坐在驾驶座上，让朱崇武坐在后排，秦海坐在副驾驶座上，然后便启动了车辆。

吉普车在来往干部工人的注视下，驶出了青锋厂，驶上通往红泽的省道。开了一小段，秦海扭头对葛东岩问道："葛排长，现在能告诉我，这是怎么回事了吧？"

原来，非但韦宝林没弄明白事情的原委，连当事人秦海自己对此事都是莫名其妙。今天早上刚上班，葛东岩就带着朱崇武来到了铸造车间，叫上秦海直奔厂办公楼。朱崇武给韦宝林看的那份公函，秦海根本就没有看到，他只知道韦宝林准了他的假，他从现在开始就归朱崇武调配了。

听到秦海的问话，葛东岩呵呵一笑，用手指了指后排，说道："这件事，还是请朱处长向你解释吧。在朱处长面前，我只是一个司机罢了。"

"小葛，你耍什么滑头，这件事不是你整出来的吗？我只是来帮你演戏的好不好？"朱崇武收起在青锋厂装出来的严肃嘴脸，笑呵呵地对葛东岩说道。

"好吧，那我就说了。"于是葛东岩向秦海解释起来。

事情的起因，自然是秦海造的那把匕首和那把具有超前理念的工兵锹。

话说那一天葛东岩得了这两件神器之后，连夜回到位于红泽的省军区驻地。第二天一早，他就兴冲冲地带着东西来到司令员岳国阳的办公室。他曾经给岳国阳当过警卫员，与岳国阳的关系非同一般，所以出入岳国阳的办公室也是寻常的事情。

"小葛，你怎么来了，有事吗？"正在看文件的岳国阳见葛东岩进门来，不经意地问道。

葛东岩呵呵傻笑着，双手背在身后，说道："司令员，我刚得了一样宝贝，你想不想看看？"

“哦，又上哪弄了把好刀吧，拿来我给你鉴定鉴定。”岳国阳知道葛东岩的这个嗜好。事实上，葛东岩的这个嗜好恰恰就是向岳国阳学的，岳国阳对于好刀好枪的痴迷是全军区皆知的，而且鉴赏能力也十分出色。

葛东岩把藏在背后的军用匕首拿出来，送到岳国阳的面前，说道：“司令员猜对了一半。这是我这次回家探亲的时候请人做的一把匕首，请司令员鉴定。”

岳国阳没有细琢磨葛东岩的话，他的目光被葛东岩呈上的那把匕首吸引住了。他把匕首拿到手上，仔细端详一番，又用手指弹了弹刀身，听了听金属的声音，赞道：“的确是把好匕首，就是不知道硬度如何。”

葛东岩对此早有准备，他从身后的军挎包里掏出一截细铁丝，递上前去，说道：“司令员可以拿这个试试。”

“切铁丝？”岳国阳有些诧异，“你真舍得？”

好的军用匕首，当然是能够切断铁丝的，但一般匕首的主人都舍不得这样做。匕首的刃口也是有疲劳限度的，反复用来切割坚硬的物体，刃口就容易损伤。葛东岩新得的一把好匕首，却舍得让岳国阳用切割铁丝来测试，这就不能不让岳国阳觉得奇怪了。

葛东岩自信满满地说道：“没事，司令员，你就切吧，切坏了算我的。”

岳国阳闻言，也就不客气了。他离开办公桌，走到屋子中间，把葛东岩递给他的细铁丝搁在水泥地上，挥起匕首便砍了下去。

“咔嚓”一声闷响，铁丝毫无悬念地被切成了两半。岳国阳提起匕首一看，只见刃口完好如新，没有一点损伤的痕迹。再看那铁丝的断处，平展展地，像是被菜刀切开的豆腐一般。

“这么好的钢，哪弄来的？”岳国阳是识货之人，一看这个结果，就知道葛东岩弄到的这把匕首用的是极好的钢材。

“这可是军事秘密。”葛东岩笑呵呵地和司令员开起了玩笑。他给岳国阳当警卫员的时候，才刚满 18 岁，岳国阳对待他就像对待自己的孩子一样，弄得他也有些没大没小。

“屁，在我面前还有什么军事秘密。你不说也就罢了，这把匕首，我没收了！”岳国阳不理睬葛东岩的调侃，直接把匕首就收归己有了。他回到自己的办公桌前，拉开抽屉，拿出一个钱包，说道：“你花了多少钱，这钱我出了。”

“司令员，这样不好吧？这算不算军阀作风啊？”葛东岩依然笑嘻嘻地抗议着。其实，他拿这把匕首来见岳国阳，就存了献宝之心。像他这种当过警卫员的人，有啥好东西都是第一时间想着送给首长的。

岳国阳佯嗔道：“什么军阀作风，我还没说你是兵痞作风呢。一个现役的排长，不用制式装备，自己去找人做什么军用匕首，这符合条令要求吗？”

“唉……真是官大一级压死人啊，更何况你是大司令，我才是个小排长。”葛东岩假意叹着气，又假装自言自语地嘀咕道，“好在我没把别的东西拿出来……”

“你说什么？”岳国阳听出了葛东岩的暗示，再联想到此前葛东岩说他只猜对了一半，顿时警惕起来，瞪着葛东岩问道：“你老实交代，是不是挎包里还有什么好东西？”

“没有没有！”葛东岩双手护着挎包，脸上的表情极其夸张，就差用刀刻上“此地无银”几个大字了。

“服从命令听指挥，把挎包里的东西交出来！”岳国阳下令道。

“其实嘛……就是一把铁锹而已。”葛东岩一副勉为其难的样子，从挎包里掏出秦海的那把工兵锹，递到了岳国阳的面前。

“一把锹你也弄得神神秘秘的……”岳国阳见葛东岩拿出来的果真是一把锹，不禁有些失望，他用手扒拉了一下那把锹，眉毛微微地皱了起来，“这是一把什么锹，怎么造型这样古怪？”

“嘿嘿，司令员，你没见过吧？”葛东岩卖关子成功，不禁得意起来，他拿起工兵锹，熟练地摆弄起来：“我来演示给你看……这是工兵锹，这是镐头，这是钢丝钳，我试验过了，剪5毫米的铁丝像剪棉线一样，这是扳手，这是切刀，这是锯子……”

随着葛东岩的演示，岳国阳的眼神变得越来越专注，他现在已经不是在与一个小兵摆弄一件新玩具，而是在研究一种能够极大提高部队战斗力的新装备。

“这是从哪来的？”等葛东岩的演示告一段落，岳国阳迫不及待地问道。

葛东岩是个拎得清轻重的人，他拿着这把工兵锹来见岳国阳，本身就是为了向岳国阳汇报这种新式装备的情况，在这个时候当然就不能再耍贫嘴了。他报告道：“这是我老家的一个农机厂造的。”

“农机厂？”岳国阳只觉得自己被雷着了，他敲了敲工兵锹的锹面，想了想，又敲了敲刚刚得到的那把匕首，对葛东岩问道：“这两件东西，是同一个厂子出的？”

葛东岩点点头：“是的，用的是相同的钢材。”

“好阔气的农机厂。”岳国阳倒抽一口凉气，“用这么好的钢材造铁锹，这一把锹怎么不得卖个几百块钱？”

“这就是我要向您汇报的事情。”葛东岩说道，“造这把匕首和这把铁锹的，是平苑县青锋农机厂的工人，叫秦海。这些钢材不是农机厂原有的，而是他自己研究出来的一个钢材配方，自己冶炼的。他想问问，咱们是不是有意向与他合作。”

“你说说，是怎么回事？”岳国阳认真起来，他在位子上坐稳，又指了指旁边的凳子，说道：“小葛，你坐下说。”

葛东岩坐下来，把与秦海打交道的过程一五一十向岳国阳做了汇报，岳国阳听得很认真，有些地方还反复地询问、核实。葛东岩作为省军区特务连的排长，观察能力十分出众，对于现场秦海的表情、语气等等都能够模拟得八九不离十。

“只是一个青工？”岳国阳听完之后，有些不敢相信地发出了疑问。

“是的，这也是让我觉得不能理解的地方。”葛东岩说道，“他的城府太深了……我甚至觉得，自己比不上他。”

“有没有调查过他的背景？”岳国阳问道。

葛东岩道：“没有，我昨天晚上才从平苑回来，今天一早就到您这里来汇报情况了。”

“好，我安排人去了解一下。”岳国阳说着，当着葛东岩的面打了个电话给政治部，让那边安排人马上到省农机技校去调查秦海的情况，要求越细致越好。

“司令员，你看……秦海提出跟咱们合作，这件事咱们如何处置？”葛东岩等岳国阳打完电话之后，讷讷地问道。

岳国阳道：“这个秦海可是狮子大开口啊，一张嘴就是1万块钱，他以为咱们部队的钱都是天上掉下来的吗？国家的军费是有数的，他搞的这个工兵锹，是编制之外的装备，咱们不可能自主采购的。”

葛东岩赔着笑脸，说道：“司令员，普通部队装备不了这样好的东西，咱们应急处置大队应当每人配一件吧？您不是说过吗，应急处置大队是整个省军区的尖刀，要挑最好的兵，用最好的装备……”

葛东岩说的应急处置大队，就是安河省军区正在筹建的特种部队，只是用了一个相对比较低调的名字而已。葛东岩已经被内定为应处大队的一名中队长，他拼命向岳国阳推荐秦海发明的工兵锹，就是希望这种工兵锹未来能够成为应处大队士兵的标准装备。

“这种工兵锹，咱们是不是可以让修械所自己制造？”岳国阳问道。秦海的工兵锹，涉及多种功能，结构设计上颇有许多新颖之处。但形状和结构上的创新是无密可保的，别人已经看到了这种设计，要仿造起来并不困难。当年的人们没什么知识产权意识，就算有，岳国阳也不会介意，为国防事业做贡献的事情，你敢扯什么知识产权？

葛东岩也没往知识产权这个方面去想，他想得更多的，是材料的问题。他摇摇头道：“这种工兵锹的设计没什么复杂，但是用的钢材是修械所解决不了的。我先前那把匕首就是修械所造的，当时用了一块最好的废钢材，可是和这把匕首的钢材比起来，简直差劲到家了。”

“你不是说这钢材是秦海他们自己炼的吗，咱们修械所不能学着炼出来？”岳国阳道。

葛东岩道：“这个只怕有难度，一是怎么炼的问题，二是咱们修械所也没有炼钢设备啊。”

“他们怎么就会有炼钢设备……”岳国阳下意识地抬了一句杠，说完自己也觉得无趣。省军区的修械所原本的职能就是做一些修修补补的工作，不像农机厂是侧重于制造。修械所需要使用一些铸造件的时候，都是请地方企业协助生产的，本身的确没有炼钢的电炉。

话说到这个程度，两个人都想不出什么好办法了。岳国阳对葛东岩摆摆手，说道："你先回去吧，这件事情容我考虑一下。"

葛东岩原本以为岳国阳的"考虑"只是一句托词，谁知到了晚上，作战处处长朱崇武突然找到葛东岩，通知他第二天一早前往平苑县，把秦海接到省军区来，说是岳国阳要亲自会见秦海。葛东岩欢欣鼓舞，于是今天一大早就开着吉普车与朱崇武来到了平苑，从青锋厂把秦海"借"了出来。

所有这些事情，葛东岩当然不可能全部说给秦海听，他只是简单说秦海设计的工兵锹得到了省军区首长的好评，首长要亲自和他谈谈合作的事情。至于这种合作是采取什么方式，就不是他这样的小兵所能知道的了。

"小秦，我可提前告诉你，我们岳司令是雷厉风行的人，最不喜欢吞吞吐吐、讨价还价，你有什么想法就直接对岳司令说，我们部队是讲道理的，不会让你吃亏。但如果你打算从部队挣大钱，我劝你还是尽早打消这个念头的好。"朱崇武坐在吉普车后排，对秦海发出警告道。

秦海笑笑，说道："朱处长放心，我也知道现在部队没钱，我尽量提一个能够让大家双赢的方案就是了。"

吉普车没有进入红泽市区，而是从城市边缘经过，径直开进了红泽市北郊的一片丘陵之中。在穿过一条山间的林荫道之后，前面出现了一个有持枪哨兵站岗的部队大院。哨兵看了看吉普车前挡风玻璃上贴着的标志之后，挥挥手让葛东岩把车开进了大院。

"省军区不会是在这么隐蔽的地方吧？"秦海忍不住问道。未来的他对安河省不太熟悉，但这时代的他好歹是在红泽读过三年技校的，知道省军区大院是在红泽市中心的一个大院子里。

"这是驻军的营房，岳司令今天在这里钓鱼。"朱崇武用平静的语气说道。

"钓鱼？"秦海有点懵了，这算是个什么节奏呢？

朱崇武和葛东岩二人都没有向秦海进行更多的解释，作为军人，他们有守口如瓶的素质。今天这场戏，主角是司令员，他们只有配合跑龙套的义务。

营房区依山傍水，面积不小，环境也非常怡人。葛东岩把吉普车一直开到了位于营房区后面的一个小湖边，秦海看到，湖边真的支着几柄大阳伞，有几个穿着军装和便装的人正坐在水边垂钓。

葛东岩把车在一旁停下，与朱崇武、秦海一起下了车，来到那几名垂钓者身边。他跑前几步，来到一位穿军装的人面前，立定敬礼，报告道："报告司令员，秦海已经接到，请您指示。"

此人当然正是岳国阳，他转过头，向秦海他们那个方向看了一眼，说道："请他过来吧。"

朱崇武推了推秦海，示意他上前去。秦海依言上前，来到岳国阳面前，站住说道："岳司令，我叫秦海，奉命前来，请您指示。"

"你就是秦海？"岳国阳上三路下三路地审视着秦海，问道。

"是，我就是秦海。"秦海不卑不亢地应道。

"嗯，有点意思。"岳国阳莫名其妙地赞了一声，然后对葛东岩说道："小葛，给小秦拿个马扎，让他坐下说话。"

葛东岩拿来一个马扎，放在秦海身边，秦海向岳国阳和葛东岩分别道了声谢，便规规矩矩地坐下了。他不知道岳国阳打算如何跟他聊，所以并不急于开口，只等着对方出什么招，他再琢磨如何应对就是了。

"我看了你造的那把工兵锹，构思非常独特，非常适合我们部队使用。你说说看，你设计的时候是怎么考虑的？"岳国阳问道。

对于这个问题，秦海是有所准备的，他编了一套说词，不外乎说自己从小喜欢军事，看过不少战争电影，又从报纸、杂志上看过一些外国资料，所以基于这些认识设计了这样一把工兵锹，希望有利于国防。他的说法半真半假，在外人听来，倒也可信。

岳国阳其实对工兵锹的设计并不感兴趣，这种设计难的只是想法，一旦有了想法，落实到具体结构上是很容易的。他问这个问题，只是为了迷惑秦海，以便掩饰自己后面那些问题的用意。

"你设计的这把工兵锹，设计非常巧妙，而用的钢材更是很特别，你能说说这种钢材是怎么冶炼出来的吗？"岳国阳接着又抛出了一个问题。

"其实也没多难，我就是把几种不同的合金钢扔到一个炉子里去熔炼，炼出来就这样了。"秦海笑着答道，他并没有指望这样的回答能够让岳国阳相信，他只是要向岳国阳表明一种态度，那就是一个合金钢的配方不是随随便便就能够问出来的。

“真的这么简单吗？”坐在岳国阳身边、一直装作钓鱼的一位中年人突然插话道，此人穿的是一身便服，鼻梁上架着近视眼镜，是个彻头彻尾的知识分子形象。

“他是我们军区修械所的陈工程师，对金属冶炼很有研究。”岳国阳随口向秦海介绍道。

秦海刚才一直把注意力集中在岳国阳的身上，并没有关注他身边的其他人。听到那位陈工程师的话，他才把目光转了过去。只看了一眼，秦海就几乎想笑出来了：你妹的工程师啊，如果这位仁兄是你们修械所的工程师，你们修械所也太逆天了吧！

眼前这位，这个时代的秦海自然是不认识的，但未来的秦海却是再熟悉不过。当然，未来秦海认识他的时候，他比现在要大出了二十多岁，已经是一位半截入土的老头了。秦海曾经与此人在一起合作共事过大半年，此后又多次在开学术会议的时候碰见，属于忘年之交。此人当然不是什么省军区修械所的工程师，而是科学院院士、钢铁总院的总工程师，名叫陈贺千。

秦海现在看到的陈贺千，还只有四十来岁，也不是院士，不过秦海知道，陈贺千此时已经在金属材料性能研究方面取得了非凡的成就，是国内这个领域中的大牛之一。

“原来是陈工，失敬了。”

秦海不知道陈贺千为什么要隐姓埋名坐在这里，既然岳国阳不透露他的真实身份，秦海自然也不能当场揭穿。人家要跟自己演戏，自己就陪着演好就是了。要叙旧之类的，日后还有机会，还有，这能算叙旧吗？

“小秦同志，我研究了一下你造的那把铁锹的钢材，发现它的强度远远超出了常见钢材的强度，你能不能介绍一下，这种钢材是如何冶炼出来的？”陈贺千推推鼻梁上的眼镜，开始向秦海发问了。

其实，今天这个场景的真实主角，并不是岳国阳，而是陈贺千。他们所处的这个营地，是驻安河省的一个导弹部队基地。前一段时间，部队在训练中发现某型导弹的尾翼材料存在缺陷，便邀请地方上的专家前来诊断，陈贺千就是出于这个原因而来到此处的。

昨天，岳国阳拿到葛东岩送来的匕首和工兵锹之后，一直在琢磨着如何解决钢材的问题。他知道钢铁总院的专家就在红泽郊区的导弹部队，便亲自过来，把这两件产品送给陈贺千鉴定。

陈贺千见了这两件东西，大惊失色。他让助手们用仪器对这种钢材进行了测试，得到的结论是这种钢材的强度超出了国内现有最好的合金钢的强度，尤其是其耐高温的性能更是杰出。虽然这种钢材还不能直接用于制造导弹尾翼，但借鉴冶炼这种钢材的思路，可以轻而易举地解决他们目前面临的难题。

这个结论一出，岳国阳也愣住了。陈贺千等人在导弹基地忙活了两三个月时间都没有解决的问题，居然在一家县级农机厂找到了答案，这简直是太有戏剧性了。陈贺千当即就要求会见这种钢材的发明者，而此时政治部调查的结果也返回来了，显示秦海在政治上毫无问题，属于可以接触一定级别军事秘密的人员。岳国阳当即决定，派朱崇武前往青锋农机厂，商调秦海到省军区来协助工作。

这些情况，秦海自然是不知道的。不过，当他认出陈贺千之后，他就知道岳国阳召自己过来，绝对不是为了一把工兵锹的事情，能够让陈贺千出面的项目，绝对简单不了。

明白了这一节，秦海也就懒得再玩什么花招了。区区一个超高强度钢的配方而已，就算是送给老朋友的见面礼，又有何妨。他微微一笑，说道："陈工，其实我炼的这种钢，也不是什么新工艺，我只是仿造 H11 和 H13 这两种热变型模具钢的冶炼思路，通过二次硬化的方法来提高合金钢的强度而已。"

"可是，你这种钢材的强度，明显比 H11 和 H13 要更高啊。"陈贺千追问道。

"这是因为我采取了特殊的高温回火工艺，使钢材弥散析出 M_7C_3、M_2C 和 MC 等特殊碳化物，能够增加二次强化效应。"秦海应答如流。

"钢的韧—脆转变温度是如何降低的？"

“通过加入适量的镍来实现，同时还能够提高钢的淬透性。”

“热处理工艺你是如何设计的？”

“1010 摄氏度空冷，550 摄氏度回火，在空冷条件下能够形成高位错密度的板条马氏体组织……”

“……你真是农机技校毕业的？”陈贺千用骇然的眼光看着秦海，脸上各种表情交织在一起，已经无法形容了。

“呃……我是不是说得稍微有点多了？”秦海苦笑道。

刚才这一番答问，秦海早忘了自己的身份，似乎又回到了未来。那时候，他每次与陈贺千在一起就是这样一问一答，思维跳跃之快，让旁听的人都反应不过来。可是，那时候的秦海是材料所的博士后，有与陈贺千对话的实力，现在这个秦海不过是一个技校生，说出来的东西让钢铁总院的总工都觉得匪夷所思，这简直就是妖孽了！

“你们听懂了吗？”陈贺千把头转向旁边几个人，问道。

旁边有几位是陈贺千此行带来的助手，有在读的研究生，也有已经工作的助理工程师。在陈贺千与秦海对话的过程中，他们一开始还能抓住一些概念，但很快就完全陷入糊涂之中了。陈贺千提的问题，都是技术中的重要环节。而秦海回答的时候，也是撇开过程，只提关键概念。这种顶级专家之间的对话，是不会去回顾什么原理的，往往只需要一个词就能够让对方明白自己的想法，其余的东西只需要互相脑补就行了。

“陈老师，我有些地方没听懂。”一名助手讷讷地答道，“不过，刚才您和秦老师说的这些，我都已经记下了。”

秦老师！

旁边作陪的还有导弹部队里的工程师，听到那助手的话，眼睛瞪得比铜铃还大。陈贺千是个平易近人的专家，但他身边的助手里却有那种眼高于顶之辈。刚才说话的这位就是如此，来部队这段时间，除了在陈贺千面前显得老实一点，在部队的工程师们面前不要太拽哦。

可是，就是这么一个人，居然把这个稚气未消的小青工叫做老师，这世界真的让人看不懂了。

“岳司令，你们这儿的技校，水平竟然如此之高？”陈贺千扭头去向岳国阳求证，他本不是一个会作伪的人，被秦海的学识震撼住之后，更是忘了岳国阳给他编的那个假身份，一说话就露出马脚了。

岳国阳拚命地向陈贺千眨眼示意，嘴里说道：“老陈，咱们农机技校的水平还是挺不错的，你没去吧？”

“了不起，了不起。”陈贺千喃喃地说道，“一个农机技校培养出来的学生，竟然有这么过硬的理论功底，人才，人才啊！”

“陈老师过奖了。”秦海赶紧向陈贺千拱手道谢，他知道自己说的这些东西让陈贺千服气了，这其中的缘由，一方面是他本身是一个出类拔萃的人才，另一方面则是他拥有超前几十年的知识。有些内容在未来的专业人员看来并不算是什么了不起的知识，但放在这个年代，就属于非常前卫的理论创新了。

“聊了一上午了，都饿了吧？来来来，咱们把桌子摆上，大家边吃边聊。”岳国阳站起身，对众人招呼道。

陈贺千是国家级的专家，岳国阳对他一向是尊重有加的。秦海能够让陈贺千都感到佩服，岳国阳自然而然地也把秦海看成专家了，不再以一个青工的身份来对待。见双方的对话告一段落，岳国阳想起了自己的角色，便开始张罗着安排酒宴，当然主要目的是招待陈贺千，秦海只是沾沾光而已。

湖边上有几棵亭亭如盖的大树，照着岳国阳的吩咐，饭桌就安排在这大树底下，这样既阴凉又开阔，倒是符合军人的风格。

几名警卫士兵从食堂抬来了大圆桌，在树下支好，接着又开始分派碗筷。朱崇武领着秦海走到桌边，给他指了个位子，说道：“小秦，我看陈老师很欣赏你，要不你就坐陈老师旁边吧。”

“没问题。”秦海点点头，然后走上前去，把自己座位旁边的碗筷稍稍挪动了一下。

“陈老师，这边请。”岳国阳陪着陈贺千也走过来了，他给陈贺千指了一下位子，说道：“陈老师请坐这吧。”

陈贺千走到桌边，正欲坐下，眼睛无意间注意到了放在自己面前的碗筷，不由得一愣。

“这是谁给我摆的筷子？”陈贺千问道。

“是那位秦同志。”正在旁边服务的警卫战士说道,他看了看碗筷的位置,不由得嘀咕道:“这个秦同志也真是,怎么把您的筷子放到左手边了……”

“别动!”陈贺千拦住了正准备替他把筷子挪到右手边的警卫战士,然后扭头看着一旁的秦海,眼睛里闪着狐疑之色。

秦海倒是呵呵地笑着,伸手示意道:“陈老师请入席吧,如果我没弄错的话,您应当是习惯用左手拿筷子的。”

“你原来早就知道我是谁?”陈贺千这一刻的震惊,完全不亚于刚才那一会儿了。

陈贺千是个左撇子,不过,只有与他非常熟悉的人,才知道他的这个习惯。

在年轻时候,陈贺千不想让自己显得太另类,因此在各种公共场合吃饭的时候,他都是用右手拿筷子的,只有在自己家里吃饭,才换成自己觉得更舒服的左手。到成为院士之后,不知是谁把他的习惯透露出去,于是遇到有宴请的场合,熟悉他的东道主都会主动帮他把筷子放在左手边,用这样的细节来体现对他的尊重。

秦海在未来与陈贺千关系亲密,在一起吃饭的机会不下上百次,自然了解陈贺千的这个习惯。刚才他帮陈贺千把筷子挪一个位置,一来是习惯使然,二来也是在向陈贺千传递一个信息:别装了,我知道你是谁。

谁碰上这样的事情,心中的震惊也都会如陈贺千一样。一个自己素未谋面的小年轻人,居然知道自己这样隐秘的一个习惯,而自己却还藏头缩尾地自称是什么修械所工程师,这实在是太荒唐可笑了。他拼命地在脑子里回忆着秦海这个人,却丝毫也找不到线索。对方的年龄实在是太小了,自己怎么会和他认识的呢?

“小秦,你去过京城?”陈贺千试探着问道。

“没有,我从未出过安河省。”秦海郁闷地回答道,其实未来的他除了南北极之外,地球上的哪个角落都去过,甚至还跟着某校的山鹰队爬过大雪川。可是,现在他却只能说自己是个土鳖,哪都没去过。

“你知道我是谁?”陈贺千又问道。

“陈老师，钢铁总院高工。”秦海说道。老朋友了，装傻要弄对方太不仗义。

“你怎么认出我的？”陈贺千追问道。

“这个……说来话长了。”秦海实在想不出一个合理的解释，“要不，你就认为我是对您神交已久吧，您在钢铁学报等刊物上的论文，我全都学习过。”

“不对，论文上怎么会说我是左撇子？”陈贺千打算追究到底。

秦海笑道：“您是我的偶像啊，我们这一代年轻人追星就是这样追的，别说左撇子这种很明显的特征，有些明星上厕所是爱看报纸还是听音乐，都有崇拜者要研究的。和他们相比，我这个崇拜者太不合格了。”

“呃……正吃饭呢……”坐在秦海另一边的朱崇武赶紧提醒他们了，秦海说的话题好像有些恶心人了。

朱崇武这一打岔，陈贺千也不便对秦海继续打听下去了，他在心里琢磨着，可能是某一个自己的好友曾经教过秦海，也可能是秦海在什么报纸上看过记者采访自己的报道。可是，自己上报纸的机会总共也就那么三两次，好像也没说过什么左撇子之类的事情啊。

岳国阳举起酒杯，致了敬酒辞，然后众人便觥筹交错地互相敬起酒来，气氛很是热烈。秦海是个小年轻，享受不到岳国阳亲自敬酒的待遇，倒是葛东岩跑过来敬了他几回酒，朱崇武也象征性地对他表示了一下。

酒过三巡，大家开始安静下来，岳国阳指了指秦海，对陈贺千问道：“陈工，你看小秦说的这些，对你们修械所的工作是不是有所帮助啊？”

陈贺千苦笑道：“岳司令，您也不用瞒了，小秦早就认出我的身份，依我看，整个安河省都没有人比他更了解我的底细。”

“哦？竟然有这样的事情？”岳国阳好生诧异，“他怎么会知道您的底细的？”

陈贺千摇摇头，表示自己也不清楚，不过他倒是挺应景地幽默了一句，说道：“谁知道这小年轻从哪儿了解到的情况，岳司令，我倒觉得他到你们部队来当个侦察兵挺合适的。”

“哈哈，那可太可惜了。”岳国阳笑道，“那好吧，咱们就打开天窗说亮话，陈教授，您觉得小秦说的这些东西，对于你们的任务有没有帮助？”

"非常有帮助。"陈贺千道，"刚才我们只是粗略地谈了一下，接下来，我想和小秦认真地探讨一下，我觉得如果他能够参与我们这项任务，能够对我们解决问题提供很大的帮助。"

"嗯，是这样……"岳国阳点点头，然后把头转向秦海，问道："小秦，你既然知道陈教授的身份，那么你是不是也知道陈教授现在在为我们部队做什么呢？"

秦海摇摇头道："这我就不知道了，涉及军事机密的事情，我怎么可能知道。"

岳国阳道："我可以告诉你一点，陈教授他们正在帮助我们部队解决一个尖端装备上的材料问题，陈教授认为你在材料方面有一些自己的见解，能够对我们的工作有所帮助。我现在正式征求你的意见，你是否愿意参加这项光荣而艰巨的工作。"

秦海没有被岳国阳的严肃吓住，他笑了笑，说道："支持国防建设，是每个公民的职责，只要岳司令信得过我，我愿意为部队贡献一份力量。"

"不是我信得过信不过你，而是要看组织上是否信得过你。"岳国阳纠正道，"你的情况，我们已经了解过了，你家庭出身没问题，在中学和技校学习期间，也没有参加过不法活动，总的说来，政治上是可靠的。不过，你如果要加入这个项目，需要再经过政治部的进一步审查，然后要签保密协议，未来不得向无关人员透露项目的情况，你愿意吗？"

"没问题，能够与陈老师在一起工作，向陈老师学习，我非常荣幸。"秦海说道。

陈贺千赶紧说道："哪里哪里，我们互相学习。小秦，你刚才说的很多东西，对我也非常有启发。这些原理你是怎么想到的，等下来以后，我们再探讨探讨。"

"那好，咱们就共同喝了这杯，祝我们的项目任务能够早日圆满完成。"岳国阳端起酒杯，依次和陈贺千、秦海碰了一下。

吃过饭，岳国阳让秦海留在基地，自己与朱崇武、葛东岩都离开了。随后，来了几个自称是省军区政治部的人员，把秦海叫到一间办公室，认真地谈了一个来小时，把秦海的家庭出身、政治面貌、社会关系、个人简历等问题问了个底掉。

秦海来到这个时代好几天，一直也没顾得上好好消化一下自己这个身体里记忆，这下好了，他不想消化也得消化，倒是利用这个机会把自己的情况熟悉了一遍。

他这时才清晰地想起来，自己所占据的这个身体原籍是安河省姜山县白河镇后岭村，父母都是农民，家里还有一个年迈的奶奶和两个上学的妹妹。他家的家境并不富裕，父亲除了种田之外，农闲时分还要在附近的煤矿里挖煤，以补贴家用。家里天天都在盼着他早日毕业，这样不但能够减轻家里的负担，还能够挣到工资，回馈一下家庭。

嗯，是不是该找个时间回家去看看了，凭着现在自己的才智，至少能够让家里人生活得好一些吧？秦海一边回答着政治部人员的问话，一边在心里暗暗琢磨着这些家常琐事。

“好了，秦海同志，你已经通过了我们的审查，可以进入基地的项目。现在我向你宣布一下保密守则，请你认真记录，时刻牢记。”政治部的干事一本正经地对秦海说道。

“嗯嗯，你说吧，我记下就是了。”秦海装出一副认真的样子，拿出钢笔和本子来记录着各项保密要求。其实，这些保密要求对于他来说是很熟悉的东西了，他在未来参加过的各种机密、绝密项目数不胜数，脑子里装的国防机密随便说一项出来也能把眼前这个装模作样的小干事吓个跟头了。

学完保密守则，又签完保密协议，秦海终于被带到了陈贺千的临时办公室，见到了导弹尾翼性能项目的研究团队。

“小秦，欢迎你加入我们的团队！”陈贺千见到由政治部干事带来的秦海，满脸喜色，上前拉着他的手，就开始给他介绍团队中的众人：“这位是李工程师，这位是张教授，这位是……”

“各位都是前辈，我是来向前辈们学习的。”秦海向众人微微鞠躬，显出满脸的谦逊之色。

“哦哦，欢迎有新鲜血液加入啊，好好干，有什么不明白的，尽管提出来，不要有什么顾虑。”一干专家们都牛哄哄地向秦海表现着前辈对晚辈的爱护之意。

秦海对于众人的鼓励点头不迭，像极了一个刚出道的硕士生的模样。可是等陈贺千介绍完各位专家，又把此前的工作情况向秦海做了一个介绍之后，秦海的獠牙就露出来了。他用手指点着陈贺千在小黑板上写的一串串公式，说道：

“恕我直言，咱们前期的工作进展缓慢，问题出在思路上。传统的高温强度材料的思路，已经不适合新型装备的要求了，咱们必须跳出传统的路子，充分借鉴国外的先进经验。比如说，美国人在传统的4340钢的基础上，通过加入硅元素同时使材料的强度和韧度取得了大幅度的提高，发展出了300M钢，这是我们可以参考的。”

“噼里啪啦”一阵响动，专家们的眼镜掉了一地。

“这是谁呀，怎么说话这么狂妄！”

“刚才还显得挺谦虚的，原来都是装的！”

“小子，敢不敢和老夫辩论三百回合！”

秦海这条鳗鱼，成功地把整个项目组都搅动起来了。

秦海一走就是四五天，杳无音讯。宁默等人不知道秦海到底是干什么去了，一个个望穿秋水，简直像是思念初恋情人一般。

在这几天时间里，萧东平也在焦急万分地等待着永丰农场那边的试验结果。掐指算算，时间已经过去了一周，按每天100亩左右的耕作速度，700亩的测试边界应当已经达到了。

“叮铃铃铃……”

供销科的电话骤然响起，萧东平一个箭步扑上前，抓起了听筒，心里拼命地祈祷着：应该是老花的电话了，千万别是那些狗屁乡镇企业的业务电话啊！这几天，这些骚扰电话被萧东平骂了无数回了。

“喂，哪位！”萧东平对电话里问道。

“老萧吗，我是花国英啊。”电话里终于传来了萧东平朝思暮想的声音。

萧东平这一刻都差点要哽咽了：“老花，你总算是来电话了，试验结果怎么样？过700亩了没有？”

“过了过了。”花国英在电话里哈哈笑道。

“阿弥陀佛！”萧东平下意识地念了句佛，一块石头总算是落了地。

“怎么样，老花，你通知林安宝没有？有没有让他准备好酒席，等我过去开宴？”萧东平心情大好，对着电话大声问道。

花国英道：“老萧，你先别急啊，还有一个情况，你听完恐怕就没那么得意了。”

“什么情况？”萧东平心里咯噔一下。

花国英道：“你记不记得，咱们这个试验是用两种刀片试的，一半是你们的刀片，一半是红星厂的。”

“记得啊，怎么……”萧东平知道问题出在哪儿了，狗日的林安宝给他自己上了个双保险，衡量青锋厂刀片质量的时候，不但用700亩这个标准，还要用红星厂的刀片来作对比。听花国英的意思，应当是说青锋厂的刀片虽然用过了700亩，但终究不及红星厂的刀片，人家的刀片还没磨坏，青锋厂的已经磨损完了。

“这我不管，我和林安宝赌的是我们厂的刀片能不能用到700亩，谁和红星厂去比了。”萧东平争辩道。

花国英道：“这我就不知道了，我只是见证人，你们的赌注是什么，我可管不着。这样吧，刀片的试验已经做完了，你抓紧时间到红泽来。不管是老林请客，还是你请客，反正这桌酒我是喝定了。”

“当然是林安宝请客，这是说好了的事情！”萧东平强调了一声，然后扔下电话，跑到财务科去开条子借款，然后杀奔红泽。

农资公司门市部的经理林安宝也接到了花国英的电话，他当即就打算去验看试验的结果，被花国英在电话里婉拒了。花国英表示，作为一个公证人，他必须在打赌双方同时到场的情况下，才能展示试验结果，如果让林安宝先看了，万一萧东平不认账怎么办？

“你们两个都是做买卖的，奸诈狡猾，我这个农民可不能上了你们的当。”花国英这样对林安宝说道。

林安宝只好待在门市部等着萧东平了，幸好平苑离红泽也没多远，中午之前，萧东平就气喘吁吁地赶到了。

“哎，老林，你怎么没在饭店等着，酒席预备好了没有？”萧东平一见林安宝，便用惊奇的口吻问道。

林安宝也不客气，反唇相讥道："不会吧，明明是你输了，应该你请客才对啊。"

萧东平道："老花在电话里已经说了，我的刀片用过了 700 亩。只要我们的刀片能够用够 700 亩，你就请客，这是不是你说的？"

"这地和地也不一样，老花故意放水，挑了好地来试验，过了 700 亩有什么了不起。你们的刀片都磨没影了，人家的刀片还崭新的，你也好意思叫我请客？"林安宝耍赖道。

萧东平恼了："林安宝，你编故事也编圆一点好不好，什么叫我们的刀片磨没影了，你听谁说的。"

"管他谁说的，我们去看看不就知道了？"

"看看就看看，我就不信红星厂的刀片能比我们的强到哪去！"

两个人一路吵着，来到了永丰农场。花国英已经带着一辆吉普车在农场门口等着他们了，一见二人到来，便招呼他们上车，然后直奔大田而去。

"老花，我就知道你和老萧交情好，故意放水。你说说看，你是不是专门挑了 700 亩软地来耕，才让青锋厂的刀片勉强过了 700 亩？"林安宝在车上又继续对花国英发难。青锋厂的刀片能够耕过 700 亩，实在大出林安宝的意料，他明知花国英不是那种会作伪之人，但还是要在嘴上讨讨便宜。

花国英的态度却是异常的好，对于林安宝的责难，他并不争辩，只是连连点着头，说道："你们不要急，是什么地，到了地头一看不就知道了吗？"

萧东平没有再说什么，他心里也是窝着火。自己的刀片终究是技不如人，虽然 700 亩的标准达到了，可是林安宝随便玩个花招，就让自己难堪了，这实在是太闹心了。如果……如果……唉，这个世界上哪有那么多如果呢。

吉普车来到地头，一台旋耕机已经从地里拉出来，放在路边上，等着他们 3 个人鉴定。花国英带着林安宝、萧东平从车上下来，走到旋耕机旁边，对操作员问道："什么情况，你向这两位领导介绍一下吧。"

"是！"操作员答应一声，走上前去，说道："二位领导请看，这是上次花场长让我们做试验的旋耕机，上面一共使用了两种品牌的刀片。试验一共耕了 734 亩地，其中一组刀片出现了较为严重的磨损，已经不能继续使用，所以我们就停止试验了。”

“听到没有，听到没有，是 734 亩！”萧东平像只好斗的公鸡一样，对林安宝喊道。

林安宝的脸色有点难看，他走上前去，看了看旋耕机上的刀片，对操作员问道：“你们试验的地块，和其他的地块有什么区别吗？”

操作员道：“没有区别。”

“听到没有，听到没有，根本不是什么软地，就是普通的地块！”萧东平又逮着了理，准备乘胜追击。

林安宝道：“老萧，你高兴什么，你来看看，你们的刀片磨得都没刃了，人家的刀片还好好的呢，你们跟人家比就是差得远。我估摸着，这应当是机耕手的技术比较高超，刀片磨损低。如果全部用红星厂的刀片，没准 1000 亩都耕下来了。”

“你就吹吧！”萧东平一边说着，一边走上前去，也俯身看了看两种刀片。的确，其中一种刀片的刃已经磨秃了，到了需要更换的地步。而另一种刀片倒也没有像林安宝说的那样，是什么好好的，离磨秃也就是差着一点点，最多再有几十亩的寿命而已。

“老林，你有点常识没有，就这样的刀片，最多再耕 50 亩，肯定就全磨没了，寿命撑死了 800 亩，还什么 1000 亩，你可真能吹啊。”萧东平不屑地说道。

“就算 800 亩，也比你们这 700 亩强。”林安宝道。

“我们是 734 亩好不好？”

“那是老花放水了。”

“老花，你来说说，是放水了吗？”萧东平转头对花国英问道。

花国英走上前来，呵呵笑着说道：“你们两个可真有意思，情况都没弄清楚，就先吵开了。我电话里故意没有说明白，就是想看你们俩的笑话呢。”

“笑话？什么笑话？”林安宝一时没有反应过来。

萧东平愣了一秒钟，突然想到了什么。他蹲下身，也不嫌脏，伸出手拼命去擦旋耕刀片上的泥迹，擦了一个又一个，等他擦到第五片的时候，不由得哈哈狂笑起来了：“哈哈哈哈，老子太高兴了，林安宝，你小子也有今天啊！”

“什么意思？”林安宝被萧东平给笑毛了，他跟着萧东平蹲下身，探头一看，不由得傻眼了。只见在那些尚未磨秃的刀片上，赫然打着青锋厂的标记，而被磨秃的，才是红星厂的刀片。

“你们这两个傻瓜！”花国英为自己的恶作剧而得意忘形，他笑道：“最傻的是老萧，你们的刀片质量这么好，你连这点儿自信都没有。我早就发现了，磨秃的是红星的刀片，青锋厂的刀片至少还能用几十亩呢。”

“什么几十亩，最起码还能用两百亩好不好！”萧东平立马把自己刚才说过的话给全忘了，一张嘴就加上了一百多亩的虚头。

“你刚才自己说的 50 亩，现在改口来得及吗？”林安宝反驳道。

“就算是 50 亩，我们也有 800 亩了，比狗屁红星厂的 700 亩强多了……”

“人家是 734 亩！”

“那是老花放水了！”

操作员在一旁看着两个中年人一转眼就互换了讲稿，像两个没有节操的孩子一般，不禁笑得肚子都疼了。

打闹归打闹，青锋厂的刀片寿命超过了 700 亩，而且在对比试验中还战胜了国内名牌红星厂的刀片，林安宝认赌服输，果真在旁边的餐厅点了一桌子菜，款待萧东平和花国英。农资公司的经济效益比青锋厂要好一些，吃顿饭的钱还是拿得出来的。

“你小子，老实交代，你们的刀片是不是做过处理了？”

酒过三巡之后，林安宝开始逼问萧东平。其实早在上次萧东平来和他打赌的时候，他就猜出青锋厂肯定对刀片进行了新的处理，所以萧东平才有这样的底气。他没有料到的，只是青锋厂的处理技术如此高超，竟然能够把原来的次品修复成优等品。

萧东平自然也不便再瞒着，他说道：“想不到老奸巨猾的老林，竟然也上了我的当，实在是太可笑了。实话跟你说吧，我们厂搞了一项叫做高频感应堆焊的新工艺，把刀片的质量全面提高了。怎么样，老林，现在服气了吧？”

林安宝道："你以为我真的傻呀？我早就知道你们肯定是做手脚了，不过，都是多年的老朋友了，我其实是希望你们能够做出好产品的。红星厂毕竟是外省的厂子，咱们用外省来的刀片，这叫受制于人啊，哪有用你们青锋的刀片踏实？再说，你们青锋这几年一直都走背字，我也希望这批刀片能够让你们起死回生呢。"

听到此话，萧东平收起了调侃的表情，举起酒杯，说道："老林，唉，患难见真情，我知道，你对我们厂一直都是有感情的，这叫啥？对了，叫恨铁不成钢啊。感谢的话，我也不会说，都在酒里了。"

"来来来，干一杯。"林安宝连忙举杯，与萧东平一道一饮而尽。

话说到这个程度，大家也就不再互相贬损了，花国英说道："老萧，你们这个技术了不起啊，普通农具这样加工一下，耐磨性就能够大幅度地提高，以后我们农场的铧犁之类的，你们是不是也可以帮我们处理一下？农具的使用寿命哪怕延长100亩，对于我们来说也是既省料又省时，非常有意义的。"

萧东平叹了口气，说道："这事说起来就让人生气，我们厂长也不知道是犯什么病了，现在一心想转产洗衣机，打算把农机这方面的业务都扔了。就这高频堆焊的技术，我还不知道能不能上马呢。"

"你们不是已经弄出来了吗？"林安宝问道。

萧东平道："我拿来的，只是一些样品，我们库房里还有两万片刀片，如果要全部做堆焊，必须上自动夹具。但我们厂长现在反对这个项目，他不点头，自动夹具就没法弄啊。"

"你们厂长真是有病了。"林安宝道，"一套夹具能值几个钱，你们这两万片刀片如果都能达到这些刀片的质量，我们农资公司可以全部收购。咱们省里消化不了，我们可以调到东北那边去。那边大农场多，旋耕机是耕作的主力呢。"

"对了，老林，我想在你这儿走个后门，你能不能给我开一个证明，证明我们这两万片刀片你们都能够收购？"萧东平问道。

林安宝想了想，说道："这个有点违反规定，不过既然你老萧开口了，而且你们的刀片质量真的过硬，我就给你破个例吧。不过，我可得丑话说在前面，你们的刀片来了，我是要抽检的，抽检如果不合格，我全部退货，抽检费还得你们出。”

“没问题！”萧东平拍着胸脯答应道，“我们也是老厂子了，这点信用还是有的。如果产品不合格，我们肯定不会出厂。”

“呵呵……”林安宝只能呵呵了，你们过去拿来的刀片，难道算是合格的？

这顿酒，萧东平喝得有些半醉了，他拒绝了花国英让他去农场招待所休息的邀请，搭乘长途车匆匆忙忙赶回了平苑。他心里惦记着仓库里的两万片刀片，急着赶回去找项纪勇和冷玉明商量如何开发自动夹具的事情。

在农药厂门口下了长途车，萧东平晃晃悠悠地向青锋厂走去，还没到跟前，就发现青锋厂的门口围了一大群人，闹闹哄哄的，不知出了啥事。萧东平紧走几步来到跟前，在人群中发现了须眉倒竖、满脸怒气的项纪勇。

“韦宝林，你就是个王八蛋！”

项纪勇用手指着厂部办公楼的方向，大声地吼叫着。在他的面前，停着一辆 4 吨的解放牌大卡车，看那阵势，好像是项纪勇在拦着这卡车，不让它离开青锋厂。

萧东平定睛看去，只见卡车的车箱里装得满满当当的，全是一箱一箱的货物。萧东平是做供销的，自然能够看得出那是什么箱子，那箱子里装的分明就是青锋厂的旋耕刀片。

“老项，老项，出什么事情了？”萧东平从人群中挤过去，来到项纪勇的面前，拉着他的手问道。

项纪勇脾气暴躁，这是青锋厂人所皆知的。当然，项纪勇也不会毫无缘由地发脾气，他只是在遇到了极其生气的事情的时候，才会如此发作。项纪勇一向与韦宝林不对付，这也是大家都知道的事情，但这种站在厂门口用脏话大声辱骂韦宝林的事情，却是第一次发生。

“你问他，就是他和韦宝林合伙干的好事！”项纪勇用手指了指自己面前，萧东平这才发现，翟建国正灰头土脸地站在离项纪勇四五步远的地方，一副想说话又没机会说的窘样。

“项科长，你这是干什么嘛，这么多工人围在这里，你也不怕影响不好？”

趁着萧东平与项纪勇说话的工夫，翟建国终于找到了开口的机会。他是一个文化人，无论是吵架还是动手，都远不是项纪勇这种车间出身的人的对手。刚才项纪勇对他和躲在办公楼里不露面的韦宝林一通破口大骂，他愣是不敢上前去与项纪勇理论。

“到底是怎么回事？”萧东平扭头向旁边的工人询问。

“韦厂长要把仓库里的刀片卖掉，项科长不同意。”有知情的工人简单地介绍道。

“把刀片卖掉？卖给谁？”萧东平诧异道，刀片能卖出去是好事啊，可是这种没有经过处理的次品，谁会要呢？

项纪勇道：“两毛钱一片，谁不会要！”

“两毛钱一片！”萧东平一下子也炸了。

正品的旋耕刀片价格是2到3块钱一片，青锋厂现有的这两万片刀片，因为钢材质量不过关，被农资公司退货，但如果能够用秦海的技术进行一些后期处理，卖到两块多钱一片是不成问题的。做高频感应堆焊的成本并不大，平摊到每片刀片上，也就是几分钱的样子。花几分钱就能够卖到两块多钱的产品，居然要以两毛钱一片的价格贱卖，这不是败家子的行为吗？

“翟主任，老项说的是真的？”萧东平看着翟建国问道。

翟建国道：“这是韦厂长决定的，这些刀片已经成为咱们厂的拖累，做企业，就需要有点壮士断腕的魄力。”

“断你娘的腕！”项纪勇骂道。今天听仓库保管员报信说翟建国带了一个乡镇企业的老板去拉刀片，项纪勇就有些急眼了。待到问出刀片是以两毛钱一片贱卖给这家乡镇企业的，项纪勇当即怒不可遏，平时不太说的脏话也全都蹦出来了，直接把韦宝林和翟建国两家的女性亲属都问候了N遍。

“项科长，你怎么骂人啊！”翟建国嘟囔道，他没有勇气和项纪勇对骂，因为他不敢确信项纪勇会不会从骂人发展到打人。以他的小体格，项纪勇一只手就能把他拍扁。

“骂你是轻的！”项纪勇吼道，“你们他妈还知道壮士断腕，人家壮士断腕是因为被毒蛇咬了，没让你们把好胳膊也切了。这些旋耕刀片，老冷和秦海已经解决了堆焊工艺的问题，只要上一套自动夹具，马上就可以处理成合格刀片。两万片刀片，起码是 5 万块钱的货款，你们竟然以 4000 块钱就给卖了，这叫断你娘的腕！”

萧东平道：“翟主任，老项说得对啊，你还不知道吧，咱们的刀片经过前期处理之后，在永丰农场进行耕田试验，把红星厂的刀片都给比下去了。农资公司答应我们，只要我们能够把所有的刀片都同样处理一遍，他们愿意把我们的两万片刀片全部吃下。”

翟建国皱了皱眉头，说道：“萧科长，企业经营不能总算这种小账，要算企业成长机会的大账。韦厂长已经确定了转产洗衣机的目标，而且这个目标也得到了县里的初步认可。在这个时候再纠缠在旋耕刀片上，不是拣了芝麻，丢了西瓜吗？”

“这是整整 5 万块钱的货款，怎么是芝麻呢？”萧东平还在努力地试图说服翟建国。

“老萧，你光算到了 5 万块钱的货款，你算过耽误时间的损失了吗？”

一个声音在翟建国的身后传来，项纪勇和萧东平抬眼看去，只见厂长韦宝林带着保卫科长马大荣和另外几名保卫科的干部向这边走了过来。

卖掉库存积压的旋耕刀片，是韦宝林亲自做出的一项重大决策。

他并不是不知道项纪勇、冷玉明等人在车间里搞的技术革新，从项纪勇向他汇报的情况中，他也知道这项被称为高频感应堆焊的技术的确能够解决旋耕刀片耐磨性差的问题，从而使库存的两万片刀片起死回生。

然而，韦宝林想到的是其他的事情，他认为，项纪勇等人这样做，其实是在变相地抵制转产洗衣机的策略。修复全部的旋耕刀片，需要个把月的时间，而如果旋耕刀片的销售有了起色，那么支持继续生产农机的声音就会更加强烈，转产洗衣机的迫切性就会大打折扣。

韦宝林当厂长之后，曾到行政学院去学习过一段时间的企业管理，他记得讲课的教授们讲过许多企业管理的原则，其中就有关于坚定不移地执行既定方略这样的要求，据说这是企业家精神的表现之一。

他用课堂上学过的波士顿矩阵来分析，认为农机属于低增长率、低市场占有率的“瘦狗项目”，这样的项目是必须果断扔掉的。而洗衣机则属于高增长、高市场占有率的“明星项目”，是值得积极推进的。

带着这样的想法，他决心排除一切干扰，坚持转产洗衣机的目标。既然项纪勇他们把希望都寄托在旋耕刀片上，那他就必须打消他们的念头，而要做到这一点，最好的办法就是把这些刀片处理掉。

照韦宝林的想法，这些刀片可以直接作为废钢卖给废品收购站，这是最简单的做法。不过，出于对企业财产保全的考虑，他还是让人联系了一些乡镇企业，询问对方是否有意收购这些刀片。今天来拉刀片的，就是邻县的一家乡镇企业，对方愿意按每片两毛钱的价格收购全部的刀片，这样一来，原来只打算卖成废品价的刀片，凭空就升值到总价 4000 元了，韦宝林觉得这笔生意甚是合算。

谁料想，计划得好好的事情，却临时出了变故。项纪勇不知从什么地方得到了低价处理刀片的消息，就急匆匆地赶到厂门口，拦住了拉刀片的卡车，然后便开始对着办公楼破口大骂起来，口口声声要求韦宝林出来与他对质。

项纪勇的叫骂，惹来了一大帮看热闹的干部和工人。听到项纪勇介绍的情况，众人有些与项纪勇一样愤慨，也有些上前劝项纪勇不要闹了，经营的事情有厂长负责，他一个生产科长又何必操这份心呢。

由于项纪勇骂得实在是难听，韦宝林只好安排翟建国下楼去与项纪勇谈判。翟建国来到项纪勇面前，还没张嘴，就被项纪勇一通臭骂，憋在现场连屁都不敢放一个了。

前来拉刀片的那家乡镇企业的人员不明就里，也不敢造次，只能任凭卡车被项纪勇拦住。乡镇企业在这个时候的社会地位还不高，在国营企业面前有点畏畏缩缩的。带队的业务员跑到韦宝林那里去求助，韦宝林犹豫再三，最后打了个电话，叫保卫科长马大荣带几个人与他一同去与项纪勇理论。

“老萧，你没学过企业管理，不明白这中间的道理。咱们这些刀片堆在仓库里，既占用了场地，又浪费了资金，这本身也是一种成本，叫做影子成本。厂里决定把这些刀片处理掉，目的就是腾出场地，保证厂里的重大目标能够顺利实现。”韦宝林走到萧东平面前，语重心长地对他说道。

“韦宝林，韦厂长！我项纪勇是学工的，我不懂什么企业管理。但我知道，这批明明可以修复之后卖个好价钱的刀片，被你当废品卖掉，这是一种混蛋决策！你这样做，你就是个混蛋！”项纪勇咬牙切齿地说道。

在今天之前，项纪勇念着韦宝林是厂长，至少不敢当面这样骂脏话。但今天他实在是气急了，所以把平时不敢说的话都说了出来。

韦宝林脸色变了变，别说是当厂长以来，就是他参加工作以来，也不曾有人这样当面骂过他，这种感觉实在是太坏了。当着一大群围观群众的面，他也不便与项纪勇对吵，于是把脸一沉，转头向旁边的围观者喝道：“你们都是哪个车间的，还有老王、小李，你们科室没有工作要做吗？栾苏琴，你们劳资科是干什么吃的，上班不查考勤吗？无故脱岗不扣工资吗！”

听到韦宝林这声喝，围观的人呼啦一下赶紧都散了。这些人有些是从车间里跟着出来看热闹的，有些是厂部办公楼里行政部门闻讯出来看热闹的，追究起来，的确都算是脱岗。虽然厂子的劳动纪律其实没那么严，平时大家串个门、出来抽支烟之类的，都是常事，但现在厂长急眼了，要拿考勤说事，大家还是赶紧避避风头为好。

围观者中其实还有倒班的工人，倒不存在脱岗不脱岗的问题，但别人散了，他们还留在这里，岂不是等着让厂长记住你？厂长被人骂成混蛋，这就算不属于侮辱领导，起码也算是泄露青锋厂机密吧，这样的话，你听见了就属于犯罪。

算了算了，神仙打架，咱们凡人凑什么热闹，快散了吧。

不多一会儿，一大群人就走了个精光，当然，有些人离开之后，躲在远处假装抽烟聊天，偷眼观看这边的动静，这是韦宝林没法干预的，厂长也管不住大家的八卦之心啊。

围观者都走散之后，现场只留下了各方的当事人：前来买刀片的乡镇企业的业务员和司机，卖刀片一方的韦宝林和翟建国，阻拦卖刀片的项纪勇和萧东平，此外就是马大荣和几名保卫科的干部。

项纪勇像半截铁塔一般戳在厂门口，阻挡着卡车出门。对方的司机纵有再大的胆量，也不敢启动车辆强行闯关。人家厂子里的恩怨，自己趟什么浑水？这是乡镇企业的那几位内心的想法。

“老项，你这是何苦呢？”韦宝林看到旁边的人都走光了，心里踏实了。没有了听众，项纪勇再骂人也是白费口舌，至于说动手，旁边有保卫科的人在，项纪勇也伤不着韦宝林。自己一句话就驱散了一大群围观群众，说明自己这个厂长还是有权威的，这让韦宝林觉得心里有了底气。

“老项，厂里决定上马洗衣机项目，是一个长远的目标。这个目标一旦实现，能够使我们青锋厂彻底甩掉亏损的帽子，届时大家的工资能够翻番，奖金能够加倍，各种福利都会直线上升，你为什么要反对呢？”韦宝林劝道。

项纪勇站在那里，嘴唇不停地哆嗦着，不知道该说什么好了。

哀莫大于心死，这是项纪勇现在唯一的感觉。他跳过了，骂过了，愤懑之气发泄出来之后，现在突然有些茫然了。

是啊，韦宝林是厂长，他说一句话，大家就都吓跑了。所有的人都怕韦宝林扣工资，他们宁可看着厂里的财产这样流失掉，也不敢留下来与自己站在一起。那么，自己又是何苦呢？

厂子是国家的，不是自己的。得罪了韦宝林，自己会被穿小鞋，疼是疼在自己脚上的。自己在这家工厂待了二十多年，这事不假。但厂子垮与不垮，又关自己什么事呢？

“项科长，有话好好说，要不，咱们还是先回办公室去吧，太阳这么晒，站在这里多热啊。”马大荣想起了自己的职责，走上前去，对项纪勇劝道。

萧东平也看看项纪勇，小声地喊了一句：“老项……”

喊完之后，萧东平也不知道该如何开口了。劝项纪勇放弃吗？别说项纪勇不甘心，他自己也不甘心。可是要支持项纪勇吗，萧东平此刻心里的想法与项纪勇一样，也是困惑、无助、灰心……

“韦宝林，我不想破坏你的伟大目标。我不过是一个小小的生产科长，你随时可以把我拿掉。我只是心疼这一车的产品……两万片刀片，这是全厂工人一刀一刀切出来的，大家两年没有见着奖金，连医药费都报销不了，在这种情况下，加班加点做出这两万片刀片，你就舍得这样当废品卖掉？”项纪勇用低沉的声音对韦宝林说道，他的语速非常慢，似乎稍快一点就会控制不住自己的情绪。

韦宝林从项纪勇的话中听出了对方的妥协之意，他叹了口气，走上前来，拍拍项纪勇的肩膀，说道："老项，我理解你的心情。作为生产科长，你付出了很多心血……"

"韦厂长，这个生产科长……我不当了。"项纪勇鼓起勇气说道，他用手指了指自己的胸口，说道："我原本就是一个工人出身，我是用一个工人最后的一点良知，在……在求你，韦厂长，留下这些刀片，让我们最后再试一次吧！"

听到项纪勇说出"最后的一点良知"，萧东平的眼泪吧嗒吧嗒地掉了下来。

是啊，他们熬得这么苦，不就是因为心中良知未泯吗？韦宝林这样折腾这家企业，县里不闻不问，工人干部们背后骂娘，当面却一个个奉承着韦宝林、翟建国等人，大家都是同样的一个心思：关我屁事！

可是，他们几个——项纪勇、萧东平、冷玉明，对了，还有那个初来乍到，根本就不知水深水浅的秦海，还在苦苦地琢磨着如何挽救这个厂子，他们是何苦呢？

如果他们愿意随波逐流，跟韦宝林一起胡闹，凭他们的位置，哪里不能混得比现在好？翟建国这个狗腿子，就是因为紧跟韦宝林，现在不是吃香喝辣吗？再穷不能穷领导，再苦不会苦机关，这么大的厂子，哪个地方漏点油水下来，也够他们几个中层干部润一润肠胃了。

可是，良知……这种东西就这么讨厌，你明明知道它有百害而无一利，就像一截阑尾一样，但你就是下不了狠心把它切掉，只能让它留在你的身体里，时不时发作起来，让你疼得肝肠寸断、生不如死。

看到萧东平的眼泪，韦宝林也有些感伤，他叹了口气，说道：

"唉，老项……老萧，我理解你们对青锋厂的感情，我也是青锋厂的人，我也是从一个普通职工做起来的，要论感情，我也不比你们差。我们做的事情都是一样的，都是想救这个厂子，只是方法不同罢了。你们是做具体业务的，我是一厂之长，大家的角度不同。有关转产洗衣机的好处，在会议上我已经说得很多了，在此也不必再说。老项，老萧，把这件事忘掉吧，咱们齐心协力向前看。"

“韦厂长，老项刚才说过了，厂里的决策，我们支持。我们只是就事论事而已。这些刀片，省农资公司已经答应接收了，价钱是两块五一片，前提是我们对所有的刀片做堆焊处理。这个技术我们已经掌握了，老项和老冷他们研究过了，只要上一套自动夹具就可以解决问题。对了，韦厂长，你看，这是农资公司的订货单。”萧东平说着，从随身的手提包里取出林安宝给他写的采购意向证明，他没有想到，这个证明竟然这么快就发挥作用了。

韦宝林没有去接那份证明，他摇摇头道：“转产洗衣机的事情，刻不容缓，现在全厂的工作重心都必须放到这上面来，其他的事情一律都要让路。刀片的事情，不要再商量了，你们都是厂里重要科室的负责人，从现在开始，要把心思用在洗衣机项目上。”

“这个生产科长，我不会再当了。”项纪勇摇了摇头，心灰意冷地说道。

“谁允许你不当的！”

一个声音在旁边响起。在场的众人还没见着人，光听到声音就不约而同地浑身一颤。他们齐齐扭头看去，只见老厂长宁中英面沉似水地站在卡车边，正在上下打量着车上的货物。刚才那句话，正是他说出来的。

“宁厂长！”项纪勇和萧东平失声喊道，这一刻，两个人心里的感觉就如在后娘那里受了委屈的孩子见了亲娘一样，五味杂陈。

项纪勇和萧东平会在刚才产生出那么强烈的无助感，很大程度与宁中英这两年来对厂里各项事务的漠然有着极大的关系。韦宝林刚上台的时候，项纪勇等人遇到不赞成韦宝林决策的时候，就会本能地去找宁中英诉说。但每一次宁中英的态度都是认真听，却拒绝评论。有时候，项纪勇他们劝说宁中英去与韦宝林交涉，宁中英只是一句话：不在其位，不谋其政。

时间长了，项纪勇他们也就死心了，他们觉得，宁中英此举也是聪明人的作为。已经退居二线了，得罪现任厂长有何好处？厂子办得比过去好，证明你过去无能，你是自己找骂。厂子比过去差，你的待遇也一分钱不少，关你什么事？

韦宝林在表面上处处显得对宁中英尊重无比，那也是建立在宁中英不多管闲事的基础上的，如果宁中英成天和韦宝林为难，韦宝林难道不会稍稍给宁中英一些为难吗？至少宁中英的儿子还在厂里当工人，而且毛病不少，韦宝林收拾不了宁中英，找个茬为难一下宁默，岂不也相当于对宁中英打脸了？

就在刚才，项纪勇和萧东平都想过，现在这个局面，也只有宁中英出面，才能扭转过来，至少把这两万片刀片救下来。不过，这个念头在他们的脑海中仅仅是迅速一闪就消失了，他们都在心里揶揄自己：宁老头现在活得逍遥自在，人家有什么必要出来得罪人呢？

可是，越是不抱希望的事情，却越是发生了。在这样一个宁中英绝对不可能会出现的场合，他们居然看到了宁中英。宁中英刚才那一句“谁允许你不当的”充满了霸气，让项纪勇和萧东平一下子找到了几年前被宁中英呵斥时的幸福感觉。

“老厂长，您怎么来了？”韦宝林心中一凛，走上前去，对宁中英问道。

宁中英没有搭理韦宝林，只是对那乡镇企业的业务员问道：“你们车上拉的是什么？”

“旋耕刀片啊。”业务员答道。

“你们拉去干什么？”宁中英又问道。

“你管啊？”业务员没好气地顶撞道。他不愿意得罪青锋厂的人，但宁中英问的这个问题，有些敏感了，他自然不愿意回答。

这家乡镇企业收购这些刀片，是打算拿去转卖的。青锋厂的刀片不合格，使用寿命只有四百余亩，相当于合格刀片的 2/3 左右。但如果这样的刀片按半价销售，肯定是有人愿意要的。市面上旋耕刀片的价格是两块多钱，他们以两毛钱的价格从青锋厂买走，再以一块多钱的价格售出，一转手就是一两万的利润，这种好事，岂能对人明言？

听到业务员这话，韦宝林就知道大事不妙。以宁中英的强势性格，岂能容人这样挑衅。他不等宁中英发作，赶紧上前，说道：“老厂长，这些刀片都是不合格品，被省农资公司退货了。他们把这些刀片拉走，主要是要回炉熔炼钢材用的。”

“是这样吗？”宁中英盯着那业务员，逼问道。

那业务员有点心虚，自然不敢正面回答。他听韦宝林喊宁中英为“老厂长”，多少能够猜出宁中英的身份。这几年，国营企业都在换领导，原来那帮五十来岁甚至六十来岁还在岗位上的领导都退居二线了，换上来的都是韦宝林这样的少壮派。以这位业务员的经验，这种退居二线的领导一般都属于落毛的凤凰，用不着害怕的。

“我们拿去干什么，你管得着吗？”业务员说道。

宁中英冷冷一笑，说道：“你车上拉的是青锋厂的产品，我当然管得着。”

“你又不是厂长！”业务员说道。

宁中英把头转向项纪勇，道：“项纪勇，你站在这里干什么，去找几个工人，把车上的货全部卸下来，流出去一箱，我唯你是问！”

“好！”项纪勇精神抖擞，转身欲走之间，又想到一事，连忙提醒道：“宁厂长，你小心，我这一走，他们有可能开上车就跑了。”

宁中英挥挥手，像赶苍蝇一样地对项纪勇说道：“滚，老子还用你教。”

说罢，他也不管旁边脸黑得像要下雨一般的韦宝林，径直对马大荣下令道：“马大荣，去把大门关上，你们两个，把这车守住，如果让这辆车离开厂子半步，你们就等着被开除吧。”

马大荣和几名保卫科的干部面面相觑，不知道该听谁的好。现任厂长就站在旁边，老厂长在那发号施令，旁若无人，自己到底是听还是不听呢？

照理说，宁中英已经退居二线了，大家尽可不听他的调遣。但宁中英在青锋厂的影响实在是太大了，死诸葛能够吓跑活仲达，马大荣他们还真不敢违逆宁中英的话。

“韦厂长，你看……”马大荣哭丧着脸向韦宝林请示意见，他身边的几个干部倒是真的跨前一步，代替业已离开的项纪勇，拦住了卡车的去路。

韦宝林虎着脸走到宁中英面前，忍着气说道：“老厂长，你这是什么意思呢？”

宁中英呵呵一笑，说道：“韦厂长，我现在不是厂长了，我是厂调研室主任，你最好还是称呼我宁主任。”

韦宝林还是忍气吞声地说道：“老厂长，我知道，你不赞成转产洗衣机的决策，但这个决策是厂长办公会议集体制定的，希望你能够理解。”

“如果我拒绝理解呢？”宁中英似笑非笑地答道。

与项纪勇的狂躁不同，宁中英的态度虽然强硬，却并不恶劣，甚至看起来还有几分和蔼可亲。韦宝林知道，当宁中英流露出这种表情的时候，就是他把自己当成猫，而把对手当成老鼠的时候。也就是说，宁中英此刻对他是一种戏谑的心态，是带着必胜的把握在耍弄他。

宁中英从厂长的位置上退下来两年，一直都保持着低调，不插手青锋厂的各种事务，但这并不意味着他不了解青锋厂的情况，尤其是领导层的情况。他一直不出手，只是因为没有合适的机会，或者没有找到必须出手的理由。近些日子，青锋厂风起云涌，面临着重大的转型，宁中英知道，自己不能再坐视下去，作为一名老厂长，他有义务出来拯救这个厂。

今天，项纪勇跑到厂门口来阻拦运刀片的汽车，而冷玉明则匆匆忙忙跑到宁中英家里，去向他汇报此事。宁中英当即收起了漠然的嘴脸，来到了厂门口的冲突现场。

宁中英一出现,就扭转了现场的局面。项纪勇和萧东平顿时有了主心骨，而马大荣等打酱油的人也不得不屈从于宁中英的威势，照着宁中英的吩咐把运刀片的卡车拦下。对手只剩下韦宝林和翟建国两个人，宁中英岂会把他们放在心上？

“老厂长，不管你是不是支持这个决策，现在决策已经做出了，你作为一名老同志，应当服从厂领导的集体决议，不应当采取这种与厂里决策相抗拒的行为。”韦宝林的话气开始加重了，他看出宁中英已经打算与他撕破脸，在这个时候，退让是没用的，只能是以自己现任厂长的权势来压服宁中英。

宁中英一摊手：“韦厂长，你说决策已经做出了，是谁做出的？”

“当然是我。”韦宝林说道。

“那么你又是谁？”

“我是青锋农机厂现任的厂长。”

“那么我呢？”

“你是青锋农机厂过去的厂长，现在已经退居二线了。”韦宝林不客气地提醒道。

宁中英笑道：“看你这记性，我刚才已经提醒过你了，我是青锋农机厂的厂调研室主任，你应当叫我宁主任。”

“那又怎么样？”韦宝林一时没有反应过来。众所周知，调研室就是一个养老机构，许多老干部都羞于说自己是调研室的什么主任、调研员之类，因为这就意味着自己是靠边站的人了，当然，官方的说法，叫做退居二线。

宁中英道：“因为我是调研室主任，所以我就有权否决你的决策。这是平苑县经委赋予我的职责，韦厂长，你该不会忘记了吧？”

“否决……”韦宝林一愣，心里顿时涌出了无数头羊驼，这都算个什么事啊！

如果宁中英不提，韦宝林的确是忘记了。在安排宁中英退居二线、担任调研室主任的时候，县经委主任专门提到，调研室是一个非常重要的岗位，是企业决策机构一个不可或缺的组成部分，担负着帮助、扶持年轻干部的作用。

按照县经委的说法，调研室对企业的决策拥有知情权、建议权、监督权，最重要的是，在涉及企业兴衰的重大决策问题上，调研室拥有最终的否决权。

给调研室赋予这样大的权力，是当时的社会需求。一方面，一大批处在工作岗位上的老干部不愿意放下权柄，拒绝接受退居二线的安排，上级机关只好承诺给他们保留重要的权力，以便让他们心情舒畅地滚蛋。

另一方面，上级机关对于接班的年轻人也多少有些不踏实，这些年轻干部闯劲有余，经验和沉稳不足，万一步子迈得太大，是会扯得上级领导蛋疼的。为了能够给年轻干部加一道紧箍咒，上级机关便给各级调研室赋予了最终否决权，以便让老同志能够在关键时候把住关口，避免出现重大损失。

从上面到地方，所有安置退居二线干部的部门，都有相类似的授权。但这些退下来的干部轻易也不会去行使什么否决权，一是不愿意得罪当权者，二是的确有不在其位、不谋其政的心理。

久而久之，大家就把这些权力给忘记了，觉得退下来的干部就已经是废人，可以置之不理了。

可是谁也没有想到，这个低调了两年之久的宁中英，居然在这个时候祭出了这把上方宝剑，一本正经地行使起否决权来了。

难怪宁中英今天一反常态地要求自己称呼他为“宁主任”，原来是在这儿等着他呢。

“老厂长，你这不是和我们这些年轻干部为难吗？”韦宝林无奈了，他知道宁中英不出手则矣，一出手必然是杀招。对方既然找到了捣乱的依据，自己再想通过吓唬的方式来迫使对方屈服，就完全没有可能了。

宁中英道：“韦厂长，你这话我就听不懂了。厂里工人辛辛苦苦生产出来两万片刀片，市场上能够卖出去 5 万块钱，而你却以 4000 块钱的低价销售给别人，而且买刀片的人还藏头缩尾地不敢说出刀片的用途，我作为调研室主任，前来调研调研也不行？如果你能够把这件事的道理跟我讲清楚，难道我宁中英是不讲理的人吗？”

你就是不讲理的人！韦宝林在心里吼道，但宁中英的话中规中矩，他还真找不出理由来反驳。宁中英即便是不占理的时候，都有占上风的本事，现在他占着道理，还不定要搅出什么风波来呢。

“宁厂长，有关转产洗衣机这个决策的情况，我已经向你汇报过了，你也知情了。处理这两万片刀片，目的是腾出仓库，以便接收洗衣机生产设备的材料。这两万片刀片是不合格品，错误已经犯下了，我们现在也不说谁是谁非，关键是向前看，你说对不对？”韦宝林辩解道。

萧东平这个时候不补刀更待何时，他马上把修复过的刀片在永丰农场进行试验的事情向宁中英又汇报了一遍，同时还拿出了林安宝写的那个采购意向证明。

宁中英把证明接过来看了看，然后扬起来对韦宝林说道：“韦厂长，你看过这个了吗？”

“这不能说明什么，一个产品救不了青锋厂。”韦宝林答道。

宁中英道：“一个产品当然救不了青锋厂，但如果我们把每个产品都能够做好，青锋厂何至于此？现在我以调研室主任的名义，命令你们马上把刀片送回仓库，马上组织技术攻关，完成刀片的堆焊工作。”

“韦厂长，听谁的？”乡镇企业的那位业务员有些待不住了，对韦宝林问道。在他看来，这真是一场无妄之灾，一个现任的厂长，居然被一个下台的厂长压得死死的，下台厂长居然还敢下达命令，哪有这么窝囊的现任厂长啊。

这时候，项纪勇带着几名工人已经赶到了，原来看热闹的那些人自从看到宁中英出现之后，又悄悄地围了上来，只是没敢凑得太近。韦宝林看到此情此景，知道已经没有翻盘的机会了，宁中英这边既有名分，又有民意，自己如果死扛下去，只能是自取其辱。他狠狠地哼了一声，背着手离开了现场，走向办公楼。

翟建国见状，赶紧像条宠物犬一样追上去，给韦宝林做伴。

“把车开回去！”萧东平见韦宝林离开，心情愉快，他向卡车司机挥着手，发号施令。

“娘的，你们搞什么鬼，老子这趟白跑了？”司机郁闷之极，忍不住就发作了。这装车卸车的，最后啥也没干成，他这是招谁惹谁了。

宁中英把眼一瞪，喝道：“你是哪个单位的，敢跑到青锋厂来骂娘，你再骂一句试试！”

“好了好了，赶紧开车吧，你真想去派出所啊。”马大荣凑上前去，推着司机连劝带威胁地说道。

“我……唉！”司机被宁中英那恶狼一般的眼神给吓着了，他不过是一个跑运输的乡下人而已，尽管这些年赚了点钱，在城里人面前还是有些怯意。尤其是青锋厂这样的国营大厂，罗织一个罪名把他弄到派出所去喝半天茶也是完全有可能的。

好汉不吃眼前亏吧，司机自己安慰着自己，然后爬进驾驶座，启动了汽车。项纪勇带来的几个工人在旁边指挥着，让卡车又开回了仓库，把刚才辛辛苦苦装上去的刀片又一件一件地卸了下来。

卸货这种事情，自然用不着宁中英等人。项纪勇走到宁中英面前，百感交集地说道：“老厂长，多谢你了。”

“谢什么谢，以后这种事情别烦我。”宁中英假意说道。

项纪勇却没有开玩笑的心情，他说道：“老厂长，这件事你既然管了，就不能放手。韦宝林现在怕了你，服软了，但他的性格你还不了解吗，我相信，他肯定会继续制造障碍的。转产洗衣机这件事，真的不能干啊。”

宁中英眯缝着眼看着项纪勇，问道：“那依你之见，我该怎么办呢？”

项纪勇咬了咬牙，压低声音说道：“必须把韦宝林弄下来，换一个厂长！”

第六章　把工兵锹推销到中东

导弹尾翼材料的科研攻关顺利完成，离开省军区前，秦海和安河省军区司令岳国阳做起了一笔看似不可能的生意，打算和军方合作，将秦海自己设计的工兵锹，卖到中东去。更不可思议的是，秦海居然请求岳国阳帮自己推销工兵锹。青锋厂这边，宁中英重新出山，他带着从军区归来的秦海，来到北溪市，找上了副市长柴培德。

青锋厂平地起波澜，老厂长宁中英高调复出，把新厂长韦宝林打了个落花流水，而这一切，远在红泽的秦海是一无所知的。

自从加入解决导弹尾翼材料缺陷的攻关小组之后，秦海就陷入了与各位专家的唇枪舌剑之中，更确切地说，是秦海在不断地对各位专家进行质疑、打击、科普、洗脑。

以陈贺千为首的这个专家组，虽然还不能算是国内绝对顶尖的团队，但也是精英荟萃，牛人众多。这些人的理论功底和实践经验都非常丰富，所缺的只是视野与预见。而正是视野与预见的欠缺，使得他们在这项技术难题面前一筹莫展。

当然，这也并不是说这些专家无能，有些东西本身是受到历史局限的。对于前一项来说，原因在于国内封闭多时，虽然时下已经开始打开国门，但学术交流的广度和深度都不够。有些老专家的英语水平达不到要求，用于采购国外刊物的经费也欠缺，所以接触国外学术前沿的机会很少。再加上国外对于一些尖端的技术存着保密之心，这就更妨碍了中外之间的学术交流。

而至于后一项，那就只能是秦海一个人的专利了，毕竟时间旅行这种事情，不是谁都能遇上的。有些未来才出现的材料理论和观念，超前十几二十年提出来就是骇人听闻的东西了。

秦海不敢把自己所知道的东西暴露得太多，但又不忍心看着一干专家在一层窗户纸面前转来转去，就是差这么临门一脚。他精心地斟酌着自己说话的内容，提示专家们各种解决问题的思路。有许多地方，秦海都是借着学术刊物上一鳞半爪的提示进行发挥，把那些别人根本没有吃透的东西介绍出来，让对方豁然开朗。

在最初的两天，专家们对于这个年方十八，而且还是技校毕业的小年轻充满了不屑，对他说的所有内容都想方设法地进行批驳。但批了两天之后，大家渐渐感觉到，这个小年轻的见识远非大家预想的那样浅薄，他那些似是而非的言论，其实背后都隐藏着深意，稍一琢磨就能让人在某个方面产生出无数的新想法。

有了这种认识之后，专家们对秦海生出了崇敬之意，说话的语气越来越和缓，对待秦海的态度也越来越谦恭。到最后，发展成秦海每提出一个概念，大家的第一反应不再是带着轻视之意去找毛病，而是赶紧一字不漏地记录下来，然后自己偷偷找个地方去认真研读。

陈贺千是最早接受秦海的，也正是因为他的坚持，秦海才能够进入这样一个高层次的团队。见到秦海大杀八方，把专家教授们都震服了，陈贺千也非常高兴。

这一天傍晚，吃过晚饭之后，陈贺千把秦海叫到基地的大操场上，一边绕着圈子散步消食，一边对秦海说道："小秦啊，由于你的加入，我们的研究工作进展神速，关键技术的解决指日可待啊。"

秦海经过几天的接触，对于整个项目的认识已经远在陈贺千之上。陈贺千他们正在攻克的这个难关，在未来已经不复存在。秦海非常清楚解决问题的完整思路，也知道经过自己的点拨，现在整个团队正行进在正确的道路上。如果需要的话，他现在就可以把即将出现的突破口提前说出来，让大家直奔目标而去。不过，他也知道这样做太过惊世骇俗了，还是留一点事情给别人去做更好。

“陈老师，这都是你领导有方啊，我不过是给大家提了一些想法，至于最终解决问题的方案，不都是各位专家提出来的吗？”秦海低调地说道。

陈贺千道：“小秦，你就别谦虚了，你提的那些想法，都是最为重要的。很多专家琢磨了几个月的事情，被你一句话就点透了，你说你的贡献还小吗？你不知道现在大家背后是怎么议论你的吧？”

秦海笑道：“不会是议论我年少轻狂吧？我说话太直接了，估计让各位专家觉得太过孟浪，要不这样吧，等项目结束了，我请大家喝酒，给大家赔罪。”

“哈哈，你就装傻吧！”陈贺千毫不客气地在秦海脑袋上拍了一下，说道：“大家都说你是大家的小先生呢，对了，他们还给你起了一个外号，你想知道吗？”

“外号……”秦海摸摸脑袋，“你们都是大学者，也玩这种小孩子的游戏啊？”

陈贺千笑道：“你这个外号可是一个好外号呢，大家都说，你是一本材料学的教科书，你说，这算不算一个殊荣？”

“各位老师过誉了，我只是无知者无畏，乱说罢了。”秦海应道。

陈贺千意犹未尽地说道：“你不知道，很多人都在向我打听，你是哪位大师的得意门徒。我说你就是农机技校毕业的，大家都不相信呢，都说等项目结束了，要去农机技校参观参观，看看是什么样的学校能够培养出你这样优秀的学生。”

“过奖了，过奖了。”秦海摆摆手，赶紧结束这个话题，他说道：“陈老师，现在项目进展顺利，我预计，最多再有半个月时间，课题组就能够把新材料拿出来了。我想了一下，现在我继续留在基地的意义也不大了，所以想向您告个假，提前回农机厂去了。”

“你还打算回农机厂？”陈贺千觉得有些意外。

“是啊，我在那边还有不少工作没做完呢。”秦海说道。他急于离开的原因，倒不是对农机厂有多少牵挂，实在是再待下去自己就要露馅了，现在前来找他探讨材料学发展方向的专家越来越多，他渐渐感到自己面临着言多必失的风险了。

陈贺千换了副严肃的神情，对秦海说道："小秦啊，这些天一直在忙着搞研究，有些话我也没来得及和你谈。经过这几天的接触，我发现你的理论水平非常高，视野开阔，科研潜力极强。所以我打算等项目结束之后，推荐你到我们钢铁总院去工作，你就不必回农机厂去了，你对此有什么想法？"

说到这里，陈贺千用满含期待的目光看着秦海，等待着对方欣喜若狂的神情，甚至在想象着，如果对方纳头便拜，自己要不要坦然地接受这番大礼呢？

让他觉得意外的是，秦海听到这番话，表情几乎没有什么波动，只是平静地问道："钢铁总院？您是说，让我去京城工作吗？"

陈贺千道："对啊，就是去京城工作。当然了，你的学历是一个局限，要马上解决户口和编制问题，不太容易，但我已经想过了，你可以先以借调的方式到我们那里去工作，然后考我们院的研究生。这当然只是一个形式而已，以你在课题组的这些表现，我现在就可以保证，你已经被确定录取了。读研究生是有工资的，所以你的生活问题不用担心，等到研究生毕业，你不就顺理成章地留下了吗？"

陈贺千这番话说得非常顺畅，显然是考虑了很久的一个方案。像秦海这样的人才，他一旦发现就舍不得放手了，他相信，京城、钢铁总院、研究生，所有这一切对于一个县城农机厂的青工都是具有绝对吸引力的。

可惜的是，秦海并不是一个普通的青工，陈贺千说的这些东西，秦海在未来都已经尝试过了，并没有什么新鲜感。在未来，他已经当过了科学家，各种风光都见识过。既然老天给了他重新开始一次的机会，他有什么必要再去重复一次已经有过的人生经历呢？

在未来，秦海虽然在理论研究上取得了丰硕的成果，但遗憾也是很多的。许多在实验室中取得的成就，因为设备、工艺等方面的原因，无法转化为实际的产品，让人扼腕不已。秦海知道，材料学要从实验室走向工厂，最重要的支撑就是资金，而且是庞大到让人无法想象的资金。

在时间旅行过来之后，秦海就一直在琢磨这个问题，如果自己能够凭借未来的知识，把握住眼下这个狂飙突进的机会，是否能够积累起巨大的财富呢？用这些财富去实现未来的创意，岂不是更有意义？

带着这样的想法，秦海对陈贺千的如意算盘给予了一个委婉的拒绝：“陈老师，我暂时还不想离开安河省，我这个人闲散惯了，如果到研究机构去做学问，只怕会憋出毛病来的。所以，您的好意我心领了，我还是想回农机厂去。”

“这这这……这怎么可能呢！”陈贺千没有想到自己说了半天竟然换来这样一个回答，对于无数人来说几乎是一步登天的机会，秦海居然舍得弃如敝屣，难道是自己没有说清楚？难道是秦海并不知道去京城工作意味着什么？难道是……秦海在安河有一个相好的女孩子，他为情而困，因此宁可放弃后半辈子的荣华？

陈贺千在心里组织着词句，想着如何说服秦海。秦海从陈贺千脸上变幻的表情中看出了对方的想法，他微微笑道：“陈老师，您不必多说了。我虽然没有离开过安河，但京城是怎么回事，我非常清楚；总院的地位，我也非常清楚。我知道您这个安排对于像我这样一个青工来说，是一步登天的提携，不过，恕学生目光短浅，我更愿意留下来，从基层做起。”

陈贺千还在进行着努力，他说道：“作为一个年轻人，从基层做起是对的，你有这样的心态，非常值得赞赏。我也是下过工厂，开过机床的。不过，到了总院，你仍然还是有机会接触基层的，我们经常要承担各种为企业、为部队服务的工作，这都是接触基层的机会嘛。”

秦海道：“陈老师，您误会了。我只是想做一些自己的事情，在事情还没有眉目之前，我也不便对您多说。你放心，我不会离开材料这个领域，几年之内，我们肯定还会再见面的。另外，我还想求您和课题组的专家一件事情……”

“什么事，你尽管说。”陈贺千道。

秦海道：“我现在在农机厂工作，未来肯定会有很多事情需要麻烦到你们各位，甚至有时候还要走走你们的门路，开开后门之类的，希望到时候你们在政策允许的范围内，能够给我这个小年轻行一点方便。”

“这……”陈贺千有些犹豫了，这赤裸裸地找他开后门的事情，他过去也曾遇见过，他的处理方法就是毫不留情地予以回绝。可是，眼前这个人却是他非常看好的秦海，撇开秦海自身的才华不说，就凭秦海在这个项目中做出的贡献，陈贺千也很难表现得过于绝情。

秦海哈哈一笑，说道：“陈老师，我把您给吓着了，对不起，对不起。我说的开后门，绝对是在政策范围之内的，不会让您去违反原则。我只是想请您在方便的时候帮我引荐一些人，或者给我做个证明之类的，我可以保证，这些事一定是利国利民，绝对不会伤天害理。”

“如果是这样，那有什么困难呢？”陈贺千的心略略放下了一些。他是一个书生，不太懂社会上那些弯弯绕绕的事情，他对秦海有好感，因此也就相信了秦海的人品。既然秦海能够保证不伤天害理，那么在合理的范围内提供一些帮助，自然是可以的。要说起来，自己的能量也不差，很多学生、故旧之类的，都是在权力部门说话有一定分量的。

“陈老师答应了？”秦海似笑非笑地问道。

陈贺千认真地点点头：“只要不违反原则，我肯定会全力帮你。”

“那好，学生现在就有一件事想请陈老师帮忙，陈老师愿意否？”秦海道。

“你不会是设了个圈套在等着我吧？”陈贺千郁闷道。

秦海道：“这件事很容易，我只需要请陈老师给我做个证明，证明我有一定的学识，能够完成某项工作。至于这项工作对与不对，不需要陈老师来判断，您看可以吗？”

“这个倒是没有问题。”陈贺千道，“你能够做到什么，我一听还是能够听出来的。不过，你说得这么神秘，到底是什么事呢？”

秦海道：“我想和岳司令做笔生意。”

“……”陈贺千无语了，这个坑实在是太大了。

不管陈贺千是否情愿，他点过头的事情，总得去办。更何况，他也非常好奇，到底是什么样的事情，能够让秦海这个年轻人宁可放弃去京城发展的机会，而甘愿留在一个县城里当个普通工人。

第二天一早，接到秦海电话的葛东岩开着一辆吉普车来到基地，拉上秦海和陈贺千，来到了位于红泽市中心的省军区大院，把他们引到了岳国阳的办公室。

“司令员，陈教授和小秦到了。”葛东岩先进门去通报道。

“请他们进来吧。”岳国阳道。他事先得到葛东岩的汇报，说秦海有事想和他谈谈，于是便留出了上午的时间。秦海这一段时间在导弹基地的工作情况，已经有人向他报告过了，听说秦海的加入竟然使整个项目的进展加快了数倍，他对秦海的好奇心也与日俱增。

秦海和陈贺千进了岳国阳的办公室，双方寒暄过后，岳国阳招呼二人在沙发上坐下，自己也离开办公桌，坐到了二人对面的沙发上，做出一副平等交谈的样子。

陈贺千先把这一段时间的工作情况向岳国阳做了一个介绍，由于导弹部队并不是隶属于省军区，有些涉及机密的内容，陈贺千自然是略过不谈的，只说工作进展顺利，秦海在其中发挥了重要的作用。

“陈教授，你这话是不是有些夸大了，你们这么多专家解决不了的问题，小秦不过是一个技校生，竟然就给解决了？”岳国阳半开玩笑半认真地问道。

陈贺千道：“小秦这个技校生可不同一般，他看书很多也很杂，思路的确比我们更开阔，这一点并非我个人的观点，而是我们整个课题组的共识。”

“小秦，是这样吗？”岳国阳又转头向秦海问道。

秦海道：“回岳司令，其实这只是课题组各位老师对我这个小学生的爱护罢了。如果说我有个别地方提供了一些有价值的想法，那也只是因为旁观者清，实在不算是什么了不起之处。”

“哈哈，谦虚是美德，过分谦虚就是虚伪了。”岳国阳不再纠缠这个问题了，他更愿意相信陈贺千的话，因为陈贺千是没有理由替秦海大吹大擂的。

“好，说说吧，你们找我有什么事情要说。”岳国阳把话头引入了正题。

陈贺千把目光转向秦海，意思是让秦海发言。秦海敛了敛衣襟，坐正身体，对岳国阳说道：“岳司令，我今天冒昧求见，是想问问您对上次我托葛排长带来的军铲有什么看法。”

“你那个古怪的东西，叫军铲？”岳国阳笑呵呵地问道。

“嗯，可以叫万能军铲，如果叫得土气一点，叫工兵锹也可以。”秦海答道。

岳国阳不屑地说道：“万能军铲，这个名字我看也挺土的，还不如工兵锹好听呢，用工兵锹这个名字，大家一听就明白是怎么回事。”

“呃……这是细节问题。”秦海赶紧打岔，他本来也不是来和岳国阳讨论军铲的名称的，“岳司令，我想问您的是，您对于这种工兵锹有何看法。”

“非常好，很适合我们部队。”岳国阳直截了当地回答道，在这个问题上，他没有必要与秦海周旋。

秦海道：“太好了，那我想再问问岳司令，您有没有打算在您的部队里装备这种工兵锹？”

“没有！”岳国阳同样干脆地给予了回绝。

对于岳国阳的这个回答，秦海并不觉得意外。其实，岳国阳说想要或者不想要，秦海的策略都是一样的，区别只在于岳国阳是否主动而已。现在看来，岳国阳是把球踢给了秦海，等着秦海提出解决方案。

“以我的猜测，岳司令的意思是说，您是没有条件给部队提供这种装备，而不是不想给部队提供这种装备，是这样吗？”秦海笑着问道。

岳国阳呵呵笑道：“这有区别吗？”

“当然有。”秦海顺竿而上，“如果您根本就不想，那我就无话可说了，要说也是抱怨咱们队伍里的高级指挥员不关心部队建设，尸位素餐。而如果您只是觉得缺乏条件，那就好办了，咱们可以创造条件来解决这个问题。”

“哈哈，尸位素餐，你这样一说，我想拒绝也拒绝不了啦，陈教授说是不是啊？”岳国阳哈哈大笑，顺便把陈贺千也扯了进来。

陈贺千看看岳国阳，又看看秦海，实在搞不清这俩人打的是什么哑谜，偏偏两个人好像还有点心有灵犀的样子，只把他绕在外面了。

“小秦，你要知道，现在咱们全国上下都在搞裁军，军费缩减得很厉害，岳司令可能是真的没有经费来采购这种工兵锹。我看过那把工兵锹了，它的难度在于高强度钢材的选择，使用这种钢材，成本是很难控制的。”陈贺千对秦海说道。

秦海却看着岳国阳，说道：“岳司令恐怕也是这样担心的吧？我倒有一个办法，可以让部队一分钱都不花就拥有这样的工兵锹，岳司令有兴趣听听吗？”

“哦？你是什么意思？”岳国阳果然被秦海打动了，只要不让他花钱，他就没有心理障碍了，他看着秦海，说道："说说看，你有什么好办法？"

"我想和岳司令合作做一笔生意，利润双方对分，部队所得的利润，就用于采购这批工兵锹，岳司令觉得如何？"秦海慢悠悠地说道。

"你想和我合作做生意？我没听错吗？"岳国阳有些愣了，这是他听过的最狂妄的要求了。

"小秦，你别胡说，岳司令怎么可能跟你一起做生意呢？再说，你是一个工人，做什么生意？"陈贺千见秦海越说越不靠谱，赶紧打断他，以免岳国阳恼火。

秦海没有理会陈贺千的劝阻，他说道："岳司令，也许我换一种说法，您就容易接受了。现在国家把工作重点转移到经济建设方面，军费支出受到压缩，但部队的装备建设却是刻不容缓的。在这种情况下，部队可以考虑与地方进行合作，部队拥有一些地方所不具备的资源，如果能够与地方进行资源共享，就能够实现双赢，这样地方可以发展经济，部队也可以改善装备，何乐而不为呢？"

秦海的这个想法，是他琢磨了许多天的。他知道，80年代的军队经费非常紧张，许多部队都不得不自己想办法创收以改善生活条件和装备条件。他向岳国阳提出这个建议，正是基于这样的时代背景，他认为，岳国阳应当是会对这种合作方式感兴趣的。

岳国阳稍稍沉默了片刻，然后缓声问道："你打算如何与部队合作呢？部队又能够给你提供什么样的资源呢？"

秦海听到岳国阳的话，知道对方已经动心了。毕竟这是出于改善部队装备的需要，并非涉及岳国阳的私利，有些事情他是完全可以光明正大地去做的，关键在于秦海提出的方案是否合情合理。

秦海道："岳司令放心，我希望部队提供的支持并不复杂。第一，我希望部队能够给我一个名义，让我和我的朋友们能够办一个小型的厂子，专门生产各种军民两用的装备。"

"这个不难。"岳国阳答道。他知道，现在社会上虽然也有一些私人在办企业，但政策对于这类私营企业的管控是非常严格的，秦海希望部队提供一个名分，不外乎就是想规避一些政策上的限制。对于这一点，他相信省军区的影响力是足够的，完全可以给秦海撑起一把保护伞。

秦海点点头，接着说道："有了这个名义之后，我们就要开始正规地冶炼钢铁。我现在手里没有炼钢设备，我想请岳司令帮忙解决一下炼钢设备的问题。"

"这个我可帮不上忙。"岳国阳大摇其头，"炼钢需要炼钢炉吧？我上哪儿给你弄这个东西去？"

秦海笑道："我不是要岳司令给我提供炼钢炉，而是想请岳司令帮我协调一个关系。我了解过，平苑县钢铁厂有两套闲置的炼钢设备，现在锁在车间里，没有任何用处。如果岳司令能够帮忙向平苑县政府打个招呼，允许我们租用这两套设备，那么我们的问题就迎刃而解了。"

"平苑县政府的关系，咱们能协调得了吗？"岳国阳扭头向侍立在一旁的葛东岩问道。

葛东岩看了看秦海，然后走近一步，把嘴凑到岳国阳耳边，小声嘀咕了几句什么，岳国阳连连点头，说道："如果是这样，那就好办了。小秦，这件事我可以答应你，你接着往下说吧。"

秦海不知道葛东岩向岳国阳说了什么，这中间的细节他也没兴趣了解，于是接着说道："如果炼钢的问题解决了，那么我的打算是先以工兵锹作为产品，一部分提供给省军区，一部分向市场销售，用市场销售的利润来弥补提供给省军区的这部分产品的成本，这样一来，军区就可以无偿地获得这批工兵锹了。"

"市场销售恐怕不容易吧？"岳国阳摇了摇头，说道："我听小葛说，你们这种工兵锹报价是100块钱一把，市场上哪有人愿意出这么多钱来买一把工兵锹呢？"

秦海道："这就是我想请岳司令帮忙的第三件事了。"

"我怎么觉得我上当了？"岳国阳笑着说道，"一转眼工夫，都三件事了。好吧，你说说，是什么事。"

秦海道："我想请岳司令帮我们卖锹。"

此言一出，陈贺千和葛东岩都“噗”地一声，差点笑出声来了。岳国阳也是一脸无奈的样子，说道：“小秦，你没搞错吧，我好歹也是一个军区司令员，帮你卖锹？”

“是啊，这锹只有岳司令能卖出去。”秦海说道。

“卖给谁？”岳国阳问道。

“伊拉克和伊朗军方。”秦海说道。

“伊拉克和伊朗！”岳国阳这一回脸上可一点笑容也没有了，他瞪着秦海，心中充满了惊奇。

谁不知道，时下正值两伊战争打得如火如荼之际，电视、广播里成天都在讲中东的那些事情，所以秦海知道伊拉克和伊朗并不奇怪。关键在于，两伊战争打得再热闹，与安河省有什么关系，秦海怎么能够从一把工兵锹联想到两伊去了呢？

秦海道：“岳司令，您想想看，两伊打得如此厉害，双方动用的兵力多达数十万，这些士兵不需要工兵锹吗？两伊都是有钱的国家，买飞机买坦克都不惜重金，区区几万把工兵锹算得上什么？就算一把工兵锹卖20美元，1万把也就是20万美元，不值一枚导弹的价钱，您觉得他们会省这么点钱吗？”

“账不是这样算的。”岳国阳脑子有点发懵，他硬着头皮反驳道：“这工兵锹对于两伊来说，的确不算贵，可是他们为什么要买呢？还有，他们为什么要从你这里买呢？”

秦海道：“道理很简单啊，因为我的工兵锹质量好、功能多，连岳司令您看了都爱不释手，何况两伊的那些土……呃，那些没见过世面的军官呢？”

他很想用土鳖这个词来形容两伊的军官，不过想了想，还是把这个词咽回去了。在岳国阳面前，他不宜太过放肆，否则就会让岳国阳觉得他太轻佻了。

“我想，两伊的军队即便要采购工兵锹，也会从欧美国家进口吧，不可能进口咱们的产品。”岳国阳不确信地说道。

“欧美国家估计不屑于生产这样的产品，另外，他们的产品也肯定比我们的更贵。我相信，只要岳司令愿意去推销，他们肯定会选择我们的产品的。”

秦海说道。

岳国阳有些明白秦海的思路了，他长吁了一口气，说道："好吧，就算你说得对，但我怎么可能去帮你当推销员呢？"

秦海笑道："岳司令误会了，我不是想让您亲自去推销，而是想请您通过部队里的关系，把我们的工兵锹介绍给两伊方面。现在全世界都在做两伊的军火生意，我想咱们国家应当也会有所作为的。"

"你这个脑袋是怎么长的！"岳国阳骂了一句，就没有下文了。他当然知道，军方的许多单位其实已经在与两伊做生意了，两伊对来自中国的坦克、战斗机、导弹等军火都非常感兴趣，国家也在利用这个机会赚取宝贵的外汇。他自己就有一个过去的战友在做针对两伊的贸易，如果拜托他帮忙推销一下这种神奇的工兵锹，没准还真有一些效果。

这种事情，岳国阳是不便于对秦海明言的，但在他心里，已经接受了秦海的建议。他甚至想到，如果真的能够像秦海预计的那样，卖出去 1 万把工兵锹，挣回 20 万美元，那么省军区得到的，就不仅仅是一些免费的工兵锹，还可以截留下一部分资金用于其他方面的装备改善了。

秦海看着岳国阳的脸色由阴转晴，知道对方已经被自己说服了。关于国家与两伊之间的军火贸易，在当时是处于保密状态的，但到了未来，这些事情都已经公开，一些亲历者也纷纷撰文回忆当时的交易细节。秦海正是因为了解这些情况，才敢于向岳国阳提出这样一个听起来十分离经叛道的建议。

"岳司令，要不，这件事咱们就算说定了？"秦海试探着问道。

岳国阳道："这可没那么简单，这么大的事情，我一个人怎么可能拍板，肯定要上党委会集体讨论才行。不过，军地合作这个思路，还是值得提倡的。这样吧，小秦，你先回基地去，等军区党委讨论出一个结果，我再答复你。"

秦海道："岳司令，我今天来您这里，还有一个事情，就是要向您告辞。我在基地的工作已经完成，陈教授也同意我离开了，我想今天就返回平苑去。"

"是这样吗？"岳国阳看向陈贺千。

陈贺千点点头道："是的，小秦的工作已经圆满完成了，他急着想回单位去，我也已经同意了。不过……”

“不过什么？”岳国阳问道。

陈贺千道：“小秦在这个项目中发挥了很大的作用，这些天也非常辛苦，但我们好像没有一点补偿，这有点不太合适。我们课题组都是各单位派遣过来的，拿的是出差补助。小秦这边什么补助都没有，我有些过意不去。”

“这可困难了。”岳国阳挠挠头，说道：“别看我是个司令员，可是我也没有名目给小秦什么补助啊。”

“补助啥的，我就不要了。”秦海笑着说道，“能够有一个机会向陈老师学习，我非常满足了。”

“你可以这样说，不过，我倒真有些过意不去了。”岳国阳道，“你帮着陈教授他们解决了大问题，还给我们出了一个军地合作的好建议，不给你意思一下，我总觉得自己是在欺负小孩子，陈教授，你说是不是？”

陈贺千笑着连连点头道：“岳司令总结得对，我也是觉得我们有些太欺负小孩子了。”

秦海笑道：“我怎么觉得岳司令和陈老师这话，像是在调侃我呢？你们一边说着不好意思，一边又拼命哭穷，这不是逗我开心吗？”

岳国阳摆摆手道：“这可不是逗你开心，的确是我们部队太穷，想给你开点补助，又找不到名目。要不这样吧，你有什么要求，尽管提出来，只要是在我的职权范围内能够办到的，我一定帮你办到，你看如何？”

听到岳国阳的话，站在一旁的葛东岩眼珠子都快瞪出来了，司令员什么时候说过如此慷慨的话，看起来，这个秦海是真的让司令员看中了，竟然能够许下这样大的诺言。

岳国阳这样慷慨，当然也是有原因的。一来，他觉得平白无故把秦海找来干活，而秦海又的确干出了非凡的成绩，自己一点表示都没有，实在是亏欠了秦海。二来，秦海说的军地合作的方案，已经打动了他，他有些准备与秦海合作的意愿，因此也希望用某种方法笼络住秦海，使之能够全心全意地与部队合作。

至于说秦海会提出什么样的要求，岳国阳一时还真想不出来，他觉得秦海应当不会提出太过分的要求，毕竟这是一个知道进退的年轻人。

秦海故作矜持地迟疑了一下，问道："岳司令，你这话当真吗？"

"军中无戏言。"岳国阳说道。

秦海道："如果是这样，那我有个不情之请，不知道岳司令能否应允。"

"你尽管说就是，只要不违反原则，我就可以答应。"岳国阳说道。

秦海道："岳司令能借我一辆车吗？"

"你是说找个车送你回平苑吗？"岳国阳一下子没反应过来，下意识地问道。

秦海道："不是，是借一辆车给我。如果要搞工厂的话，有很多事情要办，手上没有一辆车，太不方便。"

岳国阳皱了皱眉头，说道："车子倒有的是，可是部队的司机是有限的，而且派个司机跟着你，好像也不太合适吧？"

秦海道："我没说要配司机啊，我自己开就是了。"

"你会开车？"岳国阳觉得有些意外，那年代学开车是一件很大的事情，不是单位上的司机，是没有机会学开车的。秦海只是一个青工，什么时候学过开车呢？

秦海只好瞎编了："我在乡下的时候，曾经跟着乡里的司机学过开车，技术是没问题的，只是没有驾照而已。我这些天在基地，看到基地有很多闲置的吉普车，所以想向岳司令借一辆用用。"

80 年代中期，全国大裁军，各部队都腾出了许多装备，吉普车就是其中的一项。省军区下属的单位撤并了不少，原来配备给单位领导以及其他用途的车辆都被搁置起来，有一部分就存放在导弹部队的营房里。秦海这些天在营房活动，发现了这些已经蒙上了灰尘的吉普车，便动起了脑筋。

在那个年代，出租车还是一种稀罕的东西，平苑县是绝对没有这种东西的，连红泽全市也只有几十辆出租车，主要是为外宾和一些政府部门服务的。人们要走动一下，只能搭乘火车或者长途汽车，而长途汽车的班次也非常有限，这就给人际往来增加了许多麻烦。

如果有一辆归自己使用的汽车，情况就大不相同了。秦海是不打算老老实实待在农机厂当工人的，弄一辆自己的车十分必要。

听到秦海的要求，岳国阳想了几秒钟，转头对葛东岩说道：“小葛，你一会儿带秦海回导弹基地，找台车，试试他的技术如何。如果他的技术能过关，就帮他弄个驾照，借辆车给他，不过，得先换个地方牌照，别让他开着军车到处闯祸。”

“是！”葛东岩大声答应道，同时在心里暗暗感慨，这个秦海实在是太妖孽了，居然敢在司令员面前提出如此离谱的要求，而司令员居然还会答应。

“多谢岳司令！”秦海赶紧站起身，向岳国阳道谢。说真的，他提出这个要求，也是抱着试试看的态度，他万万没有想到，岳国阳竟然真的答应了。

“这辆车，不是借给你去兜风的，是让你去干正事的。”岳国阳一时兴起，答应了秦海的要求，心里也不免有些惴惴，他认真地叮嘱道：“工兵锹的事情，你现在就可以开始考虑，名义和炼钢设备的事，我会马上安排人去办。至于向两伊推荐工兵锹，这件事急不来，需要先等一等。我们部队是肯定需要这些工兵锹的，前期你先准备 100 把，把小葛他们的部队装备起来。”

“是！”秦海学着葛东岩的样子，爽快地答应道。

“小葛，你到后勤部去，以我的名义，借两千块钱，交给秦海。他要做工兵锹，需要有资金。”岳国阳又向葛东岩吩咐道，吩咐完，他专门向秦海解释道：“这些钱只是借给你的，等你挣了钱，要如数还给部队。如果你拿着这些钱去吃喝玩乐的话……”

秦海不等岳国阳说完，便笑道：“岳司令放心吧，我再丧心病狂，也不敢黑部队的钱吧？否则，葛排长一个人就能把我拾掇了。”

“这才像话。”岳国阳满意地点了点头。

从岳国阳那里出来，陈贺千再看秦海的眼神就已经完全不一样了。在此前，秦海所显示出来的学识，对于陈贺千来说是熟悉的，他觉得惊讶之处，不过是因为秦海的学历与他的学识太不相称。但经过这一场与岳国阳的谈判，陈贺千对秦海的看法完全改变了，他认识到，秦海身上有一种像他这样的学者所不具备的才能，那就是经营运作的能力。

认识到了这一点，陈贺千也就不再提邀秦海去京城的话题了，他的心里隐隐有些失望，觉得这样的一个人才，偏偏一脑门子都是生意经，实在是可惜了。

葛东岩带着秦海回到基地，果真从封存的吉普车中找了一辆出来，开到一片空场上，让秦海试驾。秦海在未来学驾照的时候，用的正是这类吉普车，在经过短暂的生涩之后，他就变得操作自如了，开着吉普车在空场上玩起了各种花样，把驾校里学过的科目试了个遍，引得在一旁围观的陈贺千等人都鼓掌叫好。

“不错不错。”葛东岩连连点头，“小秦，真看不出来，你的车开得这么好，难道你在家时经常开车吗？”

秦海很想告诉葛东岩说他曾自驾跑过青藏线、兰新线，可是这种事情又如何能对外人道呢？他只能掩饰着说道：“葛排长过奖了，其实我开车的次数非常有限……呃，不过教我开车的师傅也说过，我这个人天生车感很好，也许就是和车子有缘吧。”

“有这样的技术，倒是可以交一辆车给你了。”葛东岩道，“先前你向司令员要求借车的时候，我还替你捏了一把汗，生怕你开不好。”

秦海道：“这怎么可能呢，葛排长也该了解我这个人了，我说过的话，什么时候不算数了？”

葛东岩笑道：“这可是你说的。既然你说话算数，那么咱们就说好了，100把军铲，一个月之内你必须提供给我，否则，我就带着我们排上青锋厂找你去。”

军方办事，果然有些雷厉风行的做派。在葛东岩对秦海的车技进行过鉴定的第二天一早，朱崇武就带着一本驾照和一副地方车牌来到了基地。他让葛东岩用地方车牌换下了吉普车上的军牌，然后把驾照递到秦海的手里，说道：“小秦，这可是我走后门给你弄来的驾照，你可千万小心驾驶，万一出点什么问题，我和交管队的李队长都要受你连累了。”

“呵呵，不会的，不会的。”秦海干笑着，接过驾照，心里感慨不已。不用考试，甚至连警察都没见着一个，一份驾照就到手了，这权力的威力真是无穷的。

朱崇武又从兜里掏出一个小本子，交给秦海，说道：“这是加油本，你可以在各个加油站加油，不过油费就只能是你自己出了。我们部队可不能替你垫付油钱。”

“不必不必，有这个就足够了。”秦海赶紧收起加油本，然后向朱崇武和葛东岩道过谢，上了车，挂上挡，驾驶着吉普车离开了基地，向平苑开去。

从红泽到平苑，不过60公里的路程，而且只有一条国道可走。秦海开着车，沿着国道一路南行。最开始，他还有些小心翼翼，不敢开快，开过一半路程之后，他对于吉普车的性能以及当地的路况都熟悉起来，渐渐把时速拉到了60迈以上。

老式的吉普车没有空调系统，秦海大开着车窗，让风从车窗吹进来，吹得车内的物件哗哗作响。他心里充满了愉快的感觉，在这样一个年代，拥有一辆车是多么牛气的事情，估计宁默等人看到这车子的时候，该惊得眼珠子都掉出来了吧？

吉普车开进平苑东郊的工业区，路两边的行人和自行车多了起来，秦海不敢太过造次，放慢了车速，缓缓向青锋厂开去。从农药厂门前拐过的时候，秦海眼角的余光瞥见了一个熟悉的身影。

“宁厂长！”秦海踩住刹车，从车窗探出头去，向骑着一辆自行车载着一个女孩子的宁中英挥了挥手。

宁中英听到喊声，不经意地扭头看了一眼，见一个小伙子坐在吉普车的驾驶座上向自己挥手，一时竟没有反应过来对方是谁。倒是坐在他自行车后架上的女孩子喊了起来：“爸，是秦海，秦海开着车呢！”

那个女孩子自然就是宁中英的女儿宁静了，宁中英得了这句提醒，方才认出秦海，他捏闸停下车，诧异地问道：“小秦，你怎么开着车来了，谁的车？”

秦海把车停下，拉下手刹，从车里下来，走到宁中英的面前，看看这父女二人，问道：“宁厂长上街去吗？”

“哦，我去趟北溪。”宁中英答道。

“你骑自行车去北溪？”秦海瞪圆了眼睛，怀疑自己是不是听错了。

北溪市是平苑县的上级行政区，在平苑县的西南方向，离平苑有将近200公里路程。如果换成宁默，说自己骑200公里自行车去一趟北溪，秦海尽可理解为一种减肥健身的运动，说不定还借辆自行车陪着他一块去了。

可是宁中英的岁数，还载着一个女儿，怎么可能骑车去北溪呢？

“你想啥呢！”宁静从宁中英的车后架上跳下来，一边整理着裙子，一边格格笑着，“你真傻，我爸是到县城去坐火车的，怎么可能骑自行车去北溪呢？”

“哦。”秦海才知道自己摆了乌龙了，他看看宁静，问道：“怎么，你也去吗？”

宁静道：“不是啊，我爸骑车去县城，然后他坐火车，我再把车骑回来，明白了吗，小秦同志？”

说完这句小秦同志，她又格格地笑了起来，似乎觉得跟一个已经参加工作的人开玩笑是一件非常有趣的事。像她这样大的姑娘，平时是不大和同龄的男性说话的，更谈不上调侃。不知怎的，她就觉得秦海是那样可亲近，也许是因为她哥哥宁默把秦海当成了老大的缘故吧。

“嗯嗯，刚刚想明白了。”秦海承认道，“宁厂长去北溪有事吗？还有，厂里不给派车吗？”

说到派车，宁中英的脸色沉了下来，他冷冷一笑道：“我去北溪告韦宝林的状，翟建国怎么可能给我派车呢？”

“告状？这是怎么回事？”秦海纳闷了。

原来，在这几天时间里，青锋厂的形势又发生了变化。在宁中英的支持下，项纪勇等人开始正式向韦宝林呈递申请，要求研制自动夹具，启动对旋耕刀片的高频感应堆焊处理。项纪勇在报告中特别要求厂领导对此问题作出正式的答复，无论是同意或者不同意，都必须有能够经得起推敲的理由。

韦宝林对于这种逼宫式的做法十分恼怒，但项纪勇他们又的确是占着理的。项纪勇从生产科的角度做了一个非常细致的计算，得出的结论是只要花费1000元左右的投入，就可以使仓库里价值5万元的刀片起死回生，这样的业务对于任何一家企业来说都是不应当放弃的。

为了让项纪勇等人屈服，韦宝林来到了县里，找到县长郭明，要求郭明为自己撑腰。郭明一向与韦宝林的关系不错，再加上韦宝林提交的关于转产洗衣机的报告写得花团锦簇，让人觉得只要照这份报告去做，非但青锋农机厂能够迅速扭亏为盈，连平苑县都能借此一夜腾飞，进入全国百强行列。

带着这样的错觉，郭明指示县经委主任潘胜杰亲自到青锋厂开协调会，并专门通知宁中英到场。在会上，潘胜杰高度评价了韦宝林的改革方案，不点名地提醒宁中英不要当改革的绊脚石。对于宁中英所称的调研室具有最终否决权这句话，潘胜杰也发扬了信口雌黄的一贯传统，表示这只是一种原则性的权力，在企业的日常决策中，老同志们还是应当充分尊重年轻同志的自主权，不要横加干涉。

宁中英懒得与潘胜杰拌嘴，他知道，潘胜杰此行不过是传达郭明的指示，说难听点，就是一个传旨的太监。你去和一个太监争论皇上的旨意是否正确，这不是对牛弹琴吗？

协调会之后，韦宝林胆气大增，先是直接退还了项纪勇提交的报告，然后下令将仓库里的旋耕刀片封存起来，又给项纪勇、冷玉明、萧东平等人都安排了一系列工作，让他们不得不把精力从旋耕刀片上转移出去。经过前一次的折腾，韦宝林倒是不敢再提卖掉刀片的事情，只想着把这件事晾下去，晾到大家都没有劲头的时候再说。

宁中英看着这一切的变化，怒火中烧，再也坐不住了。如果他没有出来插手此事，那么或许还可以再坐视下去，但既已出手，没有取得成效，就相当于被韦宝林打了脸，这样的屈辱岂是老爷子能够接受得了的？

于是，宁中英来到了厂办，找到翟建国，对他吩咐道：“派车，我要去北溪。”

“您去北溪有事吗？”翟建国怯生生地打听道，虽然韦宝林已经与宁中英撕破了脸，但作为狗腿子的翟建国还是缺乏直接挑衅宁中英的勇气。

宁中英眼睛一瞪，道：“我去北溪干什么，需要向你汇报吗？”

“不用不用，当然不用。”翟建国连忙说道，他眼珠子转了几转，道：“不过，宁厂长，非常不巧，厂里的两部小车一部到红泽办事去了，另一部正在修理，一时半会儿也修不好，您看，您是不是可以改天再去啊。”

“改天？改到什么时候？”宁中英问道。

翟建国认真地掰着手指头算了起来：“明天韦厂长要去省里开会，这是公事，不派车不合适。后天廖厂长约好了去红泽看病，您看……不给他派车也不合适。大后天安排了去省党校接阮厂长，如果不去接的话，您最好能亲自给阮厂长打个电话解释一下，别让我们下面的人为难……”

宁中英呵呵冷笑,道:“翟建国,你长本事了？玩手段玩到我面前来了？”

翟建国捶胸顿足道：“宁厂长，你这就冤枉我了，实在是这些都是事先安排好的事情。本来厂里有两部小车，倒是能够周转得过来的，可是那辆岗山牌的小车偏偏坏了,修了好几天也没有修好。要不,我再去催一催车队，让他们抓紧把车修好，修好了我就优先安排给您？”

宁中英闻听此言，再不多说什么，转身便走。他是一个强势的人，在自己称王称霸了一辈子的厂子里，被人如此冷落，这是他所不能接受的。他甚至连训斥翟建国一顿的兴趣都没有，因为这样做只能让人觉得他是黔驴技穷。

看着宁中英走远，翟建国脸上露出一个轻蔑的笑容。他抄起电话，要通了汽车队，问道：“那辆岗山吉普修好没有？”

“翟主任，快了。”对方回答道。

“先放一放，不要急着修好。”翟建国吩咐道。

“为什么呀！”对方一愣,再想多问的时候,翟建国早已经把电话撂下了。

宁中英在翟建国那里吃了个软钉子，心里的火更盛了。他原本只是想到北溪去找原来在县里任过职的领导谈谈青锋厂的事情，以便借市领导的话来压一压县里。在见过翟建国的嘴脸之后，他改变了主意，决定此行要以告状为主要目的。自己既然已经跳出来和韦宝林翻脸了，那么就必须一棍子把对方打死，打蛇不死，反受其噬，这个道理宁中英是非常清楚的。

于是，他收拾了两件换洗衣服，拎上自己的手提包，叫上女儿宁静，骑上车便往县城赶，准备搭乘过路的火车前往北溪。没想到，刚出厂门口没多远，迎面竟然遇上了开着吉普车回来的秦海。

“秦海，你还没说你这车是哪来的呢，还有，你居然会开车？”宁静在宁中英身边好奇地问道。她年龄还小，对于大人们的这些恩恩怨怨虽然也知道一些，但并没有什么兴趣，反而是秦海会开车这件事，让她觉得兴趣盎然。

秦海简单而有选择地把从省军区借车的事情向宁家父女介绍了一遍，说完之后，他笑着对宁中英说道："来得早不如来得巧，既然韦宝林不肯给您派车，那就由我开车送您去北溪吧。"

"秦海，开快点，别让旁边那辆车把我们超过去了！"

"哎呀，好多的蜜蜂，他们为什么把蜂箱都装在卡车上啊？"

"秦海你快看，河里那是挖沙子的船吗？怎么那么大……"

从平苑到北溪的一路上，秦海被坐在副驾驶座上的宁静吵得头都大了几倍。这个小丫头听说秦海要开车送宁中英去北溪，便以不放心秦海的车技为由，硬赖着也坐到了车上，而且非要坐副驾驶座的位置，以便能够看到沿途的风景。

宁中英对儿子要求严格，对女儿却甚是溺爱。他在路边找了个认识的工人帮着把自行车骑回厂里，并且让人带话给宋玉兰，说自己带女儿去北溪了，然后便坐上了秦海的吉普车，而且果真把副驾驶座让给了女儿。

宁中英当厂长的时候，每逢出差，如果宁静正好放假，他都会带着女儿一块去，所以宁静对于坐车并不觉得新鲜。她感到新鲜的地方，在于开车的竟然是秦海，她还从来没有想过自己认识的朋友里有人会开车的。

"丫头，你说话归说话，别动我的胳膊好不好？"秦海不堪宁静的骚扰，不得不出言提醒了。老式吉普车的方向盘没有助力装置，转动起来是挺费劲的，宁静一高兴起来就捅秦海的胳膊，好几次差点让秦海把车开到路沟里去了。

"是你自己技术不过硬，还怪我呢。"宁静不满地嘟囔了一声，也知道自己有些得意忘形了。被秦海这样一提醒，她才想起秦海不是宁默，自己一个大姑娘跟对方这样亲昵，似乎有悖男女大防。她在嘴上继续强硬，手上的动作却是收敛了不少。

"小秦的车开得不错啊，在哪儿学的？"一直坐在后座闷声不语的宁中英插话问道。

"哦，是在我们村里跟一个司机学的，学的时间不长。"秦海用他编出来的理由回答道。

“你家是农村的？”宁中英又问道。

“是的，姜山县农村的，我父母都是农民。”秦海答道。

“一个农民家庭出来的技校生，能有这样的水平，文武全才，的确不容易。”宁中英感慨道。

秦海道：“宁厂长过奖了，我这个人只是兴趣比较广泛罢了。”

宁中英夸了秦海一句，倒也没有继续深入，而是换了一个话题，问道：“小秦，你来厂里时间不长，不过厂里的这些事情，想必你也都清楚了。对于青锋厂的未来，你是怎么看的？”

“转产是死路，维持现状也是死路。要想让青锋厂起死回生，必须是在保持青锋厂现有优势的基础上，推陈出新，用高质量的产品占领市场，用创新型的产品开拓市场。”秦海答道。

“你有具体的想法吗？”宁中英问道。

秦海道：“我没有想得太深，不过，冷科长和我一起搞的旋耕刀片的质量改进，其实大有可为。如果刀片的钢材质量能够有所提升，加上我们搞的堆焊工艺，我想我们的刀片走向全国市场也不是难事，光这一项养活青锋厂应当就不成问题了。”

“还有其他的吗？”宁中英追问道。

秦海想了想，说道：“倒是还有一项业务，做好了可谓黄金万两，我正想着如何说服厂里来做呢。”

“什么业务？”宁中英问道。

秦海道：“是一种万能军铲，也就是部队里用的工兵锹。我已经请省军区帮忙去联系销路，如果一切顺利，多的不敢说，一年一两万把的销量是可以保证的。”

“一两万把锹，这能挣多少钱？”宁中英有些不屑地说道，农机厂别的东西没有，铁锹可是传统产品了，没听说过这么大一家厂子能够通过卖锹来发财的。

秦海道：“这种工兵锹的价格，起码在20美元以上，即便按外汇牌价，一把也值60块钱人民币，1万把就是60万的销售额，宁厂长也不放在眼里吗？”

“60 块钱一把的锹？”宁中英坐正了身体，有些惊讶地问道。

秦海道：“这还是出厂价呢，我设计的这种工兵锹，是瞄准国际市场的，对于一些富裕国家的军方来说，20 美元根本不算什么事。不过，这 60 块钱并不全是给青锋厂的，中间还有其他一些合作单位的利润在内。”

说到这里的时候，秦海含糊其辞了一下，他才不会说这合作单位就是他秦海本人呢。当然了，如果这项业务能够做起来，秦海是打算带着宁默等人一起加入的，指望宁默对他老爹守口如瓶，秦海还不如期待宁默减肥成功更为靠谱。

“有意思，一把锹竟然也能做出这样大的市场，看起来，我们这些老家伙是该退居二线了，该让你们这些明白人去当家。”宁中英半开玩笑半认真地说道，他对于韦宝林这样的“明白人”很是不屑，但不知怎的，一见到秦海，他就喜欢上了这个聪明过人的小年轻。

因为路况的限制，从平苑到北溪的 200 公里路程，秦海足足用了 4 个小时才开到。车到北溪之后，宁中英先带着秦海和宁静在路边一家小餐馆吃了点便饭，然后把宁静留在一家开架售书的新华书店里看书，自己指挥秦海开着车来到了市政府的大院。

“宁厂长，您上去办事吧，我在这等您。”秦海把车停好之后，对宁中英说道。

宁中英摇摇头，道：“你把车锁好，跟我一块上去。”

“我去干什么？”秦海有些意外，宁中英是来找市领导告状的，其中必定有一些不宜让外人听到的话，他去凑什么热闹呢？

宁中英道：“你在车上说的一些话挺有意思，我也记不全，所以让你上去一块和市领导聊聊。”

“嗯，好吧。”秦海倒也不忸怩，在岳国阳面前他都敢放肆，再去见见市领导又有何妨。

宁中英要去拜访的，是北溪市的副市长柴培德。柴培德此前曾经在平苑县当过县长，与宁中英的关系不错。升任副市长之后，柴培德分管的也是工交财贸这条线，算是青锋农机厂间接的顶头上司。

宁中英带着秦海走进市政府办公楼，楼下值班室的工作人员迎上前来，伸手拦住，问道："你们是哪儿的，找谁？"

宁中英道："我是平苑县青锋农机厂的，我找柴副市长。"

"你们和柴市长约过吗？"工作人员狐疑地问道。

宁中英道："你打电话问柴副市长吧，就说宁中英来访，问他见不见。"

工作人员见宁中英说话底气甚足，倒是先怕了几分。他拿起电话拨了个内部号码，对着听筒里说了几句什么，随即就放下听筒，满脸堆笑地放宁中英和秦海上楼去了。

尽管有两年没来，宁中英还是轻车熟路地找到了柴培德的办公室，没等敲门，柴培德的秘书徐扬已经迎了出来，一见宁中英，便热情地招呼道："宁厂长来了，柴市长刚推掉了两个会，就等着你呢。"

宁中英对徐扬笑道："小徐，好久没见，怎么样，孩子上学了吧？"

"还没呢，开学才上一年级，多谢宁厂长惦记了。"徐扬应道，脸上的笑意分明又温暖了几分。

在徐扬的引导下，宁中英和秦海进了柴培德的办公室，柴培德本来正坐在办公桌前批阅文件，一见宁中英进来，连忙放下笔，站起来走上前来，与宁中英握手问候："老宁，你怎么来了，也不事先打个招呼？对了，午饭在哪吃的？怎么不直接到我这里来，担心我请不起你喝酒是不是？"

宁中英笑道："柴市长日理万机，我怎么敢随便打扰啊？今天冒昧上门来，还担心柴市长把我轰出去呢。"

柴培德也笑着答道："这是恶人先告状啊，分明是你宁厂长已经跳出三界外，不愿意与我们这些尘世中人同流合污。我天天都盼着宁厂长能够来给我一些教诲，可是总也不见你的大驾。你问问小徐，我是不是天天都在念叨你呢。"

徐扬在一旁赶紧帮腔："我作证，柴市长昨天还说起宁厂长呢，说要找个机会到平苑去拜访宁厂长。"

"你就会向着你们领导说话。"宁中英瞪了徐扬一眼，呵呵笑了起来。

双方说完这些没营养的寒暄话，柴培德这才像是刚看到秦海一般，指着秦海对宁中英问道："哎，老宁，这小伙子是……"

"哦，他是刚分到我们厂的一个技校生，叫秦海。我这趟来北溪，我们韦厂长不肯给我派车，我是让小秦开车送我来的。”宁中英说道。

柴培德听宁中英这样一说，直接便把秦海当成了一个司机。他用手指了指旁边的凳子，示意秦海坐下，然后又把宁中英招呼到沙发上坐下，这才小声地问道：“怎么，老宁，和韦宝林闹起来了？”

“没错，我这趟来北溪，就是告状来了。这个韦宝林已经不适合再担任青锋厂的厂长了，我提请市政府撤销他的职务。”宁中英直截了当地说道。

“怎么回事？”柴培德收起了调侃的神色，扭头看了看秦海，对徐扬说道：“小徐，要不你找个地方让小秦师傅休息一下。”

“不必了，就让他在这吧。”宁中英抬手制止了正打算带秦海离开的徐扬，然后对柴培德说道：“我要说的事情，没什么不能让人听的，小秦留在这里没事。”

柴培德心中有些不解，因为这种涉及厂领导之间的事情，一般来说是不适合让司机旁听的。不过，既然宁中英说不用避讳秦海，他也无话可说，只是做了个手势，让徐扬给秦海倒了杯水，然后依然对着宁中英说道：“宁厂长，到底是怎么回事，你说来听听。”

宁中英于是把韦宝林当厂长之后的种种表现一五一十地向柴培德做了一个介绍，别看他这两年来对于厂里的事务从不发言，也不参加厂里的会议，但韦宝林所做的那些事情，他全都有数，说起来如数家珍。

柴培德拿着一个小本子，不停地做着记录。宁中英的口才很好，思维也非常缜密，说出来的事情条理清楚，柴培德记录起来毫无困难。

一直说到韦宝林打算转产洗衣机的时候，柴培德才插了一句嘴，问道：“宁厂长，你对于这个决策，是怎么看的？”

宁中英呵呵一笑，说道：“这个决策纯粹是胡闹，不光我这样说，连我们厂的工人都知道，不信，你问问小秦吧。小秦，你给柴市长说说，你们是怎么看待转产洗衣机这件事的。”

见宁中英把火力引向了自己，秦海无奈地笑了一下，说道：“宁厂长，我只是一个小工人，怎么懂得这样的大事呢，您可难住我了。”

宁中英知道秦海是在装傻捣鬼，便瞪起眼睛说道：“我让你说，你就说，柴市长是个平易近人的好领导，你还怕柴市长吃了你吗？”

柴培德见二人如此作秀，心中好生诧异。他对宁中英的行事风格颇有些了解，知道宁中英这样做必有深意，当下也不吭声，只等着秦海开口。

秦海客套了一句，知道宁中英带自己上来肯定就是想让自己说话的，于是坐正身体，对柴培德说道：“柴市长，宁厂长让我说说我们工人的想法，那我就斗胆代表我们厂的部分工人说一下我们的意见吧。我认为，青锋农机厂转产洗衣机是一条死路，如果县里、市里支持青锋农机厂这样做，未来非但青锋厂会死得很难看，连县里和市里都会受到拖累，落一个鸡飞蛋打的下场。”

“哦？你这话倒是挺耸人听闻的，你能不能说说，你为什么认为转产洗衣机就是鸡飞蛋打呢？”柴培德从秦海的几句话中听出了一些不同凡响之处，隐隐意识到，这个司机恐怕并不简单。不是说当司机的人就不能有自己的想法，但能够把一件事说得如此有条理的司机，在当今这个社会恐怕还真是不多。

秦海曾经在宁中英那里谈论过对转产洗衣机的看法，此时不过是把当时的观点重新拿出来再说一遍而已。听到秦海对宏观经济形势的总体判断时，柴培德的脸上露出了惊讶之色，他扭头去看宁中英，发现宁中英向他递过一个意味深长的眼神。

这个老狐狸，从哪儿搜罗到一个如此出色的年轻人，还在我面前假装司机呢，柴培德在心里暗暗地骂着宁中英。

“上面这些，就是我对青锋厂转产洗衣机的问题的看法，不当之处，还请柴市长指正。”秦海用这样一段话结束了自己的阐述。

“小秦同志，你是哪个学校毕业的？”柴培德忍不住问道。

“省农机技校。”秦海说道。

“学什么专业的？”

“铸造。”

“铸造？”柴培德奇怪道，“学铸造的，怎么会知道这么多事情？”

宁中英道：“这个你就别管了，柴市长，你觉得小秦说的这些，有道理没有？”

柴培德毕竟是个副市长，怎么可能当着一个青工的面对下属企业的管理决策问题直接表态。他笑了笑，说道："小秦同志说的这些，当然也有一定的道理。不过，小秦同志的观点，只是说洗衣机市场可能会饱和，会出现比较严峻的竞争环境。但是，既然是竞争，除了失败者之外，肯定还有胜利者，为什么青锋农机厂就不可能是胜利者呢？"

秦海道："同样的道理，为什么青锋农机厂就不可能是失败者呢？"

"这个应当是事在人为的事情吧？"柴培德没有介意秦海的顶撞，他说道。

秦海道："在企业经营中，稳健是非常重要的一个决策原则。青锋农机厂连职工带家属，有近千人，一旦这个决策出现问题，上千人的生计就成了大问题，到时候，别说平苑县，就是北溪市又能够负担得起吗？"

"那么依你之见，该怎么做呢？"柴培德反问道。

秦海呵呵一笑，说道："以我的愚见，韦厂长既然如此看好洗衣机项目，市里应当让他单独组一支队伍，去推进这个项目，而不必把青锋厂也绑在他的战车上。如果他能够做成,未来兼并掉青锋厂也可以。如果做不成，至少还能给青锋厂的男女老少留口饭吃。柴市长，您说呢？"

此言一出，柴培德不禁想拍案叫绝。秦海的话捅破了一层大家都没有注意到的窗户纸，那就是既然韦宝林打算全部放弃传统的农机业务，而且这些业务与洗衣机之间也没有必然的联系，那么为什么一定要以青锋厂作为载体来搞洗衣机呢？

青锋厂这两年亏损连连，看起来转产才是唯一的出路。但柴培德知道，青锋厂的亏损，很大程度上起源于韦宝林的瞎折腾。如果青锋厂能够守着几个产品，努力提高质量，至少不至于落到这样一个境地。

对于转产洗衣机这件事情，即便没有宁中英和秦海的建言，柴培德也是倾向于反对的。秦海说的国内竞争情况，柴培德同样了解，有些地方甚至比秦海知道的更清楚。省里已经有 4 个市在新上马洗衣机项目，结果造成制造洗衣机电机的矽钢片严重短缺。柴培德与那几个市管工交财贸的副市长都互相认识，平时也听他们抱怨过此事。

下面的企业上马新项目的时候都是雄心勃勃的，但到了原材料供应不上、市场无法打开的时候，他们就只会向市政府叫苦，到那时候市长就成了替他们擦屁股的人。柴培德虽然也想要政绩，但他实在没有替别人擦屁股的嗜好。

青锋厂转产洗衣机的报告，已经从平苑县报到了柴培德的手里。平苑县对此事的积极性很高，县长郭明亲自到市里来汇报了两次，弄得柴培德想反对也不好意思开口。秦海一句话，直接把柴培德从梦中点醒，是啊，既然韦宝林把洗衣机项目说得如此确定，那为什么不让他自己带一队人马去做呢，有必要把青锋农机厂一块拖下水吗？

如果让韦宝林自己去做洗衣机项目，十有八九他是做不起来的，但这与柴培德何干？能够把青锋厂解放出来，如果配上一个得力的领导，说不定真能够扭亏为盈，这也就是大大减轻市里的压力了。

柴培德想明白了这一节，心里一阵轻松。不过，他并没有让这种情绪在脸上流露出来，而是继续问道："小秦，你说青锋厂不必通过搞洗衣机来扭亏，莫非你有什么好办法？"

柴培德问这句话，也就是想堵一堵秦海的嘴，这算是一种驭下之道。你的下属提出了很好的建议，解决了你的问题，这时候你千万不能让他感觉到自己有多大贡献，因为这将意味着他会自我膨胀，让你无法驾驭。最好的办法，就是给他提出一个更大的难题，让他知难而退，对自己的智商和情商感到悲观，对领导的能力感到望尘莫及。

谁料想，柴培德的这个小手段在秦海面前并不成功。对于柴培德的问题，秦海毫不客气地回答道："我倒没什么太好的办法，但如果把青锋厂交给我的话，扭亏为盈至少不是什么难事。"

"好大的口气！"柴培德用夸张的口吻说道，"这么多老同志都没办法让青锋厂扭亏为盈，你有什么高招能够做到？"

秦海正欲开口，宁中英向他摆了摆手，说道："小秦，我要向柴市长汇报的事情，差不多汇报完了。你先开车去新华书店接一下小静，我在这里跟柴市长聊几句家常，等你们过来，咱们就回平苑去。"

"是！"秦海知道宁中英是要让他回避，以便与柴培德说一些秘密的事情。他站起身，向柴培德告辞，然后在徐扬的陪同下，离开了柴培德的办公室。

看着房门关上，柴培德收起脸上的威严，笑着对宁中英说道：“老宁，你这是给我唱的哪一出啊？这个秦海，你是从哪儿找来的？”

柴培德与宁中英之间，远不止是政府领导与企业厂长之间的关系。在那个特殊的年代里，柴培德作为当权派，曾经受到过一些冲击。而在这个时候，牢牢控制着青锋农机厂的宁中英带着一群工人把柴培德解救出来，带回厂里暂避风头，相当于救了柴培德一命。运动过后，柴培德并不向宁中英重提此事，但在他心里，始终觉得宁中英与自己是有特殊关系的。

撇开私人的感情不说，对于宁中英的管理能力，柴培德也一向都是十分欣赏的。青锋农机厂在宁中英手里的时候，算是平苑县的一棵摇钱树。那种决策之后需要领导帮忙擦屁股的事情，在宁中英任厂长的时期从来都没有出现过。

宁中英跑来告韦宝林的状，在柴培德看来并不意外，他甚至奇怪宁中英怎么能够忍到这个时候才来告状，以韦宝林这两年的折腾，宁中英应当早就看不下去了才是。

当天这一番谈话，宁中英所说的事情并没有超出柴培德的预计，唯一让他觉得惊奇的，就是宁中英所带来的这个年轻司机秦海。

“怎么样，柴市长，这个年轻人不错吧？”宁中英有些得意地对柴培德问道。

柴培德点点头，说道：“是棵好苗子，虽然说话还有些毛躁，但头脑很清晰，想必做事还是有分寸的。”

宁中英道：“不但如此，他还是一个技术能手呢，你记得我们厂里那个冷玉明吗？”

“记得啊，他不是哈工大毕业的吗，我一直想把他调到市里来呢。”柴培德道。

“冷玉明一直没有解决的一个工艺问题，居然让秦海给解决了，而且据冷玉明说，秦海绝对不是瞎猫碰上死耗子，他的理论功底非常扎实。”宁中英说道。

这几天，宁中英扔掉伪装，与自己的几个心腹在一起密谋了多次，对于厂里的许多事情有了更加深入的了解。有关秦海的情况，也正是冷玉明向他着重介绍过的。他知道冷玉明是不会随便夸奖人的，所以从冷玉明嘴里说出来的话，可信度极高。

宁中英把秦海帮着冷玉明搞高频感应堆焊技术革新的事情向柴培德介绍了一遍，捎带着把旋耕刀片的事情也透露了一二。柴培德听罢，感慨道："一个农机技校的毕业生，能够让冷玉明觉得理论功底扎实，这可着实不易啊。"

宁中英附和道："现在都说让明白人当家，韦宝林那样的人算什么明白人，要我说，秦海这种人才真正算是明白人呢。"

柴培德试探着问道："老宁，你不会是想推举秦海来当厂长吧？"

宁中英摇摇头道："我的确是这样想过，不过，秦海的毛病在于太年轻了。如果他年龄再大上 10 岁，我真会推举他来当青锋厂的厂长。"

"是啊，才 18 岁的人，如果任命他当厂长，恐怕大家都会接受不了的。"柴培德道。

宁中英道："我觉得，秦海的见识完全可以利用起来，如果给青锋厂安排一个有经验的同志当厂长，让秦海当他的副手，有人帮着掌舵，再发挥秦海脑子灵活的优势，青锋厂肯定能够大有起色。"

柴培德道："那韦宝林怎么办？"

宁中英道："刚才小秦不是出了个主意吗，让他自己带一帮人去搞洗衣机就是了，何必非要让青锋来陪绑呢？"

柴培德道："老宁，你老实承认，这个主意是不是你出的？"

宁中英道："我发誓，这个主意绝对与我无关。在秦海说出这话之前，我根本就没往那个方向去想，秦海那么一说，我心里才觉得，这个想法实在太好了。"

"这个家伙的脑袋是怎么长的？"柴培德道，"我也是被这些事情给弄晕了，细细一想，韦宝林想搞洗衣机，的确没必要利用青锋厂的底子来搞啊。你说，我以前怎么就没想到这一点呢？"

"现在想到了也不迟嘛。"宁中英哈哈笑道。

柴培德点点头，说道："现在我有办法跟郭明说了，既然平苑县坚决要上马搞洗衣机，那就让他们去搞，把韦宝林从青锋厂抽出来，搞一个……洗衣机项目筹备小组，不，叫筹备委员会，级别就让郭明去定好了。然后，我们再给青锋厂重新配一个厂长，把秦海这样的年轻人用起来。对了，到那时候，老宁，你可真得发挥点儿作用，贡献点余热嘛。”

“我都已经只剩下余热了，还贡献什么。如果不是韦宝林这小子做事太不地道，我根本就懒得插手青锋厂的事情。”宁中英有些不满地嘀咕道。

像他这样退居二线的干部，最忌讳的就是别人说到“余热”二字。所谓余热，就是那些从炉子里掏出来的炉灰的残热，用这个词来形容老干部，可不就相当于说老干部们都是行将熄灭的废炉渣了吗？

“你这不是已经插手了吗？”柴培德劝道，说到此处，他突然脑子里一亮，一个绝妙的念头闪现出来。他努力保持着平静的神色，对宁中英问道：“对了，老宁，你这两年退下来以后，身体如何？”

“我身体好得很。”宁中英以为柴培德此问只是普通的关心，便大大咧咧地答道，“不用天天去操心了，我现在吃得好、睡得好，连棋艺都长了一大截。对了，柴市长，有时间咱们对弈一局，你肯定不是我的对手了。”

在青锋厂躲避运动风头的那段时间里，宁中英是经常去找柴培德对弈的，二人算是棋友。不过，柴培德官复原职之后，就再没有与宁中英一道下过棋了。他说道：“我的棋艺是肯定比不上你了，我现在成天忙得连吃饭的时间都要精打细算，哪有时间下棋。”

“下棋也是一种休息嘛，而且棋局中的道理，与管理中的道理很有相通之处，这也是我这两年慢慢悟出来的。”宁中英说道。

柴培德敷衍道：“好啊，改天我一定抽时间请宁厂长给我讲讲这棋局中的道理，让我也学会几招。”

两个人又聊了几句闲话，徐扬进来报告说，秦海已经把宁静接来，正在楼下等候。宁中英站起身向柴培德告辞，柴培德挽留道：“你干脆就在北溪住一晚再走吧，现在走，到家怎么也得八九点钟了。”

宁中英笑道：“我还是早点回去吧，否则韦宝林肯定要说我不知道上哪串联去了，万一再给我算上无故缺勤，扣我点儿工资，那我可就亏了。”

“借他一个胆子，他也不敢在你的老虎嘴巴上拔毛吧？”柴培德调侃道。

两个人边聊边走，来到了楼下。柴培德一眼看到宁静，笑着上前说道："这不是小静吗，几年不见，长成大姑娘了。"

宁静在宁中英的提示下，上前喊了句柴叔叔，然后便闪到秦海身后去了。柴培德与宁中英握手告别，秦海让宁中英和宁静上了车，然后向柴培德挥挥手，便驾车离开了市政府的大院。

看着吉普车绝尘而去，柴培德扭头对徐扬说道："小徐，你把这两年青锋农机厂的经营情况汇总一下，然后请市经委的刘主任明天上午过来谈一下。"

"柴市长，您真的想动韦宝林了？"徐扬问道，作为一个秘书，他必须弄明白领导的意图，以便有的放矢地替领导搜集资料。

柴培德道："像韦宝林这种没有能力、光会吹牛的干部，我早就想动一动了。"

徐扬笑道："柴市长，您有没有听过老百姓是如何评价这些干部的？"

"如何评价的？"柴培德饶有兴趣地问道。

徐扬道："老百姓说，这种干部是三拍干部，就是决策的时候拍脑袋，执行的时候拍胸脯，失败之后拍屁股。"

"哈哈，三拍干部，果然总结得妙。"柴培德笑了起来，不过，他的笑容中也夹杂着诸多无奈。北溪市下属这么多企业，像韦宝林这样的三拍干部数量还真是不少，大片大片的企业都面临着所谓"政策性亏损"，弄得市里的财政哀鸿一片。他的确想把这些干部都撤下来，可是撤完之后，他又上哪儿去找得力的干部呢？

想到此，他不由得又开始琢磨起秦海这个人来了。虽然宁中英介绍说秦海只有 18 岁，但在柴培德的感觉中，秦海的心理年龄远远超过了他的实际年龄，那份心性的成熟，简直与一名而立之年的壮年人相仿。如果不是怕引起众人的非议，他真想直接提拔秦海担任青锋厂的厂长，想来怎么也不会比韦宝林干得差吧。

宁中英悄悄去了一趟北溪，此事居然瞒过了韦宝林和翟建国。他们觉得宁中英没有车，如果去北溪的话，不可能当天去、当天回。秦海开了一辆军车回来的消息，翟建国倒也在第一时间就听人说起了，但他无论如何也联想不到宁中英头上去。

秦海一行回到青锋厂的时候，果真已经到了晚上八点来钟。为了掩人耳目，宁中英没有请秦海到家里去吃饭，而是让他自己到外面随便去吃一点。为了这事，宁静还撅着嘴老大不高兴，觉得父亲有些慢待秦海了。

第二天一早，秦海来到办公室，向翟建国销假。

“翟主任，我回来了。”秦海像没事人一样对翟建国说道。

看到秦海，翟建国就想起了那天晚上从楼梯上滚下去的狼狈情景。但此时他脸上的伤已经结了痂，又知道秦海与部队攀上了关系，所以也不敢过于为难秦海，只是试探着问道：“小秦啊，我听说你开了一辆吉普车回来，就停在单身宿舍楼下，这是怎么回事啊？”

“哦，那是部队借给我的。”秦海轻描淡写地说道。

“部队为什么要借车给你呢？”翟建国追问道。秦海越是说得轻松，翟建国心里的疑惑就越重。他是一个欺善怕恶之人，不把事情的因果搞清楚，他是万万不敢随便对待秦海的。

秦海知道翟建国的为人，便故意吓唬道：“其实这车也不能算借，在这一段时间，可以算是配给我的吧。我现在承担着部队里一项重要的攻关课题，所以在编制上也算是部队的一员。省军区的岳司令员把这辆车拨给我用，主要是希望我能够经常在两边跑，兼顾农机厂本职工作的同时，也完成好部队那边的任务。”

“你现在算是部队编制？”翟建国瞪圆了眼睛问道。

秦海道：“低调、低调，翟主任，这件事也就是对你，跟其他人我肯定不会说的。我现在虽然名义上编制还在青锋厂，但实际上算是部队的秘密编制，是承担着重大国防安全任务的。”

“呃……”翟建国不知说啥好了，秦海出一趟门，居然弄了个部队的秘密编制，以后自己还怎么与秦海打交道呢？这几天，他一直琢磨着等秦海回来之后，找个茬给秦海弄双小鞋穿。可是现在一听秦海居然混了个军方的秘密编制，他只能悻悻然打消了这个念头，收拾谁也不能收拾军方的人啊。

宁默等人听说秦海从部队弄来了一辆吉普车，都给震住了。秦海把与岳国阳商定合伙做生意的事情向宁默他们说了一遍，宁默几个当真是纳头便拜，表示不管秦海让他们做什么，他们都不折不扣地完成。在几个小伙伴的心里，滋生出一种神圣的感觉，想不到自己居然已经能够介入与部队的合作中了。

在随后的几天里，秦海他们白天照常上班，晚上便四处活动，打听有关钢铁厂的各方面情况。秦海向岳国阳提出的要求是帮忙联系租借钢铁厂的设备，岳国阳还要把这个情况与军区的其他领导商量之后才能答复秦海，所以这几天秦海还只能是继续等待。

到了星期六的下班时分，秦海交了班，与宁默他们打了个招呼，然后回宿舍换了身衣服，下楼启动了停在楼下的吉普车。

“秦海，出去玩吗？”同样刚从车间下班回来的王晓晨向秦海挥挥手，随口问道。

秦海道：“我想回趟家。”

“回家？”王晓晨好奇地问道，“你家离得远吗？”

秦海道：“在姜山县，有车过去的话，也不算远，过了河没多远就到了。”

王晓晨羡慕地说道：“秦海，你真有本事，竟然能弄到一辆车开。对了，你家里都有什么人啊？”

秦海道：“我父母，奶奶，还有两个妹妹。”

“哦。”王晓晨点点头，她探头看了一下吉普车里面，然后说道：“你不会就这样回去吧？”

“怎么？”秦海奇怪地问道，“我该怎么回去？”

王晓晨认真地说道：“你现在参加工作了，回家得带点东西才行。你家里有奶奶，你得给老人买点东西。还有，你妹妹多大了？”

“一个十六，一个十四。”秦海道。

王晓晨道：“如果是这样的话，你最好给她们也带点女孩子喜欢的东西，什么雪花膏啊、发卡之类的。”

“这么麻烦呢？”秦海挠着头，不过倒也明白了王晓晨的意思。他曾经生活在一个物资丰富的年代，家里人都不缺什么东西，所以他也没有给家人买东西的意识，听王晓晨这样一提醒，他算是醒悟过来了。

开着车到县城转了一圈之后，秦海踏上了回家的路途。凭着身体里的记忆，他知道自己的家是在河的西面，乘汽车轮渡过河之后，沿着县道再开十多公里，就离开了平苑县的县境，进入姜山县。再往后就是不到十公里的乡级道路，下雨是水泥路，天晴是扬尘路，秦海对此是深有感悟的。

虽然是部队里封存已久的吉普车，其越野性能还是十分出色的。秦海开着车在坑坑洼洼的乡道上疾驰，倒是足足地过了一把户外穿越的瘾。

“嘎！”

正向前开着，秦海的目光突然捕捉到路上一个熟悉的身影。错愕之间，吉普车已经从那人身边驶过，他狠狠地踩了一脚刹车，让车停下来，然后花了一秒钟时间让自己适应一个新的身份，接着便跳下了车，迎着那人走去。

“爸！”秦海艰难地从嘴里吐出了这个称呼。

经历了时间旅行，并且拥有了新的身份，就必须接受新身份的所有社会关系，包括父母、弟妹，秦海应当庆幸自己附身的这个人尚未婚配，否则要接受一个毫无感情基础的太太，心理障碍恐怕要大得多。

现在出现在秦海面前的这位，正是秦海的父亲秦明华。从秦明华浑身的煤灰，秦海可以看出，父亲是刚刚从镇里的煤矿出来。秦明华不是煤矿的工人，他只是趁着有空的时候，到煤矿去打零工挣点钱，以补贴家用。

“小海？”秦明华瞪大眼睛看着秦海，又看看秦海身边的吉普车，诧异得说不出话来。

“小海回来了？”

“这是你开回来的车？”

“你给领导开小车了？真不错！”

与秦明华走在一起的另外几名乡亲也都震惊了，大家你一言我一语地，把秦海问得头昏脑涨。

“明良叔，荣才哥，荣庆哥……你们也去矿上挖煤了。”秦海挨个与乡亲们打着招呼，也亏他这些天与身体里的记忆融合得不错，才能在这样的场合下准确地叫出众人的名字。

“小海，这车是你开回来的？”秦明华这个时候才稍稍有些回过神来，他用手指点着吉普车，再次确认道。

“是啊。”秦海得意地说道，“爸，还有明良叔、荣才哥、荣庆哥，大家都上车吧，我这车正好能坐下四个人。”

“这怎么能行！”叫明良叔的那位连忙摆手，“我们刚从井下上来，一身都是煤，别把车弄脏了。”

他的话虽是这样说的，但看着那吉普的眼神里却透着灼热。如果不是真的担心身上太脏，他是无论如何也不会拒绝这个邀请的。吉普车，这可是稀罕物件，只有县长才有资格坐的啊。

“是啊，小海，你自己开车回去就好了，没几步路了，我们走回去就行。”秦明华也说道，说罢，他又走近儿子的身边，小声道：“小海，你给领导开车，可要注意点，把车弄脏了，领导就算不说你，心里也会不高兴的。”

秦海笑道：“爸，你想多了。这车……来历我就不说了，大家尽管上车，车脏了还可以洗嘛。”

说着，他不容分说地推着父亲来到车前，拉开副驾驶座的门，把父亲推了上去。

“这……这这全弄脏了！”秦明华一上车，就把副驾上军绿色的布罩给蹭出了几道黑印，他见车已经弄脏了，也就半推半就地坐下来，然后探头对几个乡亲喊道：“大家都上来吧，小海一片心意，大家都坐上来吧。”

有了秦明华带头，那 3 个人也就不客气了，一个接一个地钻进吉普车的后座，一边自责地说着身上的煤灰弄脏了车子，一边啧啧连声地感慨着秦海的能耐：

“小海真是有办法，刚上班就当了司机。”

“还是领导看重的司机，要不能把车开回来？”

“哈哈，这吉普车只有县长才有资格坐呢，刘镇长都只有卡车头坐。”

“大家坐好了，我开车了。”秦海帮众人关好车门，自己回到驾驶座上，发动了引擎，向着自家的村子开去。

第七章　老宁重新掌舵青锋厂

在柴培德的亲自过问之下，平苑县政府果然按照秦海的建议，将韦宝林调离青锋厂，专心去搞他心仪已久的洗衣机项目。老厂长宁中英重新上台，掌舵青锋厂。旋耕刀片的改造工作顺利展开，然而青锋厂并没有因此突破困局，刀片的销售又成了新问题。为了拓展市场，宁中英带着秦海四处推销刀片，而一向不走寻常路的秦海，竟然又有出人意料的收获。

从镇煤矿到秦海家所在的后岭村，不过是两里来远的路程，尽管道路崎岖不平，秦海的车开得很慢，几分钟之后也就开到了。吉普车从村里开过，引得两边无数的大人孩子上前围观。当发现开车的居然是秦海，而坐车的居然是秦明华、秦明良等村里的农民时，众人都鼓噪起来，更有半大孩子在车屁股后面猛追，时不时壮着胆子拍一拍车厢上的钢板，然后嘎嘎大笑。

“明华，你家小海都给领导开上车了，你该享福了。”坐在后排座上享受着县长待遇的秦明良不无羡慕地对秦明华恭维道。

“我能享什么福，开车子不就是侍候人吗，又不是小海自己当了领导。”秦明华心中得意，嘴里却要拼命地贬着儿子。

“明华叔，可不是这样说的，你看镇上给刘镇长开车的那个胡司机，平时多牛啊。他开的还不是吉普，是卡车呢。小海老弟这么年轻就能给领导开吉普车，以后一定大有前途。”

与秦海同一辈分的秦荣才和秦荣庆都跟着一道恭维起来，秦明华听到这些话，虽然连连摆手否认，但脸上却是笑开了花。

秦海把车一直开到自家的院墙外停下，几个乘客意犹未尽地下了车，与秦海客气几句之后，带着兴奋之色分别回家去了。秦海走到车后，打开后备箱，把出发前在平苑县城采购的一些东西拎了出来。

“这是什么？”秦明华问道。

“买了只板鸭，几根广味香肠，没敢买肉，怕天气太热臭了。”秦海说道。

“你哪来的钱？”秦明华从儿子手上接过东西，又问道。

“厂里借给我的工资。”秦海掩饰道。

其实，秦海刚上班，还没有拿到第一个月的工资，但他手里却有岳国阳借给他的两千块钱预付款。他既然相信自己能够挣到更多的钱，也就不在乎先从这些钱中挪用一点了。

秦明华心中欢喜，脸上却阴沉着，斥道：“你还没挣到大钱，就这样大手大脚干什么。不过年不过节的，买板鸭干什么，还有这香肠，镇上也有，我看过，贵死人了，一斤香肠抵三斤肉的价钱。”

秦海呵呵笑着，也不接话，他知道这是父亲在他面前维持权威的表现，无论他如何做，父亲都是要训他的。他接着又从后备箱拿出了两瓶四特酒，说道：“这是给婆婆买的。”

“嗯，这还差不多。”秦明华对这件事倒是挺赞赏，“知道孝敬你婆婆了，不枉婆婆对你好。”

父子俩说着话，进了院门，两个身材窈窕的女孩子迎了上来，她们分别对秦明华喊了一声“爸爸”之后，便一下子围住了秦海：“哥，你怎么回来了！”

“小珊，小玲，来，一人一份。”秦海在两个妹妹头上分别拍了一下，然后从随身的挎包里掏出两个纸包，递给了两个女孩子。

“雪花膏，万紫千红的！”

“发卡，塑料的耶！”

两个女孩打开纸包，一下子都雀跃起来。秦海照着王晓晨的提示，给两个妹妹每人买了一盒雪花膏和一个红色的塑料发卡，果然让两个妹妹都收获了惊喜。

“你妈呢？”秦明华对大女儿秦珊问道。

“在堂屋里呢，有客人。”秦珊的脸色骤然沉了下去，嘴巴撅得老高。

“什么客人啊？”秦明华一愣，不知道出了什么事情。

“说是镇上的一个干部，要给姐姐提亲。”小女儿秦玲解释道。

“镇上的干部？”秦明华脸色也变得不太好看了，他把手里的板鸭、香肠等交到秦玲的手上，径直进了屋。

秦海不明就里，他对秦珊问道：“怎么回事？怎么现在就有说亲的？”

“是镇上的黄章才，你认识的，他儿子叫黄征。”秦珊小声地说道。

秦海在脑子里搜索了一下，果真想起了这个人。黄章才是白河镇政府办公室的一个干部，据说是镇长的秘书。黄章才的大儿子叫黄征，在镇上读中学的时候，比秦海高一届，初中毕业之后就在家里待着了。

秦海与黄征之间，还有点小小的过节，那就是上技校的事情。

因为征地拆迁占用了白河镇的土地，县里给了白河镇一个农机技校的招生名额作为补偿。黄章才是满心希望儿子黄征能够考上技校的，谁知考试的时候，却是秦海超水平发挥，盖住了黄征的风头。

黄章才那点背景，在农机技校面前就不够看了，人家根本不在乎他是不是镇长的秘书，一味坚持择优录取。黄章才那时候曾经带着黄征跑到秦家来，连威逼带利诱，想让秦海放弃上技校的机会，让黄征顶他的名去上学。

秦明华算是一个见过点世面的人，知道一个农转非的技校指标有多珍贵，哪里会同意让儿子放弃。黄章才在这件事情上碰了个钉子，在随后的两年时间里，没少给秦明华白眼看。好在农村已经搞起了联产承包，镇上能够卡农民的地方不多，而秦明华家里也没有什么拖欠农业税、超生之类的把柄，所以黄章才想与秦家为难，也没找着合适的机会。

可是，就是这样一个冤家对头，怎么会跑上门来向年仅 16 岁的秦珊提亲呢？

秦珊对于这件事情也是语焉不详，其中多少有些女孩子的羞涩以及被人觊觎之后的愤怒。秦海拍拍妹妹的手，说道：“别担心，我给你做主，没人能强迫你。”

“嗯。”秦珊简单地答应道。

秦海把手里的东西交给秦珊，然后也迈步走进了屋子，来到堂屋，果然见黄章才大大喇喇地坐在一条长凳上，一手夹着烟，正在夸夸其谈。在他对面，秦明华和秦海的母亲宗惠英脸上赔着笑，在老老实实地听着他吹牛。在黄章才旁边，还坐着一位年轻人，身上穿着军装，秦海认得，此人正是黄征。

“我家黄征，现在是在省军区当兵！省军区你们知道吧，那可不是一般的部队。一般的部队，有个连长都算是了不起了，是不是？省军区院子里面，随随便便碰上一个干部，都是军长、师长。我家黄征是给司令站岗的，黄征，你给你秦叔说说看。”黄章才用手捅了捅儿子，对他说道。

黄征如几年前秦海见过的那样，依然有些木讷。他看了父亲一眼，心里对于父亲吹出来的什么军长、师长的牛皮很是忐忑，但又不便揭穿，只能顺着父亲的话头说道：“嗯，我们有时候也会去给司令员站岗，见到司令员的机会，倒是挺多的。”

“你不是说司令员还给你敬过酒吗？”黄章才提醒道。

“嗯，是……”黄征的声音低得让人心酸，岳国阳的确给他敬过酒，但那是对整个警卫连敬的酒好不好？让父亲这样一说，好像岳国阳真把他当个啥人物似的。

“你们听听，你们听听。”黄章才很是得意，他这时候才发现从门外进来的秦海，于是不经意地招呼道：“哦，秦海也回来了，你在技校还要读几年啊？”

“我已经毕业了。”秦海忍着笑，谦恭地回答道。

“毕业了，分到哪儿了？”黄章才又问道。

“平苑县青锋农机厂。”秦海说道。

黄章才道：“嗯嗯，进了厂子啊，不错不错。不过，现在工厂普遍亏损，当工人已经不吃香了。等我家黄征复员，我要让他到机关去，现在不比过去了，机关里吃香。”

“黄征青年才俊，又和岳司令熟悉，未来一定是前途无量的。对了，黄秘书，你今天到我家来，有何贵干啊。”秦海呵呵笑着，直入主题。

听到秦海说出岳司令，黄征微微有些错愕。省军区司令员的名氏当然不算什么保密信息，但寻常人如果不是特别关注，一般也是不会知道的。甚至他父亲也是听他说过之后，才知道有一个岳司令。

黄章才则没有注意到这个细节，听到秦海问他话，他露出一副矜持的嘴脸，说道："我刚才跟你爸妈讲过了，我家黄征也19岁了，过两年就能复员，我说了，我会把他安排到县里机关去。你妹妹秦珊今年也16岁了吧，人长得漂亮，性格也好，我今天带黄征过来，就是想让他们认识一下，交个朋友。"

"这样不好吧？秦珊刚上高一，还是学生呢，这个时候交男朋友算是早恋了，要开除的。"秦海用戏耍的口吻说道。

黄章才用训斥的口吻说道："你知道什么，你以为读两天技校就成了城里人了？在乡下，16岁生孩子的都有的是，黄征现在在省军区当兵，多少人家到我家里去提亲，我都没有答应，我就觉得你家秦珊不错，你这个当哥哥的，也不替你妹妹的前途着想？"

"我妹妹的前途是要去京城读大学的，黄秘书家里的这个机会，还是留给其他需要的人吧。"秦海笑着说道。

秦海这一句外柔内刚的话，让一屋子人的脸色都变了。黄征的脸涨得通红，满是尴尬；黄章才的脸则有些发青，明显是被秦海惹恼了；秦明华两口子脸色发白，支支吾吾不知道该说什么好。

"小海，你怎么跟黄秘书说话的！"宗惠英赶紧训斥儿子，然后又赔着笑脸对黄章才说道："黄秘书，孩子小，不懂事，你别见怪啊。你说的这个事情吧……"

"呃……黄秘书，你家小黄能够看上我家小珊，我们觉得很高兴，只是，小珊现在还小，这个时候谈这个事情，怕影响她学习……"秦明华说道。

黄章才瞪了秦海一眼，倒也不和他计较。在黄章才看来，秦海一来做不了家里的主，二来现在已经是城里人，自己不一定能够唬得住，他要想说话管用，还是冲着秦明华两口子更合适。

"老秦啊，交个朋友，怎么就会影响到学习了？再说了，小珊是个女孩子，读到高中已经不错了，你还指望她上大学？你家秦海还说了，要去京城上大学，他知道京城是在哪边不？"黄章才贬道。

"他是乱讲话，黄秘书不要见怪。"秦明华也瞪了秦海一眼，当然眼神里并没有太多的责备之意，然后转回头对黄章才说道："黄秘书，这个事情，我们的意思是过两年再说，说不定小黄到了机关里面，还能找到更好的呢，到时候我家小珊就不一定能够配得上小黄了。”

黄章才牛哄哄地说道：“我是替你们着想，现在把亲定下来，小珊就算是我家里的人了。趁我现在在镇上还有点小权力，刘镇长还比较器重我，说不定到时候能够帮小珊搞一个农转非的指标。如果再过两年，万一刘镇长高升了，我跟到县里去，再想照顾镇里的事情，就不那么容易了。”

“这样啊……”秦明华虽然一肚子不乐意，但也找不出什么理由来反驳对方了。对方是镇里的干部，儿子又是在省军区当兵、极有前途的人，能够看上自家女儿，也算是垂青了。自己推三推四，实在说不过去。

可是，自己明明对这黄家没啥好感，加上女儿也才 16 岁，不到谈亲事的时候，这时候答应对方这桩婚事，岂不相当于把女儿害了？

“你们考虑一下吧。”黄章才知道这种事情也不是能够马上确定的，他今天带儿子上门，相当于打一个招呼，下一步的事情还可以继续往下谈。他站起身，说道：“我还有事，明天要带黄征到县里去见几个领导，就不在你们这里待了。”

“吃了饭走吧？”秦家夫妇象征性地挽留着。

“不了。”黄章才头也不回地往外走，走过秦海身边的时候，他拍了拍秦海的肩膀，说道：“秦海啊，当了工人就是不一样，不过，工人和干部还是有点差别的，好好干，争取能够搞个以工代干。”

秦海呵呵笑着，也没有多说什么，黄章才的话透着一种优越感，但毕竟是好意，他也不便顶撞对方。

黄家父子走出秦家，却见院子外面闹闹哄哄的，像是许多人在围观什么一般。两个人往外走了两步，才看到了秦海停在门外的吉普车，秦珊、秦玲两个人像护雏的母鸡一般，一边一个，在阻拦着众人抚摸那吉普车，而众人则围在旁边，议论纷纷，言语中充满了艳羡之意。

“哪来的吉普车？”黄章才一愣，下意识地问道。

黄章才当然不是没见过吉普车的人，但一辆吉普车出现在村子里，毕竟是一件值得关注的事情。这年月，能够坐上吉普车的，非富即贵，他作为镇上的干部，怎么能不及时掌握这方面的信息。

“是我哥开回来的！”秦玲得意地喊道。

“你哥，秦海？”黄章才面有惊讶之色。

更惊讶的是黄征，看到吉普车的那一刹那，他就有些失神。往前走了两步，仔细观察一番之后，他回过身来，看着秦海，眼神里已经有了几分敬畏之意。

秦海冰雪聪明，从黄征的表情上便悟出了其中的奥妙，他笑着走上前，对黄征问道：“黄征，认得这车吧？”

“这这这……这车是……你开回来的？”黄征说话都有些结巴了，他原本就是一个比较内向的人，遇到事情更是慌张。眼前的这件事，让他一下子就懵了。

秦海开回来的这辆吉普车，虽然已经换上了地方牌照，但在车子的几个不起眼之处，还保留着部队上的暗记。黄征作为省军区警卫连的士兵，平时对于这些暗记就是非常注意的，因为只有熟知这些暗记，才能避免别有用心之人伪造军车、通行证之类的东西混进军营。

从这些暗记上，黄征认出这辆车属于省军区司令部，这不是寻常人就可以开出来的车。如果排除秦海偷车的嫌疑，那么只有一种解释，就是秦海与司令部之间有着密切的联系。

秦海不知道暗记的事情，但他能够猜出，黄征一定是认出了这车的归属，而且很明显对于自己产生了畏惧感。认识到这一点，他自然不会放过这个狐假虎威的机会。

“这车是岳司令亲自调给我的，是你们那个葛排长给我挑的车，我的车证是作战处的朱处长给我弄的。老朱，朱崇武，你认识吧？”秦海像报菜名一般把自己认识的几个人都说了出来。

“呃……认识。”黄征彻底蔫了。

“那么，小黄，你还有什么疑问吗？”秦海牛哄哄地问道。

“没有没有，首长，你有什么指示？”黄征被秦海唬住了，他不知道秦海到底是什么来头，但能够用这样的口吻说出岳司令、朱处长的名字，又能把司令部的车开出来，这样的人肯定是有一定级别的。在警卫连当兵，他别的没有学会，管人叫“首长”是习惯成自然的。秦海一句“小黄”出口，黄征立马就矮了三分。

“首长？”黄章才眼睛瞪得像铜铃一般大，他看看站得笔杆条直、满脸恭敬之色的儿子，又看看谈笑风生的秦海，脑子里变成了一团浆糊。

“不要这样叫……注意保密。”秦海压低声音对黄征吩咐道，“我的身份，你知道就行了。”

“是！”黄征乖乖地答应着，心里还在嘀咕着：你的身份，我也不知道呀……

“呵呵，黄秘书，小黄在部队里表现还是不错的，下次我遇到部队首长的时候，一定向他们举荐举荐。”秦海摆平了黄征，随即换了一副上位者的嘴脸，向黄章才打着哈哈。

黄章才不知道这中间发生了什么，也不敢造次，只能尴尬地应付着，拉着儿子匆匆忙忙地走了。走出去老远，他才小声地向黄征问道：“怎么回事，你怎么叫秦海首长？”

“他可能真的是我们的首长。”黄征讷讷地说道。

“什么！他不是一个工人吗？”黄章才惊道。

黄征把吉普车的事情说了一遍，又把岳国阳、朱崇武、葛东岩等人的情况也简单说了说。要论起来，他对这几个人的了解，甚至还不如秦海，只是知道后两位都是岳国阳面前的红人，是在省军区有些地位的。秦海既然能够说出这几个人的名字，想必是与他们有些关系了。

“嗞……”黄章才捂着腮帮子，感觉到牙痛了。回想起刚才秦海的狂妄，再结合儿子的叙述，他觉得其中似乎真的有什么不对。

“他怎么会混到部队去了呢？”黄章才自言自语地嘀咕道。琢磨了好一会，他还是理不清头绪，只能对黄征叮嘱道：“黄征啊，秦家的事情，咱们先不要去碰了。改天爸提点东西到秦家去走动一下，搞好点关系。秦海不是说了吗，他会在首长面前举荐你，说不定是真的呢。”

“嗯，我知道了。”黄征赶紧点头。

不提黄家父子如何心怀忐忑，黄征那一句“首长”，也让秦明华感到了吃惊。看着黄家父子走远，秦明华赶紧把秦海拉到一边，问道：“小海，刚才你跟黄征说什么了？他为什么叫你首长啊？”

秦海笑笑，道：“我在技校学了点技术，正好部队上遇到个技术上的问题，我就去帮了他们一点忙。部队首长很客气，他们省军区的岳司令亲自请我吃了饭，还借了这辆车给我用。你说，黄征见了我，是不是该叫首长？”

“岳司令……”听到这些，秦明华一时间也懵了，看着儿子的眼神里分明多了一些什么复杂的东西。

秦海不打算与父亲多探讨这个问题，因为再探讨下去，难免会有一些无法自圆其说的事情。他扭头对两个妹妹喊道：“小珊，小玲，想不想坐车子，哥带你们兜风去。”

“想！”小妹妹秦玲首先喊了起来。

“哥，你这车怎么这么脏啊，都是煤灰……是不是爸爸坐你的车回来，弄脏的。”秦珊岁数大一点，考虑问题更为周到，“要不，我帮你擦擦这车吧？”

“不用擦，咱们开到河边上洗洗去。”秦海说道。

“好，我去拿脸盆和抹布！”秦玲说着，一溜烟就跑了。

后岭村的旁边，就有一条小河。秦海开着车，载着两个妹妹来到了河畔，靠着水边把车停下，然后指挥着两个妹妹提水洗车。

老式的吉普车其实是挺皮实的，一般单位上司机洗车也是拉着水管直接对着车冲洗，丝毫不用担心什么地方进水会带来啥毛病。南方夏天炎热，车里的坐套洗过之后，放上半天就干透了，不会影响使用。

秦珊和秦玲一开始对于洗车这件事还有些怯意，生怕哪个地方没弄好，把车洗坏了。在哥哥指挥下洗了一会之后，两个女孩子的胆子都大了起来，开始一盆一盆地往车上浇水，像过泼水节一样快活。

“哥，你是什么时候学会开车的？”秦玲一边蹦蹦跳跳地洗着车，一边对秦海问道。

“我在技校学的。”秦海道。

“那你现在是在给你们厂长开车吗？”

“不是啊，这辆车是专门配给我的，只归我一个人使用。”

“为什么呀，你又不是干部！”

“我很快就是干部了。”

"真的？哥，你是多大的干部啊？"

"嗯……起码比黄秘书要大吧。"

"哥，黄秘书是不是有点怕你啊？"性格腼腆一些的秦珊也加入了谈话。

秦海点点头："确切地说，他儿子有点怕我。如果他敢胡闹，我就找人收拾他儿子去。"

"那……他们今天说的那个事情，你能够回掉吗？"秦珊怯怯地问道。

秦海道："当然能回掉，开玩笑，我妹妹是要读大学的人，怎么能嫁这么一个土鳖。"

"哥，我真的能上大学吗？"秦珊眼睛里闪着光芒，问道。

秦海道："当然能上，你现在成绩怎么样？"

"班上排第三，年级排前二十。"秦珊说道。

秦海知道秦珊上的是镇上的高中，教学质量非常一般，每年能够考上本科的也就是一两个，加上大专、中专，总共不到 20 个人。秦珊的排名在前 20 位，属于连上中专都擦边的水平。

"你如果想上大学的话，这个成绩可不够啊。"秦海提醒道。

秦珊认真地说道："我在努力呢，争取下学期能够考进前 10 名，这样就有希望考上一个大专了。哥，如果我考上大专，你能不能让家里同意我去读啊？"

"没问题！"秦海斩钉截铁地答应道，"不过，你光考上一个大专可不够，我是希望你能够考上重点的。你放心，不管你考上什么学校，用不着家里供你，我就能够供得起你。"

"真的？谢谢你，哥。"秦珊喜笑颜开地说道。

在农村，女孩子能够上高中的都已经很少，能够上大学的就更是寥寥无几了。秦明华算是一个比较开通的家长，虽然家里经济很拮据，还是坚持让女儿上了高中。不过，对于自己考上大专之后，家里能不能供得起，秦珊心里很不踏实。这次见哥哥居然有本事开着一辆吉普车回来，她便把上学的希望寄托到了哥哥的身上。听到哥哥大包大揽，说能够供自己上学，她的心里算是一块石头落了地。

"小玲，你呢？"秦海又把目光投向了正在读初中的秦玲。

秦玲拼命摇着头，脑后的大辫子一甩一甩地说道："我可不想上大学。"

"那你想干什么？"秦海问道。

"我想去演电影。"秦玲答道。

"……"秦海无语了，他仔细地看看秦玲，发现自己这个妹妹倒的确是长得挺漂亮的，如果好好打扮打扮，倒不比时下当红的几位女星逊色。他在未来是一个科学家，对于文艺圈一向是颇有一些不屑的，听说自己这个时代的妹妹的理想居然是去演电影，他忍不住有些郁闷。

"演电影有什么好的。"秦海嘟哝道。

"演电影多好啊，可以到处玩。而且出了名，还能印到挂历上，家家户户都贴。"秦玲憧憬地说道。

"呃，好吧。"秦海决定不和秦玲讨论这个问题了，14 岁的女孩子，正处在青春叛逆期，跟她说啥都是多余。

洗完车，天色已经完全暗下来了，两个妹妹兴致勃勃，非让哥哥开着车载她们到镇上又转了一小圈，然后才回到了家。

家里已经摆上了晚饭，奶奶、父亲和母亲都在等着这兄妹三人。看着秦珊、秦玲兴高采烈地走进来，原本打算板着脸训众人一番的秦明华也心软了，只是佯嗔地说道："你们都不饿吗？洗车也能洗饱？"

"坐车能坐饱！"深受父亲宠爱的秦玲调皮地回敬道，换来的自然是父亲象征性的一巴掌。

"小海啊，听说你开了个汽车回来？"年近七旬的奶奶拉着秦海问道。

"是啊，婆婆。"秦海用安河的习惯这样称呼着奶奶。

"汽车很贵吧？"奶奶又问道。

秦海挠挠头，想了想，说道："嗯，很贵，咱们全家的财产加起来也不值一辆汽车的钱。"

"啊？这么贵！"奶奶有些惊了，"那你放在外面，让贼偷了怎么办？不行，你们吃饭，我去守着……"

秦海哭笑不得地把奶奶拉住，好说歹说解释了半天，这才让奶奶放下心来，一家人开始吃饭。

"小海啊，你今天说那些话，可把黄秘书给得罪了，他不会对咱们家怎么样吧？”母亲宗惠英边吃饭边不放心地说道。

“不会的，我哥当干部了，是比黄秘书还大的干部。”又是秦玲抢着插嘴，这就是老幺的专利了，怎么闹腾都没人责备她。

“你真的当干部了？你爸说的都是真的？”宗惠英看了秦明华一眼，对秦海确认道。刚才三兄妹出去洗车的时候，秦明华已经把秦海说的话向宗惠英转述了一遍，但宗惠英死活也不敢相信，自家这个读书尚可、情商不怎么样的大儿子居然能够混出一个让黄章才都望而却步的身份。

秦海知道有些话需要提前对家里人说清楚，而且他这次回来，本身就是来寻求帮助的。他酝酿了一下词句，然后说道：“我跟大家讲一下，有些事情家里人知道就好了，大家不要出去说，尤其是秦玲！”

“我不会乱说，我不会乱说。”秦玲连忙严正声明。

“事情是这样的……”秦海于是把结识葛东岩、参与部队科研项目、与岳国阳达成合作协议等事情，有选择地向家里人汇报了一遍。关于自己的技术问题，他完全归于读技校期间的努力学习，家里人对于这些技术的难度完全没有概念，听秦海说得那么笃定，也就一个个都相信了。

“下一步，我的考虑是这样的：我想让爸爸到平苑去帮我。我打算和厂里的几个同事一起办一个小型的钢铁厂，但我们都是国企的身份，不能办企业，我想让爸爸来当厂长。”秦海抛出了第一块石头。

这块石头一抛出，果然就砸出了惊天波澜。秦珊、秦玲都鼓噪起来，抢着祝贺父亲荣升。秦明华一时间手足无措，心里充满了震惊、担忧、喜悦、冲动等情绪。

宗惠英思维模式极其简单，一听此言，马上就举双手反对：“不行不行，你爸爸怎么当得了厂长。办一个钢铁厂，那要多少钱啊，赔了怎么办？”

秦明华不耐烦地打断妻子的话，说道：“惠英，你急什么，让小海说完嘛。”

“你不会是真的想去当厂长吧？”宗惠英看着秦明华，眼神里透出惊诧。

“我是去帮小海做事……当不当厂长的，倒无所谓。”秦明华掩饰着说道。

秦明华是60年代的初中生，年轻时候也是颇有一些远大理想的，可惜美好的理想不敌万恶的现实，最终只能留在乡下当了一个普通农民。秦海此次回来，举手投足之间都显出一份不凡的气息，让他忍不住也唤醒了心中久违的激情。听到秦海说要办厂，还要让他去当厂长，他虽然也有如宗惠英一般的担心，但那份冲动却是难以遏制的。

“妈，你放心，我办事是有分寸的。”秦海对宗惠英说道，“这个厂子名义上是我在办，但和我合作的是省军区，也就是黄征的那个单位。我们做的业务是为部队上提供装备，是绝对正经的生意，你根本不用担心。”

“是这样啊？”宗惠英没话说了，她哪懂这其中的弯弯绕绕，儿子说得这样确定，她想反驳都找不到理由。

“小海，这件事情，你不要着急，等我过去看看情况，帮你把把关。合法的生意，咱们就可以做，你爸爸虽然没什么文化，但起码也不会被别人骗了。咱们也不求挣太多钱，能够给部队做点事情，也算是为国家做贡献了，是不是？”秦明华这就开始进入角色了，在他心里，还真的认为自己是比儿子更适合管理一家企业的人。

“好，爸，有你这话，我就放心了。”秦海呵呵笑道，“大家都不要急，这家厂子如果办起来，多的不敢说，一年之内挣个万把块钱是不成问题的。到时候，咱们全家都到平苑去买房子，我想办法把小珊、小玲都弄到平苑中学去读书，咱们都当城里人去。”

“好！”

没等秦明华两口子说话，秦珊和秦玲已经一起叫起好来。

秦海在家里待了一天，开着车带家人到县城去转了转，让大家都享受了一次车接车送的待遇。因为交通不便，奶奶已经有十几年没有去过县城了，这一回坐着孙子开的吉普车，虽然一路颠得把肠子都快颠出来了，却始终咧着缺了牙的嘴巴笑个不停。

星期一一大早，秦海便动身回平苑了。临行前，他数出 20 张大团结交给母亲，叮嘱她好好改善一下家里的生活，并承诺自己很快就能够挣到更多的钱。宗惠英看到秦海随随便便就拿出这么多钱，心里又踏实了几分，对于儿子说的要办厂的事情不再抵触了。

奶奶从自己房间出来，走到秦海身边，说着一些路上小心安全之类的唠叨话。秦海拍拍奶奶的背，说道：“婆婆，你在家里也要多保重，想吃什么就叫小珊、小玲去给你买。”

“小海啊，这一块钱你拿着，买点东西吃。”奶奶不知从哪掏出一张皱皱巴巴的钞票，像怕被人看见一样，赶紧塞到秦海的手里，小声吩咐道。

秦海拿着那钞票，眼圈突然有些红了，他真真切切地感觉到了自己承受的亲情。他认真地把钞票收好，然后对奶奶说道：“婆婆，你保重身体，等我挣了大钱，带你去京城玩。”

“好哦，好哦，我等着享我家小海的福呢。”奶奶脸上的每道皱纹里都洋溢着幸福的神采。

头天晚上刚下过一场暴雨，空气十分清新。秦海开着车，碾过泥泞的乡道，踏上了归途。快到青锋厂上班时间的时候，秦海的吉普车停到了单身宿舍楼下。

“小秦回来了？”从单身楼里出来的王晓晨笑吟吟地向秦海打着招呼。

“哎，晓晨，我回来了。”秦海应道。

“今天厂里开大会，你知道了吗？”王晓晨问道。

“我不知道啊。”秦海道，“在哪儿开大会呢，什么内容？”

王晓晨道：“在大草坪，不知道是什么内容，听说市里有领导要来。”

“哦？”秦海心念一动，“好，我知道了，我上去换件衣服就去。”

“我等你吧。”王晓晨说道。

秦海飞跑着上楼换了件干净的工作服，然后又跑下来。王晓晨果然还在原地等着他，两个人聊着天，一起向大草坪走去。

大草坪位于厂部办公楼的西边，相当于青锋厂的小广场。草坪两侧立有两个厂里自制的足球门框，年轻工人以及厂里的子弟有时会在这里踢踢足球。早先厂里经济效益好的时候，每到周末晚上，工会都会在大草坪放电影，引得周围厂子里的工人、家属以及周边的农民都跑来观看，场面甚是热闹。这两年厂子日渐衰败，放电影这样的事情也越来越少了。

两个人来到大草坪的时候，发现许多工人、干部都已经到了。有些人自己带了凳子或者马扎，有些人则直接盘腿坐在草坪上。因为会议还没开始，所以男人们都在三三两两地抽烟聊天，女人们则凑在一堆，一边动作娴熟地织着毛衣，一边交流着各种八卦新闻。

在草坪的一端，有一个年头甚远的简易主席台，那是用角钢焊成架子、上面再覆以钢板搭起来的，人走在上面会有咣当咣当的响声。杜欣欣和厂办的另外几名工作人员正在主席台上布置着，把七八张课桌排成一排，上面盖上厚厚的桌布，这就成了领导席。厂里的电工在调试着麦克风，大喇叭里不时传出“喂喂喂”的试音声以及尖利的啸叫声。

“咦，翟建国怎么不在？”秦海与王晓晨在几个铸造车间的熟人身边坐下之后，秦海敏锐地发现了现场的异样。

“是啊，翟主任怎么会不在呢？”后知后觉的王晓晨也发现了问题。

“我刚才看到他了，脸色吓死人，不知道出什么事情了。”一个工人在旁边插话道。

“高师傅，开什么会啊？”王晓晨向旁边的人打听道。

“不知道。”众人一齐摇头，他们和王晓晨一样，都是头天晚上才从厂里的高音喇叭里听到开会通知，至于会议内容，连厂里的中层干部们都一无所知。翟建国作为办公室主任，或许会知道一些什么，但他向来是不屑于向外人透露秘密的。

8 点 10 分，厂部办公室里走出来一干人等，领头的是厂长韦宝林，在他身边有两个领导模样的人，有眼尖的人认识，那正是平苑县的县长郭明以及北溪市的副市长柴培德。在他们三个人的后面，分别有翟建国、柴培德的秘书徐扬、平苑县经委主任潘胜杰，最让人惊异的，是走在最后的一个半大老头，此人居然正是老厂长宁中英。

“咦，宁厂长也来开会？”大草坪上差不多有一半的人心中浮起了疑云。

宁中英注意到了众人诧异的眼神，他向那些对他打招呼的干部、工人们微微点头，对于那些投来询问之色的则一概以微笑答之，让人不知道他心里到底在想什么。

一干领导上了主席台，按着官职的高低坐下。县长郭明坐到中间的主位上，担任会议的主持人。

“……韦宝林同志，在担任青锋农机厂厂长期间，锐意进取，大胆创新，取得了丰硕的成果……在当前全国农机市场普遍委靡的大背景下，青锋农机厂保持了小亏、微亏，没有给国家造成更大负担，没有因为发不出工资而让一个工人生活出现严重困难，这是非常不容易的，对于韦宝林同志的工作，县政府、县经委表示充分的肯定！”

郭明一番话，天雷滚滚，让草坪上的干部、工人都汗流浃背。领导的两片嘴皮子，上台能说假话空话，入席能吃乌龟王八，撕下来加个手柄就能抵得上秦海发明的万能军铲了。

有经验的干部们知道，郭明这些话仅仅是一个铺垫，他把韦宝林肯定得越充分，就说明韦宝林的前途越堪忧了。果然，郭明在绕了一个大弯子之后，终于进入了正题：

“经过充分的市场调查和广泛征求专家意见，韦宝林同志开拓性地提出了进军洗衣机市场的战略性决策。市领导在看过韦宝林同志的报告之后，给予了高度的肯定，认为这份报告具有前瞻性、科学性、可行性，责成平苑县给予高度的重视。经县政府办公会议研究决定，平苑县由经委牵头，成立洗衣机项目领导工作委员会（副处级）由经委主任潘胜杰同志担任委员会主任，由韦宝林同志兼任委员会常务副主任，负责日常工作，并任命翟建国同志担任委员会办公室主任。韦宝林同志和翟建国同志的档案、工资关系仍保留在青锋农机厂，但在洗衣机项目建设期间，不再具体负责青锋农机厂的工作。”

此言一出，大草坪上的人们纷纷露出了错愕的神情，好一会，才有聪明人悟出了其中的奥妙，那就是韦宝林和翟建国不再管青锋厂的事情了。洗衣机项目是怎么回事，与青锋厂的职工一点儿关系都没有，这两个人离开青锋厂，那可是大快人心的事情啊。

“哗——”

掌声从几个地方响起，随即就波及到了全场。秦海算是见识了啥叫“雷鸣般的掌声”，连一向胆小怕事的王晓晨都把巴掌给拍红了。

“宝林同志，职工同志们对县里给你压担子都感到高兴啊，看来大家都是高度信任你的能力的。”柴培德笑呵呵地扭头向韦宝林说道。

“这是同志们对我的鼓励……”韦宝林拼命地在脸上挤出一丝笑容，但那笑容让人看着却那么辛酸。

妈的，他们是在庆祝我滚蛋好不好！我韦宝林好歹也是殚精竭虑为青锋厂找项目、跑项目，这不都是为了给职工们找条出路？你们听说我滚蛋了，居然能高兴成这个样子，你们的良心都被狗吃了吗！

韦宝林在心里大声地骂着，手上却还在跟着众人鼓掌。现场还有这么多领导，他不能失态，毕竟自己日后的升迁还是要取决于这些领导的看法的。

“好了，同志们的心情我能够理解，我接着宣布县政府的另外几项决定。”郭明抬手示意众人停止鼓掌，然后继续说道：

“在韦宝林同志担任洗衣机项目领导工作委员会常务副主任期间，青锋农机厂的日常工作需要有经验丰富的同志来负责。县政府通过反复做工作，终于说服了咱们青锋厂的老厂长宁中英同志再次出山，担任青锋农机厂的代厂长，负责全面工作。”

“哗——”

这一回，职工们连半秒钟的犹豫都没有，直接就给予了更加热烈的掌声。有些老职工一边拍掌，一边眼睛里都噙满了泪水。大家盼星星盼月亮，就希望有一个靠谱的领导来为青锋厂掌舵。县政府真是太给力了，居然把大家都认为不可能复出的宁中英推向了前台。

“任命项纪勇同志担任青锋农机厂副厂长，主持日常工作；任命萧东平同志，任供销科科长；任命陈荣坤同志，兼任办公室主任；任命……”

郭明继续念着县政府的决议，一个一个地委任着官衔。这是在柴培德的授意下，平苑县经委与宁中英反复协商之后所提出来的一个名单，基本上把宁中英当年的老班底都提拔了起来，形成一个以宁中英为核心的新的管理团队。

郭明在讲话中说青锋农机厂只是“小亏”、“微亏”，但他心里却知道，这家厂子明明是可以盈利、为县里创造利润的。此前，他对韦宝林寄予厚望，希望韦宝林能够让青锋厂发展壮大。在几经挫折之后，他不是没有考虑过调换青锋厂领导班子的事情，但却一次又一次地被韦宝林的豪言壮语所打动，使韦宝林带着青锋厂越陷越深。

这一次，柴培德亲自过问了青锋厂的事情，并且提出了一个把韦宝林抽调出来专门搞洗衣机的方案。郭明对韦宝林的看法正好也处于忐忑之中，听柴培德这样一说，索性也就半推半就地接受了这个方案。

请宁中英重新出山，也是柴培德的建议。宁中英当初退居二线，只是县里为了顺应大环境的需要而作出的决定，现在风头已经过去，而宁中英的本事是众所周知的，郭明也乐于把他请出来，至少先应应急吧。

至于柴培德提出的另外一个要求，郭明就有些不解了。但鉴于这个要求并不涉及重要岗位的人事安排，他也就照着柴培德的原意去执行了。

“任命秦海同志，担任宁中英同志的联络员，协助宁中英同志工作。”郭明宣读了最后一条任命通知，也是最为奇怪的一条通知。

“秦海？秦海是谁？”

“铸造车间新来的，对了，就是那个开吉普的。”

“他是什么来头？”

“联络员……联络员是干什么的？”

职工们纷纷议论起来，无数的目光穿过人群，聚焦在草坪一角的秦海身上。由于秦海初来乍到，大多数的工人并不认识他，于是那些多少听说过这个名字的人便开始给左右的同事说着自己知道的有关秦海的轶事，其中说得最多的，自然是秦海帮助冷玉明改进旋耕刀片工艺的问题。

“小秦，原来你早就知道啊！”王晓晨愣了一下之后，扭头对秦海说道，语气中还带着些许的不满。在她看来，秦海既然是被任命的人员之一，想必事先已经是通过气的。他明明知道会议的内容，刚才却在装傻，实在太不够朋友了。

“我是躺着中枪的好不好？”秦海郁闷地对王晓晨说道，“我到现在都不知道这个联络员是干什么的。”

“我猜想，是县里担心宁厂长岁数大了，身体不好，让小秦给宁厂长当个贴身秘书的吧？”旁边的工人说道。

“那应该叫秘书啊，为什么叫联络员呢？”王晓晨问道。

“联络员就是……负责帮宁厂长跑腿送信的。秘书是写稿子的，小秦又不是学文的，他怎么会写稿子呢？”有人这样给自己自圆其说。

“我琢磨着，上级是觉得我年轻，有力气，让我贴身保护宁厂长的吧，这叫宁厂长的贴身保镖……”秦海对自己调侃着，以化解众人的猜测。

其实，秦海心里对于这件事多少是明白一些的。宁中英与他谈过两次话，对他的思路非常欣赏，上次带他去见柴培德，应当带有向柴培德推荐自己的想法。未来的秦海虽然是个科学家，但人并不木讷，情商和智商都极高，再加上见多识广，还有几十年的超前眼界，管理一个青锋厂其实是不在话下的。

柴培德让宁中英出来担纲，担任代理厂长，再让秦海当联络员，而不是秘书，这就存了扶持秦海的念头。作为联络员，走到职工面前可以代表宁中英，但如果能力或人品不行，宁中英也随时可以把他打压下去。联络员这样一个身份可谓是可进可退，尽显柴培德、宁中英等人的“老奸巨猾”。

郭明宣布完县里的决定，照例是当事人出来说自己的感言和决心。

韦宝林强撑着笑脸，对全厂职工说了一些诸如愧对大家的厚望，希望青锋厂蒸蒸日上之类的套话。职工们也都是成年人了，不会像小孩子那样往台上扔西红柿、臭鸡蛋之类，而是还以一阵稀稀拉拉的掌声，多少算是给了他一点面子。

轮到宁中英的时候，老爷子也没有太多的话，先是感谢县领导对自己的信任，接着表示愿意与全厂职工共渡难关，至于具体的施政纲领，他只字未提，因为在这种场合里说全面推翻韦宝林时代的决策，相当于打韦宝林的脸，而韦宝林的脸与郭明、潘胜杰等人多少也是连在一起的。

会议持续的时间不长，几项程序走过之后，郭明宣布散会，新晋升的副厂长项纪勇招呼着工人们继续回车间去工作，宁中英则直接把领导们都送上了各自的小车，与他们握手告别。

“各位领导也不留下来吃顿便饭，让我心里怎么过意得去啊？”宁中英笑呵呵地向柴培德和郭明说道。

“老宁，县里把青锋厂这副担子又压到你肩膀上了，你可要扛好了，别栽了跟头，晚节不保啊。”柴培德叮嘱道。

“柴市长如果不放心，现在再撤了我也还来得及啊。”宁中英笑道，“要不我把工人再召集起来，你们两位领导宣布把我再撤了？”

郭明道：“老宁，不要说这种话，柴市长力荐你再次出山，就是信任你的能力。你得跟县里立个军令状，一年止亏，怎么样？”

“止亏不够，扭亏为盈吧。”柴培德又给加了码。

宁中英点点头道：“没问题，厂子里的情况我已经了解过了，一年之内扭亏不成问题。只是，市里、县里还是要在政策上给我们一些支持，至少不要对我们的具体决策指手画脚。”

“这个县里可以保证。”郭明说道。

“那各位领导就等着我们的好消息吧。”宁中英信心满满地说道。

韦宝林和翟建国也离开了，坐的是青锋厂的小车，如果不出意外的话，这也是他们最后一次坐青锋厂的小车了。翟建国想到一星期以前自己还在拿派车的事情刁难宁中英，如今自己却被扫地出门，而宁中英重新执掌了青锋厂的权柄，这真是三十年河东、三十年河西啊。

“小魏啊，好好干，等我们那边的洗衣机厂建起来，我把你调过去当司机班长。”

到达目的地之后，翟建国一边下车，一边对小车司机魏龙许着诺言。

“那就多谢翟主任了。”魏龙面无表情地答道。

“以后我如果有什么事情要用车，你方便的话，还得多帮忙哦。”这第二句话，才是翟建国最想说的。他听说这个所谓的洗衣机项目委员会到目前为止还只是一个空架子，别说车，连办公室都是临时从其他部门借来的，要啥没啥。作为习惯了出入有车的人来说,他需要继续把青锋厂的线头留着。

魏龙还是那副表情，漠然地点着头道：“翟主任要用车，我小魏肯定没说的……不过，要看车子有没有空。”

“那是，那是，我也是管过车的，懂这个。”翟建国悻悻地答应着，看着魏龙驾车扬长而去，他忍不住往地上吐了口唾沫，骂道：“都是一帮势利眼！”

“好了，小翟，人走茶凉，也别怪别人绝情。”韦宝林心中充满了悲凉，但他没有翟建国那样激动，他拍拍翟建国的肩膀，说道：“现在咱们最重要的，就是把洗衣机的项目搞好。搞好了，才有出路。”

出路，出路个大头啊！翟建国在心里骂道。离开了青锋厂，洗衣机项目就完全成了无本之木，资金、人员、场地，一切都得自己去筹措。县里说得挺好，表示可以协调银行贷款，但翟建国心里明白，银行是归“条条”管理的，根本不是县里随便说一句话就能够放款的，你没有抵押品，只有一个可笑的所谓计划，银行凭什么给你钱？

可是，这些话翟建国也只敢在心里想想，面子上完全不敢表露出来的。他现在的希望，只能是等着韦宝林什么时候东山再起，再被安排到哪家企业去当个领导，或者安插到县里的某个委办局去当个领导，这样自己才有出路。

权当是烧冷灶了，翟建国这样安慰着自己。

“韦主任，我给您拎包。”翟建国跑前几步，抢过韦宝林手上的手提包，引导着韦宝林走进了灰尘满地的洗衣机项目临时办公室。

青锋农机厂，铸造车间。

高频感应炉前，一套本厂自制的半自动焊接夹具正在操作工的操纵下来回地挥舞着长臂。每一次机械臂的舞动，都有一件完成了堆焊作业的刀片从感应炉中被夹出来，投放到旁边的成品车上。彭金根、刘建平、魏家立等几名热处理工忙得汗流浃背，但一个个脸上都洋溢着喜悦的笑容。

“宁厂长，这批刀片卖出去以后，能给我们把医药费报了吧？”彭金根一边操作着夹具，一边对在旁边观看的宁中英说道。

宁中英摆摆手，说道：“这事先不急，厂里的生产恢复正常之后，该报销的医药费一分钱也少不了你们的。这次卖刀片的钱收回来之后，要先补充一下厂里的流动资金，要不下一阶段的生产就没有原材料了。”

“我理解，我理解，乡下种田也要留种谷嘛，我们那边，说谁吃种谷，就是骂人败家子的意思呢。”彭金根赶紧响应着宁中英的话，以示自己并不反对宁中英的决策。

项纪勇在一旁插话道：“大家再忍耐一下，对了，宁厂长已经决定了，这笔货款收回来之后，会给大家把今年的双过半奖金补发了，一个人有 20 块钱呢。”

“真的！”旁边的几个工人都惊喜地小声喊了起来，这可是一个比报销医药费更好的消息呢。

所谓“双过半”，是企业里的一个俗称，意思是“时间过半、任务过半”。所谓“双过半奖金”，其实就是单位的半年奖，这是职工们在工资之外能够拿到的额外收入。

由于效益不佳，青锋厂已经有两年没有给职工发双过半奖了，今年的时间已经过了一半，大家都以为双过半奖再次泡了汤，谁知道宁中英一上台，居然把这事又提了起来，答应给大家补发这笔奖金。

与报销医药费相比，工人们当然更愿意拿到奖金。从道理上说，医药费是企业欠工人的债务，什么时候都赖不掉的。而奖金则是拿到手才算，错过了就没有了。20 块钱的奖金不算多，但对于很长时间没有见过奖金是啥样的职工们来说，这就是一个好兆头，说明那个红红火火的青锋厂又要重现了。

“大家好好干，保证质量。只要咱们的产品质量有保障，销售势头好，以后发奖金的机会还多着呢。”宁中英笑呵呵地补充着项纪勇的承诺。

“太好了，我们就知道，有宁厂长坐镇，咱们青锋厂就大有希望！”众工人全都喜滋滋地恭维着宁中英。

几天来一直跟在宁中英屁股后面的秦海对于这样的场景已经习惯了，他在心里暗暗感慨，宁中英的气场实在是太足了，走到什么地方去都能够震倒一片。中层干部会上，大家畅所欲言，但就是没有一个人敢炸刺。在车间里，宁中英随便对哪个工人笑一笑，都能换来对方的满面春风，那种尊敬之意完全是由衷而发的。

“走吧，咱们去其他地方看看。”宁中英向几个工人点了点头，然后带着项纪勇、秦海转身离去。

一行人走出铸造车间，来到一处树荫下站定。宁中英从兜里掏出烟盒，取出两支烟，一支递给项纪勇，另一支叼到了自己的嘴上。项纪勇接过烟，并不急于叼上，而是拿出打火机，先给宁中英点上，然后礼节性地看了看秦海，问道：“小秦不抽烟吗？”

“他不抽。”宁中英替秦海作出了回答，然后又点评道：“不抽烟也好，现在广播里不天天都在说抽烟的危害吗？”

“嗯嗯，我老婆也老劝我戒烟，抽了一辈子，哪戒得了呢。”项纪勇附和着宁中英的话，同时给自己点着了烟。

两杆老烟枪站在树下吞云吐雾了一小会儿，宁中英转头对秦海说道：“小秦，跟我当了几天联络员，有什么感受啊？”

秦海揉了揉手腕子，说道：“记了两本子的材料，别的收获没有，手腕子粗了一圈。”

原来，这几天宁中英一直都在各科室和各车间转悠，几乎和每个干部、工人都聊过天。对于有些人，宁中英问得非常仔细，从对方所做的工作内容，到对方对青锋厂目前存在问题以及下一步的发展思路，事无巨细，全都要涉及。

秦海作为宁中英的联络员，在宁中英做这些调研的时候，始终跟在他的身边，替宁中英做着记录。100 页一本的笔记本，他整整用掉了两本，粗略算下来，写了有一两万字了。每到记笔记记得手抽筋的时候，秦海就格外怀念在未来用的笔记本电脑，如果有那么一个神器，记东西就方便多了。

听到秦海的抱怨，宁中英呵呵笑道：“让你记东西，是为了锻炼你。你不了解青锋厂的情况，怎么能够当好我的联络员呢？”

“宁厂长，我有一事不明，一直想问问您。”秦海说道。

“你问吧。”宁中英道。

“啥叫联络员啊？”秦海道。

宁中英不假思索地答道：“联络员嘛，就是替我传话跑腿的人，我不在场的时候，你说话就可以代表我。这样说吧，如果我不在这里，你叫项厂长往东，他不敢往西。”

项纪勇现在已经被提拔为副厂长，但在宁中英面前，还是属于被调侃的对象。秦海看了看项纪勇，笑道：“宁厂长这是给我拉仇恨呢，我一个小屁工人，哪敢让项厂长往东往西啊。”

项纪勇正色道：“小秦，你这样想就错了。柴市长和宁厂长都是非常看好你的，有意培养你当宁厂长的接班人，你可别辜负了他们的期望。”

“接班人……”秦海做出一副牙痛的样子，说道：“两位厂长，你们别拿我开心了。宁厂长要选接班人，肯定也轮不到我，我才来厂里几天？县里让项厂长当副厂长，这不摆明了是当接班人的意思吗？”

项纪勇道："我有多少斤两，我自己知道。当个生产副厂长，我可能合格，但要当正厂长，我的能力有限，而且未来也没有发展余地了。这一点，宁厂长早就说过我，我心服口服，绝无虚言。"

"术业有专攻，不是所有的人都适合当厂长的。"宁中英道，"像韦宝林，当个办公室主任很称职，但当厂长就完蛋了，不但毁了一个厂，而且还毁了他自己。老项也是如此，管生产他内行，但要涉及经营、人事这些事情，他不灵。"

"我更不灵了……"秦海小声地嘀咕道。

"这事先不急，你现在的任务，就是给我当好助手。"宁中英道，他不愿意再多谈这个话题，因为过早地讨论这样的问题，有可能会让秦海感到自我膨胀。他把话题引回到开头，对秦海问道："小秦，你记录了这么多东西，有什么心得体会没有？"

秦海知道这是宁中英在考校自己，于是沉了口气，答道："有一点粗浅的体会。"

"说说看。"宁中英道。

秦海道："首先，我觉得咱们青锋厂很有希望。一来，是因为青锋厂的设备条件不错，工人素质很高，能够承担一些复杂的业务。二来，大多数职工对青锋厂很有感情，有一种'厂兴我荣，厂衰我耻'的主人翁精神。临危之时，士气是最重要的，而青锋厂的士气犹存，因此大有希望。"

"你看呢？"宁中英转头向项纪勇问道。

项纪勇佩服地点点头，道："我觉得小秦总结得很好，有些话我也想到了，就是不如小秦说得那样好。"

"嗯，小秦肚子里还是有点墨水的。"宁中英道，"小秦，接着说。你刚说了首先，是不是还有其次呢？"

秦海点头道："是的，其次，我感觉青锋厂危机四伏，必须另辟蹊径，否则前景堪忧。"

宁中英深吸了一口烟，又缓缓地把烟吐出来，吐得周围云雾缭绕。待烟雾略微散去几分，他才说道："你说得这样耸人听闻，有什么根据吗？"

秦海道："根据从供销科、仓库和车间一线得来的情况进行综合分析，我发现，我们厂的产品的确存在结构老化的问题，不能适应新时期农业发展的需要。要让青锋厂走出困境，必须找到新产品，或者说，必须找到新的利润增长点。”

“你这个说法，不是跟韦宝林一个腔调吗？”项纪勇有些恼火地指责道。

秦海笑道：“其实我挺同情韦宝林的，他的想法并没有什么错误，错的只是眼高手低，很多想法能够提出来，却无法实现，所以才最终成了笑柄。就比如旋耕刀片这件事，这个产品本身没什么问题，但他解决不了产品质量的问题，才导致了刀片的滞销。当然，他不积极从技术上去想办法，遇难则退，最后落到这样一个下场，也是源于他的性格缺陷了。”

“看不出来，你还挺替韦宝林说话的。”宁中英笑道，“韦宝林应当把你带去当办公室主任才对，带个翟建国去，实在是成事不足，败事有余啊。”

大家玩笑开过，宁中英又对秦海问道：“小秦，你是个懂技术的人，你觉得我们下一步能够做点什么新产品出来，让青锋厂摆脱困局？”

“旋耕刀片能算吗？”秦海问道。

宁中英的脸色阴了下来，他缓缓地摇摇头道：“不能算了。”

“什么意思？”秦海一惊。宁中英复出之后，抓的第一件事情就是推动旋耕刀片堆焊工艺的开发，现在堆焊自动夹具已经制造出来，刀片的后期处理进展顺利，全厂职工都认为旋耕刀片能够成为青锋厂的一项主打产品，最起码能够保证青锋厂今年达到止亏的目标。可是宁中英却突然说出这样悲观的话，原因何在呢？

“昨天老萧从红泽回来，带回来一个坏消息。”项纪勇替宁中英解释道，“省农资公司答应接收我们这两万片库存刀片，但后续不再订货了。”

“为什么？”秦海奇怪地问道，“咱们什么地方得罪他们了？比如说……忘了给他们意思意思？”

秦海对于时下的社会风气还是有所了解的，要求人办事，多少都得“意思”一下。当年的人胆量和胃口都不算大，一壶茶油、几斤白糖，都可以表示“意思”。他不知道萧东平是否忽略了这些礼节，但以他的猜想，像萧东平这样的老供销，应当是不会犯这种低级错误的。

项纪勇道："不是的，老萧和农资公司那边的关系处得不错，该表示的感谢，也都已经表示了。农资公司那边也尽了力，省里的市场不够大，他们还专门和东北那边的大农场联系过，也推销出去了一些，但要消化掉这两万片刀片，还有不小的难度。"

宁中英见秦海还是不太理解，又补充道："现在各地的情况都差不多，农机企业半死不活，所以各省都要保自己的企业，不愿意从其他省份进货。咱们的刀片虽然质量上已经不亚于外省的一些大厂，比那些小厂更是强出一大截，但地方保护主义这个东西，你是拿它没办法的。"

"我明白了。"秦海点点头。他实在是忽略了这个关键的因素，那就是当年的全国市场是相互割裂的，每个省市都是一个封闭的经济体，地方保护主义的壁垒远甚于未来的国际贸易壁垒。

当时，如果某种商品属于紧俏商品，那么各地就会严格限制本地企业向外地销售，同时派出采购人员到外地市场去抢购。反之，如果一种商品相对过剩，那么各地就会限制外省市的企业到本地来推销商品，把有限的本地市场都留给自己的企业。

那时候，地方保护之残酷，是未来的人难以想象的。一些地方为了保护本地紧俏物资不外流，不惜动用民兵、警察，荷枪实弹地在省界值勤，遇到运载紧俏物资的车辆，不容分说就直接扣留下来。那些看中省际间物资差价的"倒爷"们为了能够躲过检查，往往要雇用省界附近的农民，走偏僻小道过境，其行为简直与走私相仿。

前一段时间青锋厂的旋耕刀片滞销，实在是因为产品质量太过低劣，而省里那些旋耕机的用户大多是国营农场，有很强的游说能力，所以农资公司也不敢冒天下之大不韪，强行逼迫他们接受青锋厂的产品。但凡青锋厂的产品稍微能上得了台面，他们也能享受一把地方保护的待遇了。

"这么说，咱们的刀片就没希望了？"秦海问道。

宁中英道："这种事，讲究事在人为。对了，小秦，你上次在车上跟我说的那个什么工兵锹，现在是什么情况？"

"这事还在联系，要等部队那边确定下来，我们这边才能启动呢。"秦海解释道。

宁中英道：“这几天宁默天天往外跑，说是帮你联系什么钢铁厂的事情，是怎么回事？”

秦海道：“给部队做的工兵锹，需要使用特种合金钢，我想借用平苑钢铁厂闲置的那些炼钢设备来冶炼。您放心，炼钢的事情由我们来做，机加工的事情会包给咱们青锋厂。如果业务做起来，单子肯定不会小。”

“乌烟瘴气！有这精力放到工作中来多好！”宁中英佯作嗔怒地评论道。

宁中英知道这桩业务是秦海的私活，其中儿子宁默也有一份。他并不是一个思想保守的人，对于秦海、宁默的这种作为，他采取了观望的态度，并不横加制止。当然，如果秦海、宁默走得太远，碰到了法律或者政策的边线，老爷子是不会坐视不管的。

项纪勇对于工兵锹的事情也有所耳闻，因为事情涉及了宁默，所以他也不便多说什么。就拉回话头，说道：“宁厂长，旋耕刀片这件事，你有什么打算？”

宁中英道：“我昨天晚上想了一下，这件事恐怕还得我出马才行，萧东平搞点小打小闹可以，碰到大事就没主意了。”

“这可太好了！”项纪勇像是心里一块石头落了地，脸上露出了笑意，“我和老萧昨天还在商量，说能不能求您出马呢。金陵、浦江那边的几家大农机厂，如果愿意接受咱们的刀片，咱们可就真的活了。”

“你们啊！”宁中英用手指着项纪勇，一脸恨铁不成钢的神情，但心里却有几分得意。他在任期间能够使青锋厂持续保持盈利，靠的不仅仅是在厂子里的权威，还有遍布全国的各种关系。项纪勇说的金陵、浦江等地的几家大农机厂，厂长都是宁中英的好朋友。这几家厂子是生产旋耕机的，并不生产刀片。如果青锋厂能够与它们搭上线，让它们推荐自己的用户使用青锋厂的刀片，那么能够产生的销售效果可是非常显著的。

宁中英在听萧东平汇报省农资公司的情况时，就已经想到了这一步。作为厂长，他亲自出门去推销产品的机会是很多的，只是没想到退隐两年之后，他这么快就要重操旧业了。

“小秦，你准备一下，明天跟我出差。”宁中英对秦海吩咐道。

“为什么是我呀？”秦海不解地问道，“难道不是萧科长跟你去吗？”

“不用那么多人。”宁中英答道。

“我也是人……”秦海再次郁闷了。

不管秦海心里怎么想，宁中英点了他的将，他就只能跟着去了。他其实心里一直在惦记着工兵锹的事情，岳国阳那边一直都没有给他答复，他也不知道是什么原因。离开省军区之前，岳国阳除了借给他一辆吉普车，还拨了两千块钱作为预付款。钱他已经花了一些，吉普车也开着到处得瑟了一番，如果最后事情办不成，他可不知道该如何回去向岳国阳交代了。

向宁默、喻海涛、苗磊三人反复叮嘱了一些事情之后，秦海终于还是随着宁中英出发了。他们先坐汽车，再坐火车，还换乘了一趟江轮，然后到达了金陵市。

金陵农机厂的厂长吴桂山是宁中英的朋友，听说宁中英到了金陵，他马上派了一辆小轿车去把宁中英和秦海一起接到了厂里。宁中英从小车里出来，脚还没沾着地，吴桂山就哈哈笑着上前拉住了他的胳膊，说道：“哈哈，老宁，你这个老家伙，不是退居二线了吗？怎么你这胡汉三又回来了？”

“胡汉三又回来了”是电影《闪闪的红星》里的一个典故，老一辈人都喜欢引用这样的典故，丝毫不忌讳所指的人物是个大大的反派。在秦海看来，宁中英和胡汉三还颇有几分相似之处，都有点枭雄气质。

宁中英把青锋厂的事情简单地向吴桂山说了一遍，吴桂山深有感触，点头不迭地说道：“我们这里的情况也是一样的，不过，我们市政府还算聪明，让他们看中的明白人先当常务副厂长，我这个糊涂人依旧当厂长。结果，明白人干了一年，糊涂事干了一大堆，现在被市政府调走，祸害别的厂子去了。这金陵农机厂，还是照旧留给我这个糊涂人糊涂地管着。”

“古人说，难得糊涂嘛。”宁中英哈哈笑道。

“没错没错，难得糊涂。”吴桂山道，“走，小食堂已经准备好了饭菜，咱们先吃饭，边吃边聊。对了，今天要庆祝你老宁重新出山，咱们不醉不休。”

宁中英也不忸怩，大大方方地与吴桂山边说笑，边往小食堂的方向走。

早有金陵厂的中层干部凑上前来，先问过秦海的姓名、职务，然后邀请秦海随同领导一并前往小食堂。秦海不知道宁中英与吴桂山到底是什么样的交情，也不知道自己该做些什么，便采取多听少言的策略，只与对方聊些风土人情，并不涉及业务上的情况。

身处体制内的人，相互之间的感情很大程度上都是通过这种接来送往建立和维系起来的。宁中英在农机系统工作了二十多年,参加过无数的会议，因此也结交了无数的朋友。在行业内,许多人都知道宁中英是一个仗义的人，但凡有去安河省出差的人，只要与宁中英联系，都能够得到他的热情款待，管吃管住不说，还会帮忙解决一些实际问题。他在行业内的名声，堪比当年的及时雨宋江。

正因为如此，宁中英虽然已经退下来两年，许多同行还是认他的面子。在这一点上，萧东平是远远无法与他相比的，要出省来找销路，这种事情只有宁中英能够办成。

金陵厂的酒宴规格颇高，用宁中英的话说，什么乌龟王八蛋都上桌了。吴桂山带着五六名中层干部轮番向宁中英和秦海敬酒，而宁中英又屡屡以年纪太大为由，让秦海替他喝酒，结果酒宴刚吃过一半，秦海就已经醉得人事不省，被人架到金陵厂的招待所睡觉去了。

秦海醒过来的时候，已经是第二天的早上。吴桂山亲自带着办公室主任过来陪宁中英和他吃早餐，吃过早餐之后，又是头一天的那辆小轿车，把宁中英和秦海送到了金陵火车站。

“怎么，这就算谈完了？”

坐上由金陵开往浦江的火车之后，秦海诧异地向宁中英问道。他对于金陵厂的所有记忆，就是吃了两顿饭，或者确切地说，是吃了一顿半的饭，因为头天晚上他几乎是粒米未沾就被放倒了。

宁中英脸色不太好看，简单地反问道：“不这样，你还想怎么样？”

秦海问道：“刀片的事情，谈了吗？”

“谈了。”宁中英道。

“怎么样？”秦海又问道。

“我的面子，吴桂山当然得给。”宁中英说道，他的话说得很牛气，但秦海却从中听不到任何得意的感觉。

“要了多少？”秦海问。

宁中英道："2000。"

"2000 套？"秦海心中一喜，一台旋耕机上用的刀片依其作业幅宽而定，一般是 20–40 片。如果有 2000 套的订货，即便按最低的每套 20 片计算，也是 4 万片刀片的量，价值有 10 万元之多。一顿饭就能谈定 10 万元的生意，宁中英的本事可真是了不得。

"想什么呢，是 2000 片。"宁中英恼火地纠正道。

秦海只觉得像被浇了一瓢冷水，从头凉到了脚。2000 片刀片，也就是 5000 块钱的产值，按利润来算，还不抵 5 顿像昨晚那样的酒席。也就是说，吴桂山在接待宁中英的问题上给予最高待遇，但落到实质性问题的时候，却只是象征性地给了个面子而已。

"他们也有难处。"宁中英替吴桂山开解道，"他们省里也有造刀片的企业，省里给他们下了硬指标，必须使用本省的刀片。这 2000 片，还是老吴拗不过面子，才挤出来给我的。"

"汗啊……这个市场怎么成了这个样子。"秦海感慨道，"那咱们下一步去哪？"

"浦江，丰禾农机厂。"宁中英说道。

丰禾农机厂方面，宁中英的关系没有那么铁，因此也没好意思让对方派车去接。那年代的浦江市也没有发达的地铁系统，这一老一少换了七八趟公交汽车，这才来到了位于老浦闵公路上的丰禾农机厂。

"是老宁啊！快请坐，快请坐。小刘，快给宁厂长和这位小同志倒茶，拿我舍不得喝的那罐黄山云雾！"

丰禾农机厂的厂长娄福翔在自己的办公室里热情地接待了宁中英和秦海二人，声音的分贝数之高，足以和帕瓦洛蒂相媲美。

宁中英拉着秦海在沙发上坐下，笑呵呵地对娄福翔说道："娄厂长还认识我啊，我还担心你不认识我了呢。"

"怎么会呢，怎么会呢，你是我们农机系统的老大哥嘛。"娄福翔哈哈笑道，"怎么，到浦江来出差吗？怎么有空到我们这个小厂子来啊？"

宁中英道："娄厂长就别笑话我们了，你们丰禾厂是浦江市的重点企业，规模抵得上我们五个青锋厂，你说自己是小厂子，那我们成啥了？"

"唉唉，徒有虚名，徒有虚名而已。"娄福翔摆着手说道，"别看我们厂子规模稍微大那么一点点，可是在现在这种形势下，还不如你们这些小厂子，船小好掉头嘛。现在农机市场不景气，我们想改行搞点别的，根本就搞不起来。对了，宁厂长，你们厂现在效益怎么样？"

宁中英与对方一通寒暄，等的就是对方这句话。听到娄福翔的询问，他坐正身子，说道："我们厂现在形势不好，我就是专程来向娄厂长化缘的。"

"化缘？"娄福翔脸上的笑容凝固了起来，他小心翼翼地问道："宁厂长，具体是什么情况，你说说看……能帮上忙的地方，我是绝对没说的。"

他的话虽如此，语气却有点虚，明显是担心宁中英会提出什么让他为难的要求。作为一家大型企业，这种上门来化缘的事情他碰得太多了，轻易是不敢答应谁的。

宁中英把旋耕刀片的事情说了一遍，娄福翔皱了皱眉头，问道："你们的刀片使用寿命能到多少亩？"

"目前的水平，能到 750 亩。如果丰禾厂需要，我们可以提高到 900 亩以上，不过价格可能会稍微提高一点。"秦海代替宁中英回答道。这是他们出来之前就已经说好的，涉及技术方面的事情，一律由秦海负责回答。

"如果是 900 亩，价格大概是多少？"娄福翔又问道。

"三块五。"秦海说道。要进一步提高旋耕刀片的使用寿命，需要在钢材上下工夫，这会导致刀片的成本上升。三块五是他与冷玉明合计过的价格，如果对方嫌贵的话，这个价格还有一些商量的余地。

娄福翔叹了口气，说道："可惜，可惜，你们来晚了一步，我们刚刚跟日本福冈株式会社签了一个刀片引进协议……小刘，你把福冈会社的那个资料拿来给宁厂长看看。"

秘书小刘应声而到，手里拿了一份印刷精美的资料，递到了宁中英的手上。宁中英看了一眼，见上面弯弯绕绕地写着一大堆日文，仅有的一点中文内容又是字体极小，让他这个老花眼看不清楚，便随手递给了秦海。

秦海接过资料，一目十行地翻看起来。他未来精通四五门外语，阅读日语对于他来说根本没有什么障碍。在这份资料上，除了有福冈会社的一些情况介绍之外，余下的部分就是关于旋耕刀片、犁铧等消耗品的技术性能指标。其中在旋耕刀片的使用寿命一栏中，写的是1000亩的定额。

“怎么，小秦，你懂日语？”宁中英见秦海看得认真，有些奇怪地问道。整个青锋厂都没有几个外语过硬的人才，懂日语的更是一个都没有。秦海不过是一个技校生，怎么可能会懂日语呢？

秦海存了些藏拙的心思，掩饰着说道：“我也不懂，不过，这中间有些字和中文是一样的，我大概能够猜出一些。”

“哦，原来是这样。”宁中英点点头道。

秦海转头对娄福翔说道：“娄厂长，从这份资料来看，福冈的刀片使用寿命也不过就是1000亩，如果我没猜错的话，他们的价格应当比我们高出不少吧？”

“你说得对，他们一片刀片合八块多人民币。”娄福翔说道。在计划体制下待得太久的人，对于价格之类的商业信息没有太多的保密意识，秦海问得唐突，他也答得随意，大家都没觉得有什么不妥。

宁中英听着秦海与娄福翔的问答，忍不住插话道：“八块多人民币，而且还得用外汇，你怎么不考虑用我们的刀片呢？就算我们的刀片比日本人差一点点，可是他们的价格够买我们两片还多呢。”

“这个事情……”娄福翔面有为难之色，“宁厂长，你不知道，我们厂的用户，都是浦江周围的大国营农场，他们就认日本货。他们从我们这里买旋耕机，但刀片一定要日本原装的。你也知道的，其实一个农场也用不了多少刀片，这点差价，他们不在乎啊。”

“能不能向他们介绍一下，让他们试试我们的刀片呢？”宁中英还在做着努力。

娄福翔坚决地摇了摇头，说道：“这个事情，我们不太好去讲。你不知道，我说服他们接受我们的旋耕机，就已经卖了好大的面子了。刀片这个事情，原本不是我们自己的事，如果我们去讲的话，人家会说我们的。”

“哦……我明白了，那我们就不打扰娄厂长了。”宁中英听出对方已经没有合作的意思，便起身告辞了。

“这怎么行呢？怎么也得吃了饭走吧？”娄福翔摆出一副生气的样子，“到了我这里，连一顿饭都不吃，这不是看不起我吗？”

“不客气了，我们还得上别处去化缘，大家来日方长。”宁中英强装出笑脸，与娄福翔握手道别。

娄福翔尽了最后的一点地主之谊，让厂里的小车把宁中英和秦海送到了最近的公交车站。这种市郊的公交车上乘客不多，宁中英和秦海找到两个挨着的座位，坐了下来。

“他妈的，这个姓娄的一贯就是个两面派！”公交车开动之后，宁中英愤愤地对秦海说道，“我早就知道，来找他帮忙肯定是没有结果的。”

秦海不以为然地说道：“各人自扫门前雪，他这样做，也是正常的。”

宁中英道：“他说他们签了日本的刀片，可是日本的刀片明显比咱们的刀片贵得多，他完全可以向那些国营农场介绍一下咱们的刀片，也就是多句话的事情，没准人家也愿意买便宜的国产刀片呢。”

“好了，宁厂长，别恼火了。虽然只是多句话的事情，人家与咱们非亲非故，凭什么要帮咱们说这句话呢？”秦海劝解道。

宁中英道：“都是同行，我们和他们又没有竞争关系，他帮我们一下有什么不行的？当年他去安河省出差，说想买点安河的土特产，到处都找不到，还是我给他买到的。那个时候他说得多好听，说有什么事情到浦江办，尽管找他。”

秦海笑呵呵地说道：“宁厂长，你也别指责娄厂长了，其实，他已经帮了咱们很大的忙了。”

“什么意思？”宁中英有些不解。

秦海也不解释，他从座位上站起来，走到女售票员身边，对她问道：“小姐，我想打听一下，我们要去长德路，该怎么换车？”

这一声"小姐”，让刚刚还在嫌弃他们俩是乡下人的售票员喜笑颜开。小姐在那时候还是一个比较稀罕的称呼，很少有人会这样称呼一个普通的售票员。一直遗憾自己是小姐身子丫环命的售票员听到这个称呼，顿时就将秦海引为知己，用她职业生涯中从未有过的热情与耐心，向秦海介绍着前往长德路的换乘线路：

“……你下车以后面前就有 105 路车，不过你不要坐 105 路车，你往前走不到100米，坐107路，这样可以少花5分钱的……”

“多谢多谢！哎呀，这年头，像你这样又漂亮又热心的售票员真的很少见了，如果我是记者的话，我一定会为你写一篇稿子，标题就叫‘最美售票小姐’。”秦海用他那久经网络考验的油嘴滑舌恭维着，略有几分姿色的售票员早已笑得像狗尾巴花一样灿烂了。

“你又搞什么名堂去了？”秦海回到座位上的时候，宁中英略有几分不满地问道。据他这些天的观察，他发现秦海这个小伙子别的都挺不错，就是在与女性打交道的时候，显得太过于随便了。

秦海道：“我打听了一下长德路怎么走。”

“长德路是什么地方？”宁中英奇怪地问道，他们的行程安排中，并没有这个地址，他也从来都没有听说过这个地址。

秦海道：“长德路有个长德宾馆，福冈会社就在那家宾馆。”

“福冈会社？”宁中英一愣，“你怎么知道的？”

秦海道：“刚才娄厂长给我们看的那份资料上，就有福冈会社在中国的联系地址，我趁他没注意，就偷偷记下了。”

“你想去找福冈会社？”宁中英又问道。

“是啊。”秦海点头道。

“你找他们干什么？”宁中英好生诧异。

秦海道：“这叫到敌人后方去。丰禾厂不是只买日本人的刀片吗？我想去问问日本人，他们想不想买咱们的刀片。日本可没什么地方保护，谁的东西物美价廉，他们就买谁的东西。”

“你打算把刀片卖给日本人？”宁中英简直不敢相信了，这得是多么疯狂的一个念头啊。

在那个年代里，能够从中国卖到日本去的商品只有两类，一类是矿产品和农产品，另一类就是中国特色的民间工艺品。从来都是中国从日本购买工业品，而秦海却想把工业品反卖到日本去，简直就是天方夜谭。

幸好，带秦海出来的人是宁中英，而不是项纪勇。如果是项纪勇的话，秦海说出这番话的同时，就会被劈头盖脸地训斥一番了。宁中英自己就是一个胆大包天的人，虽然他还不知道秦海到底打算如何把刀片卖给日本人，但既然秦海有这样的勇气，他也愿意陪着秦海疯一把。做生意就是这样，没有点胆量，怎么可能在市场上脱颖而出呢？

两个人换了几趟车，来到了长德路。长德路不算很长，他们走了几步，就找到了长德宾馆。这是一家涉外宾馆，客房是几幢四层的小楼，坐落于一个环境优雅的小院落之中。福冈株式会社刚刚进入中国不久，还没有固定的办公场所，目前正租住在长德宾馆的长包房里，这个情况是秦海在娄福翔提供的资料上看到的。

"干什么的！"

两个人刚到小院门口，就有戴着红袖箍的门卫气势汹汹地迎上前来，双手摊开，做出一副乡下人赶鸡的样子。由于是夏天，宁中英和秦海两个人的穿着都有些随便，宁中英穿的是一件皱巴巴的的确良衬衣，秦海索性只有一件圆领T恤，看起来实在不像是能够出入涉外宾馆的样子。

"我们找西楼325房间的福冈会社。"秦海直接报出了福冈会社的房间号。

门卫上下打量了秦海一番，质问道："你们找福冈会社干什么？"

"我跟你说，你懂吗？"秦海笑吟吟地刺了对方一句，他知道，对方只是一个门卫，还没有胆量替住在里面的客人赶走访客。他越是这样不把对方放在眼里，对方就越不敢过于造次。

果然，门卫被秦海的底气给唬住了，他讷讷地说道："你不说理由，我是不能随便放你进去的，谁知道你们是来干什么的，这院子里住的全是外宾，你们惊扰了外宾怎么办？"

秦海用手指了指门卫室的电话，说道："你给他们拨个电话吧，拨通之后我来说。"

"你来说？人家日本客人都是说日本话的，你会吗？"门卫问道。

秦海道："这你不用管，你只管拨电话就是，耽误了客人的事情，你负得起责任吗？"

门卫摸不清秦海的底细，又看到站在秦海后面的宁中英看起来有几分干部气质，于是嘟嘟囔囔地走回值班室，拨通了福冈会社的号码。

听到电话里的应答声，门卫果真把电话交到了秦海的手里，秦海接过电话，用流利的日语对着话筒里说道："你好，是福冈会社吗？我是一家中国农机制造商的销售代表，想和你们谈一谈旋耕刀片的事情，你们方便吗？"

"哦？你在什么地方？"电话那头的日本人有些惊讶，他在中国办事处工作已经有一年时间了，还没有遇到过日语说得如秦海一般流利的中国人。仅凭这一口日语，他就已经对秦海产生了兴趣。

"我在宾馆的门口。"秦海答道。

"我马上出来。"对方说道。

不长时间，一个穿着西服、中等身材的日本人就从院子里走出来了。走到宾馆门口，他左右张望了一下，发现门口除了门卫之外，就只有秦海和宁中英二人。他犹豫了一下，便径直向秦海走来。

"不好意思，请问刚才是您给我打电话吗？"日本人用生硬的汉语问道。

"是的，我叫秦海，是安河省青锋农机厂的销售代表，这位是我的老板宁先生。"秦海用日语向对方介绍道。

"你们好，我叫中村俊，是福冈株式会社的中国区销售主管。宁先生，秦先生，请到里面谈话。"日本人一边向宁中英和秦海鞠着躬，一边做出了一个邀请的手势。

看秦海用如此流利的日语与中村俊交流，宁中英的心里感到无比震惊。在此前，秦海还谦虚说自己不懂日语，而宁中英也相信他的确不懂日语。可是一转眼之间，秦海就已经能够用日语呱啦呱啦地把一个正宗日本人给说得拼命鞠躬了，这是不懂日语的人能办到的吗？

这小子身上到底藏了多少秘密啊！宁中英一边感慨着，一边强装出若无其事的样子，跟在秦海的后面，随中村俊走进了长德宾馆。

在他们的身后，门卫目瞪口呆地看着这一幕，好半晌才骂了一句："娘的，会说日语的人，居然也穿得这么狼狈！"

第八章 有利可图为什么不干

浦江之行，秦海意外联系上了日本福冈会社，一番你来我往，秦海成功让福冈会社对购买青锋厂的旋耕刀片产生了极大的兴趣，将刀片送回日本进行检测。一旦刀片通过检测，仅凭这一单生意就能让青锋厂立刻转亏为盈。然而秦海的神奇还不止如此，浦江汽车国产化项目涉及的配件加工任务，又成了秦海的新目标。

福冈会社租住的房间不大，是一个里外两间的套房。套房的里间是中村俊的卧室兼办公室，外间则被布置成了一个会客和洽谈的场所。

中村俊把宁中英和秦海带进房间，招呼他们在客厅的沙发上坐下，又给他们倒了水，这才在他们的对面坐下来，问道："请问，你们找我有什么贵干？"

由于知道秦海会说日语，而自己的中文又不是太熟练，所以中村俊除了与宁中英寒暄时说了几句中文之外，其余就一律用日语与秦海交流了。

秦海开门见山地回答道："我们听说福冈会社是一家专业从事旋耕刀片和犁铧销售代理的企业，我们想问问中村先生，你们是否有兴趣在日本市场上销售我们生产的旋耕刀片？"

"你是说，你们想让我们代理你们的刀片，在日本市场上销售？"中村俊用不确定的语气重复了秦海的话，他有意把语速放慢，生怕秦海听不明白。

"你说得完全正确，我们希望在日本市场上销售我们生产的旋耕刀片。"秦海说道。

“这是不可能的！”中村俊断然道。

“为什么？”秦海笑呵呵地问道。

“因为……”中村俊在脑子里想了半天，居然想不出一个合理的解释。在他看来，旋耕刀片是一种具有一定技术含量的工业品，长期以来，这一类工业品都是从日本卖往中国的，他实在无法想象在日本市场上销售中国刀片是一个什么情景。既然是一个无法想象的场景，那他自然要说不可能了。

秦海道：“中村先生，在商言商，商人的本分就是逐利。如果在日本市场销售我们的刀片是一件有利可图的事情，贵会社为什么不干呢？”

“慢着……”中村俊好不容易把思路给理清楚了，他对秦海说道：“据我所知，贵国生产的旋耕刀片，使用寿命一般是700亩左右，而日本的旋耕刀片使用寿命在1000–1200亩，贵国产品完全没有竞争力。”

秦海等的就是他这句话，听他一说完，便说道：“中村先生，你说的情况已经过时了，安河省青锋农机厂，也就是我服务的企业，已经开发出一种新工艺，能够把旋耕刀片的使用寿命提高到1000亩以上。这个质量虽然尚不足以与贵国的最高水平相比，但已经达到了贵国的一般标准，所以在质量方面，我们是有足够竞争力的。”

“是吗？”中村俊觉得有些意外，但他没有就这个问题深究下去，而是继续说道：“就算你们的刀片能够达到1000亩的使用寿命，也不过与日本市场上的一般产品相仿，我们有什么必要去代理你们的产品呢？”

“因为我们的产品比日本市场上的同类产品便宜一半以上。”秦海简洁地说道。

“你是说，你们能够在不提高现有刀片价格的前提下，把刀片的使用寿命从700亩提高到1000亩？”中村俊敏锐地问道。

作为一名被派往中国市场推销旋耕刀片的销售代表，中村俊对中国市场上的国产刀片质量和价格都做过充分的调查。他知道中国的国产刀片使用寿命在700亩左右，价格则为3元人民币，通过美元汇率挂钩计算，约合不到300日元。日本市场上一把旋耕刀片的价格在700–800日元的样子，使用寿命则比中国刀片要高出1/2左右。

中村俊不是没有考虑过把中国的刀片贩到日本去销售，但其与日本刀片相差300亩以上的使用寿命，是日本农民所无法接受的。

现在秦海说自己的刀片能够达到日本市场上一般刀片的使用寿命，而价格却仅为日本刀片的一半，也就是相当于现在中国市场上那些刀片的价格，中村俊忍不住就有些动心了。正如秦海说的那样，有利可图的事情为什么不干？

“我们的刀片价格确定为3.5元人民币，也就是相当于350日元左右。”秦海给出了一个报价。

“到岸价？”中村俊条件反射地问道。

“离岸价。”秦海笑呵呵地答道。

“哦……”中村俊不吭声了，其实旋耕刀片的体积和重量都不大，海运的运费和保费没多少，到岸价与离岸价之间差别并不大。在这个问题上与秦海争执，实在是没必要。

“怎么样，中村先生，对这笔交易，你有兴趣吗？”秦海追问道。

中村俊道：“我需要看到你们的样品，样品需要送回日本去做检测。如果贵公司的产品真的能够达到你说的质量标准，我想我们会社会有兴趣做这个代理的。当然，这件事我还需要向会社汇报一下，没有会社的授权，我不能擅自做出答复。”

“我明白中村先生的意思，我们可以等待贵会社的答复。”秦海说道，他用手指了指旁边桌上的纸笔，对中村俊问道：“我可以借用一下你的纸笔吗？”

“请便。”中村俊不解秦海的意思，不过还是非常礼貌地把纸笔取过来，递到了秦海的手边。

秦海接过纸笔，不假思索地开始写了起来。写了满满一篇之后，他把纸递给中村俊，说道：“中村先生，你可以把这个传真回去，它可以证明我们公司的实力。”

中村俊接过纸一看，只见上面用英语写着一串一串的术语，中间还有一些元素符号。中村俊也是科班出身，多少能够看懂一些英文的技术文献。他读了几行，便知道这是一套完整的旋耕刀片生产工艺，从最初的钢材配方，到后期的热处理以及感应堆焊技术，洋洋洒洒，详略得当，基本反映出了一家公司的技术实力。

工业技术上的事情，说难也难，说简单也简单。真正影响产品技术水平的，不外乎三五个技术难点。一家企业如果能够有办法解决这些难点，那么提供出达到某种技术标准的产品就不在话下了。

秦海写的这个工艺流程，恰到好处地解释了青锋农机厂生产旋耕刀片的主要技术思路，让人一看就知道青锋厂已经掌握了全部的技术要领，完全有实力生产出高质量的刀片。

当然，秦海在写这份流程的时候，对于该保密的环节，还是遵循了点到为止的原则。比如说钢材的配方，他只写出主要元素的成分，对于其中的微量元素，只是一笔带过。内行都知道，微量元素的控制，对于钢材品质有着显著的影响，这样的知识属于企业的秘方，那是不足为外人道的。

"有了这份资料，我想鄙会社会对贵公司的产品更有信心的。"中村俊服气了，他细心地收起秦海写的资料，准备稍后再用传真机发回会社总部。

"那我们就先走了，期望能够早日得到贵会社的答复。"秦海站起身来，向中村俊告辞。

中村俊把秦海和宁中英送出了小楼，看着二人向宾馆外走去，他连忙返回自己的屋子，拨通了日本的国际长途电话。

"小秦，你刚才跟那小日本叽里呱啦说什么呢？"从宾馆里出来之后，宁中英终于松了口气，开始向秦海打听细节。

秦海没有隐瞒，把自己与中村俊谈话的内容一五一十向宁中英复述了一遍。宁中英听罢，问道："你说咱们能够把刀片的寿命延长到1000亩，你有这个把握吗？"

秦海道："有把握，不过需要一些投入，我们要改造一些热处理设备，还要改造铸造车间的电炉，以便对北溪钢铁厂提供的钢材进行二次冶炼，提高钢材品质。如果福冈会社真的有意和咱们合作的话，这个投入是值得的。"

宁中英问道："你觉得，按最好的估计，如果福冈会社和咱们合作，咱们的刀片能够在日本市场卖出多少？"

"一年50万到100万片吧。"秦海说道。

“多少？”宁中英吓了一大跳，连忙用手掏掏耳朵，等着秦海再说一遍。

秦海笑道：“宁厂长，干嘛一惊一乍的？我在娄厂长那里看过福冈会社的资料，他们在日本占有旋耕刀片市场近 20% 的份额，而日本的旋耕刀片年销售量在 1000 万片以上。也就是说，福冈会社一年能够销售 200 万片刀片。如果咱们的刀片质量好、价格低，卖出 100 万片有什么奇怪呢？”

“我的天啊，如果是 100 万片，那就是 350 万元的产值，毛利起码在 100 万元以上，那……那可是一场大大的翻身仗啊！”宁中英激动得胡子都抖动起来了。

青锋厂不过一百多工人，一年的工资总额也就是 20 万元上下，100 万的毛利是宁中英连想都不敢想的事情。如果真有这么大的毛利，即便扣掉上交给县里、市里的利润，余下的钱也足够让青锋厂富得流油了。到那时候，别说什么报销医药费、发放年终奖，就算盖几幢新的职工宿舍，又有何难？

“走，小秦，咱们找个地方喝点酒去。如果这笔生意能够谈成，你就是青锋厂的大功臣。今年年终，我给你发 500 块钱奖金。”情绪高昂的宁中英慷慨地说道。

也难怪宁中英会觉得震惊，在计划经济时代里成长起来的一代干部，习惯于饿不死也撑不死的经营环境。产品滞销直至破产的事情，他们从来没有见过；一个产品热销导致一夜暴富，他们同样也没有见过。秦海就不同了，他经历过的时代里，有过无数这种一个产品甚至一个点子就救活一家企业的案例。

至于说走向国际市场，宁中英这一代人根本就没有这种意识，而在秦海看来，则是理所当然的事情。

一老一少不便在长德路上显得太过张狂，以免被中村俊碰上，对他们低看一眼。两个人步行穿过了两条街，这才找到一家看起来稍微有点档次的饭馆，走了进去。

宁中英嘴上说得豪迈，及至点菜的时候，他的穷人本性就露出来了。看着印刷粗糙的菜单上那些华丽的菜名和同样华丽的价格，他左右犹豫，不知道该点些什么菜好。好不容易，才挑了两个看起来还可以，而价格上又能够承受的菜，报给了服务员：

“要一个肉片菜心，再来一个……生炒鸡丝，嗯，今天就奢侈一回吧，有什么白酒吗？嗯，啤酒也行，来一升。”

浦江市是一个全国性的大都市，即便在计划经济年代里，从外地来浦江市办事的人员也是络绎不绝的。服务员对于这种乡下来的土老冒早已见惯不怪，她收好菜单，说了句“稍候”，就飘然而去了。

“小秦，你说说看，如果要改造咱们的设备，让咱们的产品能够达到日本人的标准，大概需要多少投入？”宁中英急切地向秦海讨教着，他现在已经丝毫不怀疑秦海的技术水平了，能够和日本人呱啦呱啦谈判的人，技术能差得了？

秦海从包里掏出纸笔，开始给宁中英写着工艺流程和设备需求，一边写一边估算着价值：“咱们需要改造一座中频电炉，现在铸造车间的中频电炉有些陈旧了，需要把控制系统调整一下……估计得花上两三千块钱吧……感应堆焊的技术还得继续改进，感应炉也要再添一座……热处理设备也需要再增加一些……林林总总算下来，可能得投入两万块钱左右。”

“两万块钱不多！”宁中英不假思索地说道，“只要福冈会社能够与咱们签订合同，咱们就是砸锅卖铁，也要凑出两万块钱来把设备改造了。”

秦海笑道：“宁厂长，你这话夸张了吧，咱们厂拿两万块钱出来就得砸锅卖铁了？前面那批刀片不是还可以收回5万元货款吗？”

宁中英道：“这些钱得留着发工资，小两百号人吃喝拉撒，我手里能一点钱都不留吗？电费、水费、汽油费……这些都得花钱的。我前两天到财务科找喻泳平问过了，他说现在找银行贷款难度非常大，说是上头有什么政策，要紧缩银根什么的。韦宝林是滚蛋得早，如果滚蛋得晚，现在他也得抓瞎。”

“原来是这样，嗯嗯，还是老厂长有经验，知道留有余地。”秦海赶紧恭维道。

宁中英又问道：“小秦，在设备改进之前，你能不能先拿出样品来？我们可是答应了要给日本人提供样品的。”

秦海道：“这个不难，小批量生产和大批量生产不一样，小批量生产用的钢材，我用铸造车间的小电炉也能炼。”

“我知道你有办法的！”宁中英意味深长地用手指对秦海点了点。秦海知道，他是在提示自己与宁默偷炼高强度合金钢那件事。宁默在他老爹面前是藏不住事的，宁中英知道此事也很正常。

不一会儿工夫，服务员把酒菜都送过来了。秦海拎起装啤酒的大玻璃壶，分别给宁中英和自己都倒上了一杯，然后端起酒杯对宁中英说道：“我借宁厂长这杯酒，祝青锋厂在宁厂长的领导下，蒸蒸日上。”

“哈哈，年纪不大，马屁倒是拍得挺顺溜。好，咱们一起祝青锋厂蒸蒸日上。”宁中英爽朗地笑着，接受了秦海的恭维。

两个人正在说笑着，外面又进来了六七个人，在他们俩旁边的一张大桌子边坐下来。接着，其中一人操着江浙一带的口音开始熟练地点菜，其他人则旁若无人地大声聊起天来：

“娘的，这不是要我们玩吗？”

“赵厂长，也不能这样说，部里这不是着急了吗，要组织全国攻关呢。”

“要搞全国攻关，我们不是来了吗，又提这个要求那个要求，一切按洋鬼子的规矩办，解放都三十多年了，什么时候轮到洋鬼子说了算了？”

“人家是中德合资企业，德方有他们的技术标准，也是正常的。”

“那好吧，让他们自己和德方玩去，我们不侍候他们总行了吧？还什么浦桑汽车三年国产化率 70%，照这个样子，30 年都别想！”

“……”

浦桑汽车！

秦海原本并不打算偷听别人聊天，但对方的声音实在有点大，他想不听都不成。在一串难懂的江浙方言之中，一个词汇突然钻进了秦海的耳朵，让他微微一震，忍不住扭头向那一行人看去。

那是一群与宁中英在打扮和气质上都颇为相仿的人，其中大多数是中年人，只有那个点菜的看起来年轻一点，想必是某人带的秘书吧。正在大发牢骚的那位，面相颇为福态，身上的衣服也比较挺括，像是一个成功的企业家模样。别人管他叫赵厂长，想必是一家规模还过得去的企业的厂长吧。

“我就不明白了，咱们国家过去不也造过汽车吗？这满大街跑的车子，不都是咱们国产的？怎么德国人一来，咱们连生产配件的资格都没有了，这个要求那个要求，摆明了就是不想让咱们中国人插手嘛？”坐在赵厂长身边的一个看起来有些文气的中年人也在愤愤不平地说着。

“呵呵，反正省里让咱们来，咱们就来了。这次招标，一个能够中标的都没有，国产办的那些老爷们，估计该哭死了，哈哈！”赵厂长用戏谑的口吻说道。他的话引得满桌子人都哈哈大笑起来。

秦海听到此处，心念一动，站起身便走向旁边那桌，赔着笑脸对桌边的众人说道：“劳驾，各位，我们是安河省青锋农机厂的，能不能冒昧打扰你们一下？”

“哦？安河省的青锋厂，好像是听说过你们！”那位赵厂长点了一下头，屁股却坐在凳子上动都没动一下，显然并不把秦海当成一回事，“你有什么事情啊？”

“我刚才听你们说起什么浦桑汽车，什么招标，我能问问是怎么回事吗？”秦海问道。其实，刚才在听几个人谈话时，他就已经回忆起了有关浦桑汽车前世今生的种种故事，现在这样问，只是要确认一些相关的信息而已。

几个人把秦海当成了一个急于找产品销路的推销员，这种人对于招标之类的事情感兴趣，也是正常的。那位赵厂长问道：“浦桑国产化招标的事情，你们没听说过吗？你们省里没有下过通知？”

“他们是农机系统的，可能没参与这事。”旁边一人猜测道。

“嗯，也有可能。”赵厂长点点头，对那人说道，“贾科长，你给他讲讲吧，不过，小伙子，我劝你别打这个主意，这个招标全是假的，是做给上头看的，对咱们企业来说，就是坑人。”

“嗯嗯，我就是了解一下，这样回去万一领导问起来，我也好说知道这事。”秦海摆足了一个憨厚的样子，答道。

可能是见秦海的态度谦恭，也可能是因为受了一肚子气需要找人诉苦，贾科长果然向秦海说起了这件招标的事情。

与秦海记忆中的情况相同，在两年前，浦江汽车厂与德国狼堡汽车公司签订了一项合资生产轿车的协议。按照协议要求，浦江汽车厂首先采购狼堡公司的汽车散件，在国内进行组装和销售。在获得组装经验之后，再逐渐地进行汽车配件的国产化替代，最终目标是达到100%国产的要求。

这款汽车，取了浦江的“浦”字和德国品牌中的“桑”字，被命名为“浦桑”汽车。在过去两年中,浦桑汽车已经组装了两万多辆并且销售一空，成为国内官员们的新宠。秦海知道，这还仅仅是浦桑汽车最初的辉煌，在随后的20年内，浦桑汽车都将成为国内轿车市场上当之无愧的老大，是县处级干部的标准配车。

时下，正值浦桑汽车合资第一阶段结束，即将进入零散件国产化替代的时期。而摆在中方面前的，是一座难以逾越的技术高山。

早在60年代初，浦江汽车厂就通过仿造前苏联的伏尔加轿车，开发出了浦江牌轿车。在长达20年的历程中，浦江轿车共计生产了4万辆，装备了许多政府机关和大企业，成为官员们身份的象征。

70年代末，中国重新打开国门，高层官员密集出访欧美日等国，看着国外大街上琳琅满目的新型轿车，受到了极大的冲击。尤其是中央领导人在日本丰田工厂参观的时候，听说丰田公司一天的轿车产量就相当于浦江汽车厂两年的产量，震惊无语，回国之后便指示开展轿车行业的中外合资改造。作为国内最主要的轿车生产企业，浦江汽车厂自然而然地被选为第一家与国外合资的对象。在经过审慎考虑之后，浦江汽车厂找到了德国狼堡公司，商议成立合资企业，引进狼堡公司的技术与车型，在中国进行生产和销售。

一开始，狼堡公司对于与中国的合作抱有很强的信心，派出了一个庞大的技术和管理团队前往中国，考察合资对象的生产实力。走进浦江汽车厂的生产车间时，德国人全都惊呆了，他们发现，在这家汽车厂里，找不到自动生产线，代之以长凳、手工葫芦吊和橡皮锤。

现代化大生产所需要的标准化管理体系，在这里根本就不见踪影，同一个型号的螺丝生产出来之后，居然不能通用，工人们在装配螺丝的时候，不得不用锉刀再进行修整，有些螺杆则只能用铁锤砸进尺寸不足的装配孔里去。

“狼堡公司与中国人的合作项目，就像在一个破败、无援的孤岛上生产轿车，将是失败的实验”，这是当时一家德国媒体对于浦桑项目的断言。

合资项目在艰难的背景下启动，浦江厂的工人们一点一滴地学习着汽车装配技术，同时也在学习着现代化大生产的理念。进口配件进行国内组装的一期项目顺利结束，中方向德方提出要求，适时启动浦桑的国产化进程。

狼堡的工程师们拿出了浦桑汽车的全套技术资料，对每一个配件都提出了精确的要求。中德双方的技术人员对老款浦江汽车的配件进行全面梳理之后，得出一个结论，中方只能提供四种配件：轮胎、喇叭、天线、标牌，总价值占汽车价值的 2.7%。

“面向全国征集配套企业，集全国之力，实现浦桑汽车的国产化！”浦江市政府做出了一个大气的决定。

就这样，由机械部与浦江市政府联合成立了一个浦桑汽车国有化办公室，开始面向全国进行汽车配件的招标。浦江市政府承诺，对于中标的企业，可以给予免税、提供贷款等一系列扶持政策，目标只有一个，那就是三年之内，使浦桑汽车的国产化率提高到 70% 以上。

在当时的中国，倒也不是完全没有达到一定技术水平的企业，但这些企业一部分隶属于军方，本身就有繁重的生产任务；另一部分企业也都有自己的配套生产任务，不值得专门为浦桑汽车另外开辟一套生产系统。

离开这些技术实力雄厚的大企业，余下的就是各地的中小型企业了。浦江市长期以来一直都是国内工业的龙头，为许多省市提供过技术和装备方面的支持，也算是“得道多助”。一纸通知发出，各省纷纷响应，号召省属企业前往浦江，参加配件国产化的投标。

声势浩大的招标会持续了一个星期，一大帮企业乘兴而来，败兴而归。国产办交给他们的样件图纸，让每一家企业都望而却步。这些高得让人眩目的技术要求，远远超出各家企业的想象，让他们觉得这简直就是一种羞辱。

“这是谁提出来的标准？”有人愤愤不平地质问道。

“这是德方的标准，狼堡公司一直是按这个标准进行配件采购的。”国产办的工作人员答道。

“我们又不是德国，咱们国家穷，道路状况也差，就不能从实际出发，搞个过渡标准吗？”又有人建议道。

“不行，我们必须100%达标，降低0.1%都不行！”浦江市政府的回答掷地有声。

“要达到这样的标准，我们必须投入资金进行设备改造，到时候我们生产出了产品，你们不要怎么办？能不能保证只要我们造出来，你们就一定采购？”有人婉转地提出了条件。

“配件只要合格，我们一定采购。但如果不合格，我们绝不会妥协。”这是国产办的回答。

“娘的，这就是一帮卖国贼！什么中外合资，完全就是外国人说了算嘛！”一干前来参加招标的企业领导人开始破口大骂，然后带着自己的团队愤然离席，“你们自己玩吧，老子不侍候了！”

秦海他们遇上的，正是这样一支在招标会上受挫的企业。赵厂长的全名叫赵自然，是海东省江洲机械厂的厂长。贾科长叫贾雁高，是厂里的生产科长。而坐在赵自然身边的那位文气的中年人，则是厂里的技术科长，叫马长峰。

“我叫秦海，这位是我们青锋农机厂的宁厂长。”秦海也向对方做着自我介绍，听他与赵自然等人聊得热闹，宁中英也离席凑过来了，秦海赶紧把宁中英介绍给了对方。

“我叫宁中英。”宁中英说道。

“宁厂长，我听说过你的大名。”赵自然这回终于站起来了，热情地走上前来，与宁中英握手：“我是听我们省关北农机厂的孙厂长说的，说你为人仗义，是急公好义的宋公明。”

“哦哦，是老孙啊，记得记得，有一年在广州开会的时候，他突发了阑尾炎，是我把他背到医院去的。”宁中英哈哈笑着说道。

“对对，他说的就是这件事。”赵自然道，说罢，他又赶紧对手下吩咐着，“老贾，去把宁厂长他们的碗筷都拿过来，既然碰上了，就一块吃吧。”

企业这个圈子并不大，大家随便一说，就都能找到几个互相都认识的熟人，于是关系一下子就拉近了。宁中英和秦海把自己的菜端到赵自然这一桌，与他们拼在一起，正好赵自然他们点的菜也已经上来了，大家各自在酒杯里倒上了啤酒，然后便觥筹交错地喝开了。

众人聊了一些闲话之后，赵自然问起了宁中英一行浦江之行的目的，待听说他们是来找产品销路之后，赵自然指了指秦海，说道：“小秦，你刚才打听招标的事情，是不是也想去试试啊？听我的，别去碰这个业务，国产办那边根本就没有诚意，纯粹是为了哄上面领导的。”

秦海笑笑，说道：“其实外商对产品质量标准要求严格，也是一贯的，并非只对咱们中国企业。对了，赵厂长，你们厂去投标的是什么产品，能说来听听吗？”

赵自然向马长峰努了努嘴，马长峰回头从包里掏出一张图纸，递给秦海，说道：“这是图纸，你能看懂吧？”

“他在技术上还有两下子，有点鬼点子。”宁中英看出了一行人对秦海的轻视，赶紧解释着。秦海的年龄的确是硬伤，下巴上光溜溜的，一看就能让人想到“嘴上没毛、办事不牢”的古训。

秦海向马长峰道了谢，接过图纸翻看了一番，然后对马长峰问道：“这个伞齿轮，按客户方的要求，应当采用粉末冶金技术制造，你们厂有粉末成形压机吗？”

此言一出，一桌子人除宁中英之外，对秦海的看法都陡然发生了变化。粉末冶金技术在国内不算什么新技术，但应用范围不广，大多数人都不知道这个概念。秦海只是看了看图纸，就能够猜出配件的工艺要求，而且直接询问相关设备情况，不管怎么说，至少算是一个懂行的人了。

“我们有一台从美国进口的液压粉末成形压机。”马长峰用认真的语气答道。

“阿尔法公司的？”

“没错，正是阿尔法公司的。”马长峰眼睛里分明已经有一些惊异之色了。

“烧结电炉呢？”

“也有，德国的。”

“克雷默的？”

“没错，正是克雷默的！”

听着秦海与马长峰的一问一答，赵自然心里对于秦海的不屑早已烟消云散，他转头去看宁中英，得到的是对方一个得意的眼神。

“你们这小伙子，哪毕业的？”赵自然小声问道。

“我们省的农机技校。”宁中英答道。

“不会吧？农机技校毕业，懂得这么多东西？这可是人才啊。”赵自然道。

宁中英呵呵笑道：“当然是人才，要不我到浦江来出差，谁都不带，就带这么一个愣头青？”

“以你们厂的装备水平，接下这个伞齿轮的生产完全没有问题啊，你们怎么会放弃了呢？”

那边，秦海的声音骤然大了起来，目光中也带上了几分恨铁不成钢的遗憾之色。

“小秦，你怎么对马科长说话的！”

宁中英赶紧出面打圆场了，秦海这家伙在别的时候还挺圆滑的，遇到技术问题的时候就原形毕露了，用这样的口吻对一个比他年长 30 岁的外厂技术科长说话，这显然是很不礼貌的行为。

“没事没事，宁厂长。”马长峰摆摆手，想对秦海说点什么，一时又觉得语塞。面对着秦海的目光，他不知咋的，竟然感到了一些压力，似乎自己放弃这个齿轮的生产是一件非常可耻的事情。

“小秦，我们马科长可是正牌的大学生，本事在系统内都是有名的。”贾雁高在一旁不满地反驳着，“马科长也是经过了反复论证，认为我们厂的技术水平无法达到国产办的要求，这才决定放弃的。”

“是这样的……”马长峰经过短暂的尴尬之后，理智开始恢复了，他字斟句酌地说道：“小秦，我想你应当知道，粉末冶金不光是有设备就行了，关键在于铁粉的配方，还有成形之后的热处理。我们倒也不是没有这方面的技术，但我计算过了，根据我们的现有技术制造出来的伞齿轮，达不到对方的要求。”

“没有技术可以开发呀。”秦海说道，“铁粉配方其实并不复杂，国外生产零件有用扩散合金化粉末的，有用雾化铁粉的，也有用非常廉价的普通还原铁粉的，就这个零件的使用工况而言，对铁粉的要求并不高，难点主要是在添加剂方面。”

“对呀对呀，我也觉得难点是在添加剂上。”马长峰兴奋起来，“你说说看，是什么样的添加剂。”

秦海皱着眉头想了想，说道：“用于烧结钢构件的添加剂，不外乎用于帮助碳化的，比如 UF_4 超细石墨；用于改善切削性能的，比如 MnS，还有 WS_2；还有用于润滑的，比如 KL。这些添加剂目前国内还不能完全提供，可能需要进口，外汇的问题能不能解决？”

“这倒不成问题，浦桑国产化本身就能够节省外汇，所以国产办答应，可以帮助提供一些外汇，用于进口国内稀缺的原料。”赵自然也加入了谈话，他从马长峰的神情中意识到事情可能会有转机，不禁有些心动。

浦桑国产化，这可是牵动中央的大项目，谁不想在这个项目中小小地露一脸？尤其是在大多数企业都知难而退之后，能够迎难而上的企业毫无疑问将会是受到格外关注的。就算不考虑政治上的好处，能够成为浦桑项目硕果仅存的几家国产化配套厂之一，对于江洲机械厂也能产生极大的广告作用，这样的好事，赵自然怎么能够不上心呢？

“这些添加剂的情况，你都很了解吗？”马长峰也被秦海的话吸引住了，秦海说的这些概念，他是这两天才从国产办提供的技术资料中看到的，自己也知之不详。听秦海不假思索、如数家珍般地说出来，他坚信秦海肚子里是有一些货色的。

秦海不敢太过于张扬，他摆了摆手，说道：“马科长都不甚了解的东西，我怎么可能很了解呢？不过是过去看书的时候注意过，具体到应用的时候，还得试过才知道。”

“哦……”马长峰有些失望，不过还是说道：“能够有所了解也不容易了，至少可以让我们少走一些弯路。”

秦海道：“马科长别急，我说我不了解，不意味着没有人了解。马科长可听说过陈贺千教授？”

“陈贺千！”马长峰一愣，“我当然听说过，国内搞金属材料，他可是这个。”

说着，他翘起一个大拇指，意指陈贺千是最牛的专家。

秦海道："马科长知道就好，你觉得如果请陈教授出马，能解决这些添加剂的问题吗？"

"那还用说！"马长峰道，"可是，陈教授承担着多少国家的重点项目，怎么可能给我们这样一个小厂子提供技术指导呢？"

秦海笑道："巧了，前一段时间陈教授到安河省去帮忙解决一些技术问题，我恰好给他帮了点忙，细说起来，他还算欠了我一点人情。所以，如果我出面去请他帮忙，他肯定会同意的。"

"此话当真？"赵自然盯着秦海问道。

"我这有陈教授的电话号码，赵厂长要不要拨一个问问？"秦海从包里掏出一个小本子，翻到其中一页，上面果然有陈贺千的名字，还有钢铁总院的通讯地址、办公电话等等。

"太好了！"赵自然一拍大腿，像这样的东西，当然不可能是秦海事先准备好来哄骗他们的。骗子在那个年代还属于稀有动物，一经出现就会被热心群众集体捕杀。赵自然扭头去看马长峰，对他问道："老马，如果能够请到陈教授来指导咱们生产，呃……再加上这位小秦同志帮忙，你觉得咱们能有几成把握达到国产办的要求？"

"我觉得……嗯……起码有八成吧。"马长峰强按着怦怦的心跳，对赵自然说道。

"好！"赵自然眼睛里冒出一股蓝光，像是奥特曼要变身的征兆一般，"如果有八成把握，我看我们值得去冒一冒这个险。老马，你和小秦同志认真探讨一下，明天咱们再去国产办，好好地教训教训那些崇洋媚外的家伙！"

"赵厂长，小秦刚才说得对，人家提出严格要求是对的，不能算是崇洋媚外。"马长峰赶紧纠正着赵自然的用词。如果这桌上只有他们本厂的人，马长峰倒不在乎赵自然怎么说，但宁中英和秦海在旁边，马长峰就有一种家丑不可外扬的感觉，这其实也是因为他对秦海已经产生了一种莫名的崇拜感。

"哈哈，对对，我用词不当。"赵自然从善如流地打着哈哈，然后对宁中英问道："对了，宁厂长，你们在浦江，住什么地方啊？"

"我们还没来得及找住处呢。"宁中英说道，"正准备吃过饭就去找。"

“不用找了，就住到我们那边去。”赵自然霸道地说道，“我们再开一个房间就是了，费用全算在我们账上。”

“这怎么好意思呢？”宁中英假意地推托着。

“就这么说定了。”赵自然道，说罢，他想了想，又问道：“对了，小秦同志这样热心帮我们解决问题，我们也不能让小秦白受累。这样吧，宁厂长，你有什么需要我们厂帮忙的事情，尽管说，只要在我能力之内能够办到的，我一定尽力。至于对小秦该如何奖励，我就不插手了。”

这就是赵自然会做人的地方了，他需要秦海给他们厂帮忙，但当着宁中英的面，他是不能对秦海许以什么报酬的，否则既是不给宁中英面子，又有可能让秦海在自己的领导心中落下一个吃里爬外的印象，不利于秦海的长远发展。

他承诺给青锋厂提供帮助，然后再让宁中英回去奖励秦海，这就等于承认了宁中英对秦海的所有权，秦海能够从中得到的好处自然也是不会少的。

当然，如果有可能的话，赵自然甚至想暗中把秦海撬走，引进到自己厂子里去。不过，在那个年代，这样做是不太可能的，一个职工的调动涉及的环节之多，足以把一个人耗死。

“都是机械系统的，互相帮下忙有什么了不起的，赵厂长说这样的话就是见外了。”宁中英打着哈哈说道。

赵自然道：“宁厂长高风亮节，大公无私，我老赵佩服。可是小秦帮了我们这么大的忙，我们如果不表示一下，可就是欺负年轻人了。我没法提拔小秦，也没法给小秦发奖金，所以只好拜托宁厂长代劳。宁厂长有什么要求，尽管对我们提出来就是。”

“对啊，宁厂长，你们有什么需要我们办的，尽管说就是了，我们赵厂长也是一个爽快人呢。”贾雁高在一旁敲着边鼓。

“既然赵厂长这样坚决，那我就提一个无理的要求，赵厂长如果觉得不合适，只当我没提过，好不好？”宁中英笑道。

赵自然道：“没什么不合适的，只要宁厂长提出来的，绝对是合适的。”

宁中英点点头，道：“嗯，那好吧，赵厂长能不能帮忙在海东省帮我们协调一下，给我们青锋厂搞到一些农机订货？”

“这……”赵自然哑了，他原本想着宁中英大概会请他帮忙弄一些海东的特产，或者照顾一下在海东的什么熟人之类，没想到宁中英一张嘴就是狮子大开口，要求帮忙推销农机产品。

海东省自己也是有农机制造企业的，在当前的环境下，省里对于农资市场也采取了地方保护政策，轻易不让其他省市的企业进入。不过，什么事情都有余地，如果有人能够在省里说得上话，对外省企业开一个小小的口子，也不是什么困难的事情。

刚才赵自然与宁中英聊天的时候，光顾着吹牛，忘了打草稿，已经漏出江洲厂与省里关系颇为密切的口风。到了这个时候，他再想说自己无力影响省里的决策，那就是装傻充愣了。在宁中英这样的老狐狸面前，装傻是一件容易的事情吗？

“呵呵，老宁，你可是给我出了个难题啊。”

赵自然悻悻然地笑着，对宁中英的称呼也变成了更为亲昵的“老宁”，这是打算以感情牌来赖账了。

“看你这个样子。”宁中英用鄙夷的口气骂道，“我又不是让你去犯错误，你刚才说你们海东省经委的副主任是你的酒友，找他开个口，给我们订个一两百万的货算个啥？谁不知道你们海东是全国改革的排头兵，富裕得很呢。”

“一两百万！”赵自然喊道，“老宁，我这一百多斤交给你了，你拿到市场上去卖，看能不能卖出一两百万来。”

宁中英道：“三五十万也行啊，我们不嫌少。”

“不可能！”赵自然咬紧牙关，不为所动。

“那你说吧，多少？”宁中英直接把球踢给了赵自然。

赵自然转头看了看马长峰，见马长峰脸上露出几分尴尬神色，显然是觉得自己学术不精，还得去求一个小年轻，以至让领导坐了蜡，所以很无脸见人。赵自然又看了看秦海，秦海还以他一个憨厚的微笑，但那笑容中分明带着几分幸灾乐祸的意思。

赵自然叹了口气，说道："唉，你们真是趁火打劫啊，这样吧，我这张老脸也不要了，上经委求求曹主任去。不过，咱们可说好了，最多10万，言无二价。"

"10万就10万，我先谢过赵厂长了。"宁中英呵呵笑着，答应了赵自然的还价。

青锋农机厂规模不算大,10万块钱的业务,也够青锋厂吃上一段时间了。宁中英这趟出来，卖了那么多面子，才弄到一单几千块钱的业务，现在凭着秦海三寸不烂之舌，就让赵自然答应替自己去协调一个10万的订单，宁中英已经觉得十分满意了。

"你算个什么狗屁的急公近义宋公明，我看你是半夜鸡叫的周扒皮！"赵自然笑着对宁中英骂道，骂完，又端起酒杯，说道："答应你这么大一笔业务，你怎么也得陪我喝一杯吧？"

"好说，再喝10杯都行。"宁中英乐滋滋地答应道。

赵自然说得那么可怜，其实协调一个10万元的农机采购订单，对于他来说并不算太困难的事情。浦桑国产化多少是带着一点政治色彩的大任务，江洲机械厂请邻省的企业帮忙解决技术问题，海东省下一个订单作为回报，有何不可呢？只要招标这事能够办成，他赵自然在省里的发言权立马就能飙升一个台阶，这点小事也就不在话下了。

俗话说："酒逢知己千杯少"，众人话说得投机，酒自然也喝得多了，最后一个个歪歪斜斜地从饭馆里出来，大声谈笑着，走向邻近的招待所。

第二天一早，大家的酒都醒了，赵自然带来的小秘书乖巧地为大家买来了早点,让大家在招待所里用过饭,然后一行人意气风发地搭上公共汽车，奔向设在浦江市汽车工业局的浦桑国产化办公室的招标现场。

国产办的副主任杨新宇这一个星期都被严重的失眠症所困扰，他这个毛病是从两年前浦桑项目启动时落下的。

在那一段时间里，杨新宇白天陪着德国工程师们考察生产现场，晚上与他们开会讨论合作细节。德国人回去睡觉之后，杨新宇还要组织中方人员分析德方提出的各种问题，逐个分析哪些是对自己有用的，哪些是需要驳回的。中方团队的人员熬不住回去休息之后，杨新宇一个人还要继续思考一两个小时,让白天的所有细节都在自己脑子里反复过上几遍,方才放心。

这样没日没夜连轴工作了半年左右，浦桑项目的一期工程终于启动了，杨新宇稍稍松了口气，但这神经衰弱的毛病却从此与他结下了不解之缘。在寻常工作压力不太大的时候，杨新宇还能勉强睡个囫囵觉。一遇到工作紧张的时候，他就整夜整夜睡不着觉，人也眼看着消瘦下去。

这一次，围绕着浦桑汽车配件的全国招标问题，杨新宇再次陷入了紧张的工作之中。连续一周的招标会，他几乎每天都要与数以百计的企业进行唇枪舌剑的交锋，南腔北调的声音吵得他头痛欲裂，往往是一天的招标工作结束几个小时后，他脑子里的嗡嗡声依然无法停歇。

如果仅仅是谈判,杨新宇还是能够扛得下来的。让他觉得心力交瘁的是,整整一个星期下来，前来参加招标的数百家企业竟然没有一家愿意接受招标任务。客气一点儿的，是要了产品标书，扬言回去再讨论讨论。态度恶劣的，直接就撂挑子，坚决不干了。

2.7%，这是挂在杨新宇办公室墙上的一个数字，代表的是浦桑汽车目前的国产化配件比例。杨新宇的目标，是 3 年之内让这个数字变成 70%，而一周的招标会下来，这个数字纹丝不动，像是被焊在墙上了一般。

“小路，今天预计有多少家企业过来投标？”杨新宇一边揉着脑门，一边懒洋洋地对助手路晓琳问道。

“杨主任，到目前为止，我们还没有接到前来投标的企业的电话。”路晓琳答道。

“怎么，都被我们给吓回去了？”杨新宇用自嘲的口吻问道。

“杨主任……其实，我觉得吧，我们是不是应该稍微降低点要求啊？”路晓琳怯生生地建议道。

杨新宇道：“为什么？”

“为什么？”路晓琳有些愕然，这不是一个明摆着的问题吗，中国企业的技术水平达不到，中国用户的需求也没这么高，国产办把标准定得这样苛刻，可谓是两头不落好。70% 国产化的目标，是已经报送给了中央的，如果到时候完不成，受批评的就是杨新宇，弄不好，他那颇有一些光明的前程也要就此中断了。

“杨主任，照这样下去，咱们的国产化工作，可能一点都推行不下去啊。”路晓琳委婉地提醒道。

杨新宇把手从额头上拿下来，深深地吸了一口气，然后说道：“我们已经和国外拉开了这么大的差距，如果到现在我们还存着新三年、旧三年、缝缝补补又三年的将就心态，那么我们什么时候才能赶上发达国家的水平？咱们这样一个10亿人口的大国，不能没有自己的汽车业，如果从一开始就不能严格要求，那么我们的汽车业即便发展起来了，也是毫无竞争力的。”

“可是……”路晓琳支吾着，想找个理由来劝劝自己的领导，一时又想不出合适的。

杨新宇继续说道：“关于质量标准的问题，我和狼堡公司的德方技术人员探讨过，他们给我的回答是，狼堡集团的理念是为消费者提供安全、可靠、完全符合标准的汽车，这是双方的合作协议中明文规定的，他们也必须做到这一点，否则，就是失去了狼堡公司的信誉。”

“德国人……怎么这么较真啊？”路晓琳嘀咕道。

杨新宇道：“较真就对了，较真才能出精品。人家只是一家私人企业，是为资本家挣钱的，人家尚且能够做到信守承诺。咱们是国营企业，是全民所有的，难道还要降低标准，去坑害消费者吗？”

“这不叫坑害……”路晓琳知道自己是说不过杨新宇的，她见过杨新宇在招标会上舌战群儒的场景，那份风采堪比当年群英会上的诸葛亮了。

“可是，杨主任，现在国内的企业都有畏难情绪，不愿意参与投标。有些企业还骂咱们是卖国。这样下去，咱们的任务怎么完成呢？”路晓琳担忧地问道。

杨新宇道：“不急，等招标会结束，我到几家军工企业去跑一跑，化化缘，让他们伸手帮一把。另外，这次招标会不是还没有开完吗，我就不相信全国这么多地方企业，就没有一家有志气的。”

他话音未落，门外负责接待的工作人员就走了进来，对他报告道：“杨主任，来了两家企业，说有意向参与投标。”

“哦，是什么企业？”杨新宇问道。

“一家是昨天来过的，是海东省的江洲机械厂。还有一家，听说是安河省的一家小企业，叫青锋农机厂。”工作人员的素质不错，居然能够把两家企业的名字记得一清二楚。

“农机厂……”杨新宇沉吟了一下，点点头，说道：“嗯，倒是我忽略了，其实农机系统应当也有一些能够为汽车提供配套零件的企业。小路，你记一下，回头我们向农机系统再发一次通知。”

“是！”路晓琳答道。

“好吧，现在咱们先去见见那两家企业的人，请他们到大厅会谈吧。”杨新宇用力地揉了揉太阳穴，想让自己清醒一些，然后迈着沉稳的步伐，走向了招标大厅。

“杨主任，我们今天又来了。”

一见着杨新宇走来，赵自然便赶紧起身，迎上前去，与杨新宇握手，似乎全然忘记了自己头一天离开这里的时候，曾经出言不逊。

“是赵厂长吧，欢迎欢迎啊。”杨新宇面带微笑地与赵自然握过手，客气地招呼道。杨新宇的记忆力非常好，能够记住许多只见过一面的人，并且准确地叫出他们的姓氏和职务。

“杨主任，我给你介绍一下，这位是安河省青锋农机厂的宁中英宁厂长，他也是来投标的。”赵自然又喧宾夺主地把宁中英引见到杨新宇的面前。

杨新宇同样与宁中英握了手，表示了欢迎，然后好奇地问道：“怎么，你们两家是一块来的？”

“是的是的，我们是兄弟企业，昨天碰巧遇见了，所以今天就一块来了。”赵自然掩饰着说道。

“嗯，那咱们就开门见山地谈工作吧。”杨新宇说道，“赵厂长，我记得昨天我们曾经探讨过关于伞齿轮制造的事情，你们考虑得怎么样了？”

“我们有意参与这项工作。”得到赵自然授权的马长峰上前说道。

杨新宇看看马长峰，又问道：“我记得您是马科长吧？马科长，昨天你表示你们厂的生产技术无法达到我们提出的技术要求，那么现在你们是怎么考虑的？”

马长峰面有惭色，推托道：“这个主要是我昨天没有说清楚，我的意思是说，有关的技术要求需要回去再考虑一下。经过我们昨天晚上的讨论，我们初步认为，我们厂有能力、有信心突破现有的技术障碍，能提供达到狼堡公司要求的伞齿轮。”

“伞齿轮粉末冶金工艺中存在的技术障碍，你们是如何考虑的？”杨新宇并没有被马长峰的豪言壮语所迷惑，他直入主题，希望马长峰给他一个合理的解释。杨新宇本身是一个技术全才，有关汽车生产的所有技术问题他都有所了解，这也是国产办安排他来主持招标会的原因。

“我们厂前几年引进了一整套的粉末冶金设备，所以在装备方面已经不存在障碍。有关伞齿轮的强度问题，我们准备从两个方面入手。其一，利用多种添加剂与普通还原铁粉混合，在保证成本不提高的前提下，使伞齿轮质量达到指定的工艺要求。其二，探索新的热处理工艺，主要解决光亮淬火、渗碳、碳氮共渗等方面的技术难题。”马长峰侃侃而谈，把头天晚上从秦海那里听来的一些概念全都转售给了杨新宇。

听马长峰说得对路，杨新宇脸上露出了喜色。对方能够想到这些，而且承诺要解决这些问题，就表现出了其参与国产化工作的能力与决心，这是值得鼓励的。

不过，虽然杨新宇急于要找到国产化配件的供应商，但并不意味着他会病重乱投医，把不符合条件的企业也纳入合作范围。因为如果这样做，非但不能解决国产化的问题，还会因为误导合作企业而带来后续的麻烦。

在问过马长峰一些问题之后，杨新宇沉吟了片刻，然后说道：“恕我直言，马科长，你说的其中几个关键问题，比如改善切削性能的添加剂选择问题，我现在还没有听到你们成熟的思路。你能不能告诉我，你们打算用一条什么样的技术路线来解决这个技术问题？”

所谓技术路线，往复杂里说，可以是一整套的实验方案。往简单里说，也许就是几个字，比如说引进技术，或者查阅文献，或者其他什么。总之，你需要让别人知道你是有办法解决这个问题的，而这个解决问题的思路基本可行、大有希望。

听到杨新宇的话，马长峰把目光转向了秦海，这个问题只有秦海能够回答，马长峰是无法越俎代庖的。

杨新宇顺着马长峰的目光也看到了秦海，见秦海一脸稚气的样子，心里存了几分轻视。正待回头继续与马长峰说话，却见秦海向他微微一笑，笑容中透着满满的自信。杨新宇心中一凛：这个小年轻看起来不简单啊。

“这位是……”杨新宇用征询的语气对马长峰问道。

“哦哦，他是宁厂长的人，我们和宁厂长这边……呃……”马长峰憋住了，要让老实人说瞎话实在是一件太困难的事情了。

秦海上前笑道：“杨主任，我叫秦海，是安河省青锋农机厂的，宁厂长是我的领导。我们青锋厂和赵厂长的江洲机械厂之间，有长期的技术协作关系，经常进行合作攻关，这一次关于伞齿轮粉末冶金的问题，我们和马科长这边也进行了一些技术探讨。”

秦海一番话说得四平八稳，像是两个厂之间真的一直都在进行技术协作一样。马长峰在心中暗暗感慨，人比人得死啊，这明明是头天大家商量好的说辞，临到自己头上，就偏偏说不出来。你看人家秦海，年纪轻轻，说瞎话眼都不眨，那神气，要多纯洁有多纯洁了。如果自己不是知道真相，这会儿肯定也早就相信了。

杨新宇是不知内情的，听秦海说得这样笃定，倒是挺感兴趣，他连连点头道：“好啊，我们就是应当提倡这种协作精神，你们两家企业，隔着省，还隔着系统，竟然能够保持这样良好的协作关系，非常不容易。年轻人，你们企业对于马科长他们这边的技术障碍有什么想法，说来听听。”

秦海道：“杨主任，马科长他们遇到的技术问题，其实在国外是已经解决了的问题。只是如果我们要引进这方面的技术，需要付出大量的资金，对于咱们的国情来说，并不适合。不过，既然国外已经解决了这个问题，就说明这个问题是有解的，只要我们努力，就能够突破，是不是这样？”

杨新宇微微点了一下头，表示部分认可秦海的说法。秦海说这个问题有解，这个判断也是非常重要的，如果本身是一个无解的问题，再费太多精力就没有必要了。但秦海说只要努力就能够突破，这就是一般的套话了，杨新宇要听到的回答，显然不是这个。

秦海看出杨新宇的心思，他接着说道：“当然，这样的技术难题，仅凭我们企业里的技术人员，一时恐怕是很难解决的。我们的思路是，借助于外脑，尤其是国家顶级研究机构中的外脑，来帮助我们解决这些问题。这叫产学研联动，杨主任以为如何？”

“这个想法有点意思。”杨新宇笑了，“不过，年轻人，你说的国家顶级研究机构，是指什么单位呢？”

“比如说，科学院，华青大学，燕京大学，钢铁总院，这些应当算吧？”秦海说道。

杨新宇道：“这些机构，我们也都尝试着联系过，他们也承担了我们一部分的国产化技术攻关任务。但是，他们自身的科研任务也非常重，像钢铁总院一位在搞材料性能方面很有名的陈贺千教授，前一段时间我们和他联系的时候，总院说他执行重要的机密任务去了，具体什么时候能够结束，还不清楚呢。”

“陈老师应当已经回到京城了吧。”秦海说道。

“你怎么知道？”杨新宇一愣，他说起陈贺千也不过是随便举个例子，秦海居然直接就能够说出陈贺千已经回了京城，这个年轻人不会是在蒙人吧？

秦海也在暗暗感慨事情的巧合，他昨天拿陈贺千来糊弄马长峰，今天杨新宇居然还主动提到了陈贺千，倒省得他拐弯抹角地去解释了。他说道：“杨主任，这其中的情况因为涉及机密，我也不便透露。不过，我这里有陈老师办公室的电话号码，您这边如果可以打长途的话，不妨跟他再联系一下。”

“我们也有他的号码。”路晓琳在一旁不合时宜地显摆了一句。她也不想想，他们这是国家部委直属的办公室，而秦海不过是一个县级农机厂的青工，两边拥有同一个专家的电话号码，难度能是一样吗？

杨新宇想了想，说道：“小秦，你的意思是说，你能够说动陈教授帮助江洲厂解决粉末冶金的技术问题？”

“应当可以吧。”秦海说道。他其实有充分的把握做到这一点，因为他与陈贺千是有过约定的。更何况，最终真正出手解决粉末冶金技术问题的，是他秦海，陈贺千要做的，只是提供一个掩人耳目的身份而已。

“小路，你给陈教授打个电话。”杨新宇当场就下令了，他想好了，如果秦海真的能够说动陈贺千，哪怕只是让陈贺千象征性地表一个态，他就把伞齿轮的任务交给江洲厂。否则，对方就是吹牛吹炸了，不用他说话，对方就会掩面而走吧。

“主任，我用咱们的号码，还是他的号码呀……”路晓琳微微撅着嘴问道，心里显然是对秦海有着十分的不屑。

“有区别吗？”杨新宇反问道，对于这个年轻的女助手也是好生无奈。这个女孩子家庭背景不错，干活挺能吃苦，脑子也灵活，就是有时候喜欢犯点小别扭。这么一点小事上，她也要跟秦海计较，难道就不能灵活变通一下？

“对呀，这两个号码应该是没区别的呀。”路晓琳突然想明白了这个问题，她向秦海伸出手，说道：“年轻人，你说你有陈教授的号码，拿给我看看吧。”

秦海知道路晓琳的意思，也懒得与她计较，便掏出记录电话号码的本子，翻到有陈贺千的那一页，交给路晓琳，说道：“就是这个号码，如果错了我可不负责任，这是陈老师自己写的，我们可以找公安核对笔迹的。”

“吹吧你！”路晓琳用微不可闻的声音顶了一句，接过电话本看了一眼，脸上的神色顿时有些尴尬了。她没有拿自己记录的陈贺千的电话去进行核对，但从电话号码的局号，她能够看出这个号码应当是靠谱的。

“28 局 5431……”她把号码念了出来。

“嗯，应当就是这个电话。”杨新宇记忆力惊人，他曾经给陈贺千办公室打过几次电话，就已经把对方的号码记得差不多了。路晓琳一念，他马上回忆起来，的确是这个号码。

杨新宇的办公室里就有一部长途直拨电话，他把众人带回自己的办公室，然后指了指电话，对秦海说道：“年轻人，你来拨吧。”

“我不会用长途……”秦海说了一句让路晓琳几乎要吐血的话，你连长途电话都不会用，你记一个京城的电话号码装样啊？

秦海自己也很是无奈，这个年代的长途电话怎么拨，他是真的不知道。未来的他没用过这么落后的电话，如今的他则没用过这么先进的电话，无论是未来还是如今的知识中，都没有关于拨长途电话的信息。

对于秦海的话，宁中英、赵自然等人倒是觉得很正常，一个年轻人，又是农村出来的，不会拨长途有什么奇怪的？这种跨省的长途一分钟两块钱，说上10分钟的话就下去了半个月工资，寻常百姓一辈子没打过长途电话的比比皆是呢。

路晓琳拿起话机，熟练地拨了一串号码，待对方接通后，她用清脆而标准的京腔对着话筒问道：

“喂，请问陈贺千教授在吗？哦，您就是啊。陈教授，非常冒昧打扰您，是这样的，我们这里是浦江市汽车工业局浦桑汽车国产化工作办公室，我姓路。我们有一个技术方面的问题想向您请教，我们这里有一位名叫秦海的同志，他说他认识您……什么，您要跟他说话，好的好的……”

不知道对方在电话里说了什么，路晓琳把电话听筒递给秦海的时候，目光有些迷离，脸上那轻蔑和怀疑的神色已经荡然无存了。

秦海向路晓琳点头称谢，然后接过电话，对着听筒说道：“陈老师，您好啊，我是小秦。”

“哈哈，小秦，真的是你啊，刚才你们那个小姑娘一说，我还以为我听错了呢。”陈贺千在电话里哈哈笑道。

电话的隔音效果几乎就是个渣，秦海旁边的人都听到了电话里陈贺千的笑声，不禁骇然。陈贺千的名气他们都是知道的，这样一个学术大牛仅仅是听到了秦海的名字就如此热情，这个秦海到底是何方神圣啊。

“小秦，你搞什么名堂，我叫你来钢铁总院你不来，怎么跑到什么浦江去了？”陈贺千还在八卦地打听着，秦海拒绝跟他回京城的事情，让他耿耿于怀至今。

秦海笑道：“陈老师，您误会了，我还在青锋农机厂，我们是和海东的一家企业一起到浦江来参加浦桑国产化的招标工作来了。好了，陈老师，咱们不说闲话了，今天给您打电话，主要是想请您考虑一下，能不能帮助我们解决几个粉末冶金方面的技术问题。”

“是什么样的问题？”陈贺千认真地问道。

秦海把情况用最简单的语言介绍了一遍，同时把自己解决问题的思路也隐晦地告诉了对方。他与陈贺千之间是有默契的，有些话他当着众人的面说出来，别人都以为他是在向陈贺千讨教，而陈贺千却知道，这个妖孽一般的年轻人其实已经有全套的解决方案了。

“你又在搞什么鬼，你这些思路不是已经很清晰了吗，还要我干什么？”陈贺千压低声音说道，他从电话里也能听到秦海身边有一些动静，知道有些话不宜说得众人皆知。

“呵呵，陈老师，这么说您是答应帮助我们了？”秦海直接把陈贺千的话过滤掉了，假意地问道。

“答应了，答应了。”陈贺千可不傻，秦海跟他打什么哑谜，他多少能够猜得出来。他想，秦海肯定是遇到了需要他来撑门面的场合，这种举手之劳，他是不会拒绝的。

“麻烦您把这个意思向国产化办的杨主任说一下。”秦海说道。说罢，他把听筒递给了杨新宇。

杨新宇象征性地客气了一下，意思是说完全相信秦海，自己不用再去核实。秦海自然知道这只是杨新宇的做作，所以做了一个坚持的手势。杨新宇这才半推半就地接过电话，说道：“是陈教授吗，我是国产化办的副主任杨新宇，对对，就是原来机械部的小杨，不过现在已经是老杨了……”

两个人寒暄了两句，就赶紧回到了正题，办公室的直拨电话也同样是要花钱的，大家都知道长途电话费贵得吓人。

“杨主任，秦海是我的学生，嗯嗯，当然不是在总院带的学生，而是在做项目的时候指导过的学生。不过，秦海的技术水平是完全可以信赖的，工作态度也非常认真可靠。他认为有把握解决的问题，基本上八九不离十，应当是有合理的解决方案。他刚才说的伞齿轮粉末冶金的问题，我认为他的思路是正确的，如果中间出现什么障碍，我会全力协助解决。”陈贺千在电话里向杨新宇打了包票。

以陈贺千和秦海之间唯一一次打交道的经历来说，陈贺千即使说秦海是他的老师，也并不为过。不过，他明白，如果自己这样说，非但不能让杨新宇相信，反而会害了秦海。他说秦海是自己的学生，在世人眼中，已经是给秦海非常高的评价了。陈贺千的学生，在冶金领域里可以算是免检的人才了吧。

“陈教授，非常感谢您对我们工作的支持。对了，我们还有其他一些任务，也涉及很多金属材料方面的障碍，到时候我们能不能请您一并帮助解决了呢？”杨新宇得寸进尺，对陈贺千问道。

“为生产部门提供支持，这是我们科研部门的职责。不过，我们现在承担的科研任务也非常多，其中有一些还是涉及重大国防专项的。杨主任过去是机械部的，对于这个情况应当也比较了解吧？这样吧，如果你们那边有什么难题，可以拿过来，我们争取抽出时间和精力替你们研究一下，杨主任以为如何？”陈贺千用委婉的口气说道。

你妹啊！杨新宇心中暗骂。一个小年轻求你办事，你二话不说就答应了，把胸脯拍得山响，说自己会“全力协助”。到我张嘴的时候，你就说什么重大专项，还什么“争取”抽出时间，这不是摆明了欺负人吗？我好歹也是一个副司级干部好不好，在你眼里竟然不如一个小青工？

当然，杨新宇的不满也就是随性而发，他也知道，像陈贺千这样的专家，的确是很忙的，几个汽车配件上的技术问题，实在不能入人家的法眼。陈贺千这一前一后的表现，不是瞧不起杨新宇，而是因为过于重视秦海了。也就是说，秦海是一个能够让陈贺千在百忙之中宁可拒绝一个副司级干部的面子都要照顾的年轻人。

“明白明白，陈教授您的时间是属于国家的，我们的确不能随便占用。这样吧，我们遇到特别棘手而且关系重大的事情的时候，再向您请教，届时麻烦您鼎力相助……好好，我不打搅您了，再见再见，感谢感谢。”

杨新宇放下电话，看着秦海的目光可谓是百感交集，这小伙子不会是陈贺千相中的毛脚女婿吧，除此之外，他再也想不出有其他的理由能够让陈贺千对秦海青睐如斯了。

“杨主任，您看这件事如何？”秦海笑呵呵地对杨新宇问道。

“既然陈教授答应帮忙，我看这个产品的国产化已经是板上钉钉，毫无问题了。赵厂长，要不，咱们现在就把合作协议签了？”杨新宇看着赵自然说道。

“当然，当然，有陈教授的大力支持，再加上我们厂干部职工的齐心努力……对了，还有青锋厂的无私协助，我们江洲厂一定能够按时、保质、保量地完成伞齿轮的加工任务。”赵自然像打了鸡血一样，精神抖擞地向杨新宇保证道。

解决了赵自然这边的问题，杨新宇心中欢喜，艰难的国产化招标工作总算是有了一个开头。第一个吃螃蟹的人出现了，后续的还会远吗？

“宁厂长，你们这次过来，是单纯陪同赵厂长来，还是有自己投标的想法呢？”杨新宇把目光投向了宁中英，但眼角的余光却在盯着秦海。秦海有多大的能耐，他并不太关心，他在意的是秦海的人脉。未来的国产化工作难免会有需要请大腕专家出手相助的时候，以秦海与陈贺千之间的关系，如果他能够说句话，没准专家们就答应出山了。为了笼络住秦海，杨新宇不惜花一点成本。

宁中英今天随着赵自然到招标处来，目的正是想看看有没有什么青锋厂能够接下的业务。秦海一两句话，就解决了困扰江洲机械厂的难题，使江洲厂成功地成为第一家与国产办签约的企业，作为秦海的东家，如果青锋厂自己反而拿不到一个订单，就真是守着金饭碗要饭吃的傻瓜了。

“杨主任，我们此前没有接到有关的通知，是昨天才听赵厂长说起此事的，所以也没做什么准备。不过，听赵厂长说，浦桑轿车国产化的事情，是一件关系国家汽车工业发展的大事，所以我今天过来，也是想看看能不能为这个项目尽一些绵薄之力。”宁中英说道。

杨新宇道：“欢迎啊，我们的轿车国产化工作，就是需要大量像宁厂长这样勇挑重担的企业领导。这样吧，我让小路给你们介绍一下整个国产化招标的工作，你们听完之后，再结合自身的实际情况，看看能不能承担其中的一些工作。”

“那就多谢杨主任，多谢小路同志。”宁中英分别向杨新宇和路晓琳点头致谢，秦海在一旁乐呵呵地看着路晓琳。路晓琳被秦海盯毛了，转回头恶狠狠地瞪了他一眼。

“小秦，对小路同志要尊重一点！”宁中英发现了他们之间的矛盾，赶紧出声提醒秦海。

“没有没有，我对路姑娘没有丝毫不尊重的意思。”秦海连忙声明。

“你叫我什么？”路晓琳俏眼生愠，对秦海质问道。

秦海笑道：“叫你姑娘显得年轻嘛，如果我老气横秋地管你叫路阿姨，你高兴？”

路晓琳实在憋不住了，扑哧一声笑了出来，边笑边抬杠道：“你叫啊，你叫我阿姨，我给你买糖吃。”

一个玩笑开过，路晓琳的脸色算是完全恢复正常了。其实她对秦海并无恶意，先前只是觉得秦海在吹牛，有些看不惯。待到发现秦海真的有那么大的能量，她对秦海就只有佩服而没有一丝蔑视了。刚才她绷着脸，是有点下不来台。现在和秦海斗了会儿嘴，心结也就完全解开了。

“两位请随我来，我们的轿车国产化工作分为这样几个步骤……”路晓琳把宁中英和秦海带回招标大厅，开始熟练地向他们解说着整个招标工作的情况，同时把一些招标产品目录递到了他们的手上。

“小秦，你觉得咱们能接一些什么业务？”宁中英听罢介绍，对秦海问道。

秦海翻看着目录，脑子里盘算着每一种配件的生产工艺要求，好一会儿，才叹口气，说道：“宁厂长，你这个问题可把我问倒了，太难了。”

“怎么，没有咱们能做的？”宁中英有些失望地问道。

秦海摇摇头：“不是，我是觉得能做的太多，难以取舍啊。”

“秦海，不吹牛你会死啊！”跟在他们身边的路晓琳实在忍不住了，大声地斥责道。

“呃……路阿姨何出此言？”秦海装傻充愣地问道。

“我……”路晓琳陡然被人叫老了20岁，差点一口气上不来，被秦海噎死。她恨恨地咬了咬牙，说道：“你知道吗，我们招标了一星期，来了几百家企业，随便哪家都比你们那个可笑的农机厂要大得多。人家都说要求太高，实现不了，连一个零件的招标都没有完成。你一张嘴就说能做的太多，你还说自己不是吹牛？”

秦海摇摇头道：“路阿姨此言差矣，有道是难家不会，会家不难。比如这个装饰件，不过就是普通的冲压件而已，我们农机厂也有冲床，只要把模具开出来，冲压出这样一个装饰件不是轻而易举的事情吗？”

“我当然知道这是一个冲压件。”路晓琳反驳道，她好歹也是干这行的，一些常规的工艺问题还是听说过的，“但是这个饰件的技术难点不在于冲压，而在于表面的电镀。要求电镀层耐磨、耐冲击、镀层均匀、色泽持久，这才是最难的。”

“这个……其实也是能够解决的问题。”秦海笑呵呵地答道。有些20世纪80年代中期的技术难题,到了21世纪就连一个普通技术人员都难不住了，更何况是秦海这种级别的专家。

中国用30年时间走完了人家60年甚至100年走过的道路，这可不是随便说说的。不过，在现在这个时期，中国还是刚刚起步。路晓琳说的这些技术难题，在国外是已经得到解决的，只是国内还没有摸到门道而已。

路晓琳实在被秦海的狂妄给气倒了，或者说是被秦海的无知给气倒了。你以为自己当过几天陈贺千的学生，你就是材料学大牛了？人家浦江市的某某厂都栽在这上面了，你一个可笑的农机厂的小青工，居然就敢口出狂言？

“你跟我来。”路晓琳说着，便把宁中英和秦海带到了一旁的库房。她不知从什么地方翻出一块一尺来长的汽车饰件，递到宁中英和秦海面前，说道：“你们看看这个，能看出有什么问题吗？”

这是一块表面镀了铬的金属薄板，镀铬的目的一是美观，二是防锈，这一点连宁中英都非常清楚。他首先接过这块薄板，仔细端详了一下，赞了一声道：“好工艺，板子冲得很均匀，没有毛刺，电镀层也光亮，看起来很结实，应当是一等品了吧？”

路晓琳不置可否，转头对秦海说道：“小秦同志，你也看看吧，看看有什么问题。”

秦海从宁中英手上接过薄板，同样认真地看了看，然后说道：“我赞成宁厂长的看法，冲压和电镀的工艺都很出色。”

“哼哼，但这样的板子，德方专家的意见是：不合格！”路晓琳得意地说道。她得意的地方当然不在于板子被德方否了，这是一件郁闷的事情。她得意的是牛哄哄的秦海居然也看走了眼，让你装牛！

秦海对于路晓琳的话没有感到任何意外，他点点头，说道：“如果我是德方专家，我也会拒绝它的。”

路晓琳一愣："为什么？你不是说它很出色吗？"

秦海道："它只是现在看起来出色，半年之内，它的电镀层就会出现非常细微的龟裂，严重的有可能会出现斑点状的脱落。"

此言一出，路晓琳脸色全变了，这个结论与德方的结论一模一样。而提供这个装饰件的中方企业也正是因为这个结论而勃然大怒，并拂袖而去。事后，杨新宇让路晓琳专门去调查过这家厂商以往生产的电镀件的情况，发现其产品的确存在德方所说的缺陷。

当然，这些缺陷对于以往的国产产品来说，是不值一提的，那些细微龟裂，如果不用放大镜去看，其实是看不出来的，肉眼只能感受到电镀层的光亮度降低而已。话又说回来，装饰件又不是镜子，要那么亮干什么？

德方坚持要求这个装饰件必须达到5年之内不出现细微裂纹的质量标准，而中方供应商死活找不到解决问题的方案，更确切地说，他们死活找不到出现问题的原因。德方给出的建议，是进口一套德国设备和相应的工艺，花费在百万美元以上。供应商当然不愿意花这个冤枉钱，于是这个装饰件的招标就泡汤了。

"你怎么能够看出它有这个问题？"路晓琳问道，心里还在想着，秦海不会是蒙的吧？

"它少了一道工序？"秦海简单地回答道。

"少了什么工序？"路晓琳下意识地追问道。

秦海笑而不语。路晓琳突然明白过来了，如果秦海说的是真的，这可是一个值大钱的技术诀窍，人家怎么可能随随便便就说出来了呢？德方肯定也是知道这个问题的，但他们同样不会说出来，而是建议中方去采购一套他们的设备。其实采购设备只是一个幌子，交学费才是实质。

"你们真是……太没有大局观了！"路晓琳恨恨地跺了一下脚，瞪着秦海说道。

"小秦，你真的知道怎么解决这个问题吗？"宁中英在一旁问道。

秦海点点头道："非常简单，花不了多少钱就能办到。"

"宁厂长，你给他下个命令吧，让他把办法说出来。"路晓琳看着宁中英，开始卖萌耍赖。

宁中英摇摇头道："这可不行，俗话说，教会了徒弟，师傅饿死。小路，如果我们能够解决这个技术问题，你们能够把这个装饰件交给我们做吗？"

"能！"杨新宇从外面走了进来，用坚定的语气对宁中英说道。

"自私！"路晓琳低声地嘟囔了一句，表示着对秦海和宁中英的不满。在她看来，不过是一句话就能够说清楚的事情，非要捂得严严实实的，不让别人知道，以此作为资本来争任务，这种行为实在是太自私了。

路晓琳与杨新宇一样，原来也都是国家机械部的工作人员，习惯于居高临下、指点江山。在计划经济年代里，企业之间没有什么技术秘密可言，让你做什么，你就做什么，你有什么技术，也必须无私地奉献出来，让别人共同享有。

加入到浦桑国产化办公室之后，路晓琳遭遇了无数次类似于现在这样的场景，企业捂着自己的技术不肯公开，或者非要得到点什么好处才肯开口。她渐渐已经习惯了这种市场化条件下的规则，但对于宁中英他们的表现，还是忍不住要狠狠地吐一吐槽。

杨新宇却显得比路晓琳更为大度，他对宁中英说道："宁厂长，我们的国产化工作，对于所有的企业都是敞开大门的。不过，我们首先需要确认你们具有这方面的能力才行，这个冲压饰件，你们能拿下吗？"

宁中英想了想，说道："杨主任，您稍等，我和小秦讨论一下，然后再答复你。"

"完全可以。"杨新宇道，"你们要不要到我办公室去讨论，关上门不会有人打扰你们的。"

"不用了吧，我们到外面随便说几句就好。"宁中英答道。

宁中英要与秦海讨论的事情，自然是站在青锋厂立场上该如何做的问题，这种事肯定是要避开杨新宇等人的。二人从招标处走出来，来到外面的一处树荫下，看看左右无人，宁中英小声地对秦海问道："小秦，你真的有把握解决他们那个电镀问题？"

秦海道："其实这个问题很简单，只是厂家没有想到而已。"

"我能听懂吗？"宁中英问道。

秦海自然没必要瞒着宁中英，他说道：“先前那个厂家在冲压之后、电镀之前，少了一道工序，就是回火。其结果是冲压件保留了少量的残余应力，所以才会出现一段时间之后电镀层微开裂的情况。”

应力这个东西，其实就是人们平常按弹簧的时候所感觉到的弹簧的回弹力。金属部件在冲压过程中，会产生出很强的应力，其中绝大部分会在压力取消之后马上得到释放，但有一小部分会保留在部件中间，称为残余应力。

残余应力会在金属部件的使用过程中缓慢地释放出来，其过程可能长达数年。残余应力的释放，会使金属部件的形状发生细微的变化，这种变化一般不会影响到部件的使用，但对于部件表面细密的电镀层，则会造成严重的影响。

举个不恰当的例子，这就像在木制家具的表面刷一层油漆，过一段时间木材因为干燥而变形，其表面的漆皮就会出现龟裂。

解决问题的办法是非常简单的，那就是在冲压工序完成之后，增加一道回火工序，强行把工件中的残余应力释放出来，相当于刷油漆之前把木料用火烘干。回火并不是什么高精尖的技术，大多数企业都知道如何做，此前那家厂商缺乏的，只是这样一种意识而已。

其实这也难怪，回火消除应力的操作，一般是针对比较厚的零件，冲压薄板的残余应力很小，根本不值得关注。中国企业以往对于电镀件光亮度的持久性没有什么要求，自然也就没人去研究这样一个看起来很偏门的问题了。

狼堡公司方面是知道这个技术细节的，但他们也是通过长期的摸索才获得了这方面的经验，自然不愿意轻易地教给中国企业。而中国企业如果仅凭自己的摸索和实验，恐怕需要花上几年时间才能悟到这一点。

秦海作为一名时间旅行者，对于这样一个早已失密的技术自然是很清楚的，事实上，如果他愿意把这个知识与此前的厂家进行分享，只要说出“应力”二字，对方就会豁然开朗。区区两个字，就价值百万美元，技术的价值，有时候就是这样匪夷所思。

宁中英不是一个技术专家，秦海对他说有关残余应力与电镀层之间的关系，他根本就理解不了。不过，听秦海说得这样笃定，结合此前秦海的种种神奇表现，宁中英相信了秦海的话，他说道：“如果是这样，那咱们就把这个装饰件拿下。”

“可是，宁厂长，咱们只有冲压设备，电镀设备可不过关。要做这个装饰件的电镀，需要有专门的设备才行。”秦海提醒道。

宁中英嘿嘿一笑，说道：“电镀的事情，咱们可以包出去做。北溪电镀厂的设备就好得很，咱们把板子冲压出来，像你说的那样做个回火处理，然后送到北溪电镀厂去电镀，不就行了？”

“这样也行？”秦海瞪着眼睛，总觉得什么地方不对。

“怎么就不行了？”宁中英反问道。

秦海偏着脑袋想了想，说道：“这不相当于咱们又在当二包了吗？杨主任他们能同意吗？”

宁中英道：“这关他们什么事？我们把板子送出去做电镀，然后再运回来，从我们厂交到浦江汽车厂，只要产品合格，他们管咱们是怎么生产的呢？”

秦海道：“如果能这样做，那咱们可不仅限于做一块装饰板，我刚才看过了，他们这里最起码有 20 种部件是咱们能够接的，其实这些部件的机加工工艺都不复杂，难的都是材料方面的问题。如果咱们负责做材料方面的处理，把机加工环节都包出去，那可太肥了。”

“完全可以啊！”宁中英说道，“我现在全权委托你，看哪些零件是我们能够接的，你全部接下来。找外包厂子的事情，包在我身上，只要是北溪的企业，还没有谁会不卖我老宁的面子的。”

“哈哈，宁厂长威武霸气，小可佩服！”秦海装模作样地向宁中英深揖一礼。

宁中英抬手便在秦海脑袋上拍了一下：“搞什么鬼名堂，还不赶紧去列清单！”

二人在外面嘀咕了一番之后，又重新回到了招标大厅。秦海没有理会满脸期望之色的杨新宇和路晓琳，只顾着翻看此前路晓琳给他看的招标产品目录，然后拼命地在纸上记着什么。

“什么意思？”杨新宇远远看着秦海的举动，不解地对路晓琳问道。

“谁知道，是不是被他们厂长训了，不敢乱说话了。”路晓琳幸灾乐祸地猜测道。

杨新宇摇摇头：“不像，他好像在抄什么东西。”

正说话间，秦海已经写得差不多了，他抬起头与宁中英交流了几句，宁中英脸上有些惊愕之色，但旋即又很坚定地点了点头。随后，秦海便径直向杨新宇和路晓琳走来。

“怎么样，小秦同志，你们考虑好没有？”杨新宇问道。

秦海点点头，道：“我们考虑好了。”

“你们打算承接这个装饰件的生产任务？”杨新宇又问道。

秦海把手里记的一个单子递过去，说道：“杨主任，这是我和宁厂长商量之后，认为我们厂可以承接的配件清单，请过目。”

“清单？”杨新宇心中一惊，他接过单子一看，只觉得眼花缭乱，那单子上罗列的产品，竟有三四十种之多。

“你们打算在这里挑一种来生产？”杨新宇脑子有点懵，糊里糊涂地问道。这些天来投标的企业不少，一般都是针对一项或者两项产品，像秦海这样一下子列出三四十项产品的，他还是第一次遇上。

秦海道：“不是的，我们打算承接这单子上所有的部件。”

“这是不可能的！”路晓琳抢先说道，“你们不可能有这么强的生产能力，我们也不可能把这么多产品都交给一家企业去生产。”

杨新宇伸手拦住路晓琳，然后看着随后走过来的宁中英，问道：“宁厂长，小秦说的，是你们厂的意思吗？”

“是的。”宁中英点头道。

“可是，这么大的生产任务，你们一家农机厂能够接得下来吗？”杨新宇又问道。

宁中英也不打算隐瞒，他说道：“杨主任，我们并没有考虑以我们一家厂子来承接这些业务，我们北溪市有一定的工业基础，我们是打算以整个北溪市的所有企业来承接这些业务。”

秦海补充道：“杨主任，咱们明人不说暗话，我刚才研究过了，这单子上的三十多种零配件，机加工方面都没有什么难处，真正的拦路虎只是材料的选择和后期热处理。我们打算请北溪市的其他工业企业承接机加工方面的工作，我们青锋农机厂负责材料方面的工作。最后对国产化办负责的，是我们青锋厂。”

“你们这样做，不是投机倒把吗！”路晓琳下意识地冒出了一个时下挺流行的名词。

第九章　挣了钱先建个实验室

凭着陈贺千的力荐，从浦江汽车国产化项目那里拿到了三十多个配件订单的青锋厂，任务一下子变得艰巨了起来。秦海建议花巨资、请众贤，搭建一个研发实验室，宁中英爽快地答应了秦海的要求。回到青锋厂，秦海首先遇到了已经等候他多日的葛东岩。原来与军方合作的生意进展顺利，钢铁厂和设备都已经安排妥当。万事俱备，秦海终于要开始自己的一番事业了。

在当年，这种总包再分包的模式在国内还是非常罕见的。青锋农机厂打算从国产办这里把三十多种产品的任务领走，再分包给北溪市的其他企业去生产，自己只负责一些关键环节，然后再从中牟取暴利。这样一种做法，套用“投机倒把”这个词，还真有点儿贴切。

这种事情，也就是胆大包天的宁中英能做得出来，连有着未来头脑的秦海，在当年的政策环境下都不敢提出这样的方案。宁中英是个从基层一点点摸爬滚打上来的干部，如果一味只是因循守旧，绝不可能把青锋农机厂经营得如此出色，也无法在青锋厂形成这样高的威望。

这一次浦桑汽车的国产化招标，他从事先完全不知情，到逐渐了解到有关情况，再听秦海说其中的技术问题根本就不复杂，因此便萌生了狠狠切上一刀的念头。在他看来，国产办目前正处于困境之中，这个时候有人出来帮他们解困，即便是方法上有些离经叛道，没准他们也会睁只眼闭只眼接受的。

“你们是打算以你们为龙头，进行业务转包？”杨新宇冷静地对宁中英问道。

宁中英点点头道：“可以这样说吧。”

“可是，那些企业为什么要从你们手上转包呢，他们直接找我们来承接任务，不是更好吗？”杨新宇继续问道。

“他们承接不了，因为关键技术掌握在我们手里。”秦海插话道。

“你有这么大的把握？”杨新宇转头看着秦海，饶有兴趣地问道，他早就注意到了，这件事情的决策是由宁中英做出的，但在技术方面，则是由秦海把关的。也就是说，秦海对于自己选的这三十多种零部件的制造工艺，都有着相当的了解。

秦海笑着说道：“我不敢说我现在已经知道如何解决这些技术问题，但我至少已经有解决问题的思路了。最不济，我还可以请教陈教授嘛。”

“陈教授那么忙，他会成天帮你解决这些技术问题？”路晓琳不满地质疑道。

秦海一指杨新宇的办公室，道：“路阿姨不信的话，可以再给陈教授打个电话问问嘛。”

“哼！”路晓琳气得牙痒痒的，这小子真是记仇，叫上一句阿姨就不改口了，本姑娘分明才二十出头好不好！可是，这个阿姨的称呼分明是她自己惹上身的，她现在也没脸再让秦海改口，于是只能瞪了秦海一眼，然后回头对杨新宇说道：“主任，咱们可不能纵容他们这种投机行为。”

杨新宇没有理会路晓琳的建议，而是把秦海写的单子交到路晓琳的手里，说道：“小路，你估算一下，这些零配件如果都交给青锋农机厂，大概占整个轿车产值的多大比例。”

路晓琳纵有再多不满，领导交代的事情也总是要做的。她找出一个袖珍电子计算器，按了一阵，小声对杨新宇报告道：“主任，我算过了，大概占 7.3%。”

“嗯。”杨新宇点点头，想了想，对宁中英说道：“宁厂长，你们有这样的决心，愿意承担更多的工作，我们非常欢迎。不过，我们丑话说在前头，所有的产品都需要向我们提交样品，待德方认可后，我们才会签订正式的供货合同。

“在供货过程中，如果出现质量不符合要求的情况，我们第一次发现是退货，第二次发现就要你们赔偿损失，第三次发现就会取消你们的供货合同，这个条件，你们能接受吗？”

宁中英道：“杨主任，您放心吧，这些条款刚才小路都已经向我们介绍过了，我们完全接受。我们青锋农机厂是一家小企业，但我们是讲信誉的。我们既然敢揽这个瓷器活，自然就是有金刚钻的。”

“那好，希望我们合作愉快。”

杨新宇伸出手去，宁中英赶紧也伸出手来，两个人紧紧地握了一下手，然后都哈哈地笑起来，表示互相认可了这桩合作。

赵自然一行刚才一直都在旁观着青锋厂与国产办之间的交锋，见到这样一个奇迹般的结局，都惊得目瞪口呆。他们的厂子规模比青锋厂要大得多，技术装备力量也强出不少，但即便是他们，也只敢承接一个伞齿轮的生产任务而已。青锋厂这样一家小厂子，居然一张嘴就要承接三十多个配件，这是何等的魄力啊。

“宁厂长，祝贺你们啊。”赵自然走上前去，与宁中英握手道贺，语气中不无羡慕之意。

宁中英情绪高涨，一边与赵自然握手，一边笑道：“这多亏了赵厂长给我们引路，否则我们还不知道有这样好的一个业务机会呢。”

赵自然道：“宁厂长真不愧是老廉颇，魄力非凡，一下子就敢吃下这么大的订单，这一点小弟我可是望尘莫及啊。”

杨新宇在一旁笑道：“赵厂长，我们也欢迎你们江洲机械厂多承接一些产品啊，我的原则是韩信点兵，多多益善。”

“不敢不敢。”赵自然连声道，“我们还是先集中力量拿下这个伞齿轮的技术难关再说。等这个产品技术上定型了，我们再来向杨主任申请更多的任务。”

“随时恭候。”杨新宇说道。

宁中英、赵自然在路晓琳的带领下，办了一些相关的手续，然后一行人便带着沉甸甸的技术资料离开了国产办。看着他们走远，路晓琳回到杨新宇的办公室，对正在奋笔疾书的杨新宇问道：“主任，您刚才为什么会同意让青锋厂做这种转包的业务呢？”

杨新宇抬起头来，反问道：“你觉得有什么不妥吗？”

“当然不妥了。”路晓琳说道。杨新宇是一个擅长听取意见的领导，路晓琳在他的手下已经养成了直言不讳的习惯，她对杨新宇说道：“他们凭借技术上的垄断优势……其实也不是他们的技术优势，完全就是因为他们那个秦海认识陈教授，能够请出陈教授给他们解决技术难题，他们就利用这一点，当起了转包商，从中盘剥其他企业的利润，这种行为……”

说到这里，她停顿了一下，试图找到一个最恰当的说法，但一时又找不出来。

杨新宇放下笔，对路晓琳笑了笑，说道：“小路，你是从大学一毕业就跟着人参加浦桑引进项目的谈判，对于狼堡公司的情况也是非常了解的。你说说看，像青锋厂这种行为，在国外是什么样子？”

“国外……非常普遍啊。”路晓琳的声音低了几度，她突然发现，青锋厂这种做法是国外厂商非常常见的做法，而在此之前，她并没有觉得国外厂商这样做有何不妥。

杨新宇道：“这就对了。既然国外可以这样做，而且非常普遍，为什么我们国内就不能这样做呢？”

“因为……我们是社会主义国家呀。”路晓琳找到了一个说辞。

杨新宇道：“社会主义是我们的基本社会制度，这一点是不能改变的。但是，没有理由说社会主义就不能搞转包，中央现在提出要搞有计划的商品经济，青锋厂这种做法，就是商品经济的一种表现。我们搞引进，不单要引进国外先进的科学技术，也要引进国外先进的管理经验。既然国外厂商都非常习惯于这种转包的模式，为什么我们就不能尝试一下呢？”

“主任，你真的觉得他们能够一下子解决这么多技术问题吗？”路晓琳又找了另外一个反对的理由。她其实内心已经被杨新宇说服了，只是小姑娘心性，非要给自己再找个台阶不可。

杨新宇笑道：“能不能解决这些技术问题，就不是我们要关心的事情了。他们如果届时提交不出合格的样品，那我们就可以解除与他们的合作协议，这对于我们并没有什么损失。反之，如果他们真的成功了，那我们一下子就解决了 7.3% 的国产化任务，这不是一件值得庆祝的事情吗？”

“是啊，那我也得求上帝保佑，让他们能够成功吧。”路晓琳说着，果真调皮地在胸前画了个“十”字，惹得杨新宇无奈地直摇头。现在这些年轻人，看了几部外国电影，就全盘西化了，这让他们这些老一辈如何能够接受。

宁中英一行与赵自然一行离开国产化办之后，便分道扬镳了。

赵自然他们急着赶回海东去启动伞齿轮的试生产，临行之前，马长峰与秦海约定，待前期实验有了一些成果之后就跟他联系，以便请秦海进行进一步的指导。

宁中英他们在浦江又待了一天，等来了中村俊的答复。福冈会社方面通过对秦海所写的工艺流程的分析，判断青锋厂的确有生产高质量旋耕刀片的能力，因此授权中村俊与青锋厂进行谈判，确定在价格和产品质量均令人满意的情况下，向青锋厂采购 100 万片以上的刀片。

带着几个意想不到的大订单，宁中英与秦海登上了返程的火车。

在西去列车的卧铺车厢，宁中英和秦海面对面地坐在窗边，一边看着窗外飞驰而过的景物，一边低声地讨论着那一大堆订单中的技术问题。

“小秦啊，我可是把全厂的声誉和前途都押在你身上了。如果你是吹牛的话，非但我宁中英晚节不保，整个青锋厂好几百口人都要被你连累了。”宁中英用半开玩笑半认真的口气对秦海说道。

秦海笑道：“宁厂长这话夸张了吧，我们没有拿国产化办一分钱，就算最后拿不出合格的产品，也只是我们自己浪费了时间而已，何至于说影响到厂子的前途呢？”

宁中英摇摇头道：“你这就不知道了，浦桑项目可不是一个普通的项目，它是中央领导直接关心的，做好了就是政治上的成绩，做差了就是政治错误。我们一下子接了三十多种配件，如果最终证明我们根本就没有这方面的能力，那就是欺骗组织，这可是非常严重的问题呢。”

“不至于吧……”秦海哭丧着脸道，“既然是这样，宁厂长你为什么还要这么大胆，直接把三十多种产品都接下来了。如果我们只接一个装饰板的项目，就算是出了差错，起码错误也小一点吧？”

宁中英瞪着眼睛训道：“还不是因为老子相信你。你拍着胸脯说这些问题都难不住你，老子就跟你赌一把了。赌赢了，咱们青锋厂就能一跃成为安河省顶尖的大厂子。赌输了，大不了让老子连调研室主任都当不成，他们还能扣了我的退休金不成？”

“呃……老爷子……威武。”秦海无语了。

与宁中英接触得越久，秦海就越能感受到宁中英身上浓浓的江湖气息。宁中英绝对不是那种传统意义上的“老革命”，所谓坚持原则、刚正不阿之类的褒义词，用在宁中英身上都略微显得有些违和了。要让秦海去评价的话，宁中英就是一只老狐狸，亦正亦邪，大原则能够守得住，小节上却从不拘泥。

就比如说他在当厂长期间对其他企业的领导或者政府部门的官员接来送往，照着严格的说法，那就是慷国家、企业之慨，大行不正之风。然而，在中国社会，一个企业领导人如果真的油盐不浸，丝毫不肯结交这些“关系户”，最终只能是举步维艰，什么事情也办不成，最后还会把整个企业拖入泥潭。

再比如说，挤走韦宝林这件事，宁中英固然是占着一些道理，但如果不是借助了他自己与副市长柴培德之间的私交，要成功实现逆袭恐怕也是妄想。宁中英没有按照正常的组织程序向县里投诉韦宝林，而是走了柴培德的后门，这也算是一种不太光彩的做法了。

这次参加浦桑汽车的配件投标，宁中英的确是冒了天大的风险。同样的事情，换成另外的一个企业领导人，比如韦宝林这种爱惜个人羽毛的年轻干部，至少是要犹豫再三的。但宁中英不同，在这种需要冒险的时候，他敢于孤注一掷，这种光棍的劲头，让秦海都自叹不如。

至于说他在一个小青工面前满口“老子如何如何”，这简直就是不值一提的小事。秦海在宁中英面前的确属于子侄辈分，宁中英自称“老子”，秦海也只能接受。

“秦海，你现在跟我说实话，这些技术你到底能不能拿下。”宁中英的眼睛盯着秦海，逼问道。

秦海耸耸肩膀，以示对宁中英这种审讯方式的不屑，答道："老爷子，您就放一百个心，我小秦虽然年轻，说话什么时候不靠谱过？"

"我就奇怪了，这么多大厂子都解决不了的问题，怎么在你看来就是简单得不得了的问题呢？难道你是一个天才不成？"宁中英把自己百思不得其解的问题提了出来。

秦海想了想，说道："这个嘛，我想恐怕有几个方面吧。一来呢，那些大企业官僚作风太严重，怕技术攻关不成会给自己惹麻烦，所以稍有点难度就放弃了。宁厂长觉得对不对？"

宁中英点点头："可能有点这样的成分吧。"

"二来，我在材料学方面的确下过一些工夫，而且还得到过陈贺千教授以及其他一些教授的指点，也算是名师高徒吧。"秦海接着把陈贺千拎了出来，作为自己的挡箭牌。

宁中英此前并不知道陈贺千的地位，但见马长峰和杨新宇对此人都如此膜拜，也就能感受到他的牛气了。听秦海说曾经得到陈贺千的指点，从而有一些过人之处，宁中英又点了点头。

"第三嘛……可能是我比较有运气吧，过去读书的时候恰好看过一些这方面的资料，有一些思路，正好拿这些配件练练手。"秦海又给自己编了一个理由，虽然这个理由其实根本就站不住脚。他一个小年轻随便看到的资料，多少大厂子的工程师、技术员都不曾看到，这样的故事有谁会相信呢？

宁中英没有再追究下去，秦海在此前表现出来的技术已经能够让人信服了，宁中英自己也不是什么技术专家，深究下去也问不出什么名堂来。他换了个话题，问道："小秦，现在咱们拿到了这么多的订单，下一步的事情，你是怎么考虑的？"

秦海道："赵厂长答应在海东省给咱们找10万元的订货，回去之后，您要马上派萧科长带几个人过去，接一些咱们比较熟悉的传统业务过来，至少先把厂子养活了再说。"

"这是自然的，我已经有这个打算了。"宁中英点点头说道。

秦海又道："出口日本的旋耕刀片，涉及几个技术环节，包括改造炼钢电炉、试验钢铁配方、改进后期热处理工艺，这几个问题我会与冷科长一起来解决，如果一切顺利的话，最多一个月时间，我们就可以拿出样品，去和中村俊正式签约。不过，经费的问题要先落实，否则我也是巧妇难为无米之炊。”

“你上次告诉我说，需要两万块钱的投入，是这样吗？”宁中英问道。

“正是。”秦海道。

“这个钱，一回去我就给你批！”宁中英毫不犹豫地说道。

“老厂长圣明。”秦海再次拍了宁中英一记马屁，然后说道：“最麻烦的，是汽车配件的事情。”

“你说吧，麻烦在哪儿？”宁中英说道。

秦海道：“这三十多种配件，涉及的材料核心工艺有上百项。我只是知道解决问题的思路，但要具体确定材料配方、热处理工艺参数，必须进行大量的实验。这其中不仅仅要涉及实验材料的花费，还有一些专用实验设备的采购。甚至……”

说到这儿，秦海也犹豫了，他不知道接着说下去是否合适。

“说吧，吞吞吐吐干什么？”宁中英催促道。

秦海道：“如果有可能的话，我希望能够建立一个专门的实验中心来做这些实验，这需要有足够大的场地。”

一个小小的农机厂，建一个实验中心，的确是有点儿骇人听闻了，所以秦海对此有些犹豫，生怕宁中英不赞成。

宁中英并没有对秦海的话表示什么，只是平静地问道：“你说的这些，总共需要花多少钱？”

秦海道：“我没有细算，应当在100万以上，甚至可能会达到几百万。”

秦海以为100万这样的数字会让宁中英感到吃惊，但他错了，宁中英听到这番话，仍然只是轻轻地点了点头，像是预料之中一样。沉默了一会儿，宁中英问道：“小秦，如果这些实验都成功了，咱们把这三十多种产品都接下来了，能够挣到多少利润？”

“扣除给协作企业的分成，咱们应当能落下1000万到2000万。”秦海答道。

“每年？”宁中英确认道。

“每年！”秦海答道。

青锋厂这次拿走的三十多种配件，单价之和有四千多块钱。按照浦江汽车厂的目标，浦桑汽车在未来几年的年产量要达到 10 万辆以上，这就意味着青锋厂提供的汽车配件一年产值可以达到 4 亿。

扣除成本以及分配给协作企业的利润，青锋厂自身落下 1000 万以上的纯利是不在话下的。

“娘的,值得干啊！”宁中英眼睛里像要冒火一样。其实,秦海算过的账，宁中英自己也曾算过，他算出来的利润甚至要高于秦海的估计，因为他对于青锋厂生产成本的了解要比秦海更加透彻。也正因为看到了这样丰厚的利润，他才不惜豁出去陪着秦海疯一把了。

“可是，这一两百万的前期投入，咱们能拿得出来吗？”秦海提醒道。

“我去找老柴，让他帮我们从银行贷款。实在不行，我把青锋厂抵押给银行，无论如何也要把款贷出来。”宁中英豪迈地说道。

带着对青锋厂美好前途的憧憬，这一老一少只恨火车开得太慢，恨不得插上翅膀飞回平苑，马上开始安排各项工作。

在平苑火车站，同样有两个人在焦急地看着站台上挂着的大钟，等待着这班从浦江开来的直快列车。

“秦海，你可回来了！”

火车在平苑火车站停稳，秦海刚刚走下火车，就感觉头顶好像飘过一片乌云一般，一个胖子急不可耐地窜到了他的面前，一把接过了他手上沉甸甸的提包。

“宁默？”秦海定睛看去，见汗流浃背地站在自己面前的，正是小兄弟宁默。宁默看着秦海，满脸喜色，像是看着久别的情人一般。

“呃……你接错人了吧，你难道不应当先去帮你爸提包吗？”秦海用手指了指走在自己身后的宁中英，对宁默提醒道。

“哦，对对，我爸也跟你一起出差了。”宁默这才反应过来，又赶紧上前去帮宁中英拎包。没等宁中英瞪着眼睛训斥他有眼无珠，他已经又转回到秦海身边来了。

“秦海，你怎么去了那么长时间，我死活找不到你。如果不是听老陈说你今天回来，我都打算跑到浦江去找你了。”宁默喋喋不休地对秦海说道。

秦海被宁默这种异常的热情弄个了丈二和尚摸不着头脑，不管他跟宁默有多好的交情，今天接站的主角都应当是宁中英。宁默对他这样热情，对宁中英不管不顾，甚至还说宁中英是跟秦海去出差的，这简直就是大逆不道的事情嘛。

没等秦海对宁默问什么，临时兼任办公室主任的陈荣坤和司机魏龙都迎上来了，这两个人就不会搞错主次，直接就无视秦海，直奔宁中英而去了。魏龙把宁中英手上剩下的一个小包也接了过去，陈荣坤则满脸堆笑地向宁中英问起了路上热不热、火车上有没有蚊子之类毫无营养的问题。

宁中英他们从浦江出发之前，是给厂里拍了电报，说明所坐车次等信息的，陈荣坤前来接站是理所当然。宁默如果是作为宁中英的儿子前来接站，倒也说得过去，但他眼里根本没有宁中英，注意力都集中在秦海身上，这就让人觉得奇怪了。

“宁默，你搞什么鬼，难道你是专门来接我的？”趁着宁中英被陈荣坤缠住之机，秦海小声地对宁默问道。

“是啊，我不接你还能接谁？”宁默想当然地回答道。

“你皮痒了，我跟你爸一起出差，你居然是来接我的，不怕你爸回去收拾你。”秦海笑着说道。

宁默看看宁中英那边，不屑地说道：“他是厂长，还愁没人接他。我来接你，是有大事情。”

“什么大事？”秦海一愣。

宁默用手一指：“你看那边是谁。”

秦海抬眼看去，只见在站台一角，停着一辆军队牌照的吉普车，车边站着的那名军人分明就是葛东岩。

“是葛排长找我？”秦海心里明白了几分，葛东岩来找他，显然是为了军铲的事情。等待了这么多天，这件事应当是有下文了吧。

“爸，我和秦海有点儿事情，我们就先走了，行吗？”宁默终于想到了有些事情是需要经过当厂长的父亲批准的，于是来到宁中英身边，向他请示道。

“有什么事情？”宁中英问道。

秦海走过来，说道：“宁厂长，是部队里那件事，我要请个假，先去处理一下。”

“哦，那你去吧。”宁中英点了点头，答应了。有关军铲的事情，秦海曾经向宁中英汇报过，而且承诺军铲的机加工要交给青锋厂来做，宁中英对此还是很在意的。不过，在浦江接了这么多的订单之后，宁中英开始有些看不上军铲的事情了，但事关部队，宁中英自然也不便阻拦。

“秦海，你要分清主次，厂里还有一大堆事情在等着你，你不能光顾着部队的事情了。”看着秦海转身欲走，宁中英又不放心地叮嘱道。

“宁厂长放心吧，我会兼顾的。”秦海答应道。

陈荣坤在一旁笑道：“小秦真是能者多劳啊，不过，宁厂长这样重视你，你可得把厂里的事情放在首位，不要辜负了宁厂长的期望哦。”

“陈主任放心。我先走了。”秦海向陈荣坤还以一个笑脸，然后把装了资料的提包交给魏龙，让他带回厂里，自己空着手随着宁默向葛东岩走去。

“小秦怎么还和部队有联系啊？”看着秦海和宁默的背影，陈荣坤向宁中英问道。

宁中英无奈地笑笑，说道：“这小子，花花肠子太多了，如果不是看在他对厂里有功劳的份上，我绝对不会准他的假的。”

“呵呵，年轻人嘛……”陈荣坤泛泛地表示了一句感慨，他能听得出来宁中英对秦海的指责是明贬实褒，因此自然不会去说秦海的什么坏话。

秦海和宁默快步地走到葛东岩的面前，秦海笑着打了个招呼道：“葛排长，辛苦了。”

“哼！你还知道回来！”葛东岩眼睛不是眼睛、鼻子不是鼻子地斥道，“你知道我等了你几天？”

“没办法，人在职场，身不由己嘛。要怨，你就怨他爸吧。”秦海指了指宁默，开始转移火力。

“依着我的暴脾气，早就不想等你了……上车吧。”葛东岩嘟囔了一句，自己先坐进了驾驶座。

葛东岩是两天前就从红泽过来的，本来满怀热情地想找秦海开始谈军铲的事情，谁知到了青锋厂一打听，才知道秦海出差去了，什么时候回来还不确定。

在那个年代，人们一无手机、二无传呼机，出差就相当于鱼入大海，根本联系不上。还好，秦海临走之前把有关的事情都交代给了宁默等人，葛东岩带着宁默等在平苑转了两天，倒也办成了一些事，但关键的一些问题，还是得等秦海回来才能决定。这两天时间里，葛东岩这样沉稳的人都急出几个嘴泡。

昨天，宁默终于给葛东岩带来了消息，说厂里收到了宁中英拍回的电报，他们将于今日抵达平苑。葛东岩打听好了火车的时刻，便开着吉普车，拉着宁默跑来接站了。

也不知道是不是铁路部门成心给葛东岩添堵，从浦江开来的火车居然还误点了半个多小时，这无疑又让葛东岩的心火旺了几分。

葛东岩当然也知道，他是不应当责怪秦海的，人家毕竟是青锋厂的职工，跟着厂长出差是本职工作需要，他有什么理由反对呢？他冲秦海甩脸子，也不过就是因为憋屈太久了，非得发泄一下不可。

等到秦海和宁默都坐上吉普车的时候，葛东岩的气已经消下去了。秦海坐在副驾上，看了看葛东岩，问道："葛排长，咱们现在去哪？"

"钢铁厂。"葛东岩答道。

"钢铁厂的事情办妥了？"秦海回头向后排的宁默问道。

"办妥了。"宁默道，"你走以后，我和喻海涛、苗磊去县里联系，人家根本不理我们。这次葛排长来了之后，带着省军区的介绍信去了一趟经委，就把这事定下来了。县里同意把钢铁厂的设备租借给我们，条件是我们要自己负责电费、水费，还有设备的损耗费。"

"呵呵，还是部队的面子大啊。"秦海笑着对葛东岩说道。

"部队面子再大，也不如你秦大专家的面子大啊。"葛东岩没好气地回了一句。

"罪过罪过，我实在是不知道这件事能办得这么快，我还以为怎么也得拖上几个月时间呢。"秦海赶紧道歉道。

秦海这样低调，葛东岩也不便再多说什么了，他一边发动汽车载着秦海、宁默往钢铁厂的方向走，一边简单地向秦海介绍着有关的情况。

原来，在秦海与岳国阳谈过向两伊出口军铲的思路之后，岳国阳果然去找了他那个正在做国际军火贸易的战友，拜托他在方便的时候，帮忙联系一下军铲的业务。说来也巧，这时候正好有一个伊拉克的军事代表团在中国参观，打算从中国进口一批主战装备，岳国阳的这位战友就是负责接待这个代表团的，在谈判的时候，他便把岳国阳托人送来的军铲图纸一并交到了伊拉克人的手里。

伊拉克方面的人员也是军人出身，一看到图纸，便明白了这种军铲的妙处，当即眼睛大亮，拍板要求引进两万柄，用于装备正在前线与伊朗军队僵持的兵团。这样一笔交易，他们是不需要向国内请示的，因为在他们看来，两万柄军铲的订单金额实在小得可怜。

岳国阳的那个战友赶紧把这个消息通报了他，让他抓紧时间组织生产，保证供货。另外，那位战友还告诉岳国阳，伊拉克人对于军铲的钢材质量要求倒没有达到岳国阳手上那把军铲的标准，他们只是希望能够有更好的防锈性能，因为在海湾的炎热环境下，金属锈蚀的问题是非常严重的。

岳国阳得到消息之后，马上命令葛东岩前往平苑，通知秦海开始生产。谁知道葛东岩火烧火燎地赶过来，秦海却出差去了，让葛东岩足足等了两天时间。

说话间，吉普车已经来到了钢铁厂的门外。看门的王老头这两天已经认识这辆吉普车了，忙不迭地打开大门，让吉普车进去，还挥着手向车里的葛东岩打着招呼，满脸讨好之色。

与秦海上次来相比，钢铁厂里有了一些不同的气象，最明显的就是有了点儿人气。坐在吉普车上，秦海能够看到两旁有一些人在清理着各种垃圾，路边那些齐腰高的杂草也被砍掉了不少，看起来清爽多了。

“这些人是哪来的？”秦海奇怪地对宁默问道。

宁默道：“这都是周围的老表，我们花钱请来的。这是葛排长建议的，钱也是他出的。”

“花了多少钱？”秦海随口问道。

“一天一块钱呢。”宁默带着点心疼的口气说道。

“……”秦海无语了，这个价码可真不算高。不过，转念一想，时下的用工成本也就是这样，一块钱一天的价格，要请个工人干活是不行的，但请周围的农民完全能够请到。他自己的父亲在镇上的煤矿挖煤，计件付酬，据说一天也只能挣到两三块钱，那可是高强度而且有风险的工作。

吉普车没有停下来，而是径直开到了炼钢车间的门前。秦海上次来的时候看到的那两扇紧锁的大铁门此时已经打开了，隐约还能听到车间里有一些机器的轰鸣声。葛东岩把车停下，轻轻按了两下喇叭，从车间里立马走出来十几个人，领头的正是喻海涛和苗磊。

“葛排长好。”喻海涛和苗磊向葛东岩打了个招呼，然后便奔向秦海，凑在他面前，脸上带着激动，却不知道说些什么好。

“海涛，磊子，你们辛苦了。”秦海有点领导风范地向他们招呼道。

“秦海，你总算是回来了，我们等你可等得急死了。”喻海涛说道。

“是啊，秦海，你回来就好了，这下我们可有主心骨了。”苗磊更是毫不掩饰地说道。

秦海知道他们的心情，自己如果不是有一个时间旅行者的身份，凭他这年龄，遇到这样大的事情，恐怕也得是手足无措的。他对喻海涛和苗磊笑笑，然后用手指了指跟在他们身后的那几个人，问道：“这几位师傅是哪的？”

“这都是我们请来的，是原来钢铁厂退休的师傅。”喻海涛解释道。

秦海与岳国阳商定合作生产军铲，他的思路是自己办一个厂子，租用平苑钢铁厂的闲置设备，冶炼出合格的钢材，然后再请青锋厂协助做机加工，完成军铲的制造。

要说起来，其实青锋厂的铸造车间也有可以用于熔炼金属的电炉，秦海本没有必要绕这么大的圈子去租借钢铁厂的设备。但秦海有自己的想法，那就是他必须把至少一个生产环节转移到青锋厂之外，否则就没有理由赚取其中的利润了。

秦海不想把自己的事业全部绑在青锋厂身上，国企的好处在于可调动的资源更多，但其坏处在于管理决策很大程度上取决于领导，换一个领导就换一套政策，秦海可不想让自己努力了半天之后，被诸如韦宝林之类的投机者摘了果实。

要想保证自己对自己的事业有控制权，首先就必须保证在经济上的独立，这一点，秦海是非常明白的。

军铲是一个暴利产品，其中的技术核心一在于军铲的设计，二在于钢材的冶炼。设计方面是无密可保的，国内企业还没有什么专利意识，和军方打交道就更不要指望对方尊重你的专利。秦海能够握在手上的，只有钢材的冶炼技术，他必须把这个环节控制住，这样才能保证没有其他人与他分肥。

从省军区回来之后，秦海就带着宁默等人开始着手准备租借钢铁厂的事情了。他们事先没有惊动县经委，而是在私下里逐个地走访老钢铁厂的职工，向他们了解钢铁厂的设备情况，以及技术工人的情况。

老钢铁厂倒闭之后，除了王老头等几个看门的人之外，大多数工人都被调整到了县里的其他企业，有一些安排不了的，甚至被安排到中学去当校工，或者到国营农场去当农工。时隔十几年，有些工人已经退休回家，还有一些人虽然还在工作，但因为所在的企业经营状况不佳，也处于半休息的状态。

秦海了解到这些情况之后，指示宁默他们去与那些具有炼钢技术的工人们联系，询问他们是否愿意接受雇佣，回钢铁厂来工作。工人的退休年龄是55岁，有些办病退的工人甚至50岁不到就已经赋闲在家了，这些人其实脑力和体力都还足够，完全可以胜任炉前的操作。

宁默等人把所有的业余时间都用在这件事上，果真联系到了十几名当年操作过炼钢设备的工人。这一次葛东岩带来开始军铲生产的通知，喻海涛、苗磊便把这些工人都召集过来了。

“各位师傅好！”秦海走上前，向众人挥手致意。

“这位是我们秦……秦……秦工。”喻海涛支吾了一会，脑子里灵光一闪，现给秦海编造了一个合理的身份。

要确定秦海在钢铁厂的管理权，自然得给秦海找到一个头衔。管秦海叫厂长或者主任，好像都有点违和，毕竟整个管理体系还没有建立起来，现在就自称是什么领导，会惹人笑话。叫“秦工”就不同了，工厂里管工程师都叫“某工”，秦海的技术水平当个工程师是完全没有问题的，所以叫做秦工也是合情合理。

工程师不算官衔，但在车间里也是具有管理权力的，有点无冕之王的味道，一般的工人对于工程师都会十分尊重。

“秦工好！”工人们参差不齐地喊道，接受了秦海的新身份。

“各位师傅，咱们到车间里去谈吧。”秦海向众人招招手，领着一干人等进了车间。

经过两天的收拾，车间里陈年的灰尘、蜘蛛网等物都已经清扫一空了，看起来有几分窗明几净的意思。秦海看着喻海涛、苗磊身上、脸上的污垢，不禁好生感动。他完全能够想象得出来，这几个小伙伴这两天是何等辛苦，要知道，他们以往可是一群好吃懒做的二世祖呢。

“真不好意思，这么忙的时候，我却不在，让你们受累了。”秦海用满含歉意的语气对喻海涛、苗磊说道。

“这有什么，你有技术，我们没技术，出点力还不应该吗？”喻海涛摆着手说道，心里却感到暖暖的。他知道，秦海的能耐是远远在他们几个人之上的，这个军铲的项目如果能够做成，九成九的功劳都在秦海一个人身上，他们充其量只是几个跑腿打杂的人而已。秦海能够拿他们当平等的伙伴看待，这就让他们觉得很满足了。

“设备的情况怎么样？”秦海又问道。

喻海涛用手指了指一位带着工作帽的老工人，说道：“这个问题，你问乔师傅吧，他是原来炼钢车间的电炉班长。”

那老工人见喻海涛提到自己，便凑上前来，对秦海说道：“我叫乔长生，原来就是管电炉的。秦工有什么要问的，就尽管问吧。”

秦海让宁默他们去找人的时候，暗地里交代了一条原则，那就是刺头的工人绝对不要。国企里有一些工人身上的大爷脾气是非常严重的，干活的时候拈轻怕重，领钱的时候斤斤计较，秦海可不想把自己的精力浪费在与这些人纠缠之上。

基于这样的原则，宁默他们招来的这些人，都是比较朴实憨厚的，说话的态度也都显得比较谦恭。

秦海道："乔师傅，我主要是想问一下，咱们车间里的设备是不是都保存完好，可以使用。"

乔长生点了点头，说道："我检查过了，电炉、配电柜、连铸机、轧机，都是好的，只要把油泥擦掉，稍微调试一下，完全可以恢复生产。"

秦海感叹道："真不容易，咱们厂都停产十多年了，怎么还能保持这样的完好率？"

乔长生道："这得感谢咱们的老厂长傅文彬。县里通知钢铁厂停产的时候，他让我们把所有的设备都涂上黄油，蒙上帆布，说这么好的设备，有朝一日一定还能拿出来用的。想不到啊，还真有这么一天。"

"是吗？这位傅厂长可真是了不起，他现在在哪呢？"秦海问道。

"钢铁厂停产以后，他被调到曲江农场去当场长，听说前几年已经退了。一直也没有联系，不知道他现在怎么样了。"乔长生说道，语气中似乎还带着几分留恋。

秦海点点头，说道："嗯，等咱们恢复生产了，我们请傅厂长回来看看，咱们钢铁厂如果得以重生，他是最大的功臣啊。"

"那可太好了，这么多年没见，我们都挺想他呢。唉，要说起来，当年的领导都是好人啊，哪像现在……"乔长生像个寻常的老人一般发着一代不如一代的感慨。

"好吧，乔师傅，请你让大家找地方坐下，我全面地向大家了解一下咱们炼钢车间的生产情况，顺便也把下一步要做的事情向大家介绍一下。"秦海说道。

秦海与工人们的交谈持续了两个小时，得到的信息可谓喜忧参半。

可喜的地方在于，喻海涛他们请来的这些工人，涵盖了炼钢、铸造、轧钢等几个关键环节，最多再请十几个技术要求不那么高的年轻辅工，就可以把一套炼钢流程走下来了。这就免去了秦海对技术工人方面的担忧。

除此之外，这些工人的工作积极性也是非常高的，喻海涛私下向秦海透露，他们向工人们承诺了每月 50 元的工资，这对于这些退休工人有着很强的吸引力。

当年工厂里一般工人的工资标准也就是六七十元，这些退休工人本身拿着一份退休金，如果每月再有 50 元的额外收入，那就是绝对的高薪阶层了。退休工人们都面临着孩子结婚、生子等方面的经济压力，一个个日子都过得紧紧巴巴的，有一个能够月入 50 元的工作机会，哪怕让他们卖老命，他们都无怨无悔。

让秦海觉得郁闷的，是这些工人根本就没有钢铁精炼的意识，对炼钢的理解仅停留在打开炉盖、投入炉料，然后通电、吹氧这样的水平上。乔长生是曾经到北溪钢铁厂去学习过一段时间的，还懂得一些看配料单、确定渣料配比、计算预脱氧剂用量之类的知识，但也是知之不详。其他的工人则索性表示自己当年就会按流程工作，什么炉渣、液温之类的东西，似乎听说过，但从来没有弄懂过。

“当年你们就是这样炼钢的？”秦海简直不敢相信这些人说的事情，他甚至怀疑大家是不是故意装傻充愣，以便能够少干点活。

乔长生看看自己的工友们，叹了口气，说道：“秦工，不怕你笑话，我们当年真的就是这样炼钢的。我在北溪钢铁厂的时候，看到他们炼钢很讲究，又是这样又是那样。可是我们平苑钢铁厂没这个技术，只能是依葫芦画瓢，能把钢水炼出来就行。”

“那脱磷、脱硫、脱氧、增碳，这些你们都是怎么做的？”秦海问道。

乔长生道：“我们请北溪钢铁厂的技术员来指导过，他给我们写了几个办法，我们就照着这些办法做。”

秦海道：“岂有此理，废钢成分不同、生铁含碳量不同，都会影响到具体的操作，怎么能照着几个办法一成不变呢？”

乔长生看看秦海，面有惭愧之色，却也不再辩解了。

宁默在一旁瓮声瓮气地说道：“我爸当年就说过，平苑的钢根本就没法用，拿来焊个水箱之类的没问题，反正不漏水就行。用来加工零件就是个渣，铣个齿轮，没等铣完齿就断了。为这事，我爸没少和刚才乔师傅说的那个傅厂长吵架。”

“傅厂长是个好人。”乔长生赶紧替他们的老厂长辩护，“不过他是个工农干部，不懂技术，炼钢这些事，他也没啥办法。为了提高钢材的质量，他跟着我们一起在车间里耗过不知道多少个晚上，可是没啥用啊……”

“是啊，如果没有相关的知识，光耗时间肯定是没用的。”秦海平静地说道。

“秦工，你看这……”乔长生有些怯怯地说了半句话，后面的话就等着秦海补充了。他想问的，是凭着他们的这些技术，能不能达到秦海的要求。如果达不到要求，是不是说好的事情就要黄了。50块钱一个月的工资，还没拿到手就先泡了汤，大家心里那份失落是难以言状的。

秦海看出了乔长生的想法，他对众人笑道：“各位师傅，恕晚辈说一句不敬的话，咱们过去炼钢的那套方法，实在是有点说不过去。不过，这不怨大家，因为这些技术原本应当是由技术人员来教给大家的，没人教大家，大家不会也不丢人。”

“秦工，你说吧，还要我们干吗？”人群中有人大声问道。

秦海笃定地点点头，说道：“当然要请各位师傅干，说好的事情，我们是绝对不会反悔的，我只担心各位师傅怕难，不愿意帮我们。”

“秦工，只要我们能做到的事情，再难我们也不怕，我们是怕自己技术太差，误了秦工和葛排长的大事。”工人们纷纷喊道。

秦海道：“只要大家有决心，就没有办不到的事情。我想这样吧，大家这两天先抓紧时间把机器设备清理出来，乔师傅，你带着大伙先试着炼两炉钢，找找感觉。下一步，我会给大家补一补炼钢的课程，不好意思，可能要请大家当几天学生了。”

“不怕不怕，只要能学会，我们愿意给秦工当学生。”工人们说道。

“那好吧，今天我们就聊到这里，大家先继续干活吧。”秦海说道。

工人们散开了，在乔长生的指挥下，开始清理机器设备。他们过去是干惯了这些工作的，与他们一起工作的也都是当年的工友，配合非常默契，所以不需要秦海多操心。

秦海让苗磊留在车间里与工人们一起干活，自己与葛东岩、宁默、喻海涛一起，走出了车间，来到了一处阴凉地，找了几块废钢当凳子坐下来。

“小秦，凭这些工人的技术，能行吗？”刚才一直没有吭声的葛东岩担心地问道，他不懂钢铁生产的技术，但从秦海与工人们的问答中，能够感觉到工人们的技术可真不怎么样，秦海问的问题，他们有一多半都不知道是啥意思。

秦海道：“稍微有点麻烦，但还不到不行的程度。现在不指望他们还能指望谁呢？”

葛东岩道：“不行我们就联系一些大钢厂，让他们帮忙吧。”

秦海道：“葛排长，咱们明人不说暗话，我们之间的合作，省军区名义上没有参股，但实际上是要分红的，这红利就是我们免费为省军区提供的装备。如果我们找个大钢厂来帮忙，钱怎么算？”

“我们让他们帮忙炼钢，该给多少钱就给多少钱。军铲的货款是打到你账上的，剩下的钱不就是你的利润了吗？”葛东岩说道。他虽然是个军人，但对于这种账目上的事情也不是完全不懂。

秦海道：“葛排长把事情想简单了，如果我这样做，外人看不到我为省军区提供了免费的装备，只看到我秦海低买高卖，挣了很多钱。随便谁到公安局去举报我一下，这就是投机倒把罪，到时候你给我送饭去？”

“谁敢抓你？”葛东岩眼睛一瞪。

“怎么，你们想干预地方事务？”秦海反问道。

“我们……起码可以帮你解释解释嘛。”葛东岩的口气变软了。他也知道，秦海说的道理是对的，秦海办一个钢铁厂，不管挣多少钱，都算是合法的经营收入，别人管不着。但如果自己没有工厂，完全靠倒买倒卖，在当年的确是很敏感的事情。

万一有人歪歪嘴，别说秦海被公安局抓走，就算被县里找去问话，也是一个极大的麻烦。岳国阳当然可以出面帮忙调停，但这也就相当于给岳国阳惹了麻烦。军队经商在当年是众所周知的秘密，但毕竟不宜放到公开场合来说。所以，能够少一点麻烦，当然是尽量少些为妙。

秦海道：“葛排长，你不用担心，这些工人的基本操作还是非常熟练的，缺乏的只是技术上的指导而已。我想办法弄一批技术员来，盯在炉前为他们提供实时的指导吧。”

“一批技术员……”宁默咂巴了一下嘴巴，想说啥，终于还是没说出来。

这些天，宁默他们也曾了解过技术员的情况，发现雇技术员比雇工人可难多了。技术员的数量本身就很少，而且由于是干部编制，所以不像工人编制这样容易请出来。他们找了这么久都没有找到一个能用的技术员，秦海一张嘴就是“一批”，这是何等的霸气……或者是狂妄？

“葛排长，要开始生产，需要有资金投入，此前岳司令借给我的两千块钱，根本就不够用，你有没有带更多的资金过来。”秦海开始询问实质性的问题了。

葛东岩看了看宁默和喻海涛，迟疑了一下，没有吭声。

秦海顺着他的眼神也看了看自己的小伙伴，然后说道：“葛排长有话就说吧，我和胖子、海涛是哥们，这个项目所有的事情都不用瞒他们。”

听到秦海的话，宁默和喻海涛互相对视了一眼，眼神里都流露出几分感动：秦海真是一个仗义的哥们啊，这么大的项目，最起码是上万的利润吧，居然对我们哥们毫不隐瞒，整个平苑县还能找出这么仗义的人吗？

葛东岩也点了点头，心里对秦海的人品也多了几分崇敬。他说道：“小秦，既然你对宁默他们如此坦诚，那我就直说了。部队那边已经预付了20万的货款，岳司令吩咐，让你抓紧时间建一个银行户头，一经建好，他就让人把钱打过来。”

军方负责与伊拉克进行装备贸易的是A公司，岳国阳的那位战友就是A公司的一名领导。这位战友知道岳国阳手头经费紧张，想改善一下部队装备都十分困难，因此在销售军铲的事情上便给予了鼎力相助。

A公司与伊拉克方面谈下来的军铲价格是每把35美元，按照当时的汇率换算，相当于90元人民币，事实上国家由于外汇短缺，给出口部门还有一定的补贴，所以A公司实际拿到手的钱还要更多一些。

在这些费用中，A公司扣下了自己应得的销售利润，付给秦海每把军铲60元的采购价格，即便是这个价格，也是看在岳国阳的面子上，否则少不得还要狠狠地再切上一刀。

当然，价格压低了，A公司对于军铲的品质要求也有所降低，只提出要用一定强度的合金钢，再加上一些防锈性能的考虑就可以了。相比秦海最早提供给岳国阳的那把军铲，标准下降了一大截。

伊拉克方面在签下合同之后，便支付了首笔货款。A 公司在收到这些货款之后，马上拿出了 20 万元，准备支付给秦海，作为预付的材料费。可惜秦海到目前为止还没有把自己的工厂建立起来，所以这笔钱也就只能先暂存在 A 公司的户头上，等着秦海有了账户再行拨付。

“情况就是这样，两万把军铲，总共 120 万元，岳司令员指示，这些钱全部打入你的户头。”葛东岩对秦海说道。

秦海道：“没问题，我会尽快把银行户头的事情办妥，一收到钱就可以开始生产，绝对不会耽误向伊拉克的供货。”

葛东岩呵呵笑了一下，说道：“秦海，你可别忘了，你和岳司令之间还有约定的。”

秦海道：“忘不了，我会为省军区提供 500 把军铲，分文不取。”

“我们可不要伊拉克那种缩了水的军铲，要就得要你最早的那种。”葛东岩开始谈条件了。

秦海笑道：“那是当然，再穷也不能穷咱们自己的部队嘛。葛排长可以回去转告岳司令，这批军铲的订单，我扣除各项费用之后，会拿出 10 万元来支援部队。这 10 万元折算成各种装备，你们需要什么，就开出单子来，我照单提供就是了。”

“这还差不多，也不枉我在这儿等你两天了。”葛东岩这才满意地点点头说道。

对于生产军铲需要多少成本，葛东岩是完全没有概念的。在他想来，冶炼这么好的钢材，一把军铲的成本怎么也在四五十块钱以上。A 公司按每把军铲 60 块钱支付给秦海，秦海在整个项目中的利润，恐怕也就是 20 万左右。拿出 10 万来支援部队，应当算是做得非常地道了。

至于秦海自己能够留下多少利润，葛东岩并不关心，他觉得以秦海的本事，挣一点大钱也是应当的。社会已经开放了，万元户、十万元户的消息经常能够在报纸上看到。如果秦海能够帮部队挣钱，那么他自己挣一些钱又有何妨呢？

葛东岩与秦海又商定了其他一些事情，然后便满意地开着车离开了。秦海目送着葛东岩走远，然后回过头来，看着宁默和喻海涛，笑道：“大功告成，咱们的事业正式开始了。”

“秦海，你刚才说要给部队提供10万元的支持……咱们自己不会赔本吧？”喻海涛怯生生地问道，刚才秦海与葛东岩对话的时候，他是强忍着才没有插话的。

秦海摆摆手，说道：“这样吧，海涛，你先去把磊子叫出来，有些事情咱们四个人需要商量一下了。”

“哎，好的。”喻海涛答应着，飞跑进车间，把苗磊叫了出来。

秦海看看3个小伙伴都已经到齐了，便指指树荫下的几块废钢，说道：“大家都坐下吧，有些事情，我想我们今天得先商量好，以免日后说不清。”

“秦海，你要说什么就说吧，我们都听你的。”苗磊表态道。

秦海道：“咱们要做的事情，大家已经看到了。我打算自己办一个钢铁厂，当然，以后也许会发展成一个钢铁公司，或者一个钢铁集团，这是后话了。既然要办厂子，就涉及厂子的股权问题，我想今天和大家一起敲定一下。”

“股权……”宁默等人面面相觑，都想不出这样高大上的概念与自己有什么关系。

秦海笑道：“这就相当于咱们四个人合伙做生意，根据各人出钱和出力的多少，确定一下在生意里各占多大的比重。这涉及以后利润怎么分配的问题。”

“这个……不用了吧？”喻海涛道，“秦海，这个项目完全就是靠你一个人做下来的，我们只是出了点力气而已。等挣了钱，你分多少给我们哥们儿几个，我们绝无二话。”

“是啊是啊，这件事完全就是你一个人的事情，我们都是帮忙的，干脆就像那些工人一样拿工资就好了。”宁默也说道。

苗磊也表达了同样的意见。不过，3个人心里对于秦海说的股权还是存着一些憧憬的，有股权就意味着自己也是工厂的所有者了，这是一件多么牛气的事情啊。至于说股权是多少，以及能够分配到多少红利，他们并没有太多的概念，只知道肯定不会比他们过去卖农具的时候挣得少。

“大家的想法我明白，不过，这家工厂不是靠我秦海一个人就能够办起来的，这是咱们共同的事业，所以我必须给大家分配股权。不过，咱们也实话实说，股权不能平均分配，客户关系和生产技术都是我提供的，所以我应当多占一份，大家没有异议吧？”秦海说道。

“当然没有异议！”3个人齐声答道，其中宁默还补充了一句，说道：“秦海，你不用多说了，我们知道自己的斤两，这个工厂能办起来，全是你的功劳，我们根本都没脸拿什么股权。”

“宁默言重了。”秦海笑道，“既然大家都没有异议，我想我们按七三开来进行分配，我独得70%的股份，你们各占10%，总共占30%，你们觉得如何。”

“没意见，多少都行！”喻海涛首先表态了，秦海说的这个比例，并没有低于他的心理预期，可以说是十分仗义的，他还有什么话可说？

宁默和苗磊也都表示赞成，他们并不是傻瓜，自然明白自己在这家工厂里的作用能有多大，秦海这样分配，明显是看在了众人的友谊份儿上。如果秦海不想带他们玩，随便找几个其他人帮忙，也同样可以把这件事做好。想到了这点，他们自然不会对10%的股份感到不满。

“回头我们写一个合作协议，这就算是正式开始合作了。”秦海说道。

“还要什么协议啊，大家说好的事情，谁不承认谁就是小狗！”苗磊说道。

秦海笑道：“可别这么说，涉及经济利益方面的事情，大家还是慎重一些为好。俗话说，亲兄弟、明算账，把经济关系理顺了，大家才能当好兄弟，否则日后闹矛盾的事情还多着呢。”

宁默道：“秦海，你也太小心了，我们几个人虽然技术上不太成器，但做人还是会做的。这批军铲做下来，咱们就算能够挣到1万块钱，谁多拿一百两百的，还会为了这样的事情去吵架？如果谁为了这事闹矛盾，我宁默就不认他这个朋友了。”

秦海又是微微一笑，说道：“各位，你们估计我们这一个项目能够挣多少钱？”

“不知道。”宁默大摇其头。有关军铲的生产工艺，宁默知道得不多，他光知道需要炼钢，还有机加工以及后期的热处理，但每个环节需要多少成本，他是估算不出来的。

喻海涛想了想，猜测道："秦海，听你刚才与葛排长说话的意思，扣掉给省军区的10万块钱，莫非咱们自己还能挣到几万块吗？"

"不会吧？几万块！"苗磊瞪大了眼睛，"秦海说给咱们每人10%，如果总共能挣几万块，那咱们每人岂不是能够拿到几千块钱？"

"是啊，好像不太可能哦。"喻海涛也为自己的猜测感到不真实，秦海的本事再大，也不可能让他们每个人都凭空挣到几千块钱吧？可是，如果说他们自己的利润到不了几万块，秦海又怎么敢张嘴就给省军区承诺10万块钱的免费装备呢？

"海涛猜错了。"秦海轻声地说道，"我们能够挣到的钱，不是几万块，而是不少于40万。"

"咕咚"一声，宁默直接从坐的地方翻倒了，腰硌在废钢的角上，疼得钻心，但他却似乎毫无知觉。他只顾瞪着眼睛看着秦海，怀疑自己听错了。

不少于40万！

这就意味着，宁默等人每个人的股份虽然只有10%，却能够拿到4万元的分红，这是一个什么概念啊！

最初秦海说给每个人10%股权的时候，大家的心态都是认为可以接受，甚至还有一点点觉得秦海抠门的感觉。可是当听说10%的股权意味着仅在这一个项目里就可以拿到4万元分红的时候，每个人都感到惶恐了，他们何德何能，凭什么一下子就挣到这么多钱啊。

"秦海，你不是开玩笑吧？"宁默一边揉着腰，一边小心翼翼地问道。

秦海道："我说了，这只是一个保守的估算，如果我们控制成本得当，不走弯路，60万的利润都有可能达到。"

"这……"宁默等三人都石化了，他们回想起一个多月前在车间里搜集废钢冶炼超高强度合金钢的场景，似乎恍如隔世。没错，那一次大家其实也没花什么成本，炼出来的钢材足够做十几把军铲了。这样算来，军铲的成本还真不是很高。

批量化的正式生产，当然不能像他们当初那样去拣免费的废钢，以及用一包烟去央求工人帮忙做机加工。废钢需要采购，炼钢需要电力，还要支付这些炼钢工人的报酬，机加工方面，也要按照正常的加工成本付费，但所有这些加起来，再分摊到每把军铲上，能值30块钱吗？A公司给的采购费用是60元每把，这就意味着在每把军铲上他们可以挣到不少于30块钱，而军铲订单的总数是……两万把！

“秦海，这样一说，你给我们分的股份，实在是太多了。给我们每人1%就可以了，或者2%也行……”苗磊怯怯地说道。

如果按40万元的利润计算，1%就是4000元，这也抵得上他们每人七八年的工资总和了。他们在这件事情里做了什么？不外乎就是利用业余时间跑了跑钢铁厂工人的家庭，然后带着雇来的工人们打扫了一下车间。干这么点活，就能拿到4000元的分红，这简直是太美了。

但是，如果照秦海的方案，给他们每人10%，那就是每人4万元。4万元意味着什么，他们每个人都已经算不清楚了，折算成多少包红双喜、多少瓶啤酒，甚至多少台电视机，他们全都想象不出。这样大金额的一笔钱，他们拿到手上都会觉得烫手的。

“呵呵，大家就踏踏实实地拿着吧，说好的事情，就不要变了。”

秦海对于小伙伴们表现出来的震惊并不感到意外，这还是改革开放之初，国营企业里的职工从未接触过这种一夜暴富的情形，心灵上受到冲击是难免的。等到再过几年，看惯了家产数百万、数千万的富翁，估计他们对于4万元的分红就不会再有什么不安了。

“我们这个项目，如果不出什么差错，40万以上的利润是可以保证的。不过，我们不能把这40万全部拿来当成分红，而是要把它们投入扩大再生产，以便让我们的工厂进一步壮大，在未来挣到更多的钱。我想，等货款汇到，咱们每人先支取一两千块钱零用，余下的钱就都留在账上，大家觉得如何？”秦海问道。

“哈哈，赞成！”宁默首先从惊愕中清醒过来，举起手支持秦海的建议，“咱们听秦海的，也别太大手大脚了，一个人拿一两千块钱零用就足够了。”

“对，就是零用钱嘛，要那么多干什么。”喻海涛和苗磊也跟着调侃起来，想到最多半年之后，自己名下就有几万元的资产，他们顿时都有了幽默细胞，能够开得起这样奢侈的玩笑了。

说笑完毕，宁默想到了当前的事情，对秦海提醒道：“对了，秦海，办工厂的事情，你打算怎么弄？咱们都是工人，不能自己办厂子的。”

秦海道：“这件事我已经安排好了。我准备让我父亲来当工厂的厂长，他是个农民，现在国家鼓励农村办乡镇企业，我让他把镇上的小农机厂包下来，这样就可以规避开国家的政策限制。”

“太好了，你父亲……我们应该叫秦叔叔吧，有他在这里坐镇，就省得那些工人觉得我们太年轻、不牢靠了。”苗磊高兴地说道。

“嗯，这些事情就先说到这里。下一步，咱们要抓紧把厂子建起来，开立起自己的账户。还有，需要广泛地联系废品收购站以及各家企业，从他们那里搜集废钢。这些事情，还得你们各位多操心，我这些天除了办咱们自己的事情之外，还得给厂里做一些事情。”秦海交代道。

“厂里的事情有我爸管着呢，你操那么多心干什么。”宁默大大咧咧地说道。

秦海笑道：“你小子，有了钱连你爹都坑，老爷子都奔六的人了，能够出来坐镇就不错了,还能指望他干活？再说了,技术上的事情,他也不懂啊。”

“那是那是。”宁默也觉得自己太不孝了，赶紧纠正：“秦海，你去忙厂里的事吧，这边的事情你交代我们做就行了。这个工厂就是我们自己的，我们肯定会努力的！”

“对，工厂是我们自己的，我们会努力的。”喻海涛和苗磊都大声喊道。

聊完所有的事情，已经到了下午时分。宁默等人这两天都是在厂里请了事假出来处理钢铁厂的各项事务的，他们起初对于请事假导致的扣工资还有些心疼，现在得知自己能够在钢铁厂拿到数以万计的分红，厂子里那点工资就已经完全不被他们放在心上了。

秦海告别了宁默等人，徒步走回青锋厂。到厂里的时候，还没到下班时间，他径直进了办公楼，来到宁中英的办公室门口，发现房门紧锁，屋里隐隐有说话的声音，就抬手敲了敲门。

“谁啊！”屋里传来一个声音，紧接着就有人把房门打开了。

“小秦？你可回来了！我们都等你半天了。”开门的人正是副厂长项纪勇，一见到秦海的面，他脸上又是高兴又带着几分责备之意。

“不会吧，你们这是在开毒气室呢？”秦海抬眼看去，只见屋子里烟雾缭绕，都快看不清人脸了。也不知道这些人在讨论什么事情，居然能够抽掉这么多的香烟。

“进来坐吧，正好汇报一下浦桑汽车的事情。这件事情我说不清楚，冷科长正在挠头呢。”坐在办公桌后面的宁中英大声地对秦海说道。

秦海进了门，挥手拨开点烟雾，这才发现屋子里除了宁中英、项纪勇之外，还有冷玉明和萧东平二人，这正是宁中英最核心的班底。看起来，宁中英从上午回到厂里之后，就紧急[illegible]了自己的心腹来讨论业务的事情，其忙碌的程度，丝毫不亚于刚刚开过[illegible]次钢铁厂股东会的秦海。

“小秦，你觉得这些技术你都有数？”冷玉明挥着手上的一大叠资料，对秦海问道。刚才他已经看过所有这些资料了，他的判断与秦海一样，就是认为机加工方面没有什么障碍，难度都集中在材料方面。

冷玉明身为农机厂的技术科长，在技术方面是个多面手，样样都懂一点，但不可能做到什么都精通。在材料方面，他与秦海接触过几回之后，便自感不如，遇事还需要听听秦海的看法。

秦海也不客气，说道：“冷科长，材料方面的这些技术，我都评估过了，都是我们可能解决的，回头我会详细地向你汇报一次。不过，要解决这些问题，需要建一个材料实验室，这件事我在火车上向宁厂长汇报过，不知道可行不可行。”

“我赞成。”冷玉明毫不犹豫地说道，“这么多的技术，没有一个专门的实验室是解决不了的。这些技术如果解决了，不但能够满足这些配件生产的需要，对于咱们传统产品的质量提升也有极大的帮助。只是，要建实验室就需要添置设备，还要有额外的技术人员，这些问题怎么解决？”

“你们把方案提出来，我给你们解决。”宁中英大气地说道。

“那就好了，小秦，我们现在就去做方案。”冷玉明说着便起身欲走。

“冷科长，咱们也不急在这一时吧……”秦海苦着脸说道，“宁厂长这边的事情还没说完呢。”

项纪勇笑道：“我们早就说完了，就在这儿等着你回来呢。老萧明天就去海东，把你挣来的那 10 万块钱业务接回来，对了，你可得保证帮人家江洲机械厂把粉末冶金的技术弄好，否则人家可不干。”

“这个完全没问题。”秦海道。

“那就没事了，我们得分头干活去了。宁厂长真不愧是老将，一出马就弄回来这么多业务，我现在都伤脑筋，该怎么安排生产啊。”项纪勇挠着头皮说道。

“哈哈，这我就不管了，有宁厂长出马，我就省心了。明天消消停停地去海东，对方怎么也得请我一顿酒吧。”萧东平哈哈笑着，也站起身来，向外走去。

“你们先走吧，我还有点事情要向宁厂长汇报一下。”秦海站起身，却没有动窝，对众人说道。

项纪勇等三人都离开了，宁中英坐在自己的写字台后面，又点起了一支烟，然后用手指了指沙发，说道：“小秦，有什么事坐下说吧。”

秦海坐下来，说道：“宁厂长，今天早上在火车站找我的，是省军区的葛东岩排长，他是岳司令员过去的警卫员，这次是奉岳司令员的命令来联系我的。”

“嗯，这件事你跟我说过。”宁中英道。

秦海道：“我上次跟您说的与部队合作生产军铲的事情，现在已经有眉目了。伊拉克军方向我们订购了两万把军铲，钱已经预付了一部分。”

“还真让你办成了？”宁中英来了兴趣，秦海最早对他说起此事的时候，他还有些将信将疑，觉得做军方的生意，而且还是外贸，岂有这样容易的。想不到时隔不到一个月，这件事居然就办成了。

秦海道：“其实，不管什么产品，只要质量好，价格有优势，就不愁没有销路。旋耕刀片如此，军铲也是如此。过不了多少年，全世界市场都会被中国的产品占领，中国会成为世界工厂的。”

“说你胖，你还真喘上了。”宁中英斥道，“这种不切实际的话就不要说了，拿到手上的才是真的。对了，你说有事向我汇报，就是这事吗？”

秦海道：“有几件事，不过都与此事相关。”

“你说吧。”宁中英道。

秦海道：“第一件事是和咱们厂有关的，这两万把军铲的钢材，我会自己解决。但军铲的机加工，需要请咱们厂协作。我想每把军铲的加工价格按 10 元钱计算，您觉得如何？”

“这个你要跟项纪勇去谈，要算一下工时、能耗，厂里不能亏本给你私人干活。”宁中英板着脸说道。

秦海笑道：“宁厂长，您就放心吧，10 元钱一把的加工费，项厂长肯定会笑坏了。这是批量生产，可以上专用的工装，生产效率非常高的，咱们厂自己的成本肯定超不过 5 元钱。”

“我不能听你这一面之词，你还是让项厂长算算再说。如果真像你说的这样，厂里可以接下来，也算为部队做点贡献嘛。”宁中英说道。

听宁中英说得这样凛然，秦海真有点哭笑不得。10 元一把的加工费，两万把军铲就是 20 万元。搁在一星期以前，如果有人能给青锋厂找来两万元的业务，宁中英都会将其奉为上宾。现在自己上赶着送来 20 万元的业务，宁中英居然还一脸不乐意的样子。真是时过境迁啊，早知道自己在浦江的时候就不帮青锋厂找那么多业务了。

当然，这只是秦海心里的嘀咕，他也知道宁中英并不是看不上这 20 万的业务，只是要在他面前摆摆谱罢了。他接着说道：“第二件事，和宁默他们有关。我想请宁默、喻海涛和苗磊 3 个人帮我一段时间，希望厂里能够批准他们的假。”

这是秦海的临时起意，他感觉到钢铁厂那边没有自己信得过的人是不行的。虽然他打算让他父亲来当厂长，但他父亲一则是外县人，对本县情况不熟，二则是乡下人，有时候与工人打交道的时候对方会有瞧不起的心态。想到这些，他便打算让宁默他们几个多在厂里待一阵，最好能够控制住几个关键的环节。

宁默等人都是学徒工，在厂子里并不是什么不可或缺的人物，请一段时间假不会影响到青锋厂的工作。但是，如果这种请假的行为没有得到厂里的批准，请假时间太长就会在厂里留下恶劣的印象，这对于他们几个人来说是不利的。

因此，秦海索性利用这个机会，越俎代庖地替他们几个向宁中英请假了。他想，自己给厂里做了这么大的贡献，而且军铲的项目也相当于是与厂里合作的，刚刚送上了一个20万的加工订单，宁中英不至于这点面子都不给吧。

宁中英沉吟了片刻，说道："喻海涛和苗磊可以，宁默不行。"

"为什么？"秦海问道。

宁中英道："宁默是我儿子，他如果参与你的事情，厂里又接了你的加工订单，工人们会有看法的。"

秦海道："宁厂长太过敏感了。宁默是我的朋友，他帮我做事无可厚非。军铲的加工，我给青锋厂10元一把的加工费，已经是非常优惠了，谁能说出什么？您的儿子也不比别人差，革命还不问出身呢，何况只是请个假。"

"哈哈，还上纲上线了。"宁中英被秦海逗乐了，他想了想，问道："秦海，你跟我说实话，你非要拉宁默跟你一起干，到底是什么想法？"

秦海道："宁厂长，我说出来你可别生气。我和宁默交朋友的时候，还不知道您的大名呢。我们就是朋友，意气相投，在一起做点事情没什么不适宜的。如果你一定要问个为什么，那我就告诉你，宁默这个人讲义气，有原则，也有经营头脑，跟我一起干，比在你手下当个锻工有出息。"

"嗯……好吧，我准了。"宁中英被秦海的话打动了，当父亲的，谁不乐意自己的孩子能有点出息。秦海这个人的能力和人品，宁中英是信得过的，自己的儿子跟着秦海一起干，的确是比在厂里当个锻工更强。

"你让他们几个打个报告来，算是停薪留职吧。这段时间里，他们不能领厂里的工资，明白吗？"宁中英说道。

"没问题！"秦海应道。

"这是第二件事，还有其他的吗？"宁中英问道。

秦海点点头："第三件事，就是我自己要请假。"

"不行！"宁中英没等秦海说完，便断然拒绝。

"为什么？"秦海这回可真是有些奇怪了，自己跟着宁中英跑了这么长时间，没有功劳也有苦劳，请两天假都不行？

宁中英瞪起眼睛道："你自己拉来这么多业务，你明明知道冷玉明搞不来这些材料方面的技术，你再一撂挑子，让青锋厂抓瞎去吗？”

“谁说撂挑子了……好吧，我没说清楚，我又不是要请长假，我只是请两天假而已。”秦海这才明白自己摆了乌龙，前面他帮宁默等人请长假，接下来说自己也要请假，宁中英自然以为他也是要搞停薪留职这一套了，那还能不急眼？

“请两天假……”宁中英嘟囔了一句，然后摆摆手道：“去吧去吧，你是铸造车间的人，请假这种事，找苗福南批就可以了，我是一厂之长，哪有那么多闲工夫管你的鸡毛蒜皮事情。”

“老爷子圣明！”秦海哈哈笑着站起身来，向宁中英象征性地鞠了一躬，拉开门走了。

“这个臭小子！”宁中英在心里骂了一声，脸上却带着笑意。他想了想，拿起手上的电话，拨了个号，说道：“总机吗，给我拉一下外线的长途，找市政府的柴市长……”

接下来的几天，所有的人都忙疯了。宁默等人在抓紧时间恢复钢铁厂的生产，项纪勇带着一干生产科的干部忙着组织生产，冷玉明夜以继日地整理着技术文件，萧东平则已经赶到了海东省，与海东农资公司斤斤计较地落实着给青锋厂的订单。

秦海在厂里休息了一晚，第二天一早就开着吉普车奔向红泽，来到了安河工学院冶金系的办公室。

“同学，你找谁？”

秦海正在楼道里四处张望，一个过路的老师发现了他，随口问道。

“同学？”秦海有些愕然，愣了一会才明白对方说的的确是自己。他现在的年龄，看起来也就和大学在校生一样。

“哦，我不是咱们学校的学生，我是来联系协作的，请问李林广先生在哪个办公室。”秦海问道。

“李老师啊……他在前面右手边第三个门，你进门再问吧。”那老师答道。

“谢谢。”秦海道了谢，照着那老师的指点，找到了那间办公室。他在门口探头望去，只见办公室里摆了十几张办公桌，采取的是每三张桌子拼成一组的格局。因为屋子面积不大，摆进十几张桌子之后，便显得极其拥挤了。

在屋子里办公的老师有七八个人，一个个都在埋头写字，还有人拿着一个算盘在噼噼啪啪地算着什么。那时候小型的计算器尚未普及，要做点常规的计算只能借助于算盘，所以这玩意也算是科研人员的标准装备。

秦海仔细看了看屋里各个人，最终把目光锁定在坐在屋子中间位置的一位中年人身上。此人上身穿着一件圆领的T恤衫，俗称“老头衫”，下身则穿着一条大裤衩，脚下是一双普通的布鞋。这样一身装束，在青锋农机厂的家属院里并不罕见，但搁在安河工学院的教师办公室，就显得有些突兀了。

由于此人背对着房门，秦海看不清他的脸。但秦海确定，此人必定就是未来冶金科技学术圈里赫赫有名的“扫地僧”李林广。

李林广和陈贺千都是搞金属材料的，陈贺千的专长在于材料性能，李林广则侧重于金属冶炼，在未来的材料圈子里，此二人并称“北帝南丐”。

陈贺千作为一名学者，也颇有一些大家风范，尤其是在成名之后，在各种场合都比较讲究穿着打扮，虽然不是浑身名牌，至少不会穿着T恤配西裤，各种细节都是比较注意的。

李林广则与陈贺千完全不同，他年轻的时候不修边幅，临到老了，比年轻的时候还不修边幅。科学院请他去给研究生讲课，他便是如现在秦海看到的这样，穿着一件圆领老头衫，脚蹬一双布鞋，堂而皇之地出现在讲台上。甚至在国家科学大会上，他从国家领导人手里领取获奖证书的时候，身上穿的那件白衬衫都是皱皱巴巴的，毫无一丝国家顶级专家的派头。

由于陈贺千在京城，而李林广在南方的安河，所以一些熟知金氏武侠典故的年轻人便将此二人称为“北帝南丐”。再后来，有人觉得用“南丐”来形容李林广有些不够尊重，而且不够玄幻，便给他起了另一个外号，叫作“扫地僧”。

此时的李林广还没有获得“扫地僧”的美誉，他正在研究的一些理论尚处于探索阶段，没有得到学术界的广泛认同，在圈子里也没有很高的地位。正因为如此，上一次导弹尾翼的那个项目并没有请他参加，陈贺千等人甚至不知道李林广的大名。

但秦海是不可能不知道李林广的，只是一直找不到一个合适的机会来与这位神人取得联系。现在他自己要办钢铁厂，缺乏技术人员，而李林广恰好是在安河工学院教钢铁冶金的，此时不找李林广，更待何时？

“请问，您是李林广老师吗？”秦海走进办公室，径直来到李林广面前。他先端详了一下对方的面相，认出此人正是李林广，便客气地询问道。

“我是，你是……”李林广从一本外文资料上抬起头来，看着秦海，诧异地问道。

“我是……”秦海一时不知道该如何介绍自己才好，想了一秒钟，他笑着说道：“这样吧，李先生，快到中午，咱们找个地方吃点饭，边吃边说，如何？”

“你为什么要请我吃饭？”李林广有些错愕，旋即做出恍然大悟的样子，说道：“你是不是冶金 82 班的学生，是考试不及格，来找我说情的吧？”

“李先生，您看我很像一个考试不及格的人吗？”秦海笑着反问道，他当年在这些老专家面前都是标准的小字辈，各种撒娇卖萌都已经很习惯了。现在看到李林广，过去的感觉一下子涌上心头，也就忍不住开起了玩笑。

“考试不及格的人，也不会在脸上写着的。……对了，陈老师、张老师，我建议以后对于考试不及格的学生，就在脸上刺上字，让大家都知道他们考试不及格，你们以为如何？”李林广笑着对旁边的老师开起了玩笑。

“李老师，你就别瞎出主意了。学生找你有事，你就快去吧。”旁边的老师显然对于李林广这种间歇性的脑洞大开是早已习惯的，都笑着往外打发他。

李林广开罢玩笑，把手里的书合上，站起身来，对秦海说道：“吃饭就免了，有什么事咱们出去说吧，别打扰其他老师看书。对了，如果是说考试的事情，你现在就可以走了，我不会通融的。”

“放心吧，不是考试的事情。”秦海说道。

两个人一起出了办公室，来到办公楼外。秦海用手指了指自己开来的吉普车，说道：“李先生，上车吧，我们找个地方聊，我请您喝酒。”

“你真的不是我的学生？”李林广看到那吉普车，开始怀疑起来，“嗯，还有，你叫我李先生，这也不对，我的学生从来都不这样叫我。”

秦海道：“先生也是老师的意思嘛，这样不是显得更斯文一些嘛？”

“假装斯文罢了。”李林广不屑地评论道。

尽管带着种种狐疑，李林广还是坐上了秦海的吉普车。一上车，他的鼻翼就翕动起来，紧接着眼睛便在车里乱瞟，因为他闻到了一股白酒的香味。

“我带了两壶我们平苑乡下的谷酒，就是专门送给李先生的。”秦海一边发动汽车，一边向李林广解释道。

嗜酒，而且酒量惊人，这是李林广的又一出名之处。秦海来找李林广之前，便专门去买了两壶烈酒，搁在车上。他倒没有贿赂李林广的想法，仅仅是带着一种拜见老前辈的念头，带上两壶酒以表心意罢了。他用的是5千克装的大塑料壶，两壶酒就是足足20斤，在当年算是一份厚礼了。

“呵呵……”李林广闻到酒香，再也说不出啥拒绝的话了，他有些不好意思地笑着，问道：“同志，你到底是什么人，找我有什么事？如果你不明着说清楚的话，这个酒……我是绝对不会喝的。”

“我叫秦海，平苑县青锋农机厂的铸造工，我有一些炼钢方面的问题需要请教您，这两壶酒算是拜师礼。”秦海说道。

“不用不用，有什么问题你尽管问就是了，不用搞这些名堂。”李林广摆着手说道。

秦海没有接他的话，而是开着车直接把他拉到了工学院附近的一家家常菜馆。李林广被秦海带下车，进了菜馆，还在嘟囔着：“这不合适，你一个小年轻……要不这样吧，酒喝你的，菜归我请。”

“李先生，您就不能给我一个表达崇拜的机会？”秦海把李林广按着坐到座位上，然后向服务员点了几个菜，接着就把从车上拎下来的大酒壶打开了，一股酒香顿时溢满了整个小菜馆。

“的确是好酒。”李林广的注意力被酒给吸引住了，他评论道：“整个安河省，就属你们北溪地区酿酒酿得好，我过去带学生到北溪钢铁厂去搞教学实习，喝过他们那里的酒，的确不错。不过，好像你带来的酒，又比他们的酒还要好。”

“我带了两壶来，一会儿咱们喝一点，剩下的我给李先生送到家里去。”

秦海说道。

“不必不必，无功不受禄，指导你一点关于炼钢方面的知识，不值这两壶酒。一会儿咱们喝多少算多少，剩下的你还是带回去吧。”李林广说道。说罢，他又问道：“对了，小秦，你到底是有什么样的问题，是你私人的问题，还是你们厂里的问题？”

秦海道：“这话说起来比较绕，算是我私人的问题吧。我父亲在平苑包了一个钢铁厂，准备冶炼合金钢，有些技术方面的问题，需要向您请教。这完全是一个商业行为，两壶酒根本抵不上您的知识的价值，具体的报酬咱们回头再细谈。”

“我不要报酬。”李林广很坚决地说道，“你说你父亲包了个钢铁厂，要炼合金钢，你父亲懂合金钢的冶炼吗？”

秦海摇摇头道：“他是一个农民，从来没有炼过钢。”

“那开什么玩笑！”李林广有些急眼了，“炼钢是那么容易的事情吗，毫无专业知识，就敢包钢铁厂炼钢，而且是合金钢，这简直是异想天开嘛。”

秦海笑道：“李先生且听我说完，我父亲不懂炼钢，不意味着我也不懂啊。你刚才说我像是考试不及格找你要分的学生，你现在可以考考我，看看我像不像考试不及格的学生。”

“嗯，你说过你是什么厂的铸造工，的确应当是懂一点炼钢的，那么，你找我又是干什么呢？”李林广没有兴趣在饭馆里考校秦海，他只是诧异秦海找他的目的。

秦海把军铲、特种钢、平苑钢铁厂等事情拣重要的向李林广说了一遍，李林广这才算是搞明白了。他上下打量着秦海，说道：“你真的懂得特种合金钢的冶炼？你跟谁学的。”

“陈贺千先生算是我的老师之一。”秦海再次毫无节操地把陈贺千拉出来当自己的挡箭牌了。

陈贺千此时的名气已经不小，李林广听到这个名字，点了点头，说道：“嗯，如果是陈贺千指导过你，你倒也有几分骄傲的资本。不过，陈贺千主要是搞材料性能的，冶金方面他不是特别擅长。”

“对喽！”秦海笑道，“所以我就请教您来了，论冶金方面的造诣，国内还真没有能够和您相提并论的。”

“这话言重了。”李林广惶恐地否认道，他现在还没出名，不敢托大。谦虚之后，他又坦承道：“不过嘛，寻常的一些冶金问题，我倒还是能够解决的。”

“我今天来找您，就是想借助您在冶金方面的能力，还有，我想请您带一些学生到我那里去，算是专业实习吧，帮我解解燃眉之急。”秦海开诚布公地道。

这时候，服务员已经把菜端上来了，秦海要了两个杯子，给李林广和自己分别倒上酒，然后举起酒杯，对李林广说道：“不管怎么说，今天是我第一次拜见李先生，晚辈的这一杯酒，李先生务必给个面子。”

第十章　终于有了自己的工厂

秦海办妥了一切手续，终于拥有了属于自己的工厂。长袖善舞的秦海用两壶美酒和自己的诚意寻得了冶金专家李林广的帮助，自己承包下来的钢铁厂，算是终于可以正式开工了。同样长袖善舞的宁中英也使尽浑身解数，争取来了足够的银行贷款，青锋厂的实验室，也可以开工建设了。原本死气沉沉的青锋厂，短短一月的时间里，一下子变得生机勃勃了起来。而这一切的“始作俑者”秦海，自然进入了北溪市政府的视线之中。

酒是好酒，菜是好菜，话是好话，李林广也就放下了矜持，开始与秦海对饮起来。

李林广的酒量很大，到七十来岁的时候还能一顿喝一瓶 50 度以上的白酒。在学术圈里，他的酒量甚至比他的学术造诣更让人崇拜。不过，在现在这个时期，李林广很少有畅饮的机会，因为大学老师的收入不高，也没有什么接来送往的机会，靠几个钱的死工资如果想痛痛快快地喝酒，全家人都得喝西北风去了。

秦海自己的酒量一般，而且一会儿还要开车，不敢喝醉，所以只是陪着李林广喝，往往是李林广一杯见底了，他只是浅酌一口而已。李林广酒品甚好，倒也不计较秦海喝得少，一老一少边喝边聊，转眼间李林广已经喝了有半斤的量了。

“你这几个合金钢的配方都很不错，利用废钢来冶炼合金钢的做法，我们过去也都尝试过，难度主要在于配方的计算和炉前的控制，不过，倒都是挺有意思的课题。”李林广酒喝得爽了，说话也更加随意起来。

“我这次来找您，就是为了这事。”秦海道，“我能拿出配方，可是需要有炉前工来实现这个配方。平苑钢铁厂以往在炼钢质量控制方面几乎是空白，我们返聘回来的操作工没有这方面的经验，我希望李先生能够带一些学生过去在技术上帮忙把把关，并且在生产过程中对我们的工人进行培训。”

李林广端着酒杯沉默了一会，说道：“你的意思，是想借用我们的学生给你当免费的技术员？”

“李先生差矣，我从来没说过免费。”秦海笑着说道。

“那就是廉价的技术员？”李林广又道。

“我也没说过廉价。”秦海再次纠正道。

“这么说，你是打算给我们的学生付报酬的？”李林广道。

秦海道：“照目前工厂里技术人员的工资标准，每个学生每个月 60 元如何？”

“你们能给出这么高的报酬？”李林广有些吃惊。其实他刚才的话只是一个试探，他们的学生外出实习是不收实习单位的报酬的，而且这几年学校找实习单位越来越难，已经到了倒贴对方钱都无法找到一个单位的程度。秦海主动提出可以为学生提供实习机会，而且还承诺给予正式职工一样的工资，这个手笔可不简单。

秦海当然也知道时下学生实习的行情，不过他并没有打算去占这个便宜。在他看来，能够借到一些工学院的学生来帮忙，已经是非常值得庆幸的事情了，再去克扣这些学生的报酬，未免太坑人了。军铲这个项目的利润十分丰厚，他完全没有必要省这几个实习费。进一步想，给学生付酬，学生心情愉快，工作才能卖力，而且未来再雇更多的学生来干活也就容易了。

秦海道：“尊重知识、尊重人才，这句话是应当落到实处的。比如说吧，像李先生您这样的人才，是咱们国家的财富，结果连个独立的办公室都没有，这简直就是浪费人才。我们青锋农机厂马上要建一个大规模的材料实验室，李先生如果愿意，一年可以到我们那里去待几个月，我们保证给您提供第一流的办公和科研条件，包括国内一流的实验设备。”

李林广笑道：“你们不是一个农机厂吗，就敢说国内一流的实验设备了。

你知道一个冶金实验室需要哪些设备吗？”

秦海掰着手指头说道：“您听着，我数给您听：金相显微镜、金相试样切割机、试样抛光机、箱式电阻炉、洛氏硬度实验计、辐射高温计……”

“这些设备你们都有？”李林广又吃了一惊。秦海说的这些设备，安河工学院也都有，但有限的几台设备既要满足学生实验的需要，又要提供给教师作为科研使用，往往一个实验申请要排上几个月的队才能得到满足。如果秦海的那个农机厂真的有这些设备，那他时不时跑到秦海那里去做做实验，也是挺不错的事情。

秦海道：“确切地说吧，我们现在还没有，但两个月之内，我们会把这些设备都配齐，而且会提出一系列的实验要求。李先生有没有兴趣当我们的外聘研究员？我们会按国家顶级专家的标准给您付酬的。”

“你们怎么会有这么高的实验要求？”李林广大惑不解，他对于付酬的事情看得很淡，倒是对一个小小的农机厂要搞这么大规模的冶金实验室感到奇怪。

秦海不想生出太多的枝节，因此说道：“这件事说起来就话长了。李先生，咱们还是先谈实习的事情吧。我今天来，是诚心诚意地想请您带一些学生去给我们做技术指导的，您有什么条件就尽管提出来，只要我们能够满足的，一定都会满足。”

李林广道：“听你这样一说，我倒觉得是一件好事。对了，小秦，我刚才跟你说免费技术员的事情，是跟你开玩笑呢，我们的学生出去实习，是不收报酬的，只需要实习单位提供住宿条件就行，吃饭我们都是自己付钱。不过，我们也有我们的要求，那就是学生在实习过程中必须能够学到东西，没有收获的实习，我们是不鼓励的。”

秦海道：“这一点您尽可放心，我们请你们的学生去，就是直接到生产一线，我想，再没有比和炉前工一起工作更能够学到东西的途径了吧？至于说报酬嘛，我们既然说了，就会照着做，所有的学生管吃管住，每个月另外给 60 块钱的工资。”

“好，这件事我会向系里汇报，如果系里同意，我就带冶金 82 班的同学到你那里去看看。他们现在已经返校了，下学期就是四年级，正好是实习季。”李林广说道。

“冶金82班……就是那个考试不及格要找你加分的班？”秦海呵呵笑着调侃道。

李林广也哈哈笑了起来：“我刚刚想了一下，发现我弄错了，冶金82班的同学功课都学得非常好，没有一个不及格的同学，所以也就不会有人来找我加分了。”

“老先生耍我呢！”秦海佯嗔道，“不行不行，必须得罚您的酒。”

“罚就罚，我还怕你了？”李林广也露出了扫地僧本色，与秦海杠上了。

接下来，两个人又聊起了冶金技术方面的事情，秦海有心想让李林广对自己更有信心，因此并不藏拙，与李林广探讨了一些颇有点理论深度的问题，让李林广惊奇不已。他自然也不会深究秦海的这些知识来自何处，只是在心里把秦海当成了一个非常聪明也非常有见地的年轻人。

二人话说得投机，酒也喝得痛快，一直聊到下午两点来钟，小菜馆的服务员连催了好几次，两人才恋恋不舍地起身离开。

“李先生，您家在哪里，我送您回去吧。”秦海走到吉普车跟前，对李林广说道。

“不必了，我家离得不远，我走回去就行了。刚才酒喝得多了点，我得回去睡一觉，好在下午学校也没什么事。”李林广说道。

秦海又客气了几句，李林广执意不要秦海相送，秦海也只能作罢。他从车里拎下另一个酒壶，连手里已经喝了一些的酒壶一道，递到李林广的面前，说道：“李先生，这是我特地给您带来的，您务必收下。”

“这太多了，我怎么好意思收你这么厚的礼？”李林广说道。

“宝剑赠英雄，美酒自然是要送给李先生的。咱们日后合作的机会还多得很，两壶酒的事情，李先生就别客气了。”秦海说道。

李林广本来就是一个比较随性的人，听秦海说得真诚，也就不再忸怩，伸手接过酒壶，说道：“既然小秦你这样说，那我就却之不恭了。学生实习的事情，我会尽快向系里汇报，具体如何，还得看系里的意见，我一个人是做不了主的，你要理解这一点。”

“我完全明白。”秦海道，“李先生能给带句话就行，如果贵系不同意，我再通过其他渠道来联系，不过，那时候可能出面的人物来头就会比较大，反而弄得太过隆重了。”

“我会尽量说服系领导的。”李林广承诺道。

看着李林广拎着装了20斤白酒的酒壶兴冲冲地离去，秦海的脸上露出了一丝温馨的微笑。他能够想象得出，这20斤酒能够给老先生带来多大的愉悦，如果有可能的话，他愿意每个月都来给老先生送一回酒，李林广这样的老先生是值得享受这种待遇的。

直到李林广的身影绕过街角，再也看不见了，秦海才上了车，启动车辆，离开红泽，向自己的家乡姜山县驶去。

北溪市政府，柴培德的办公室。

柴培德听完宁中英向他汇报的有关承接浦桑汽车配件生产任务的情况，又向随同宁中英一起前来的冷玉明了解了一下有关的技术细节，随后便陷入了沉思。

“柴市长，如果情况如同宁厂长他们说的这样，这对于咱们北溪市来说，可是一件大好事啊。”秘书徐扬在旁边轻声地评论道。

领导的秘书并不只是帮领导拎包倒水的，像徐扬这种跟随柴培德多年的秘书，其实就是柴培德的幕僚，在许多时候是要参与决策的。他知道宁中英与柴培德的关系，因此并不忌讳当着宁中英的面发表自己的看法。

听到徐扬的话，柴培德点了点头，说道：“小徐说得对，这件事如果能够办成，对于北溪市的工业将会有极大的促进。浦桑国产化的事情，我过去也听说过，只是觉得我们北溪的工业基础和浦江相比，差得很远，这样的事情无论如何也不会落到我们头上来。想不到宁厂长跑了一趟浦江，不但能够拉来这项业务，而且能够拉到三十多种配件的任务，这可是一件了不起的事情。老宁，你刚才说，这项业务有多少产值？”

“如果全部拿下来，一年有4个亿。”宁中英不无自豪地说道。

“好家伙，4个亿！”柴培德感慨道，“去年咱们全市的工业总产值才17个亿，你这一下就拿回来4个亿的产值。现在北溪市和下属各县的工业企业大多数处于任务不足、亏损严重的状态，有了这4个亿的业务，不知能救活多少家企业呢。”

“所以我这不是急着就赶过来向柴市长汇报了吗？”宁中英笑呵呵地说道。作为一位老厂长，他自然知道4个亿的产值对于北溪市意味着什么，这是足以和市政府讨价还价一番的本钱啊。

柴培德道："产值是非常诱人的，但责任也是非常重大的。浦桑国产化是一项政治任务，做好了是名利双收，做砸了可就是政治错误，老宁，你对这一点应当有思想准备吧？”

宁中英道："我有充分的思想准备，如果没有一定的把握，我是不敢随便接下这个业务的。”

“这么说,你们对于有关的技术问题,已经胸有成竹了？”柴培德追问道。

冷玉明与宁中英对了一下眼神，然后答道："柴市长，技术上的事情，谁也不敢说是万无一失。但我们厂对于这些配件的核心技术问题进行过分析，认为经过一些努力都是可以攻克的，只是还需要给我们一些时间。”

“时间按国产化办公室的要求而定，我没法给你们更多的时间。”柴培德道。

宁中英道："除了时间之外，我们还需要一些前期的研究经费。”

“这是肯定的，你们需要多少？”柴培德问道。

“初步计算，在200万左右。”宁中英答道。

“200万！”柴培德瞪圆了眼睛，“老宁，你没搞错吧？你们厂的固定资产总额也不到200万吧，你光研究经费就敢要200万？”

宁中英道："柴市长，你不能这样想。如果我们厂把这4个亿的任务接下来，花200万作为前期的技术投入，又怎么能算多呢？冷科长他们计算过了，建一个一般规模的材料实验室，差不多就需要这么多投入，这也是我今天来向柴市长求助的原因。”

柴培德不说话了，200万的资金投入，听起来的确是挺大的一个数目，但相对于4个亿的业务来说，又的确不算大。宁中英说过，这些技术问题是浦江的那些大企业都没有解决的，青锋农机厂即便是找到了一些窍门，但必要的实验肯定是要做的，花上200万建实验室以及做实验，也是合情合理的。

“可是，我上哪给你筹 200 万去？”柴培德按着脑门子发愁。

宁中英小心翼翼地提示道：“能不能跟银行打个招呼，我们从银行贷款。”

柴培德没有回答，徐扬在一旁替他答道：“宁厂长，这个恐怕有点难度。现在全国都在紧缩银根，据说是有经济专家提出要搞什么软着陆，就是压缩全国的信贷规模。为了给几家企业跑贷款的事情，柴市长都亲自去找过十几回银行了，那些企业的贷款要求都不算高，有的是十几万，最多的也就是三十几万，可是银行都不答应呢。”

“我记得当初韦宝林不是想贷一两百万来搞洗衣机吗？”宁中英问道。

柴培德没好气地应道：“他不就因此而被送去养老了吗？怎么，你也打算回去养老？”

冷玉明赶紧替宁中英开脱，说道：“其实，一开始也不一定需要 200 万，有四五十万先打一个底也可以。我们先解决一部分技术问题，向国产办提交产品的样品。得到国产办的认可之后，就可以签合同，这样就可以利用对方的预付款来做后续的工作了。”

“四五十万……”柴培德像吃了苦瓜一样，脸上带着愁容，琢磨着如何与银行打交道。

“要不，咱们把工商银行的邹行长请来一块商量吧。”徐扬又给支了一招。

柴培德点点头道：“也只能如此了。老宁，我把邹永达给你找来，你直接跟他谈，如果你能够说服他，那么市里可以给你担保，让他把款贷给你。如果你说服不了他，那我也没办法了。银行是归‘条条’管理的，我们‘块块’还真拿他们没辙。”

“条条”和“块块”是行政管理领域中的俗称。所谓“条条”就是指由中央垂直管理的部门，从上往下像一条线一样；而所谓“块块”就是指由地方管理的部门，因为地方都是一块一块的。人们常说的“条块分割”，就是指这种中央垂直管理的部门与地方管理的部门之间无法协调的矛盾，柴培德现在面临的问题，就是如此。

工商银行北溪市分行的行长邹永达接到徐扬的电话就匆匆赶来了，一进门，没等柴培德说什么，他就先开始堵柴培德的嘴：“柴市长，我可事先声明，如果是谈贷款的事情，我是真的没有权力，绝对不是不给您面子。现在总行给我们下属分支行的指令非常严格，谁超额度发放贷款，直接就地免职。我个人当不当这个行长倒是无所谓，关键是免了我的职，你也拿不到贷款，这不是误了你的事情吗？”

“我说邹胖子，你装得这么可怜有用吗？我还不知道你手里有机动额度？你装这可怜是给谁看的？”柴培德毫不客气地呛了邹永达几句。但从他对邹永达的称呼中可以看出，他这种呛声只是一种姿态，实际上他还是不愿意与邹永达直接撕破脸的。

邹永达嘿嘿地笑了两声，说道：“柴市长，你是明白人，我手里有机动额度不假，可这是用来救命的。万一哪个企业发不出工资，工人要闹事了，书记一发话，我们银行系统能不拿出钱来救急？这点额度，不到万不得已，我是不能拿出来用的。”

柴培德自然知道银行里的这些规矩，他用手指了指宁中英，说道：“邹行长，这位是平苑县青锋农机厂的宁厂长，你应该见过吧？今天请你过来，是因为宁厂长他们有个涉及国家政治任务的项目，需要你们银行提供点支持。我今天就是当个见证人，不帮你们任何一方，你们自己谈谈，如何？”

邹永达转头看看宁中英，马上满脸堆笑，上前握手道：“是宁厂长啊，老朋友了，老朋友了。前一段时间不是说您退居二线了吗，怎么，这次是老将出马，来市里跑贷款来了？”

北溪市也就这么大，青锋农机厂在北溪市也算能排得上一点点位置的企业，所以邹永达与宁中英也是相互认识的。宁中英与邹永达握了握手，简单地说了一下自己复出的事情，随即就转入了正题，他说道：“邹行长，这一回的事情，还真得麻烦你帮个忙。我们其实也不需要占用太长时间的贷款，三个月，最多半年，我们就能够如数归还全部贷款。邹行长随便哪个手指缝里挤一挤，也就帮我们解了这燃眉之急了。”

“宁厂长，你这就让小弟为难了。你看，刚才我连柴市长的面子都不敢给，你这……唉，看在宁厂长如此困难的份儿上，要不你说说看，你们想贷多少？”邹永达吞吞吐吐了半天，最后憋出来这样一句。

其实，邹永达在接到徐扬电话的时候，就已经有些心理准备了。柴培德亲自叫他到市政府去谈话，显然是为了贷款的事情，他当然不能一点面子都不给。他事先已经打算好了，如果柴培德要三五万块钱，他就勉为其难地答应了，但如果对方要求的更多，他只能是死扛着不松口，因为他的确实没有更多的额度了。

“200万，邹行长觉得如何？”

宁中英一张口，就让邹永达感到震惊以及怒不可遏。

“200万！宁厂长，你是来消遣我的吧！”邹永达恼火地大声喊道。

如果宁中英说的是10万或者20万，邹永达充其量只是想办法找理由拒绝，绝对不会发脾气。但宁中英一张嘴就是200万，邹永达感觉到自己是被宁中英当猴耍了，开玩笑也分清场合好不好，这是当着副市长的面，你这样说大话，副市长知道吗？

“200万不行的话，50万可以吗？”宁中英被邹永达的态度弄得有些尴尬，似乎自己真的有点给脸不要脸的意思，他怯怯地把金额缩小到了1/4，再次征求邹永达的意见。

“没有！”邹永达虎着脸，全然没有了刚才的客气模样。

柴培德在一旁抹不开面子了，他说道：“老邹，你还是听听宁厂长他们的情况，然后再做判断也不迟。”

“我不管什么情况，我没有这么多额度。”邹永达犯了倔，一口咬定没有额度。

宁中英也急了：“老邹，你这个人怎么这样？你连我们为什么要贷这笔款都不问，银行是你家开的啊！”

邹永达反驳道：“宁厂长，我不是开银行的，我只是一个小小的分行行长。可是你们一个小小的农机厂，总资产恐怕连100万都不到吧，你要贷200万的款干什么用，你这不是要我玩吗？”

“我们要贷200万的款，是因为我们接了4个亿的业务，我们需要做前期的技术研究。4个亿的业务，花200万实验经费还不应该吗？”宁中英说道。

“4个亿？宁厂长，你可别吓我，我管了这么多年的银行，都没见过4个亿，你确定你不是数错了有几个零吗？”邹永达一脸不屑地说道。

这就是那个年代企业领导之间的谈话风格了，涉及利益之争的时候，谁都不是善茬，你一言我一语，丝毫不留情面。不过，如果你认为他们下一步就要老拳相向，或者割袍断义，那就错了。他们吵完之后依然能够坐在一起抽烟喝酒，然后互相骂几句“他妈的”就化干戈为玉帛了。

“冷玉明，你跟邹行长讲讲咱们的业务，免得他不信。”宁中英把任务交给了冷玉明。

“好的，邹行长，你别着急，我给你解释一下……”冷玉明慢条斯理地开口了。

听到冷玉明说话，邹永达也不便再呛声了，他掏出一支烟来给自己点上，随手又分别给柴培德和宁中英各扔了一根。柴、宁二人嘿嘿笑着接过烟，分头点上，然后都静静地听着冷玉明介绍浦桑项目的情况。

“你们是说，你们要给浦江汽车厂搞配套？”邹永达有些听明白了。冷玉明说得很细致，加上旁边还有柴培德作证，由不得邹永达不相信。他深深地吸了两口烟，说道：“这件事如果能办成，倒是对北溪的工业大有好处啊。”

“对喽。”宁中英道，“这项业务如果能够搞成，北溪电镀厂、北溪矿山机械厂、姜山化肥机械配件厂，一大把企业都能够受益。到时候大家都挣到了钱，能够把欠银行的贷款还清，不就减轻了你邹胖子的负担吗？”

“可是，就凭你们厂的技术实力，能拿得下来？”邹永达还是有点将信将疑。

柴培德道：“这一点邹行长倒不必怀疑，他们有一些技术储备，另外还有可能借助京城那边的专家来帮忙，希望还是比较大的。现在的难处，就是前期的设备投入，巧妇难为无米之炊啊。”

邹永达又吸了几口烟，然后说道：“实不相瞒，如果是10万元以内的贷款，我想办法挤挤，应当能够给你们挤出来。50万……这个额度太大了，你们打死我我也拿不出来啊。”

“10万怎么样？”柴培德看了看宁中英，征求着他的意见。

冷玉明替宁中英回答道：“10万不够，我们有一些金属材料性能的实验，需要一整套设备，加起来就得三四十万了，再加上实验材料，50万是最起码的，甚至还可能不够。”

“没有！”邹永达斩钉截铁地答道，“我绝对拿不出 50 万来，拿出来就意味着我要透支了，省分行就会先把我的账给封了。”

话说到这个地步，大家的底牌也都互相都看清了。柴培德用抱歉的目光看着宁中英，说道：“老宁，邹行长都这样说了，估计是真的没办法了。要不，我们再想想别的办法吧。”

宁中英道：“也只能这样了。不过，邹行长，你说能拿出 10 万来，10 万我也要，凑出多少算多少嘛。”

邹永达苦着脸道：“唉，就是这 10 万，都是从我牙缝里省出来的。这样吧，宁厂长，你们回头到我们那里去办下手续，不过，千万别说出去，我这可是看在柴市长的面子上，才挤出这 10 万的。你们一说出去，别的企业都该恨死我了。”

“一定一定。”宁中英连声地答应着。

邹永达站起身，说道：“如果没别的事情，那我就先告辞了，行里还有一大堆事情要办，唉，今年总行紧缩银根，我们的日子也不好过啊……”

柴培德和宁中英等人也都站起身来，象征性地送了两步。邹永达再三说着“留步”，然后在徐扬的陪同下离开了柴培德的办公室。

来到门外，邹永达对徐扬问道：“徐秘书，你看宁厂长他们说的事情，靠谱吗？”

徐扬道：“应当是靠谱的，我看柴市长对他们很有信心。”

“浦江市的企业，会找咱们北溪市来做配套？而且一下子就是 4 个亿的产值，这也太夸张了吧？”邹永达嘀咕道，其实他说这些话也只是为了和徐扬套套瓷，对于宁中英他们到底能不能承担到这笔业务，他并不是特别关心。

徐扬同样随意地回答道：“也不奇怪吧，浦桑汽车的国产化配套，本来就是一个全国性的任务，既是经济任务，也是政治任务，找咱们北溪协作也正常嘛。”

“等等……”邹永达突然脑子里一个念头一闪，他追问道：“徐秘书，刚才宁厂长他们说，找他们搞协作的那个单位叫什么？”

"好像叫浦桑汽车国产化办公室吧？"徐扬答道。

"浦桑，国产化……哎呀，我差点忘了这件大事。徐秘书，你们这里什么地方能打电话吗？"邹永达问道。

徐扬有些奇怪，不知道邹永达为什么突然要在市政府大楼里打电话。工商银行离市政府并不远，邹永达完全可以回单位再打电话的。

心里虽然有疑惑，徐扬还是把邹永达带到了旁边的办公室，指给他一部办公电话，然后自己稍稍走开几步，给邹永达留出打电话的空间。

也不知道邹永达给谁拨了个电话，又在电话里说了些什么，等他放下电话的时候，脸上居然有了一些喜色。

"怎么样，打完了？"徐扬问道。

"走，咱们回柴市长办公室，我有办法了。"邹永达面带得意之色地说道。

徐扬不明就里，把邹永达又带回了柴培德的办公室。一进门，邹永达就邀功一般地说道："柴市长，宁厂长，我刚才想了一下，宁厂长他们做的事情，非常重要，对咱们国家经济建设和自力更生，都有重大的意义。我们金融系统原本就应当要为生产企业保驾护航的，对于这样重要的工作，怎么能够袖手旁观呢？"

一席话说得柴培德和宁中英莫名其妙，柴培德试探着问道："邹行长，你的意思是说，你可以给宁厂长他们增加一些贷款额度？"

"是啊。"邹永达说道。

"能增加到多少？"柴培德又问道。

邹永达道："宁厂长他们需要多少，我们就提供多少，再大的困难，我们想办法克服，总之，不能让宁厂长他们的工作受到影响嘛。"

"50万也可以？"宁中英插话道。

"完全可以。"邹永达把胸脯拍得山响。

"那200万呢？"宁中英又问道，这回他是的确带了些抬杠的意味了。

"200万有点困难……"邹永达说道，没等宁中英说什么，他马上又补充了一句："不过，如果宁厂长确定需要，我们拼出老命也要满足。"

"你娘的搞什么鬼，刚才说得那么可怜，现在突然就大包大揽下来了，你老实说，这中间有什么问题。"宁中英不留情面地斥道，他才不相信邹永达有如此善意，能够替他们去扛什么压力。他确信，就在刚才邹永达出去之后的一小会儿时间里，肯定发生了什么事情，才使邹永达变得如此好说话了。

“哈哈哈哈……”邹永达哈哈大笑起来，一边笑一边说道：“宁厂长，你们真是好运气。我刚出门，就想起总行前几天给各分行下发了一个文件，就是关于浦桑国产化的事情。我刚打电话让我们行里的秘书查过文件了，文件上明确规定，涉及浦桑国产化的工作，各地分行可以在规定额度之外为相关企业提供专项贷款，这笔钱是浦江市政府拿出来的专款呢。”

“我就说你邹胖子没这么好心嘛，原来还有这么一回事。”宁中英闻言大喜，这真是山重水复疑无路，柳暗花明又一村。

“这还不怪你们，浦江市政府早就推出了这个政策，你们不问清楚，否则，何至于绕这么大的弯子呢？”邹永达说道。

邹永达想起来的这个文件，已经到工商银行有一段时间了，只是大家都没把它放在心上而已。浦桑国产化的事情在中西部的企业眼里显得太高端了，所以整个安河省都没有几家企业惦记这件事，银行方面就更不把它放在心上了。

用于为浦桑汽车国产化配套的贷款，是由浦江市政府专门拨出来的，委托工商银行提供给全国各地有志于此的企业。青锋厂与浦桑国产化办公室草签了合作协议，就算是协作企业之一了，自然可以享受这项专门的贷款。

当然，这件事说起来简单，实际的操作还要经历一番周章，需要杨新宇那边提供相关的证明，还要北溪市政府方面提供有关的担保和承诺。这些事情自然会有人去办，不需要邹永达、宁中英他们操心了。

谈妥了贷款的事情，大家的脸上都乐开了花。宁中英当即提出要请邹永达吃饭，让柴培德作陪，以示感谢。而邹永达则以工作繁忙为由婉拒了，并预约说等到青锋厂向国产办提交成品的时候，再去向宁中英贺喜。

“好了，老宁，这下资金的问题可算落实了。想不到还有这样一个特殊政策，早知如此，我们就不用发愁了。”

看到邹永达离开之后，柴培德满面轻松地对宁中英说道。

宁中英有些懊恼地拍着自己的脑袋，说道："这事怨我，国产办那个小路跟我们介绍情况的时候，好像是说过有这样一个贷款政策的，结果让我给忘了。看来，我真是老了，不中用了，如果小秦在这里，他肯定能想起来。"

"你是说秦海？"柴培德道，"对了，你说他是跟你一块去出差的，怎么今天没跟你一起来北溪呢？"

"他呀，又忙活自己的私活去了。"宁中英说道，接着，他便把省军区和军铲的事情向柴培德简单介绍了一下。

柴培德听罢，有些意外，他问道："他做军铲，不正是你们青锋厂的业务范围吗，为什么要包一个钢铁厂下来做呢？这不是……有点小题大做吗？"

"我问过小秦，他说军铲的生产需要用到一些特种钢材，我们青锋厂的铸造电炉冶炼能力有限，无法满足需要，所以他要借用平苑钢铁厂的设备来做冶炼。"冷玉明在一旁解释道。

"即使如此，也应当由你们青锋厂出面去协调吧，怎么他一个人干起来了？这是要甩开青锋厂搞独立王国的意思啊。"柴培德半开玩笑半认真地说道。

宁中英道："我琢磨着，他是有自己的想法吧。现在国家允许私人办企业，我觉得这小伙子是不是有点心动了，想自己当老板呢。"

"乱弹琴！"柴培德道，"放着好好的国企职工不干，学那些二道贩子干什么。凭他的能力和贡献，三五年时间，怎么也能提成中层干部，最多十年，就能到副厂级了，他还嫌不够？"

"现在的年轻人，谁知道呢。"宁中英不置可否地评论道。对于秦海的理想，他也不知道是对是错，所以也不便过多评价。

"嗯，年轻人，让他碰碰钉子也好。"柴培德也觉得自己的态度过于霸道了，他当然知道现在社会上有不少人心思浮躁，别说像秦海这样的年轻人，就是市政府机关里一些三十来岁甚至四十来岁的干部，也有嚷嚷着要停薪留职去挣大钱的。时代变了，一切向"钱"看的思想，已经渗透到社会的各个阶层了。

想到此，柴培德说道："话又说回来，现在国家也在提倡多种经济形式并存，秦海如果真的能够把钢铁厂办起来，能给国家创造税收，给平苑创造就业，也是一件利国利民的好事。我们岁数大了，思想太保守，不该过多指责这些年轻人。”

宁中英很认真地问道：“柴市长，我退居二线两年多，有些政策上的事情还真是弄不太懂。你觉得，国家会鼓励私人办企业吗？再过几年，政策会不会再变啊？”

“老宁，你这是什么意思？”柴培德敏感地反问道。大家都是老朋友了，柴培德能够感觉得出来，宁中英表现出这种态度，明显不仅仅是在替秦海担忧，而是涉及了与他自己相关的什么事情，否则他是不至于如此焦虑的。

宁中英“嘿嘿”笑了一声，说道：“柴市长，不瞒你说，我家那个小子，这些天也在跟着秦海一起混呢。他们年龄相仿，倒是脾气相投。我现在也在担心，不知道他跟着秦海是好事还是坏事。”

“小默吗？”柴培德对于宁中英家里的情况倒是挺熟悉，他想了想，说道：“依我之见，国家的政策应当是不会收的，不过在具体的规定上可能会有松紧之分。秦海是个有能耐的人，让小默跟他在一起待一待也好，有助于他成长。至于说风险嘛，想做事哪有不担风险的。老宁，你放心，真到有什么风吹草动的时候，我这个当叔叔的还能坐视不管吗？”

“嗯，有柴市长帮着照应，我就放心了。”宁中英笑着说道。

两个人又聊了一些其他的事情，柴培德反复叮嘱宁中英要把浦桑国产化的事情当成头等大事来抓，并且声明不管遇到什么阻力，都可以随时来找他帮忙。宁中英再三道谢之后，带着冷玉明离开柴培德的办公室，坐车返回平苑去了。

徐扬把宁中英一行送下楼,然后回到柴培德的办公室。柴培德问道：“小徐，你觉得宁厂长他们弄的这个事情，有几分把握？”

徐扬想了想，答道：“依我看，有七八分的把握。宁厂长不是莽撞的人，他有这么大信心的事情，应当还是比较可靠的。还有，冷玉明是老牌的大学生，办事也是非常稳重的，他也认为这件事是可行的。”

“嗯，我也是这样看的。”柴培德点点头道，他拿出一支烟给自己点上，然后感慨道：“浦桑项目，是中央领导人亲自关怀的项目。我记得当初和德方签约的时候，中央领导们还亲自接见了德方的人员，可见此项目在中央领导心目中的地位。咱们北溪如果能够在浦桑配件国产化方面崭露头角，不说经济意义，光是政治意义，就了不得呢。”

“呵呵，这个项目可是柴市长您一手扶持起来的，大家肯定不会忘记的。”徐扬不失时机地点了一句，把柴培德想说而又没好意思说出来的话给补上了。

“哈哈，我就不去争这个功了。这事如果能成，老宁是首功，那个秦海也有功劳。”柴培德笑容满面地说道，然而他脸上的表情分明暴露了他的真实想法。

徐扬道：“是您力排众议让宁厂长重新出山的，说您一句慧眼识英才，应当不为过了。”

“过了过了。小徐，这些话别人说说可以，你可不能随便出去说，否则会惹来非议的。”柴培德一本正经地提醒着徐扬。

徐扬点点头，说道：“我当然不会出去乱说，不过，我相信群众的眼睛是雪亮的。”

“群众怎么评价，是群众的事情，我们做事，问心无愧就好了。”柴培德高调地打着官腔。

这一通表扬与自我表扬，说得柴培德心花怒放，他得意了一小会儿，对徐扬说道：“小徐，你从现在开始，要多关心一下青锋厂的事情，定期向我汇报他们的进展。”

“您放心吧，我已经跟宁厂长说好了，他们会定期把有关的进展报过来的。”徐扬说道。

“还有……刚才老宁说的那个平苑钢铁厂的事情，你也关注一下。”柴培德又叮嘱道。

徐扬在这个问题上有些摸不透柴培德的想法，他问道：“柴市长，您是希望从哪些方面关注他们？”

柴培德道：“我刚才琢磨了一下，秦海这个人有技术，有闯劲，再加上背后有省军区提供支持，说不定他能够在平苑钢铁厂干出一些名堂来。目前中央的政策还不明朗，我听到一些风声，说总的政策方向应当是鼓励民间投资创业的。如果未来政策真的向这个方向发展，而秦海又能够做出一些成绩，那么这就是我们北溪市在改革上的又一次大胆尝试，是有政治意义的。”

“我明白了。”徐扬赶紧点头，把柴培德的意思记录了下来。

作为跟随柴培德多年的首席秘书，徐扬知道，柴培德非常希望能够在退休之前再冲一冲正市长的位置，为此就需要有一些让上面觉得惊艳的政绩。浦桑国产化配套的事情，既是经济上的业绩，也是政治上的业绩，柴培德是志在必得的。至于秦海租用平苑钢铁厂设备办私人企业的事情，虽然目前在政治上比较敏感，但焉知未来不会是一个亮点呢？对于这种未来有可能借势的事情，现在提前介入一下，是利多弊少的。

如果柴培德能够再上一层楼，徐扬自己的位置也会跟着水涨船高，徐扬对此怎么能不上心呢？

在几百里开外的姜山县，秦海并不知道自己已经被柴培德和徐扬列入了重点关注的名单，他正开着他的吉普车，拉着父亲秦明华和大妹妹秦珊，向着平苑县的方向赶去。

那天秦海见过李林广之后，便马不停蹄地开着车赶回了老家。他与家里人如此这般地商量了一番，做通了全家人的思想工作，第二天一早，便与父亲秦明华一道，来到了白河镇政府，求见镇长刘金泉。

“哎呀，是秦海来了，还有老秦，快请坐快请坐。”刘金泉的秘书黄章才用极其夸张的热情迎接着秦家父子，把秦明华弄了个手足无措。

秦海倒是一脸坦然，大大方方地在黄章才搬来的椅子上坐下，然后乐呵呵地对黄章才问道：“黄秘书，黄征和家里有联系吗？”

“联系了，联系了。”黄章才走到秦海身边，把声音压得极低，脸上带着欢喜的神色，说道：“这孩子，昨天专门打了电话过来，说你对他很照顾呢。”

“这是哪里话，我哪有权力照顾他嘛，都是他自己表现好，部队首长看重他嘛。”秦海打着官腔道。

黄章才道：“他在电话里都说了，是你在部队首长那里替他说了话，首长跟他说，下个月就提拔他当副班长。”

“不错不错，当上副班长，就是干部了。”秦海笑道。

关于黄征的事情，他是当个笑话跟葛东岩说起来的，结果葛东岩当即表示，既然黄征是秦海的同乡，如果各方面表现不错，给他提个副班长也不是什么难事。秦海有些事情需要在白河镇办，拉上黄章才这个关系是没有坏处的。

提拔一个战士当副班长，在部队里是非常普通的事情。而对于黄征来说，那就是受到了莫大的垂青，岂有不感恩戴德之理。葛东岩请朱崇武去找黄征谈了几分钟的话，给了他一个小小的承诺，然后又告诉他说此事主要是与秦海有关，黄征自然就知道自己该做些什么了。

“秦海啊，你真有本事，我听黄征说，他们作战处的朱处长对你都非常佩服呢，还说他们司令员也很欣赏你。啧啧啧，老秦，你家的祖坟是怎么埋的，怎么养出来秦海这么一个人才呢……”黄章才都想不出该用什么语言来表达自己对秦海的恭维了。

秦明华事先听秦海说过一些有关的情况，此时听黄章才这些话，也只是摆摆手，客气地笑笑。秦海待黄章才说完之后，笑着说道：“黄秘书，黄征那边的事情，是他自己努力的结果，你也不必总感谢我了。对了，我和我爸爸今天到镇上来，是有点事情想和刘镇长谈谈，你看方便吗？”

“是部队上的事情吧？”黄章才倒是门儿清，因为此前黄征给他打电话的时候，专门替秦海把这话捎到了。

秦海点点头：“事关保密，这事刘镇长和黄秘书知道就可以了，不宜声张。”

“我知道的，我知道的。我这就去看下刘镇长有没有空。”黄章才点头不迭，飞快地跑向镇长刘金泉的办公室。

过了一小会儿，黄章才回来了，满脸都是笑容，说道：“刘镇长现在有空，秦海，还有老秦，咱们过去吧。”

秦家父子在黄章才的引导下来到了刘金泉的办公室，一进门，刘金泉居然也很难得地从他的办公桌后面站了起来，笑着地对秦明华和秦海打了个招呼。作为一镇之长，刘金泉在镇里的农民面前是颇有一些威严的，普通的农民欲见刘金泉一面都很难，更不用说让刘镇长屈尊起身招呼了。

秦海知道，这自然是黄章才在其中做了工作的缘故，而黄章才对刘金泉说的，显然也不会是秦海照顾过他儿子这样的小事，而是重点指出了秦海与省军区司令员之间的特殊关系。一个能够跟省军区司令员说得上话的人，是值得镇长亲自站起身来迎接的。

“你们找我，有什么事情吗？”

待黄章才招呼着秦家父子坐下之后，刘金泉开口了。

“刘镇长，我是后岭村的村民，我叫秦明华，这个是我儿子，叫秦海，在平苑县青锋农机厂工作。我们今天来找刘镇长，是因为我想承包咱们镇上的农机修配厂，请刘镇长批准。”秦明华照着秦海事先教他的话说道。

“镇上的农机修配厂……”刘金泉皱了皱眉头，“咱们那个农机厂不是已经倒闭很长时间了吗？现在连机器都没有了吧？”

“是啊，就剩了两间房子，几张办公桌。”黄章才确认道。

“我们不需要农机厂的设备，只是需要一个名义而已。”秦海说道。

“我没搞太懂，你说的是什么意思？”刘金泉说道。

秦海看了看黄章才，说道：“是这样的，刘镇长，黄秘书想必也跟您说过吧，前一段时间，省军区交给我一项任务，是要生产一批军用的工兵锹……”

刘金泉和黄章才目瞪口呆地听着秦海一通胡侃，那种感觉用未来流行的语言来形容就是所谓“不明觉厉”。秦海也是有意不想让对方听明白事情的真相，他把一件简单的事情说得复杂无比，最终传递出一个意思：这是一件非常神秘而且非常高端的事情，尔等只管给我提供配合就是了。

“这么说，这件事情是军区司令亲自过问的？”刘金泉用怯生生的语气问道。

秦海用手指了指外面，说道：“我开了省军区的车子回来，车子就停在外面，黄秘书是见过的，这就足以证明这件事和省军区的关系了。”

黄章才闻言，赶紧上前与刘金泉耳语几句，大致是把秦海的吉普车的事情又说了一遍，刘金泉的脸上现出了惊讶的神色。

吉普车在当年还是一个稀罕物件，县里也仅限于那些有实权的委办局才有吉普车，一些冷门的局以及各乡镇都没有。他这个镇长平时出门也只能坐镇上的小货车，而秦海居然能够把一辆吉普车开回家来，更遑论这辆吉普车还带着省军区的暗记。

“我明白了，既然是部队上的事情，那我们地方上自然是要全力支持的。”刘金泉毕竟是镇长，不会像黄章才那样乱了分寸，他努力装出一副矜持的样子，对秦海说道：“你说说看，你打算如何承包农机厂？”

秦海道：“我希望以我父亲的名义来承包白河农机修配厂，我们和镇上签一份承包协议，农机厂的一切经营活动由我们负责，财务自负盈亏。镇上不需要对农机厂承担任何经济上和法律上的责任，我们每年向镇上缴纳一部分管理费。”

“嗯，这倒是可以。”刘金泉点了点头。

秦海打算承包的这家白河农机修配厂，早已倒闭多年了，现在只剩下了一个公章和一个账户而已，如果秦海不提起来，刘金泉甚至都已经把它给忘记了。这样一家企业，有人愿意承包，镇政府没什么损失，没准还能赚到一点管理费，又何乐而不为呢？

“黄秘书，你带老秦父子去经济办那边办下手续吧，管理费嘛……小秦，你看多少合适？”刘金泉把目光投向了秦海。

秦海心中好笑，他也不知道承包一家乡镇企业需要交多少钱，一时竟拿不定主意。黄章才见状，偷偷地向秦海张开巴掌，比画了一个“五”的手势。

5000 块？秦海愣了一下，旋即就把这个猜测给否定了。5000 块钱对于他要做的业务来说的确不算什么大钱，但对于一个乡镇来说，就比较奢侈了，黄章才的意思肯定不是这么多。

“刘镇长，我不太懂规矩，您看一年交 500 块钱合适吗？”秦海最终这样对刘金泉说道。

“500 块？”刘金泉听到这个数字有些意外，他把目光投向黄章才，等着黄章才说话。

“小秦这样为镇上考虑，风格可嘉。不过，你们也是为部队做事情嘛，镇上也不好占你们的便宜，我看，200 块比较合适。”黄章才说道，同时在心里暗暗叫苦。我给你比画的手势，是让你说 50 块的，你怎么一张嘴就说了 500 块呢，你傻呀！

秦海略一错愕，也明白过来了。镇上早就把这家农机厂给忘了，他即使一分钱都不给，没准镇上也会把这家企业扔给他的。不管他交 50 块还是 100 块，对于镇上来说，都是白拣的钱，谁承想他一下子拿出 500 块了。

亏了，亏了……秦海对自己说道，不过，对于这个乌龙，他更多的是感到有趣，而不是后悔。200 块钱拿到一个企业的经营资格，实在是太便宜了。

刘金泉认可了黄章才说的数目，秦海和秦明华谢过刘金泉，便在黄章才的带领下去了镇政府的经济办，签了承包白河农机修配厂的协议。经济办的小主任在柜子里翻了半天，才把白河农机厂的公章、法人章以及其他一些材料找出来，像移交一堆垃圾一样，全部交到了秦明华的手上。

“多谢多谢，两包烟，王主任留着抽。”秦明华从兜里掏出两包烟，塞到了那小主任的手上。

小主任的眼睛笑得眯成了一条缝，似乎那一大堆东西都不如这两包烟值钱。

“老秦，啊，不对，以后就该叫你秦厂长了，生产中有什么事情，就尽管来找我。还有，发了财别忘了请我和黄秘书喝酒哦。”小主任愉快地说道。

秦海让父亲承包白河农机修配厂，也是无奈之举。这个年代虽然已经允许个人办企业了，但涉及企业规模、雇佣人员数量之类的问题，实在是复杂无比，也敏感无比。据说有一些老头拿着 1840 年版的革命导师经典进行考证，发现私人企业雇用七个人以上就属于资本主义生产关系，是必须严防死守的，而七个人以下则无所谓。秦海没有这么强的神经去和别人纠缠这种政策问题，所以只能想办法予以规避。

承包一家乡镇企业，是规避政策最有效的方法。发展乡镇企业是中央大力提倡的，不会涉及政策方面的限制。而所谓承包，在乡镇这一级大家都心知肚明，知道不过就是让私人企业披上一件集体化外衣而已。这类承包企业的一切经营活动都由承包者说了算，经济上自负盈亏，乡镇政府要做的只是收取一定的管理费。

有这样的一个政策漏洞，秦海不去钻就是傻瓜了。他非常明白所有这些政策上的限制都不过是暂时现象，再过 10 年，一切都会变得明朗，那时候怎么做都无所谓了。在上次回家的时候，他就让父亲去了解镇上有什么可以承包过来的企业，这一次真正拿到了军铲的订单，他就毫不犹豫地把这家早已不存在的白河农机修配厂给承包下来了。

办完承包手续之后，秦海毫不耽搁，驱车直奔红泽，到省军区去，把有关的材料交给了葛东岩。葛东岩收到材料后，马上交给岳国阳，岳国阳电话通知 A 公司向白河农机修配厂的账户划拨军铲的预付款，这样一来，秦海生产军铲所需的流动资金就有了保障。

在此期间，秦海还去了一趟镇上的中学，把妹妹秦珊的学籍资料拿了出来，准备把秦珊转到平苑去上中学。他这样做的目的有二，一是秦珊过去之后可以在生活上照顾父亲，二是秦珊开学后就上高二了，秦海打算在学业上亲自指导一下妹妹，让她的成绩有一个显著的提高。

一切都安顿好之后，秦海开着车，载着秦明华和秦珊，回到了平苑。

“哥，这就是咱们家的厂子吗？”

吉普车开进平苑钢铁厂大门的时候，秦珊把头探出车窗，好奇地看着工厂里的一切，兴高采烈地对秦海问道。

平苑钢铁厂废弃多年，建筑物都已经陈旧不堪，四下里长满了荒草。虽然宁默等人带着一群雇来的农民工收拾清理了多日，但那种破败的气息还是非常明显。可是，在秦珊这个乡下丫头看来，高大的厂房、高耸的炼铁炉、随处可见的大块的废钢，一切都显得如此霸气，远不是镇上那几个小碾米厂、纸箱厂之类可比的。

她一路听哥哥和父亲聊天，知道他们要去的这家厂子未来就是由父亲做主的，相当于是他们自家的厂子。现在看到厂子的规模竟然如此之大，忍不住就心花怒放起来了。

“后面还很大呢。”秦海开着车，乐呵呵地对秦珊说道。

秦明华坐在前排的副驾驶座上，虽然表面不像秦珊那样大惊小怪，内心却是同样的心潮澎湃。这么大的一个工厂，真的就归自己管了？虽然自己只是名义上的厂长，真正做主的是自己的宝贝儿子，但这还是远远地超出自己梦里的想象了。

"秦工回来了？"

正围坐在路边树荫下吃着午餐的几个工人看到吉普车，都端着饭碗站起身来，热情地向秦海打着招呼。

秦海把车停在旁边，跳下来车，向众人回礼："乔师傅，张师傅，刘师傅……"

"秦工，这位是……"乔长生一眼看见从副驾上下来的秦明华，带着疑问向秦海问道。

秦海赶紧给众人介绍："各位师傅，我给大家介绍一下，这位是我父亲，叫秦明华。咱们厂子要恢复生产，需要有人负责一些日常的行政事务，所以我就把我父亲请过来，担任咱们厂的厂长，希望大家能够支持。"

"秦厂长，欢迎欢迎！"

"秦厂长好！"

工人们乱哄哄地向秦明华打着招呼，脸上都带着热情的笑容。

经过这几天，工人们已经知道，他们所以能够被返聘回来工作，全是由于这位"秦工"的功劳，"秦工"是厂子的实际领导人。现在秦工把他的父亲找来当厂长，在大家看来是顺理成章的一件事情，甚至觉得像秦明华这样的中年人来当厂长，要比秦海更靠谱一些。

工人是习惯于服从的，谁当厂长对于他们来说并不重要，重要的是谁负责给他们发工资。既然秦海说了秦明华是工厂的厂长，那他们自然就把秦明华视为自己的金主了。

秦明华对于当厂长这件事情已经做了无数的心理准备，但面对工人们如此热情的招呼，还是感到手足无措。幸好有多年的生活阅历作为支撑，他困窘之下，还是没有忘记笑着上前与众人分别握手，嘴里不停地说着"谢谢大家支持"之类的客套话。

"乔师傅，我走这几天，车间里的工作进展得如何了？"

众人与秦明华寒暄之后，秦海向乔长生问起了生产情况，他这也是想让父亲尽快地进入工作状态。

乔长生脸上带着喜色，说道："生产已经恢复了，我们用厂里的废钢试着炼了两炉，发现所有的设备都完好无损。后来你请的李师傅来了以后，指导我们搞精炼，教了我们很多知识，我们大家都豁然开朗啊，这才知道过去咱们平苑钢铁厂简直就是糟蹋钢材呢……”

“你等等，你刚才说什么，什么李师傅？”秦海有些莫名其妙。

乔长生也诧异地说道：“不是你从红泽请来的炼钢师傅吗？叫……叫李啥来着……”

“他叫李林广，李师傅，还带了两个年轻徒弟呢。”旁边有记性好的工人提醒道。

“李林广……”秦海以手抚额，My god，李林广怎么自己就跑来了，而且还冒充什么李师傅。不过，细想一下，以李林广的脾气，这样冒充炼钢师傅还真不是什么奇怪的事情。

“他人呢？”秦海忍不住问道。

“那不是来了嘛。”众人向一个方向指去。

秦海扭头看去，只见一个穿着泛白工作服的中年人带着两个同样穿着工作服的年轻人正向这个方向走来，中年人一边走一边向两个年轻人说着什么，两个年轻人则拼命地点着头，很是恭敬的样子。

“这都是大二的时候就给你们讲过的知识，怎么到实践中就全忘了？今天这炉钢，一看颜色就知道脱氧不充分，你们还急着要出钢……晚上回宿舍以后，把电炉炼钢的课本都翻出来，好好读读第五章的内容。”

隔着十几步远，秦海就能够听到中年人那中气十足的声音，这分明是李林广在给学生上专业实习课嘛。

“李师傅，这边过来，秦工回来了，还带来了咱们秦厂长。”几个工人一齐向李林广喊道，看起来，这两天李林广与工人们混得挺熟了，大家与他没有任何隔阂。

“哎哟，秦工，你可回来了。”李林广抬眼看到了秦海，连忙几步走上前，用搞怪的语调对秦海说道。

秦海认真地看了看李林广身上的工作服，看到在左边胸前还隐隐有“红钢”二字，知道这是红泽钢铁厂的衣服。炼钢工人在炉前操作的时候有专门的防护服，离开炉前则有普通的工作服。李林广这件工作服也不知道是什么时候从红泽钢铁厂弄来的，从颜色上判断，起码也得有10个年头以上了。

“我该怎么称呼您啊？”秦海呵呵笑着对李林广问道。

“叫我李师傅就好了,他们都这样叫的。”李林广笑呵呵地用手指着众人，并随手接过了一位工人递过来的香烟，把它夹到了自己的耳朵上。这个自然到无懈可击的动作，让人真的误以为他是一位在工厂里工作了半生的老工人。

“我给大家介绍一下。”秦海可不会让李林广总是这样装神弄鬼，他把李林广拉到自己身边，对众人说道：“这位是咱们安河工学院冶金系的李林广教授，是专门研究炼钢的。这么说吧，全世界比李教授更有本事的专家，活着的已经没几个了。”

秦海的话一出口，工人们全都惊住了，他们的眼睛瞪得滚圆，看着李林广，简直不敢相信这是真的。

“什么，教授？”

“啊，李师傅是教授啊？”

“真看不出来……怪不得这么有本事呢。”

众人议论纷纷，原准备上前给李林广递火的一位工人也停住了手，直到火柴上的火烧到了他的手指头，他才叫了一声，把火柴扔开。

“呃……大家别这样，你们别听小秦瞎吹，我就是一个教炼钢的普通老师罢了。你们还是叫我李师傅就好了，教授啥的，都是蒙人的，蒙人的。”李林广像一个顽皮的孩子被人揭穿了伪装，脸上有些尴尬，连声地对众人说道。

李林广那天与秦海畅谈了一番炼钢的事情，回到家里想了半天，觉得技痒难耐，忍不住就想赶紧到平苑去看看秦海的钢铁厂是怎么回事，尤其是秦海想炼的合金钢是怎么回事。

他把秦海邀请学生去实习的事情向系主任说了一遍，系主任正愁联系不到学生的实习单位，听说居然有企业主动上门邀请，当即拍板，同意李林广带 82 级冶金专业的学生去平苑实习。

此时还是暑假期间，学生大多回家去了，还没有返校。李林广等不及学生们到齐，便带着两名留在学校没走的学生提前来到了平苑。

平苑只有这么一家钢铁厂，李林广没费什么劲儿就找到了门上。见到在厂里负责工作的宁默时，他也没说自己是工学院的教授，只说是秦海请来的炼钢技师。他身上穿着 10 年前在红泽钢铁厂帮忙搞技术的时候弄到的一件工作服，再加上行为举止都颇像一个老工人，倒是把宁默等人给蒙过去了。

秦海在姜山老家的这两天，李林广带着两个学生泡在炼钢车间里与乔长生他们一起炼钢，几乎是手把手地教这些平苑钢铁厂的老工人们各种炼钢的技能。李林广理论水平高超，实践经验也十分丰富，再加上能够与工人们打成一片，很快就赢得了众人的尊重。乔长生他们只知道李林广是一个炼钢高手，却不知他的真实身份居然是一位教授。

"李教授，你怎么不早说呢，你看看，我们这些天一直都叫你李师傅的，多不尊重啊。"听过秦海的介绍，乔长生走上前去，满脸歉疚地对李林广说道。

李林广用手拍着乔长生的背，佯装生气地说道："老乔，什么教授不教授的，都是虚名。你如果看得起我李林广，你就接着喊我李师傅，或者喊我老李也成。如果你敢跟这坏小子一样管我叫啥教授，咱们就划地绝交。"

"呃……这……"乔长生一时不知该如何是好了。这几天里，数他和李林广的关系处得最好，两个人下班之后都是要一块到路边小摊子去喝上一两盅的。李林广以划地绝交相威胁，真把他给憋住了。

秦海知道李林广的脾气，忙哈哈笑道："既然李先生这样说了，咱们就一切照旧，大家还是称李先生为李师傅吧，或者叫老李、李老头，都成。不过，李先生，我们几个小年轻喊您一句李老师，您该不会拒绝吧？"

"你难道不该叫我老师吗？"李林广瞪着眼睛道，"论岁数，我当你爹都够了。"

"呃……李老师，可不敢瞎说，我亲爹就在这呢。"秦海呵呵笑着，把秦明华介绍给了李林广。

李林广随口开句玩笑说要当秦海的爹，结果人家的爹就在身边，这让李林广颇为尴尬。他赶紧与秦明华握手，嘴里说道："哎呀，老秦，失礼失礼，我真不知道你是小秦的父亲。对了，我听小秦说，他是让你来当钢铁厂的厂长的吧，以后我们就得听你的指挥了。"

“李老师，谢谢你过来帮小海的忙啊。”秦明华客气地说道。

“我也是来学习的。”李林广答道。

众人互相寒暄过后，秦海说道：“既然李老师已经到了，那咱们也不耽搁了。这样吧，苗磊，你带我妹妹到宿舍去安顿一下，然后你再过来。李老师、乔师傅、宁默、海涛，咱们几个开个会碰碰情况吧，商量一下正式开始生产的事情。”

“好咧。”被秦海招呼到的众人一齐答道。

钢铁厂的行政区那边有几排平房，过去是钢铁厂的单身职工宿舍，随着钢铁厂的倒闭，这些宿舍也被废弃了。宁默他们接手钢铁厂的时候，这几排宿舍破旧不堪，门窗都已经被人拆走了，屋顶也有些漏水，屋里则是一片狼藉，长满了野草。

宁默他们雇了几名农民把这几排屋子好好地拾掇了一番，又找来瓦匠和木匠修缮了屋顶和门窗，使之又恢复到了原来的样子。秦海的意图，是把这几排屋子作为职工们临时休息的地方，另外像李林广以及他的学生过来实习的时候，也有住宿的场所。其中，他还特地留出了两间，正是为秦明华和秦珊准备的。

苗磊帮着秦珊把行李从吉普车里拿出来，早有热心的工人上前，非要帮秦珊扛着行李，然后几个人便有说有笑地向宿舍区走去了。秦珊已经是个 16 岁的大姑娘了，在家里也是常干家务的，所以安顿一个新家的事情，对于她来说并没有什么困难。

秦海与秦明华、李林广、乔长生等人离开正在午休的工人们，来到一个僻静而且阴凉的所在，分头找地方坐下。秦海先对李林广说道：“李老师，我没想到你会来得这么快，实在是非常感谢啊。”

“小秦说哪里话呢，你不是还送给我两壶酒吗，我连工钱都收了，岂能不赶紧来干活？”李林广嘿嘿笑着调侃道。

“哈哈，原来如此。”秦海也笑了起来，他转头对秦明华说道：“爸，李老师是酒中仙，你记着保证李老师的酒，一定让他喝满意了为止。”

李林广赶紧摆手：“这可不行，喝酒的事情，我和乔师傅下班以后搭个伴去喝点就行了，哪能有劳秦厂长的大驾。再说了，我跟大家说过，从事炉前操作绝对不能喝酒，这是劳动纪律，不能违反的。”

秦海点点头：“嗯，这个得记下来，以后白班的工人中午不能喝酒，晚班的工人晚餐不能喝酒，违反纪律就严厉处分。”

秦明华闻言，连忙在身上摸了一下，不知从什么地方摸出一个小笔记本来，又摸出了一支钢笔，开始记录秦海说的话。他知道自己没有工业生产的经验，要当好这个厂长，必须从头开始学起，每一点管理知识对于他来说都是非常重要的。

“李老师，就你到平钢来的这两天，你觉得我们的生产条件怎么样？能胜任冶炼合金钢的要求吗？”秦海把话头引入了正题，开始向李林广求教。

李林广收起了调笑的表情，认真地答道：“我仔细观察过了。咱们平钢的设备，虽然有些陈旧，都是60年代的水平，但保养状况不错，如果要因陋就简的话，应当能够胜任冶炼合金钢的要求。”

“那我就放心了。”秦海点头说道，李林广的这个判断与他自己的判断差不多，但他更愿意相信李林广的眼光，毕竟人家才是冶金方面的大牛。

李林广又道：“工人方面……乔师傅也在这儿，我就冒昧地说一句了……”

“你说，你说，我们自己的情况自己知道，李师傅尽管直说就是了。”乔长生知道李林广想说什么，连忙表态表示不介意。

李林广道：“平钢的师傅们工作热情很高，纪律性也非常好，这是优势。但大家对于精炼的概念基本为零，技术水平只能达到初级工的标准。乔师傅是技术最为过硬的，大概能够相当于中级工吧。”

“惭愧啊，我老乔炼了十几年的钢，这几天才知道自己过去都是瞎胡闹。这些天李师傅给我们讲了好多知识，都是我们过去没有听说过的。回头想想，当年如果知道这些知识，平钢或许还不至于垮了呢。”乔长生感慨万千地说道。

李林广又道：“不过，小秦你也不用担心，我已经给大家制订了一个学习方案，结合大家的知识水平、文化程度，以及未来的工作要求，有针对性地对各位师傅进行培训，相信能够在短期内让大家都达到中级以上的水平。在此期间，我会把我们系的那些学生带过来，让他们在炉前与师傅们一起工作，给大家提供一些现场指导。”

“这样做，能够保证合金钢冶炼的质量吗？”秦海问道。

李林广道：“如果要严格来说，恐怕有些问题。不过，我考虑过了，你冶炼这批合金钢主要是用于生产军铲，我们只要保证钢材的硬度、机加工性能、抗锈蚀能力等几个指标，就能够达到要求了。这样一来，咱们对于生产过程控制的要求就可以有所降低，使其与我们的实际能力相匹配。”

秦海的嘴角露出了笑意，李林广的确是一个擅长变通的人，不像有些学究那样迂腐不堪。他知道如何能够在这种条件的钢铁厂中冶炼出所需要的钢材，这份能耐就不是寻常人所具备的。

“听李老师这样一说，我就踏实了。李老师，今天晚上咱们就碰一下钢材配方的问题，从明天开始，咱们就进行试验，先炼两炉钢出来试试效果，您看如何？”秦海问道。

李林广笑道：“你是秦工，我是李师傅，该如何生产，自然是听秦工吩咐了。这两天我已经和师傅们把各种环节都试了一遍，你什么时候能拿出配方，我们就什么时候可以开炉炼钢。”

接下来，秦海又把头转向宁默，向他问起有关炼钢原料的问题。

听到这个问题，宁默挠着头皮，皱着眉毛说道：“秦海，这事可真有点难办啊。我和海涛、苗磊这几天跑遍了平苑的各家厂子，高价买他们的废钢，总共也就收到了十几吨，而且钢种还不完全。有些废钢我们也搞不清楚是什么钢种，现在只能先堆到一边，等着你来区分呢。”

所谓合金钢，就是在钢里掺入了铬、锰、钨、镍等多种其他元素的钢材，这些元素的加入，能够改变钢材的各种属性，使之达到指定的性能要求。秦海要生产的军铲，具有剪切铁丝网、劈砍岩石等功能，所以钢材必须达到极高的硬度和一定的韧性，这就必须采用特种合金钢。

钢铁厂里冶炼合金钢，使用的是各种元素的化合物作为原料，这些化合物都是由其他的工厂生产出来，再提供给钢铁厂的。秦海没有购买这些金属化合物的渠道，因此只能像从前那样，利用废旧合金钢里的元素，通过精细的配伍来冶炼成新的合金钢。

在此前，秦海让宁默他们在青锋厂搜集废钢，也就是堪堪炼出了一炉钢水，铸出了几件产品而已。现在他接到的订单是整整两万把军铲，要凑齐这么多的废钢，而且还要保证钢材中的元素涵盖他所需要的各种元素，这个难度的确不同一般。

“我可以替你联系一下省里的几家钢铁厂，他们收来的废钢里往往混有一些合金废钢，这些合金废钢在钢铁厂都是单独存放的，而且是人见人嫌。如果你们愿意花钱买走，没准人家还要感谢你们呢。”李林广在一旁插话道。

“对呀！”秦海一拍大腿，“我怎么没想到呢。”

与秦海的需求不同，正规的钢铁厂在利用废钢进行重新冶炼的时候，往往不愿意接受合金废钢，因为合金废钢与普通废钢混在一起的时候，会导致冶炼困难，产生冶炼废品。像秦海这样一点一点精细地计算各种合金废钢的成分，对于正规钢铁厂来说有些得不偿失，所以合金废钢在这些钢铁厂的价值反而不如非合金钢。

各地的物资回收部门所回收的废钢，都是卖给钢铁厂用于回炉重新冶炼的。但其中的合金废钢往往会被钢铁厂挑拣出来，单独进行处理。许多钢铁厂并没有冶炼合金废钢的技术，所以正如李林广所说，这些合金废钢在钢铁厂是人见人嫌之物。

汝之毒草，吾之仙草，这个世界就是这么奇怪。

想明白了这点，秦海坦然了，他向李林广问道：“李老师，这些钢铁厂要怎么联系，您和他们都很熟吗？”

李林广道：“这个简单，每个钢铁厂都有我们系的毕业生，我给他们写封信，你找个人去和他们联系就可以了。买合金废钢这种事情，对于他们来说也是一件好事，他们肯定会乐意的。”

“李老师，您把信写好就交给我吧，这些钢厂我负责联系。”宁默大包大揽地说道。

“胖子，那就辛苦你了。”秦海对宁默说道。

宁默笑道：“不辛苦，就是跑跑腿的事情。我技术上不行，跑腿是没问题的。”

“那好，这事就交给宁默去办。”秦海没有再客气什么，直接就拍板了。

再往下，众人便讨论一下组织生产的问题，商定由李林广负责全部的技术事务，乔长生负责车间现场管理和老工人们的组织，秦明华负责各种行政事务，包括后勤、人事等。鉴于日后涉及的资金规模较大，秦海专门安排喻海涛担任财务总监，负责管理所有的财务事务。

“就是财务科长的意思吧？”喻海涛对于自己头上的这个“总监”头衔有些不了解，他凭着自己的想象诠释道。

“你也可以认为是财务科长吧。不过，财务科长是中层干部，而财务总监是高管，相当于分管财务的副厂长和财务科长合二为一的意思。”秦海用大家能够听懂的语言解释道。

“啊哈，我现在是分管财务的副厂长了。”喻海涛得意地笑道，“那岂不是说我比我爸的官还大了？”

喻海涛的父亲是青锋厂的财务科副科长，喻海涛算是有些家学渊源，对于财务上的事情多少明白一些。秦海现在的班底也实在是太弱，找不到更专业的人员，也只能让喻海涛先顶一阵子了。当然，喻海涛要做的，也只是管住财务的总账，具体到日常资金出纳的事情，还必须请有经验的会计来负责。

分派完这些工作，秦海意气风发地说道：“咱们这个企业现在就算是正式成立了。咱们的账户暂时还要用白河镇农机修配厂的名字，但对外可以称平苑钢铁厂，这样听起来更符合咱们的业务。在厂子里，我爸担任厂长，就算是企业的董事长吧；宁默分管采购和销售，叫业务总监；海涛是财务总监；磊子嘛……你擅长操持各种事情，就当个行政总监，负责所有的内部事务，你看好不好？”

最后一句话，秦海是向刚刚安顿完秦珊赶过来参会的苗磊说的。

“行，我们都听你的。”苗磊不在意地答道。

“对了，秦海，我们都是什么总监了，那你是什么官呢？”宁默问道。

秦海想了想，笑道：“我倒糊涂了，我能在这里给大家封官进爵，那肯定就是 CEO 啊，否则谁有这么大的权力。”

“你说啥，西什么欧？”几个小伙伴都奇怪地瞪着秦海。

“CEO！”秦海一字一句地说道，“这是国外的叫法，翻译过来，就叫首席执行官。”

宁默一拍大腿：“首席执行官……这个名字好，听起来就霸气！那以后咱们就叫秦海西意欧了。”

“以后你们得叫我苗总监！要不我不给你们开饭！”刚刚当上行政总监的苗磊牛哄哄地警告着众人。

喻海涛笑道：“负责给大家开饭的总监，你怎么不叫总管呢？叫你苗总管，岂不是更响亮？”

“总管这个词可不能乱叫，在清朝的时候，这是用来称呼太监的……”李林广不失时机地给苗磊补上了一刀。

新平苑钢铁厂的第一次高管扩大会议就这样在嘻嘻哈哈的打闹中结束了。各位总监起身前往车间，去安排各项生产事宜。秦明华拒绝了秦海让他先去休息一会儿的建议，执意要随大家一起去车间，以便一边工作一边学习工厂里的各种知识，尽快适应这个厂长的角色。

秦海没有跟大家一起走，他相信凭着李林广的知识和秦明华的责任心，完全能够处理好车间里的各种事务。他回到刚才停车的地方，启动吉普车，前往位于行政区的那几排宿舍。

“哥，你回来了。”

正在水龙头边满头大汗地干着活的秦珊听到车声，抬起头笑着向秦海打了个招呼。

秦海把车停下，走到水龙头边，看着一大堆东西，诧异地问道：“小珊，这些东西，都是你一个人搬出来的？”

“是啊。”秦珊用手臂蹭了一下额上的汗珠，自豪地说道。

也难怪秦海会吃惊，他看到水龙头边上堆着桌子、椅子、床架、床板，差不多把两间宿舍里所有的家具都搬出来了。秦珊正在用水冲涮着这些家具，然后用抹布一点一点地擦净上面的污垢。

“哥，屋里这些家具都是从哪儿找来的，脏死了。床板下面还有蛇蜕的皮呢。”秦珊略带抱怨地对秦海问道。

“呃……这可能是钢铁厂过去的旧家具吧，也不知道宁默他们是从哪个库房里找出来的。”秦海有些汗颜了，早知如此，他就应当叮嘱宁默他们去买些新家具来了，其实这些家具真值不了多少钱，何至于找些 20 年前的旧货来给父亲和妹妹用呢。

“我已经都洗干净了。”秦珊用手指了指这些家具，说道，“这些家具质量还挺好的，洗了以后就像新的一样。这么大的太阳，我估计晒一个下午就晒干了，不妨碍晚上睡觉用。”

秦海带着歉意道：“这事是我忽略了，我应当叫人先把家具清洗干净就好了，弄得你一个人在这里累成这样。”

“我不累。”秦珊说道，“对了，哥，家里还缺一些东西，我刚才列了一个单子，有些东西可能要去买，有些就要找人借一下。你也真是的，这里什么都没有，你也不早说，早说的话，我们就从家里带过来了。”

“缺什么东西？”秦海问道。

秦珊一边擦洗着桌椅，一边如数家珍地说道：“我和爸爸住在这里，要有做饭的东西，包括炉子、炒菜锅、煮饭锅、铲子、火钳……还有，要洗衣服，要有木盆、肥皂、搓衣板、晾衣绳、衣架。对了，还有一样特别特别重要的东西，我想你们厂子里肯定有，因为你们是农机厂嘛。”

“什么东西？”秦海奇怪地问道。

“锄头。”秦珊得意地说道。

“妹妹啊，你要锄头干什么？”秦海看着秦珊，大惑不解地问道。

“种菜啊！”秦珊想当然地回答道，“我和爸爸不要吃菜吗？你们这里这么多空地，可以开一个菜园子出来，种上菜，足够我们一家人吃了。”

“妹妹，你现在是城里人了好不好。”秦海哭笑不得。

这么大一个钢铁厂，现在只恢复了一个炼钢车间的生产，工人人数十分有限，所以看起来场地的确是够空旷的。可是，再怎么空旷，堂堂董事长的女儿、CEO 的妹妹，也不能在工厂里种菜吧？

“城里人就不吃菜吗？”秦珊倒是挺有道理，在她看来，在房前屋后种点菜，是再正常不过的事情了，农家丫头，干这点农活根本没什么压力。

“城里人要吃菜都是到菜市场去买的，哪有自己种菜的道理。”秦海说道，他想了想，又道：“小珊，你把东西收拾一下，然后跟我走吧，我带你去农机厂。”

“真的？”秦珊大喜，她出门的机会不多，平常最远也就是到过姜山县城。这一次随着秦海到平苑来，她看什么都觉得新鲜，看什么都不觉得腻味。听说哥哥要带自己去农机厂玩，她自然是欢欣鼓舞的。

秦海帮着秦珊把一些洗好的东西搭到宿舍门口去晾晒，然后锁好宿舍的门，开着吉普车带着秦珊直奔农机厂。

“哥，你怎么想着带我去农机厂玩了？”秦珊坐在车上，对秦海问道。

秦海道：“你不是说要买各种东西吗，我给你找个向导，让她陪你去买，顺便也教教你城里人的规矩，你看如何？”

“你不能带我去买吗？”秦珊问道。

秦海道：“买东西这种事，是女人的事情吧？我一个大男人哪懂这个？我给你介绍一个大姐姐，她是我的对门，我记得她这星期上晚班，这个时候应当在房间里，正好能够给你当向导。”

听说要见外人，秦珊一下子紧张起来，她连声地念叨着：“是吗？她会不会很凶啊？对了，她会不会看不起我啊？哎呀，糟了糟了，你也不早说，害得我穿了干活的旧衣服出来……”

未来的秦海并没有姐妹，所以对于女孩子的这些心思全然不知。见秦珊又是梳理头发，又是拼命扯着衣服，想把衣服扯得平整一些，他只觉得好笑。

“好了好了，小珊，不用这么隆重，我带你见的人，也就是一个普通工人罢了，她原来也是从农村出来的，穿着打扮并不比你讲究多少。”秦海不住地安慰着。

秦海要带秦珊去见的，自然就是对门王晓晨了。他知道王晓晨是个热心人，想让她帮忙教教妹妹如何当一个城市姑娘。女孩子的事情，肯定还是需要女孩子之间才能沟通得更好的，有些女孩子家要买的东西，秦海既不知道买什么好，也不知道应当在哪儿买。

秦珊的紧张在她见到王晓晨之后不到一分钟就消失殆尽了，王晓晨身上有着秦珊所熟悉的那种农村女孩的气质，而她的热情也迅速地感染了秦珊，秦珊不一会儿就一口一个晓晨姐地和王晓晨黏乎起来了。

“哥，我知道去什么地方买菜了，晓晨姐跟我说，每天早上都有周围的农民会挑菜到厂门口来卖。她叫我不要去得太早，要等人家卖得差不多的时候再去，那时候价钱就会更便宜……”秦珊在王晓晨的房间里待了一会之后，乐滋滋地跑回秦海的房间，向他汇报自己学来的生活知识。

秦海道：“可是……她有没有告诉你，那时候的菜都是别人挑剩下的，都是烂的或者有虫眼的？”

“挑剩下的怕啥，洗一洗炒熟了不是一样能吃吗？晓晨姐说，这样一斤菜起码能便宜 3 分钱呢。”秦珊反驳道。

“我错了，我真的错了……”秦海恨不得往自己的脑袋拍上几掌，王晓晨是个工人不假，可她是那种出身农村而且极其省钱的工人，让王晓晨教秦珊怎么当城里人，她能教出什么来？

“你等等，我想想还有谁能够教你的……”秦海开始在脑子里盘算着他在青锋厂认识的女性，他到厂里的时间才一个来月，认识的人本来就不多，其中年轻女孩就更是少有了。单身楼里倒也有几个年轻女子，但秦海与她们不熟，自然也不好去找她们帮忙。

秦珊不乐意了，她撅着嘴说道：“还需要找谁呀？你不是说让晓晨姐带我去买东西吗，她现在在换衣服，马上就换好了，我们不用再找谁了。”

“我担心让她带路的话，只能买到一堆便宜的打折货。”秦海说道，“不行，我怎么也得找个富二代、官二代啥的……哎，我想起来了，还真有！”

“什么真有？”秦珊奇怪地问道。

“我想到合适的人选了。”秦海乐呵呵地说道，“小珊，你在这里等一会。等晓晨打扮好了，你们就在楼下等我，我去再找一个人来和你们搭伴，这样就结构合理了。”

“你说什么呀？”秦珊皱着眉头，实在不知道秦海在说啥。

秦海把秦珊留在房间里，自己一溜烟地跑了。他出了单身楼，直奔家属区，不一会就来到了宁中英家的门前。

“笃笃，笃笃。”秦海敲响了房门。

“谁呀？”屋里传来一声问话，随即门打开了，宁静那俏丽的面庞出现在秦海面前。

“咦，是秦海，你是来找我爸爸的，还是来找我哥的？”宁静问道。

“我说我是来找你的，你信吗？”秦海笑着问道。

“我当然不信。”宁静撇着嘴笑道，“不过，我猜想你是来找我爸的，我爸这个时候不会在家里的，他如果不在办公室，肯定就是在车间了。”

秦海道：“我真是来找你的，你如果现在不忙的话，我想请你帮我一个忙。”

“我？”宁静看看秦海的脸，觉得对方不太像是在开玩笑的样子，不由得诧异起来：“我能帮你什么忙？”

“是这样的……”秦海简单地把事情说了一遍，说明自己的父亲和妹妹从乡下来了，要在平苑暂时安家，所以需要采办一些东西。自己对买东西不太了解，希望宁静能够帮忙，陪着自己的妹妹去逛街。

“原来是这么回事啊，我有空。”宁静也是一个人待在家里憋得难受了，听说有这样一个光荣而有趣的任务，自然是欢喜不迭，“你稍等一会，我去换件衣服……”

房门在秦海面前砰地关上了，秦海摸摸差点被房板撞上的鼻头，郁闷地想道：女人真是一种麻烦的动物啊，逛个街而已，秦珊后悔自己没换衣服，王晓晨急着换衣服，宁静也要换衣服……至于弄得这么隆重吗？

唉，那就等几分钟吧……

实践表明，秦海的乐观是毫无根据的。宁静在屋里待了足足一刻钟，这才拉开房门，对秦海招呼道：“好了，你等急了吧，咱们快走吧。”

“我说妹妹，这大夏天的，你换件衣服能换一刻钟？”秦海一边带着宁静往单身楼的方向走，一边抱怨着。

他对宁静的称呼没有什么固定模式，有时候学着宁中英的样子喊她小静，有时候学着宁默的样子喊她妹妹，有时候则按自己的方式喊她丫头，每次喊什么，取决于他的心情。比如这一会儿，他要像一个哥哥批评妹妹一样发点牢骚，所以就管宁静叫妹妹了。

“什么叫换件衣服，我们女生要出门，不得洗洗脸、梳梳头吗？哪能像你们男生那样邋遢。”宁静娇笑着反驳道，在她看来，秦海现在那副呆萌的样子，简直与她哥哥宁默如出一辙。

“女为悦己者容，你这样打扮，是给谁看啊？”秦海没遮没拦地评论道。

宁静的脸刷地一下红了，作为一个高中生，她当然知道这句古文是什么意思，但从来没有人像秦海这样直言不讳地把它说出来。一时间，她竟然想不出如何来反驳秦海的这句调侃，愣了一会，再想表示生气，又觉得好像有些晚了。

“你再胡说，我不去了！”这是宁静能够想到的最有力的还击了，不过，在说这些话的时候，她的脚步可一点儿也没停。

两个人来到单身楼下的时候，王晓晨和秦珊已经在那里等了一小会儿了。两下一对比，秦海便感觉到了强烈的反差。秦珊自不必说了，王晓晨好歹也是当了两年工人的人，而且还特地换了件不错的衣服，但与宁静往一块一站，就显得有些寒酸了。宁静穿的衬衣材料比王晓晨的衣服更好，而且显得更新，这就是城里姑娘和农村姑娘之间的差异了。

“这是我们车间的王晓晨，你们好像见过吧？这位是我妹妹秦珊，开学就上高二了……这位是宁厂长的女儿，叫宁静，也在读高中。”秦海给双方互相做着介绍。

“我也是开学上高二，咱们说不定还是同学呢。”宁静主动走上前去，拉住了秦珊的手，亲热地攀起了友谊。